U0811721

门道

刘一达 著

MEN DAO

百花洲文艺出版社
BAIHUAZHOU LITERATURE AND ART PRESS

图书在版编目（CIP）数据

门道 / 刘一达著．-- 南昌 ： 百花洲文艺出版社，
2020.10
ISBN 978-7-5500-3837-0

Ⅰ．①门… Ⅱ．①刘… Ⅲ．①散文集－中国－当代
Ⅳ．① I267

中国版本图书馆 CIP 数据核字（2020）第 179510 号

门道
刘一达　著

责任编辑　杨　旭　刘玉芳
装帧设计　蜀　黍　榕　晨
封面题字　刘一达
图片统筹　吕　梅
出版发行　百花洲文艺出版社
社　　址　南昌市红谷滩新区世贸路 898 号博能中心 A 座 20 楼
邮　　编　330038
经　　销　全国新华书店
印　　刷　香河利华文化发展有限公司
开　　本　710mm×1000mm 1/16
印　　张　23
版　　次　2020 年 11 月第 1 版　2020 年 11 月第 1 次印刷
字　　数　400 千字
书　　号　ISBN 978-7-5500-3837-0
定　　价　68.00 元

赣版权登字 05-2020-151
版权所有，侵权必究

邮购联系 0791-86895108
网址 http://www.bhzwy.com
图书若有印装错误，影响阅读，可向承印厂联系调换。

门道，是收藏爱好者必读的经典，也是广大读者了解玩家世界的精彩读物。

郑怀忠

著名篆刻家、玉石鉴定专家郑怀忠为本书题词

京味兒作家追蹤玩家三十多年，寫出来的書，情真意切，功底深厚。在門道一書中咂摸出来的京味尤最醇厚。

淳一

著名书法家程茂全为本书题词

门道，让玩家打开心灵之门，让读者打开眼界之门，告诉你什么才是真正的玩。

卢晓荣（核桃庐）

核桃文玩收藏家卢晓荣为本书题词

品位在阅读中欣赏，玩家的门道在欣赏中探知。门道，绝对不会让您失望的一本书。

金鑫 金鑫

著名书法家、古董鉴定专家金鑫为本书题词

门道在手，所求我有。
门道在心，通晓古今。
一斗一世界，一书一乾坤。

陆中秋

陆中秋印

著名摄影家陆中秋为本书题词

十六位玩家的故事，浓缩了一个世纪的历史！好书、好图、好玩、好看。

田有亮

京剧脸谱绘画家、烟斗收藏家田有亮为本书题词

著名京味作家笔下的玩鸟，真是与众不同，每只玩鸟的故事，都是那么生动感人，每只玩鸟的经历，给人以启迪，玩家眼中的乾坤，读者读后的余韵。

陈伟明 

著名国画家、鸟类文化专家陈伟明为本书题词

京剧理论家、“七张脸谱”理论创始人刘曾复先生

刘曾复先生绘制的京剧脸谱

著名书法家、古董
鉴定家金鑫先生

金鑫先生收藏的瓷器与书画

著名国画家、鸟类文化专家陈伟明先生

陈伟明先生收藏的鸟笼盖板

陈伟明先生收藏的鸟笼

著名京剧表演艺术家汪正华先生与程氏兄弟合影（右三：汪正华、右四：大哥程茂元、右二：二哥程茂祯、左四：三哥程茂才、左二：四哥程茂仁、右一：五哥程茂煜、左三：六哥程茂启、左一：七弟程茂全）

“墨香程门”书画展览

程茂全先生的折扇藏品

著名篆刻家、玉石鉴定专家郑怀忠先生

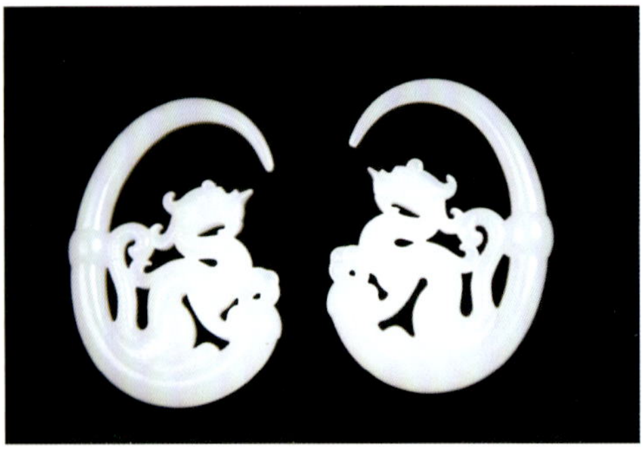

郑怀忠先生的玉器藏品

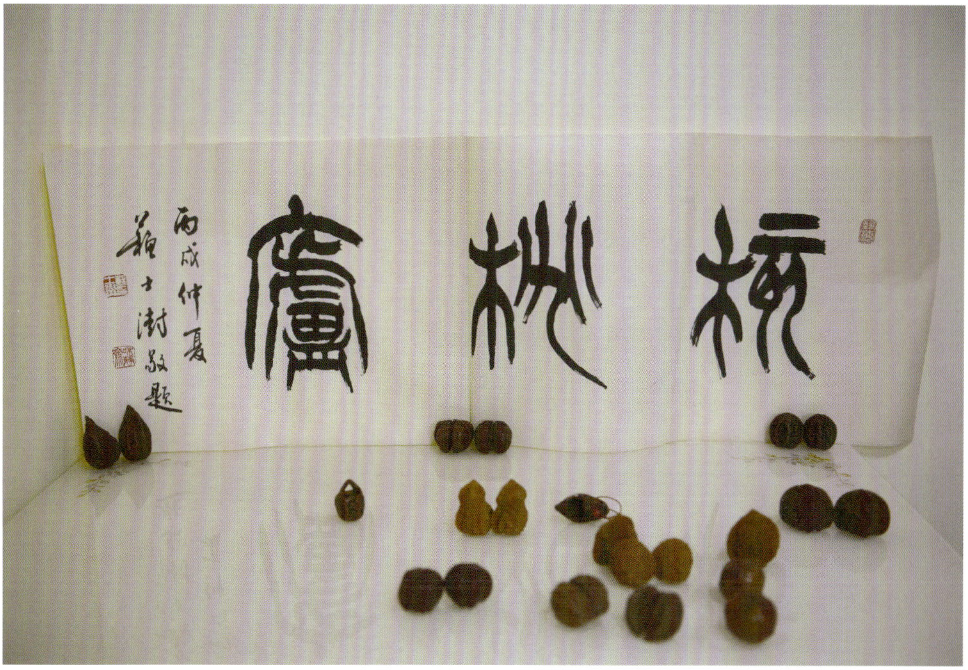

核桃文玩收藏家卢晓荣先生

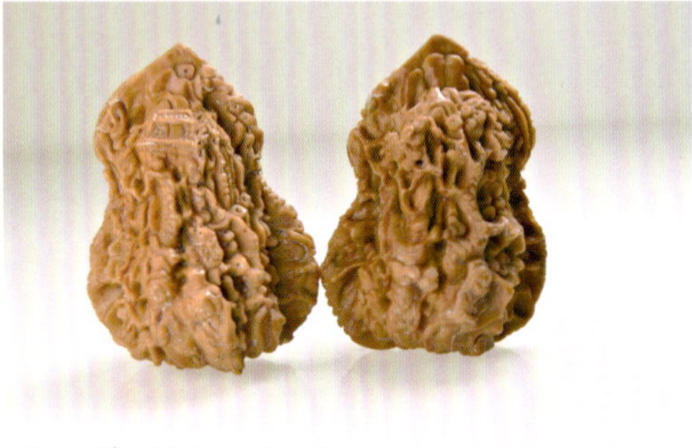

卢晓荣先生的核桃藏品

著名京剧脸谱绘画家、烟斗收藏家田有亮先生与他收藏的烟斗

著名京剧表演艺术家李万春先生赠予田友亮先生的烟斗架子

天安门纪念品收藏家闫树军先生

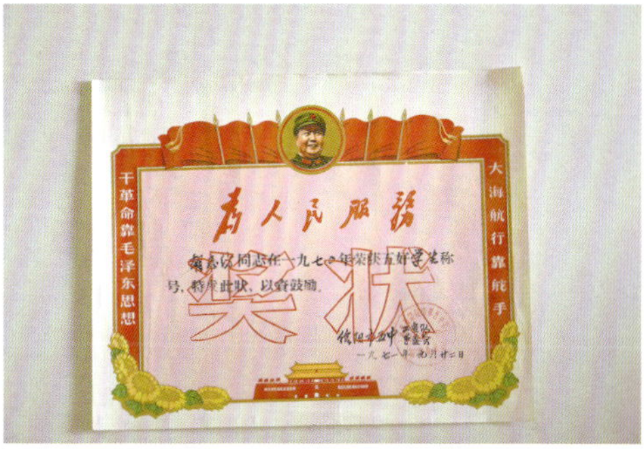

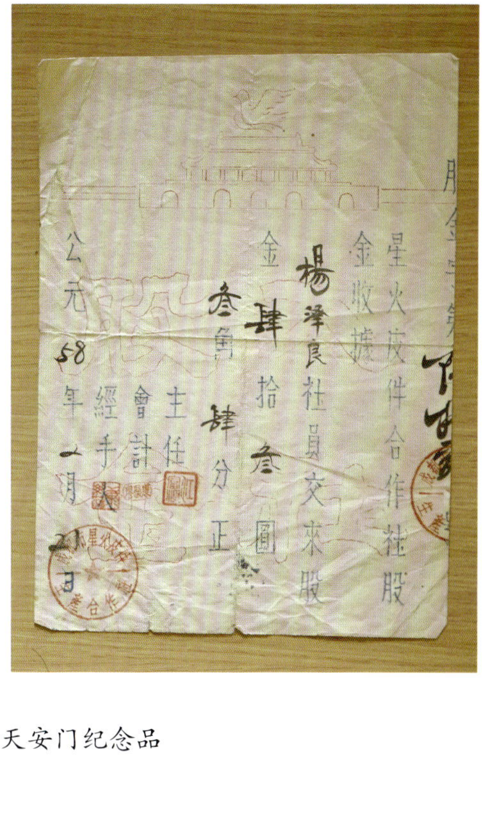

闫树军收藏的天安门纪念品

中国自行车收藏家王明玺先生

王明玺收藏的自行车

本书作者采访王明玺

玩者有“门” 家者有“道”

您看到的这本《门道》，聊的是玩家们在各自所玩的领域里的道行。

门道，有两解，门是门，道是道。通常入门并不难，难的是“道”。如老子所说：“道可道，非常道。”一个“道”字，能让您领悟一生。

玩家通常分为两类：

一类是玩古董的。古董，也叫古玩，古词儿是骨董，包括：瓷器字画、金石碑拓、笔墨纸砚、钱币邮品、珠宝翠玉等等。这一类属于“文玩”，也叫“雅藏”。因为藏品珍稀，价码儿动辄上千上万，所以，玩者属小众。

另一类是玩杂项的。所谓“杂”，还可加个“庞”字，叫“庞杂”，即生活中的所有物件，均可作为收藏对象，诸如烟标火花、钱币票据、算盘手表，甚至酒瓶、纽扣都能入藏者的“法眼”。这一类收藏无须抛金洒银，倾囊夺爱，但要的是一个“痴”字和“久”字。所谓滴水穿石之力，集腋成裘之功。因为藏品多为寻常之物，所以玩者属大众，也被称为民间收藏。

京城的民间收藏号称千军万马，有人说有几十万，有人说有数百万，甚至有人说过千万，并无定数，但人数绝对居全国之首，这倒也符合首都的全国文化中心的地位。

不过，收藏爱好者和玩家不是一回事儿，您别看玩的人多，但真正玩出名堂、玩出品位、玩出学问、玩出文化来的所谓“玩家”并不多。

当然，有的人并不认为自己是“玩家”，有的人自认为是“玩家”，别人又不认。

不管怎么说，一个玩主对自己的藏品要想玩出品位，必得走独门儿。或以其品取胜，或以其类居奇，或以其量超众，所谓独辟蹊径，独树一帜，本书介绍的这16位玩家，便属这一类人物。

收藏，永远是文化的一个主题。记得有位大家说过一句话：“水流千遭归大海。”什么意思？就文化而言，不管您是作家、画家、导演、表演艺术家等，只要沾文化的边儿，玩到最后，都要归于收藏，这似乎没有例外。

当然，收藏的东西会有所不同，但“路径”是一样的。由此可知收藏的魅力所在，也可知人是难以抵御住这种诱惑的，这似乎是人的本性使然。

玩什么都有“术”和“道”。“术”是有形的，看得见的，“道”则是无形的，看不见的，只可意会不可言传的，所以，玩家的“道”显得比较深奥。

从这个角度看，这本书里所说的玩家“门道”，也需要您掩卷深思。老话说：“外行看热闹，内行看门道”，但愿您看过这本书，能成为“内行”。

因为当过20多年职业记者，本人又喜欢京味儿文化，所以，这些年，采访了许多玩家，也写了许多玩家。

有朋友说，现在活跃在收藏鉴定一线的玩家，许多人都是我写出来的。这似乎是不争的事实，因为，我接触他们比较早，从一九八几年，就开始跟各路收藏家打交道，像马未都这些后起之秀的玩家，那会儿还入门不久。可以说，生活给我创造了写作条件，《北京晚报》给了我打造玩家的平台。

之前，我出过几本写玩家的书，也为北京人艺（北京人民艺术剧院）写过话剧《玩家》的剧本，演出后，轰动一时，现在已是北京人艺保留的精品剧目。

但《门道》却是我写得比较累的一本书，因为这些玩家以前写过，但写的是“术”，这次等于重新写他们的“道”。如前所述，玩家的“道”是最难写的。

所以，我只好忍痛割爱，从原来计划写的28个玩家中，选出了16位，可以说，他们都有点儿个性和特点，也是有“故事”的人。

此外，书中写了这些玩家的绝活和秘诀，还披露了许多收藏界鲜为人知的内幕。我一贯奉行“开卷有益”的写作原则，即读者买了您写的书，得多少得到一些知识，开阔一些眼界，说句大白话：您的书人家没白买，也没白看。

其实，对每本新书我的要求并不高，只要读者发自肺腑地说出“这本书我没白看”，我就念阿弥陀佛了。

因为现如今是信息时代，读者能不玩手机，而是来看您的书，这已经够给面子了，何况还能说出这话来。

擎好吧您呐，这是多高的评价呀！俩字：知足。

当然，您要说这本书如陈继儒的话“热闹中下一冷语，冷淡中下一热语”，是以平心静气的散淡之心来写的，所以它朴实而无华，清丽而隽永，读之也有味道。

真有读者说这话，我就俩字改四个字：“太知足了！”

以上是为序。

刘一达

写于2020年3月5日

北京　如一斋

目　录

王世襄
九十多年玩出的意境

那志良
典守故宫七十年

百年传奇
谭鑫培墓碑归位记

刘金涛
“两把刷子”玩了一辈子

刘曾复
80年玩票成“教主”

金　鑫
海外鉴定历险传奇

闫树军
四十多年收藏“天安门”

王明玺
玩出一个自行车博物馆

王世襄

九十多年玩出的意境

王世襄

1914—2009，原籍福建福州，生于北京，我国著名文物专家、学者、文物鉴赏家、收藏家，曾任国家文物局中国文化遗产研究院研究员、中央文史研究馆馆员，享受国务院特殊津贴，在中国古典家具、传统文玩和文物方面有高深的造诣，被誉为“京城第一玩家”。

玩的人不见得都是玩家

说到京城的玩家，不能不提王世襄先生。

京城的玩家可谓“术业有专攻”，通常都是各守一门，也就是玩书画的专玩书画，玩瓷器的专玩瓷器，像王世襄先生这样什么都玩，“通吃”的主儿不多，而且他还有一样：玩什么，有什么。这就更难得了。

“玩”这个词，在中国历史上，很长一个时期是一种贬义。您从“玩物丧志”“玩世不恭”“玩岁愒日”“玩火自焚”等成语中，是不是能体会到人们对“玩”字的愚弄和嘲讽？

其实，这本身就带有一种偏见，或者说是一种误解。北京人说的“玩”，带有把玩、玩赏之意，说白了，就是现在人们说的文玩与收藏。

而“玩”字的字义延伸，还有其深层面的东西，这是一般人所难以领悟的。我曾经就这个“玩”字，写过专门探讨性的文章。

玩，小孩儿的贪玩，与成人的玩赏能说是一回事吗？北京人嘴里的“玩”还有更广泛的字义，比如一件工艺品，北京人会说是个玩意儿，到哪儿去旅游，北京人则说到哪儿去玩儿。

自然，玩跟玩是不同的，就如同收藏一样，搞收藏的人很多，但真正能称之为“家”的又有几个？当然自诩又是另外一回事了。

玩家这个概念一直比较笼统，广义的玩家，就是指一般的收藏家，狭义的玩家，就不能那么泛泛了。

中国人比较重名分，“家”也是一种名分，比如科学家、作家、画家、戏剧家、摄影家等等，但不是任何人都可以称“家”的。

“家”是有一定限制的，玩家也如是，不是所有搞收藏的人都可以被称玩家或收藏家的。

那么，什么人可以被称玩家呢？简单说，得在玩上玩出“道”来的人，才可以称得上玩家。什么叫玩出“道”来呢？“道”又何解呢？

“道”这个字学问太深，含义太广了。“道可道非常道”。玩家的“道”咱们说白点儿，就是玩出了文化、玩出了情趣、玩出了品位、玩出了境界。

这四个层次您能达到两个，就可以被称玩家。事实上，达到玩家的层次很难。因为现如今很多人眼里，看到的是玩的东西本身，看不到物以外的东西。所以充其量是个古玩商，或者收藏爱好者。称其玩家，他们自己都不干。为什么？怕接不住，砸着。

不可多得的京城玩家

称王世襄为玩家，行里似乎公认，因为他达到了玩家的层次。

他学识渊博，兴趣广泛，的确玩出了文化，玩出了情趣，玩出了品位，玩出了境界。所以也有人称他是“京城第一玩家”，王先生去世后，还有记者写文章称他是“绝世藏家”。

但是假如王先生活着，听到这样的溢美之词和“第一”“绝世”之类的话，肯定会嗤之以鼻的。

以我对他的了解，他是最反对人们对他说这种恭维话的，甚至对“玩家”“收藏家”这样的称谓都不以为然。

我跟王世襄相识于20世纪90年代。我也写过他，并把写他的文章，收入到我的《京城玩家》一书中。称他为玩家，恐怕我是第一人。

记得书出版后，我送给王先生一本。那时他已经九十多岁，眼神不济，但我写的书他还是翻了翻。没过几天老爷子给我打电话说：“你这个记者把我写大了。”

我以为王先生看出我写的文章里有什么错儿，赶紧问道：“您看我哪儿写得不对？”

他在电话里说：“写得不错，就是你高抬我了，你怎么把我封了个玩家？”

我说：“称您玩家，当之无愧呀。”

老人家在电话那头笑道：“什么玩家？我可不是玩家。”

“那您是什么？”我随口问道。

“是‘家玩’，天天在家里玩。”他不置可否地笑了。

王先生的老朋友、著名翻译家杨宪益为他写的诗，可以说是对他的素描：

“名士风流天下闻，方言苍泳寄情深。少年燕市称玩主，老大京华辑逸文。”

虽然他也认为杨先生这首诗里的“天下闻”，把自己抬高了，但似乎对“玩主”这个称呼还能接受。

一部《明式家具研究》影响两代人

“玩家”这个词好像以前没人说过。新中国成立以后，人们谈“玩”色变，即使人们没断了玩，但谁敢称自己是“玩家”呀？

玩物丧志，称别人是“玩家”等于是骂人。在那个年代，“玩家”百分之百是贬义词，毫无疑问，“玩家”绝对是被批判的对象。

20世纪90年代初，我在一篇报道中，把这个词儿从犄角旮旯里翻了出来。

当时，伴随着民间收藏热，京城出现了一大批搞收藏的后起之秀，其中，以搞书画收藏的刘文杰、搞古陶瓷收藏的马未都、搞古籍善本收藏的田涛、搞古典家具收藏的张德祥等人为代表。

我分别对这四位做了深入采访，并把这四位爷放在一起，称他们为京城“四大玩家”，在《北京晚报》以整版的篇幅做了报道。

那会儿，《北京晚报》是北京发行量最大的报纸，这篇文章的社会影响是显而易见的，马未都、张德祥等四位爷也从此在收藏界扬名立万。

当然，“玩家”这个词儿，也从此在社会上流传，后来，许多人把收藏家都称为“玩家”。近年，又有人称网络高手是“玩家”。

当时，马未都等人刚刚出道，而王世襄等老一辈玩家也玩得正酣，所以称这些晚辈为“玩家”，有些老人觉得有“越位”之嫌，不大合适，但一晃儿20多年过去了，马未都等四位爷，如今已成为国内戳得住的“玩家”了，这多少证明我当时的眼力没错。

不过，我称王世襄先生是“玩家”，是没有人咧嘴的，因为老爷子的范儿在那儿摆着。

换句话说，论玩儿，京城有玩得过他的人吗？别的不说，您看看他留下来的著作，就知道他这个“玩家”名不虚传。

说到玩，王先生涉猎的门类之广、研究之精是无人可比的。以古物来讲，古琴、铜炉、雕刻、漆器、竹刻、书画、古籍、音乐、碑拓、家具、玩具、建筑等等，无所不精。以民间玩意儿来说，则更为庞杂，可以说花鸟鱼虫、獾狗、大鹰、掼跤、美食等，无所不包。

难能可贵的是他不但玩，还对每玩的一种玩意儿都能深入钻研，形成优美得体的文字，甚至成谱成传，这一点一般玩主是难以望其项背的。

拿收藏古典家具来说吧，现在玩的人很多，但王世襄先生玩古典家具的时候，大多数人还在打盹儿，甚至有人视老红木家具为碍眼之物。

王先生也是最早专门为古典家具著书立说的人之一。他写的《明代家具珍赏》《明式家具研究》《清代家具》《髹饰录解说》《中国古代漆器》《竹刻艺术》等著作，为后世所纷纷效尤。

20世纪80年代末90年代初，古典家具收藏刚刚起步，涌现出一大批做红木家具的工厂，做古典家具没有师傅，只能找图样作参考，而现成的样子在古籍中难觅。

恰在这时，王世襄先生的《明代家具珍赏》等书出版，等于是这个行当的及时雨，于是王先生的书成了各个红木家具厂木匠们的“师傅”。

从20世纪90年代起，王先生的这几部书在市场上供不应求，多次再版，许多做红木家具的木匠是看着王先生的书，走上古典家具的匠人之路的。

与此同时，搞古典家具收藏的人，也以王先生的书做参考。王先生的著作后来成了人们收藏、制作古典家具的范本。

这一点，马未都感受最深。他认识王先生的时候是20世纪80年代中期，当时还是一个小伙子。他直言不讳道，搞古典家具收藏，是王先生给他指的道儿。

《北京鸽哨》获国际大奖

京城玩鸽子的人很多，带着哨音在天空盘旋的鸽子，也成为有韵味儿的古都北京的一个象征。

王世襄先生从小生活在北京，当然也喜欢玩鸽子。但跟一般玩鸽子的不同，他玩什么琢磨什么，根据自己玩鸽子的经验，他写出了《观赏鸽谱》《北京鸽哨》等专著。

您也许知道，像鸽子、鸣虫儿、花儿、鸟儿、鱼、獾狗、大鹰等，常被人称为“俗玩”，做学问的人是不屑一顾的，但王世襄先生却偏偏喜欢这些“偏门儿”，并把它们玩到了极致，而且用他优美的文笔著书立说，自成一派。

《北京鸽哨》曾在国际出版界引起轰动，并获得“最美图书”大奖。参加评奖的图书成千上万，谁也没想到写鸽子的书会获大奖，就连王先生都感到意外。

有一次，我跟王先生说起这件事儿，他幽默地说：“真是一猫腰捡了个大奖。”

我笑道：“是您的书写得妙。不然，您把腰猫折了，也不会捡到奖。”

的确，那些洋人也算开了眼，他们见过鸽子在天空飞，但没见过在天上飞的鸽子居然能发出那么悠扬悦耳的乐声。

奇妙，真是！一个小小的鸽子哨儿，居然让北京人玩得这么精彩，玩出了情趣，也玩出了学问。

王世襄先生是我敬佩和景仰的大家。我拜读过先生的大部分著作，也被他那流畅疏朗的文笔所折服。

他的每篇文章，足可以跟当代国内著名的散文家相媲美。

散淡闲适的心境和治学的严谨相融合，生活的情趣和浓厚的文化源流相辉映，构成了他行文特有的风格。

他把大俗变成了大雅，仿佛一个善静的老人拿着一个玩意儿，在给你讲它的价值，讲应该怎么去欣赏。读他的文章不累，长学问长见识，更能从中发现生命的真谛。

难能可贵的是王先生的谦逊与和蔼。我非常喜欢那本装帧讲究的《北京鸽哨》。那年，北京做硬木家具的老字号“龙顺成”搞活动。得知王先生也来，我特意到琉璃厂的中国书店买了一本，找王先生签字留念。

签字时，他笑着问我：“是不是我得称你老师？”

我赶紧说：“您快饶了我吧，在您面前称学生都不够份儿。”

他幽默地说：“当学生不够份儿，那就当先生。”

果然，他给我的签名是：“一达先生清赏。”

看了这个题签，让我愧然，但由此可知先生的谦逊。

老宅门的文化熏陶

王世襄先生能成为如此有学问的玩家，既是他自己玩出来的，又跟他的家学有直接关系。

王世襄先生的伯祖王仁堪是光绪丁丑年状元，仁堪这个状元可不是“撞元”，他的思想非常开明，其学术影响了一代人。

别的不说，他是梁启超的老师。就这一条，您琢磨琢磨去吧，他的思想在当时有多开化。

王世襄的父亲王继曾，字述勤，受王仁堪的影响，从小就接触西方进步文化，精通几国语言，毕业于南洋公学，曾担任过军机大臣张之洞的秘书，1909年赴法国，任留法学生监督，后来就任过驻墨西哥、古巴的公使。

王世襄先生的母亲金章，号陶陶，也是老宅门的大家闺秀。金家在上海以经营湖丝贸易发财，在商界有一号。

金章的父亲金焘，在与外商的贸易往来中，倾向“洋务”。1900年，把三个儿子，即金城（谱名金绍城，号北楼）、金绍堂、金绍基及金章一起送到英国留学。

在英国，金城进伦敦铿司大学学习法律和经济专业，获得法学博士学位。金章学的是美术，1905年回国，从事绘画，1909年与风流倜傥的王继曾成婚。婚后，王继曾到法国任职，她也随夫同赴巴黎。

两次留洋的经历，使金章的眼界大开，在绘画上更是中外兼修，她画得最多的是鱼，也因画鱼扬名于北方画坛。金章1909年画的《金鱼百影图卷》原作现藏于北京故宫博物院。

金章还写过一本画鱼的专著《濠梁知乐集》，可惜此书尚未出版，定本毁于战火。王世襄先生对母亲感情很深，在晚年说起这事，尚感遗憾。

说起来，王世襄先生的父母都是留过洋的人，那个年代，像王先生这种有留洋经历的家庭凤毛麟角，他身上本应有更多的洋范儿，但他偏偏对洋的东西没兴趣，唯独钟情于中国的传统文化。

对王先生影响最大的是他的大舅金城金北楼。金城从某种意义上说也是一位玩家，但他玩的是字画。

金北楼1905年回国后，曾任上海公共租界会审廨襄谳委员。官不大，也是官，但他对这个差事并不感兴趣。淡出政坛后，以书画为业，过着中国老式文人的生活，创立了中国画学研究会，广收学生，经常和日本画界交流画艺，成为北方画坛领袖式人物。

金北楼在民国时期非常有名，当时中国画坛有“南张（大千）北金”之称。同时，金北楼也是文化名人，与他结交的有许多是叱咤风云的人物，如徐世昌、熊希龄、朱启钤、陈宝琛等，他们是朋友，也是画友。

王世襄先生的书法非常好，虽然他从来不炫耀自己的字儿。有一次，我在一旁看他写字，问他：“您写字是不是受令堂的熏陶？”

他淡然一笑说：“不，我更多的是受大舅金北楼先生的影响。”

他告诉我，他小的时候，他大舅在家里画画儿，教学生，他就在一旁看他画。有时像朱启钤这样的文化名人来家做客，在一起谈诗论画，他也在一边儿听。

朱启钤，号桂辛，民国初年，曾任交通总长和内务总长，当时的官职相当于民国政府的半个总理。故宫博物院的前身古物陈列所（地点就在故宫），就是由他主持筹划的，这是中国最早的艺术博物馆。

王先生的大舅金北楼曾是朱启钤的部下，直接参与了古物陈列所的布置和陈列。王世襄从小在金北楼身边，耳濡目染，潜移默化，自然从中受益颇多。

了解了王先生的这些家庭背景，您就会对他后来成为有文化、有品位的玩家不足为奇了。

香炉所承载的深情厚谊

世襄先生之所以能玩出“道”来，依我之见，在于他“不为物喜，不以己悲”的心境。正是由于他会玩，才能在遭奇耻大辱时淡定自若，在历尽磨难后，依然故我。

2003年，王世襄先生收藏的20具明清铜制香炉，在嘉德秋拍上，拍出了1100万人民币的高价。7年以后的2010年，这批香炉又一次出现在嘉德的拍卖会上，竟然以近亿元（9844万）人民币成交，刷新了香炉的拍卖纪录。

玩家圈里有一种说法，同样的物件，要看谁玩过。换句话说，看它过过谁的手。

在名人手里玩过的物件，当然比从一般人手里出来的物件价值要高，这批铜制香炉就是例子，它是从大玩家王世襄手里出来的，上拍，自然让人刮目。

在这批香炉中，有一个戟耳炉，被称为“玉堂清玩”。此炉“色近棠梨，莹澈闪金，光而大半为黑，漆古遮掩，淡处如雾翳，浓处如泼墨。静中晤对，忽欲浮动，恍若陈所翁画卷，弥漫中将有神龙出没”。

在王先生写的《自珍集》里，记录了这个香炉的来历：

“李卿丈藏戟耳炉不下二三十座，此为第一，常置夫人案头，朝夕供香饼。民初，李卿丈即卜居芳嘉园，去王家仅数十步，儿时常携鸽至丈家门首放飞，入夏更捧蟋蟀盆求教，赵伯母每抚我头，给果饵。移居后，仍往请益，许蟋蟀外兼及铜炉矣。北京沦陷时，李卿丈为居家所需，不得不让炉于庞敦敏。1951年，予自庞家购得十余具，喜携其二三驰告。时二老均在病中，丈喘咳尤剧，持炉把玩，如见故人，而力有不胜。濒行，赵伯母忽取案头此炉相授，曰：你拿去摆在一起吧。此情此景，伦盛凄恻，竟嗒然久之，不知言谢，又一年而丈归道山矣。”

这段故事让人读之感慨，玩物背后的故事确实不说不知道，说出来让人心跳。单看一具香炉价值千金，但王先生与李卿丈夫妇之间的情感，是多少金钱所买不到的。

张伯驹让他把《平复帖》拿回家

有一次我跟王世襄先生闲聊，话赶话说起张伯驹先生捐《平复帖》的事儿。

《平复帖》是西晋陆机的墨迹，纵23.8厘米，横20.5厘米，一共9行84个字，被国内的文物专家称为国宝中之“宝”，可以说无价可以衡量。

在我国现存的书画墨迹中，《平复帖》的年代最早，距今大约有1700多年。换句话说，它是我们现在能看到的最早的墨迹，而且出自于名家之手。

其卷后有董其昌的跋。跋云：“盖右军以前，元常以后，唯存此数行为希代宝。”

《平复帖》流传有序，卷前有宋徽宗赵佶的书签和玺印，说明在宋代为皇家所有，之后又辗转被皇亲国戚收藏。明代有韩世能、韩逢禧父子，张丑，清代有梁清标、安岐、成亲王永瑆等人鉴藏印记，后来到了恭亲王奕䜣手里，传给了他的孙子溥心畬。

1936年，大玩家张伯驹先生得知《平复帖》在溥心畬手里后，便托“阅古斋”的人向溥先生求购。溥心畬开价20万元，当时这是个吓人的价儿，张伯驹一时拿不出来。

但他又怕溥心畬把《平复帖》卖给外国人。之前，溥心畬在国人无人肯出高价的情况下，已将恭王府所藏唐代韩幹《照夜白图卷》卖给了洋人。

有过这么一出儿，张伯驹自然心里打鼓。他扭脸又托张大千说情，看能不能把价位放低。但溥先生一口咬定20万元，不肯松口。

那些日子，张伯驹为筹款买这幅《平复帖》真是绞尽脑汁。

苍天不负有心人。过了大约有一年的时间，这天，张伯驹在天津到北京的火车上，遇到了溥沅叔先生。张伯驹跟溥沅叔又聊起了溥心畬手里的《平复帖》。

溥沅叔告诉他，溥心畬刚刚丧母，急需用钱，他要买《平复帖》，这可是个机会。张伯驹听到这话，不由得心里一动，便对溥沅叔说：“那还要有劳叔老跟他递个话。”

溥沉叔知道张伯驹的心思，笑道："既然你张了口，我就去试试。"

溥心畬倒是很给溥沉叔的面儿，经过他从中斡旋，最后张伯驹花了4万元买下了《平复帖》。

《平复帖》到了张伯驹手里，视如自己的眼珠子，后来赶上战乱，他怕此帖有损，将它缝在自己的衣被里，轻易不敢离身，直到1956年，张伯驹先生将它捐献给故宫博物院。

那么，《平复帖》怎么到了王世襄手里了呢？

说起来也是一段佳话。原来，王世襄先生在1946年完成清理战时文物损失工作后，就留在了故宫博物院工作。当时他风华正茂，很想在故宫所藏书画的研究上做点贡献，那就是把故宫所藏的字画逐一著录，以期得到一份完整的记录。

因为张伯驹先生在这方面是大家，所以王先生便向他请教。他的这些想法，得到了张先生的首肯。

王先生当时为了验证自己的著录工作是否可行，先要找幅书画真迹作样板儿，《平复帖》无疑是最理想的了。

不过，著录书画要多次眼观手摸，仔细观察和丈量尺寸，抄写题签、款识、印章、题跋、收藏印等，如此珍贵的国宝，张伯驹先生肯拿出来给王世襄吗？他心里打起鼓来。

要知道当时王世襄，可还是30多岁的小伙子，张先生舍得把自己的宝贝交给他吗？说老实话，他心里是没底的。

没想到，张伯驹先生先提出来了："你一趟一趟往我们家跑，来看这幅帖，不如把它拿回家，慢慢看，省得你来回跑了。"

"这，我怕那什么。"张伯驹这么一说，反倒让王世襄抹不开面子了。

"有什么可怕的？它又不咬人。拿回家看吧。"张伯驹先生若无其事地笑笑。

他的这话让王世襄顿时吃了一惊。要知道，张伯驹先生拿这幅《平复帖》当心肝宝贝呀，平时他自己都舍不得摸一下，这会儿居然如此放心大胆地让他拿回家，这是多大的信任呀？

吃惊归吃惊，张伯驹先生还真让王世襄把《平复帖》拿回了家。

《平复帖》在王家放了有一个多月，王世襄把字帖上所有的"信息"都一一著录下来，才还给张伯驹先生。

当然，这《平复帖》放在王世襄家里，也让他寝食不安，提心吊胆。您想这可是无价之宝呀，万一出点儿什么娄子，他得担待多大的干系呀？

为了保护《平复帖》，他专门腾空了一个樟木箱子，里头放上宣纸，竖着放《平复帖》，而且把箱子放在床头，出门时把箱子藏好，生怕有什么闪失。

看帖的时候，他更是加十倍的小心，在朝阳的桌子上，铺好白毡子和高丽纸，再洗净手，戴上白手套，再屏息观看。直到把这件国宝还给张伯驹，他才如释重负。

多少年过去了，王先生每每回想起这件事都感叹不已。他在怀念张伯驹的文章里，谈到这件事时写道：

"将《平复帖》请回家，我连想也没想过，而是伯驹先生主动提出来的，那时，我们相识才只有两年，不能说已有深交。对这一桩不可思议的翰墨因缘，多年来我一直感到十分难得，故也特别珍惜。仅此就足以说明伯驹先生是多么信任朋友，笃于交谊。"

张伯驹先生这种大家风范，现在实在是难得一见了。其实，更让王先生感动的是，张伯驹先生作为收藏家崇高的思想境界。

张伯驹晚年做了三件轰动国内外的义举：

第一件：1952年，他将自己几乎倾家荡产收购的展子虔的《游春图》，捐给了北京故宫博物院。

第二件：1953年，将私家花园"承泽园"卖给了北京大学，自己仅留北京后海的一个四合院。

第三件：1956年，将《平复帖》、杜牧的《张好好帖》、李白的《上阳台帖卷》、黄庭坚草书卷、蔡襄自书诗册、范仲淹的《道服赞卷》等8件国宝级文物，捐给了故宫博物院。

这些十分珍贵的国宝级文物，都是他几乎倾其所有换来的，最后都无偿地捐献给了国家。这不能不让王先生对张伯驹先生肃然起敬。

捐赠79件名贵古典家具

说到文物捐献，王世襄先生也有过义举。

1998年，王世襄先生将自己珍藏多年的79件黄花梨、紫檀家具，捐献给了上海博物馆。这些家具几乎都是上了王先生《明式家具图录》的。

由于王先生是玩古典家具的大家，此举在社会上引起很大反响。其中有一种说法是：王世襄先生曾在北京故宫博物院蒙冤，并被故宫博物院开除，所以他没把自己收藏的名贵家具捐赠故宫，而捐给了上海博物馆。

这种说法好像是说王先生是爱记仇的人，虽然当年蒙冤受辱过去那么多年，他还对故宫博物院耿耿于怀。

其实，这完全是对王先生的误解。据我对王先生的了解，他是一个非常想得开的宽宏大量之人。玩家嘛，过去的事都如过眼云烟，他要心里总想着这些，还叫玩家吗？还能有滋有味儿地活到九十五岁的高寿吗？

为什么他要舍近求远，把这批名贵家具捐给上海博物馆呢？这事儿说来话长，先得说说王先生住家的情况。认识他的人都知道，他早年住在东城区的芳嘉园，这是一个有十一间房的四合院，是祖上留下来的私产，但后来私房都归了房管局管辖。随后王先生家前后脚安排进来几家住户，成了大杂院。

这样一来，王世襄住的房子变得非常窄瘪，加上他有几十件明清家具，地方就很局促，当年我院里采访王先生的时候，连坐的地方都是他现给腾出来的。

北京胡同里的院子，从1976年唐山大地震盖防震棚起，便开始私搭乱建，院子里的空地，谁抢着是谁的。王家当年规规矩矩的四合院，后来变成了被私搭乱建的房子挤得密不透风的院落。

最让王先生难以忍受的是院里有家住户是铁匠出身，每天都叮叮当当做铁活儿，他媳妇会过日子，天天到外边捡废品，乐此不疲，各种废品堆成了小山。

您想喜欢安静的王先生夫妇哪受得了这个呀？

北京从1978年开始落实私房政策，但政策白纸黑字，真正落实到户可难。

我从小在我外祖父家长大，我外祖父有两进的四合院，十多间房，被街道工厂给占了。我从1978年开始，“跑”落实私房政策的事儿，始终“靴子不落地”，直到1990年前后，经过西城法院裁决，“政策”最后才“落实”。所谓“落实”是给了一套房，4000多块钱。那可是西单地区的四合院呀！

由于我有过“跑”落实私房政策的经历，所以王先生的苦恼我深感同情。当时，我在北京市委统战部工作，虽说有点儿便利条件，但落实私房政策的事儿，实在是让人头疼。

记得当年我们替溥仪的亲弟溥任先生“跑”落实私房政策的事儿时，最后是分别找市长和区长签字，才通过协商落实了三间房，还不是全部。所以面对王先生的困惑，我也没有什么高招儿。

那会儿，北京人的住房相当紧张，祖孙三代挤住十平方米的小屋司空见惯。何况已经住进来的人，谁愿意搬出去？再说让他们搬走，住到哪儿去呀？这些都是实实在在的问题。

所以，直到20世纪90年代，私房政策在王先生家也没落实，房客依然踏踏实实地住着，铁匠活儿每天还是照常叮叮当当地响着，年纪一年比一年大的王先生还要继续在老宅受煎熬。

恰好这时，香港的友人庄贵伦先生为了实现父亲的遗愿，要为上海博物馆捐献一批古典家具，想到了写《明式家具图录》的王世襄先生。

王先生觉得三十六计走为上，正好借机可以“逃离”这个大杂院。所以就答应了庄先生。

《明式家具图录》里展示的家具，几乎囊括了他收藏的全部古典家具精品，所以，他提出一个条件：这些家具他要一件不留地捐给上海博物馆，自己只留十分之一的钱，够在北京买一套公寓就行。这是老人的心愿，庄先生自然不会有悖他的初衷。

后来这批家具被上海博物馆收藏，王先生也搬出芳嘉园，住进了迪阳公寓。

古琴“大圣遗音”拍出一个亿

2011年，在王世襄先生去世两年后，他收藏的一把古琴“大圣遗音”，在拍卖会上，以一亿人民币的价格成交，创造了中国古琴拍卖的世界纪录。

当然，这不是一把普通的古琴，别的不说，单说年头儿，就够分量，它是唐代的，距今上千年了。

像王先生收藏的其他藏品一样，它背后也有动人的故事。

这把琴跟北京故宫博物院收藏的“神农氏唐琴”，不但漆色相同，断纹、池沼、年款也一样，据多位专家考证，这两具琴出自唐代同一个人之手。

此琴原来是锡宝臣的藏品。锡宝臣是老北京著名古琴家。当时京城玩古琴的经常在一起切磋琴艺，这把古琴被王世襄先生相中。一般被他相上的物件，他都会穷追不舍，但锡先生也玩了几十年，舍不得让（卖）给他。

1948年，王先生碰到了锡先生，提起了这具琴的事儿。当时人心惶恐，锡先生也深感不安，答应把王先生心仪已久的古琴出让给他。

当时，王先生的生活也感拮据，拿不出现钞。当然，那会儿的纸币也不值钱，几十万元能买个窝头。

在万不得已的情况下，王世襄和夫人只好跟锡先生以物易物，拿出三件饰物和三枚翡翠戒指，外加一部日本版的《唐宋元明画大观》，换下了这具古琴。

王先生晚年，在朋友的撺掇下，决定拿出这具古琴。2003年，古琴“大圣遗音”在嘉德拍卖会上，以819万的价位成交。

当时拍卖市场上，古琴并不多见，所以业内人士认为，这具唐代古琴不应该拍这么低的价儿。有人把拍卖结果告诉了王先生。

王先生淡然一笑说：“卖多少钱都无所谓。我已经90岁了，对一切都看得很淡了，如果我年轻一些，也不会把这琴给卖了。”

王先生身边的朋友问他：“您觉得这琴应该卖多少钱？”

王先生平静地说：“至少是现在的十倍。不信，咱们就走着瞧。”

果然，让王先生言中，这具古琴在王先生去世后，身价陡然上升。当然，这也是这把唐代古琴本身的价值所在。

给红烧鱼上“眼药”

有些人会以为，王先生是一个大玩家，一把古琴就值那么多钱，他肯定早就是亿万富翁了，享受着荣华富贵的日子。

其实，这只是一种假想。像大多数玩家一样，他们享受的只是收藏的乐趣，换句话说，他们享受的是精神生活，对物质生活并没有多高的追求。

王世襄先生一向认为玩（收藏），只是一个过程而已。玩意儿再好，生不带来，死不带去。他眼中的“物”，已化为一种情趣，而非物本身的价值，这不是金钱所能体现的。

“淡泊明志，宁静致远。”事实上，王世襄先生的生活非常俭朴。他无冬历夏总穿着那件中式扣襟衣服，脸上永远挂着善静随和的微笑，是一位很有情趣、极有亲和力的慈善老人。

在我看来，王世襄是一位会生活的人，他能够在任何境遇中，恬淡从容，淡定自如地活在自己设想的生活情境中，两个窝头，一块臭豆腐，一碗豆腐脑，他会觉得挺滋润。山珍海味，鱼翅鲍鱼，他也觉得挺舒服。这种随遇而安、得乐且乐的心态，恰是他作为玩家的写照。

正因为有这种心态，他从来不刻意去要求什么，一切都顺其自然，即便是到人大会堂或者去见什么大人物，他也照样是平时的装束。正如他自己说的：“我就是我，没必要化妆。”当然，他所说的“化妆”，不光是外表的粉饰，更是指思想和心灵上的虚实。

王先生在日常生活中，也是一个很随意的老人。我到他家采访时，居室摆着不少明清家具，但这些名贵黄花梨和紫檀家具上堆放的都是杂物，衣服随手往家具上一扔，并没有那么多讲究。

王世襄先生是一位美食家，他写的那些谈吃的文章，说得头头是道，让您读了津津有味，以为他是个“吃货”，其实，他日常吃的就是粗茶淡饭，并不那么讲究，但是他很重视口味儿。

有一次，一个家具厂的老板请他吃饭。饭桌上点了一道“红烧黄鱼”，他吃着觉得酱香味儿没进去。

我当时也在场，见王先生撇了嘴，赶紧叫服务员，让她换一道别的菜。

老爷子摆了摆手说：“别我的一句话，就把一桌人吃鱼的权利给‘剥夺’了呀。”说着，扭脸问服务员：“我到后厨看看允许吧？”

服务员点了点头。老爷子冲我们嘿然一笑说：“你们稍等片刻。我给这鱼上点儿眼药。”

说完，他让服务员端着那盘鱼，自己跟着她颠颠儿地进了后厨。

没过一会儿，服务员把那盘“红烧黄鱼”重新端上桌。王先生让大家动筷子尝，我吃了一筷子，果然味道变了。

“您上的是什么‘眼药’呀？”有人问道。

“嘿嘿，我放了点儿白胡椒粉，还有调味的油。”他挤咕着眼睛，笑着说。

“敢情是这么个‘眼药’呀！”身边的朋友忍俊不禁道，“你们还以为我真给它上‘眼药’呢？”王先生看到大家吃得津津有味，像一个小孩儿似的笑了。

睡在柜子里的“贵人”

王先生是2009年去世的，活了95岁。现如今，虽说中国人的寿命普遍提高了，以北京为例，平均寿命已达80岁，但毕竟能活到90岁往上的人并不多。按老年间的说法，可以说老爷子尽享天年了。

王先生属于活得很明白的人，80岁以后，他便把生死看得很淡了。能活到九十有五，老爷子已经感到知足，所以他临“走”前撂下话：不搞遗体告别，不开追悼会，甚至连灵堂也不要设，省事也省心。

他从容不迫地来到这个人世，又坦然自若地挥手跟这个世界告别，在人世间潇潇洒洒玩了一遭。

这一遭儿玩得时间不短，将近一个世纪。老爷子也算玩得功德圆满。

王世襄先生说话保持着北京人的幽默感。有时跟朋友聊起明式家具，朋友恭维他一句：“您是玩明式的大家和高人。”

他会微微一笑说：“我哪是什么高人？我是‘柜人’。”

怕朋友听不出来其中的含义，他还会特意解释一句：“柜子的‘柜’，不是高贵的‘贵’。”

这是怎么回事呢？原来王先生住在芳嘉园的时候，家里收藏的家具实在太多，无奈之中，他和夫人袁荃猷只好睡在一个明式的大柜子里，所以他戏称自己是“柜人”。

朋友到王先生家做客，看到这对耄耋老人睡在柜子里，实在有点寒酸，而且把柜子当“床”，睡觉也不舒服，劝他“出柜”。

他却笑呵呵地说：“躺在柜子里多美呀！”

朋友觉得老爷子的话不可思议：“美？睡在柜子里会美？”

王先生嘿然一笑说：“睡在柜子里，心里多踏实呀！八级地震、十级地震我都不用怕。再者说了，这柜子可是黄花梨的，别人想睡，还睡不上呢！”

黄苗子到他家，看到他的这张“床”，还特地写了一副对联：“移门好就橱当榻，仰屋常愁雨湿书。”

王世襄先生笑着说：“光有对联不行，再来个横批吧。”

黄苗子说：“横批得由‘贵人’出。”

王世襄先生随口说：“横批就写‘斯是漏室’吧。”

引来一片笑声，古往今来，玩家无数，达到王世襄先生这境界的能有几人？

如果说王世襄先生作为一代玩家，玩出了境界，那么，这种境界恰恰是后来的玩家所应有的“范儿”。

王世襄先生留下来的不仅是他的藏品、他的著述，更主要的是他的精气神。

玩家该有什么样的精神境界，这确实是让我们回味的。

玩家也有“漏眼”的时候

玩家写的书不是教科书，当然，社会是在不断发展的，随着人们认识世界的深入，教科书也有过时的时候，王世襄先生的书也如是。

因为他玩的项目比较多，研究的领域也比较广，所以，不可能样样都达到专家的水平。先生活着的时候就说过：“我算不上专家，如果非要给我挂个头衔儿，我只能算是个杂家。”

有一次我采访北京鸽哨“永”字的传人，他玩了几十年鸽哨，受过真传。

聊起王世襄先生的《北京鸽哨》，他对我说：“这本书里有不少是误传，王先生说的鸽哨造型葫芦、联筒、星排、星眼四大类35种，其实并不准确。”

他是专门做鸽哨的，见天跟鸽哨打交道，行里的事也许会比王先生知道得多，指出王先生书里的不足，这也是很正常的事儿。但这些不可否认王先生这本《北京鸽哨》的历史价值，因为这毕竟是第一本专门写鸽哨的书。

王先生不是神，只是一个玩家而已，他说的也不是句句是真理，他写出来的只是自己的见闻和见解，自己的感悟而已，您没必要非去较真儿。

我认识一个叫申建明的朋友，收藏了许多古典家具，最初也是看着王世襄先生的《明代家具珍赏》《明式家具研究》等书入的门。

有一次，我到他家，见书案前有把老式的交椅，随意坐下了。建明对我笑道："这可不是一般的椅子。它是明代的。"

"明代的？"我站起来猫腰仔细地摸看了一番。

"这把椅子推翻了王世襄先生的一个定论。"建明微微一笑说，"王先生在《明式家具研究》中，有照片为证，说明代的圆后背交椅是有金属件的，特别是在连接部位是用铜箍的。其实，老先生活着的时候，没有见过实物，所以才得出这个结论。其实，明代家具是没有任何金属件的。您看看这把椅子就明白了。"

我再次仔细看了看那把圆后背交椅，的确没找到任何金属件，所有零部件都是榫卯结构。

这把椅子让我长了见识，回家以后，我拿出王先生的《明式家具研究》，翻看之后，确如建明所说。王先生在书中的原话是：圆后背交椅"一般都采用金属饰件钉裹交接部位，借以加强连接并取得装饰效果。本册中圆后背椅两例，形制相似，惟时代有早晚之异"。

显然，由于王世襄先生在生前没有看到实物，得出了错误的结论。据另一位研究古典家具的玩家说，王先生的书里还有若干瑕疵。这些都属于正常现象。

这些说明了一个道理：金无足赤，人无完人。对王世襄这样的大玩家可以崇拜，但不能迷信。

当然，这也不是像王世襄这样的大玩家的初衷，他们活着的时候，玩的是物我两忘，玩的是心情，玩的是过程，并没想到别人会怎么说，所以才玩出了境界，当然他们从来没有想到后人去效仿。

因此，我们对他们除了致敬以外，还应该学到他们身上那些玩物以外看不见的东西，也许这才是这些大玩家留给我们的宝贵遗产。

那志良

典守故宫七十年

那志良

1908—1998，满族，北京出生，祖上属满族正黄旗，清亡后家道中落，少年得教育家陈垣资助，接受新式教育，学成后就职于刚成立的故宫博物院。1933年受命随故宫的古物南迁，后辗转到台北，任台北故宫博物院研究员，是我国古器学，尤其是玉石研究和鉴赏方面公认的权威。

北京故宫博物院亮家底儿

2017年3月，北京故宫博物院院长单霁翔大大方方地对外宣布，截至2016年底，北京故宫的藏品总数达到1862690件。这186万多件藏品中超过九成属于珍贵文物，达到1683336件。当然，其余的则属于一般文物或标本（后文说的做旧的赝品）。

故宫博物院能说清自己的家底儿，并不是一件容易的事儿，您想这186万多件藏品，您就是数数儿也得花点儿气力，更别说这些藏品分着多少门类，而且出于对藏品的保护，这一拿一放都加着小心。所以这是一项大工程，从2014年开始，一共花了三年的时间，光清理的项目组就成立了15个。

不过，故宫博物院这三年时间没白花，他们不但查清了家底儿，而且还清理出5万5千多件藏品。在此之前，故宫博物院的藏品是1807558件。

怎么会一下增加了5万5千多件藏品呀？难道它们是从地缝儿钻出来的？

没听说地缝儿了往外钻藏品的！

敢情北京故宫的地界忒大了，您忘了故宫的大小房子有9999间半的说法了？别的不说，自打那位退了位的末代皇帝溥仪离开紫禁城，光装皇宫里留存下来的物件的房子就有几百间。

这些用来当库房的屋子，有的上锁多年，落满尘土，里面究竟放的是什么，这么多年了，谁也不知道。这次清理工作把这些库房给打开了，一看，敢情还有这么多宝贝！

末代皇帝溥仪是1924年出宫（离开紫禁城）的，1925年，民国政府成立了“办理清室善后委员会”，开始接管宫中的文物。从那时起到现在，故宫博物院大的清理工作一共搞过六次，每次大约都要花10年左右的时间。

别瞧花的时间多，但是由于一些技术上的原因，还是对家底没有彻底摸清，比如那些尘封几十年的老柜里的物件，许多是御稿或尺牍，这些纸质的东西一接触空气就会“风化”，如何处理？所以在技术问题解决之前，不能轻举妄动。

比较彻底的是第五次清理工作，即从2004到2010年的那次清理，由于解决了许多技术上的问题，打开的老库房比较多，那一次，也是举全院之力的大清理，基本把家底儿摸清了，这一次是在前一次的基础上的进一步清理，当然收获也是大大的。

150多件珍贵史料捐给了北京故宫

故宫博物院2014到2016年的这次大清理，不由得让人想起了北京故宫博物院建立之初的文物清理，同时也想起了典守故宫70多年的那志良。

那志良先生是1925年，也就是他17岁的时候，在陈垣先生的引荐下，进的故宫博物院。1933年，故宫博物院的国宝南迁时，他离开北京故宫，以后便一直守护着这批北京故宫的国宝。1929年，这批国宝转移到台湾。台湾建立台北故宫博物院后，他作为研究员，始终没离开过博物院，直到80多岁退休。

像其他搞文物收藏和研究的王世襄、朱家溍、单士元等玩家一样，那志良也是高寿，享年90岁，而且都是老北京人。

2006年6月21日，那志良先生的儿媳王淑芳女士来到北京，将那先生生前保存的有关北京故宫文物南迁的150多件珍贵史料，捐赠给北京故宫博物院。

捐赠仪式上，故宫博物院向王淑芳女士颁发了捐献证书。这批史料包括当年故宫文物南迁过程中的文书、印章、照片、书法、勋章等，是北京故宫博物院难得的史料。

故宫博物院的负责人高度评价了那志良先生的善举，说："那家后人的此次捐献，可以说弥补了故宫院史有关文物南迁的空白。"由此可以看出这些史料的珍贵，以及那志良先生在故宫国宝南迁过程中举足轻重的作用。

跟王淑芳女士一同来北京捐赠这批史料的有台湾艺术大学传统工艺系主任王庆台教授和台北沈春池文教基金会的秘书长陈春霖。二位在这次捐赠活动中起到了"桥梁"作用。

我在捐赠仪式后，采访了王庆台教授。王教授祖籍山东，父亲曾是国民党的空军，20世纪40年代末去的台湾。

他对我介绍了捐赠这批史料的来龙去脉。

王教授跟那志良先生交往了20多年。那先生生前主要研究玉石，从台湾故宫博物院退休后，在台湾艺术大学主讲中国古器物学。王教授是那志良先生的学生。

他对我说，那志良先生不但学识渊博，功力深厚，而且慈眉善目，气质儒雅，有学者风范。他对待自己的学生亲切和蔼真诚，像对待自己的亲生儿。那志良先生在台湾享有盛誉，是大家敬重和景仰的长者。

那志良先生在北京故宫博物院和台北故宫博物院工作了70年，这种不凡的经历是非常难能可贵的，尤其是北京故宫的国宝南迁，那先生一直坚守始末，作为亲历者，他掌握了十分难得的第一手资料。

王教授告诉我，1998年，那志良先生去世时，他正在美国讲学，回到台北后，那先生的儿媳王淑芳知道他跟那先生的关系非同一般，便把那先生留下来的许多资料，委托他进行整理。

在大陆和台湾各生活了那么多年，而且阅历又那么深，所以那志良先生的遗物非常庞杂。王教授带着自己的学生，前前后后花了大约五年的时间，才把那先生的遗物大体上整理出头绪来。

两岸捐赠几经周折

那志良先生生前曾留下遗嘱，自己留下的资料整理出来后，将无偿捐献给北京故宫博物院，以表达自己对生于斯长于斯的北京城的情愫。

虽然把老爷子的遗物整理出来，而且王教授和王淑芳也知道老人家的遗物中，有关北京故宫博物院的资料十分珍贵，但由于当时两岸关系还很紧张，这些史料还无法完成老人家生前的心愿，即将它捐赠给北京故宫博物院。

2006年初，王庆台教授的学生陈春霖来看他，聊起了那先生遗物捐赠的事儿。

陈春霖在台湾沈春池文教基金会，做了20多年的两岸文化艺术交流工作，得知此事，也感到那先生遗留的这些资料中，有关北京故宫博物院文物南迁的史料异常珍贵，于是便想以两岸文化交流的一项内容，完成那先生的遗愿。

这时，恰逢傅抱石画展在台北举办。北京故宫的一位领导来到台北，陈春霖让这位领导看了王庆台先生整理的资料，他非常吃惊，没想到北京故宫博物院缺失的文物南迁时的相关史料，会都在那先生手里。

当时，王教授没有直接提捐赠之事，只说先在北京搞个展览。2006年是北京故宫博物院建院80周年，北京故宫博物院的领导回到北京后，在院委会上对台北王先生和陈先生的提议进行了研究，大家认为这些史料能拿到北京展出，其意义非同一般。

王庆台征求王淑芳的意见，王淑芳两年前曾与北京故宫博物院有过接触，当时故宫召开回忆古物南迁的座谈会，曾请她参加。

同时，王淑芳通过我，结识了朱传荣女士。朱传荣是朱家溍先生的女儿，早年间，我采访朱家溍先生时，我们成了朋友。

朱传荣从那先生写的回忆录《典守故宫国宝七十年》里，了解到那志良先生虽然与她父亲朱家溍不是故宫博物院同时期的同事，但跟她爷爷和伯父在故宫博物院工作过。

朱家溍是1944年冬天，因故宫博物院临时办展览，被借调到故宫的，后来才成为故宫的工作人员，所以1931年的国宝南迁，朱家溍先生没赶上。但那先生在故宫文物南迁过程中，为保护这批国家文物做出了巨大的贡献，朱家溍先生是十分钦佩的。

受父亲的影响，同时也有感于那志良先生这一代故宫典守者对国宝的赤诚之心，朱传荣决定在大陆出版那志良先生的回忆录《典守故宫国宝七十年》。

在出版这部书的过程中，朱传荣跟王淑芳有了交往，王淑芳跟北京故宫博物院的领导也接触过几次，相互之间有了一些了解。那先生虽然离开北京故宫博物院几十年，但北京故宫的老人依然没有忘记他。

正是因为有这样的基础，王淑芳与其他亲属经过商议，觉得实现那先生的遗愿已经成熟，决定将那先生生前遗留的这批珍贵史料，无偿捐献给北京故宫博物院。

王淑芳说，把这批文献捐给北京故宫博物院，我们可以告慰九泉之下的那先生了。

故宫典守者的职责和情怀

那志良先生是地道的老北京，祖上是满族正黄旗。按老年间旗人的说法，那家属于“黄带子”。

那家的老宅在西城区锦什坊街东养马营，小院不大。其实，在那志良先生出生的时候，那家已随着大清国的衰亡而中落。他父亲失去俸禄之后，以教书为业，家境比较贫寒。

据那先生的回忆，他在小学毕业后，考入了位于祖家街的市立第三中学，可是父亲因负担太重，无力再供他念中学，准备让他自食其力了。正好这时，陈垣先生得到一笔华侨捐款，创办了一所免费的平民中学，于是他和弟弟廉君考入了这所中学。

那志良少年时勤奋好学，入学考试是第一名，上学以后，各门功课的成绩也总是名列前茅，因此得到了陈垣校长的特别看重。

陈垣，字援庵，广东新会人，是现代著名史学家和教育家。民国初年任教育部次长，后创办平民中学，并在北京大学、辅仁大学任教，兼任辅仁大学校长，以后又兼任京师图书馆馆长、清室善后委员会委员、故宫博物院理事、故宫图书馆馆长等职。

他这一生，一直重视平民子弟的成长，奖掖有才的穷人孩子，比如启功先生也是受益于陈垣先生，才得以到辅仁（后合并到北师大）就职的。

1925年，由陈垣先生推荐，那志良进故宫当职员，当时他只有17岁。到他1998年在台北去世，他在故宫博物院工作了70多年，堪称故宫的“元老”之一。

这70多年，那先生先后参与了清室善后委员会点收、故宫博物院成立、伦敦艺术品展览、故宫博物院的古物南迁、文物精品运台等大事。

那先生到台湾定居后，又编辑了《故宫书画录》《故宫铜器图录》《故宫书法》等，可以说把自己的一生都献给了故宫。

虽然那先生算是老北京，可是从他17岁进故宫清点文物到1933年，25岁押运故宫文物南迁，再后来到台湾定居，在近70年的人生阅历中，几乎再没回过北京。

在这漫长的岁月里，他的生活基本上都与故宫的国宝有关。我认真拜读过他写的《典守故宫国宝七十年》一书，也有幸看了他的后人捐献给故宫的100多件具有文物价值的史料，深深感到一个“故宫人”所具有的一种“典守”之责，以及浸入骨髓的国宝情怀。

这种职责与情怀是我们常人难以想象的。您想这些“故宫人”一天到晚跟国宝相伴，看的摸的研究的都是国家顶级的文物，他们可以说都是“玩家”，但这些国宝都是国家的，没有一件是自己的。可话又说回来，即便这些宝贝是你自己的，你不过也就是如此了吧？

所以，时间越久，“我”的元素就被一点一点地融入“国”里了。换句话说，在他们眼里，这些国宝既是国家的，也是自己的。这种物我合一，就上升到了一种崇高的境界，即为了国宝，可以忘记一切，甚至舍弃一切，如同您手里有几件视为眼珠子的心爱玩物，别人花多少钱，您都绝对不会割爱，别人要是上手抢，您肯定得跟人家玩命。

那志良先生就是以自己一生70多年的经历，证明了一个故宫国宝典守者的职责和情怀。这种职责和情怀看似平凡，却蕴含着伟大。

那先生负责故宫国宝南迁典守之责的时候，还是一个二十郎当的青年，可是他却视这些国宝如自己的生命，在战火纷飞的年代，他能够一心一意地遵从上级的指示，冒着枪林弹雨，辗转多地，行程上万里，把数万件国宝保管得井井有条，甚至从北京故宫带出来的一个纸片都悉心保存，没有遗失。

在危难时刻，为保护这些故宫国宝，那先生几次险些丢掉了自己的生命。最为可敬的是，在这些国宝平安到达目的地后，他并没有像其他人那样去邀功请赏，为了国家做了那么大贡献，政府连块奖章都没给他，但他并无任何怨言，因为在他眼里这些国宝能万无一失，就是人生最大的慰藉和“奖赏”。这种心情恰如一个玩家，经过艰难险阻，最后手里的玩物秋毫无损地还在自己手里是一样的。因为他已经完全把自己的生命，融入国宝之中了！

这是一种什么精神呀？

正是有了那先生的这种精神，在那先生和其他故宫典守者们的尽职尽责保护下，故宫的上万件国宝在战乱中，居然神奇般地保存了下来，一件都没有丢失，这在世界范围内的文物保护历史上，堪称奇迹。

玉器鉴定大家却没一件藏品

那志良先生在故宫博物院70多年，主要研究的是玉石。

1960年，他把多年搜集的资料和研究的成果，汇集成《玉器通释》一书，此书分上、下两册，图文并茂，对研究和鉴定古代玉器非常有学术和实用价值，所以先后两次再版。

这之后，那志良先生还先后出版了《古玉鉴裁》《中国古玉图释》《玉器词典》《古玉图籍汇刊》《古玉论文集》《谦谦君子——玉器的欣赏与鉴定》等14部关于玉器的专著。

那志良先生先后在北京故宫和台北故宫博物院，与国宝相伴70多年，在古器学特别是玉石的研究和鉴赏方面，是国内外公认的权威，您可能会想玩了一辈子玉器，他手里多少也得有几件好玉器吧？

这是一般人的理念，常在河边站，哪有不湿鞋？其实，这恰恰是在故宫博物院工作过的人的大忌。

我在《北京晚报》当了20多年记者，采访过几十位在故宫工作过的人，让我吃惊的是，他们当中无一例外，都是某一方面的研究员，换句话说都是玩家，但他们手里却没有一件藏品，甚至他们的子女和亲戚也没有藏品。

有一年，我到朱家溍先生家采访，朱家溍的父亲曾向承德避暑山庄捐献了几十件清代的紫檀和黄花梨家具，可他家的家具却非常寒酸，印象中，我坐的沙发的弹簧已经松动，坐下去整个身子都好像陷到里面似的。

正值腊月，我在朱先生家的窗台上发现了一个盘子，上面是一个白菜心，在午后的阳光下，那白菜心呈现出一种玉质，上面还有一抹绿影。

我脑子突然冒出念头：翡翠白菜。这是传说中的故宫国宝，难道在朱先生家？

我不由自主地走了过去。北京有一个老规矩：到人家串门儿，人家的东西许看不能摸。我俯身端详着这件“国宝”，嘴里连连赞叹：“真是巧夺天工呀！”

朱先生在一旁笑道："你发现什么秘密了？"

"国宝吧这是？"我指着那个"翡翠白菜"笑着说。

"国宝？"朱先生莫名其妙地哈哈大笑起来，"你说的是这个吗？"他对窗台上的"宝贝"瞥了一眼说。

"它不是'翡翠白菜'吗？"我诧异地问道。

"'翡翠白菜'？你可太有意思了！"他笑道，"对，它真是白菜，你拿起来看看吧，看看我的'国宝'。"

我小心翼翼地拿起那个"翡翠白菜"，自己也忍不住笑起来，原来它就是非常普通的白菜心。

后来，我把这一段逸事写成文章，发表在《北京日报》上。跟朱先生熟了之后，我才知道故宫典守者的规矩。朱先生家不但没有任何文物，甚至连一件古董都没有。

那志良先生家里的情况也是如此。他的儿媳王淑芳来北京的时候，我看她戴着一个翡翠的挂坠，问道："这是不是那先生送给您的？"

王淑芳淡然一笑说："他手里从没有任何玉器，怎么会送我？"

"家里一件都没有？"

"是的。他的家里没有任何藏品。他除了在故宫博物院摸玉，再就是给朋友鉴定时摸玉，此外，在家里，别说玩玉，甚至连玉器的话题都不说。"

"噢，这真是守身如玉呀！"我不由得赞叹道。

王淑芳说："这是故宫典守者的基本职业操守吧，因为人在故宫，一定要避嫌。"

王庆台教授对我说："那老师在台湾给别人收藏的古玩鉴定，替人掌眼，从来不收取分文。"

"白给人看？连应该得的鉴定费也不收吗？"我不解地问道。

王庆台说："不收。他从来没收过。因为他觉得自己是政府的公职人员，已经拿一份政府给的薪水了，再收费就不合适了。搞了一辈子玉器研究，为大家掌掌眼，也是应尽的义务。"

"噢，这也是玩家的境界呀！"我说。

王教授说道："那志良先生待人接物的善良、热心、真诚和无私，对我们这些后人影响很深，我曾问过他为什么这样，他说了一句让我终生难忘的话：人活着要对得起自己的良心，人在做天在看。"

90多年前的故宫清理家底儿

那志良这一代故宫的典守者在做人做事上，是没有任何私心杂念的，包括他们写出来的文字，都是那么干净纯粹。所谓干净纯粹，是指他们做学问的严谨、求真、实实在在。

没有这种精神，朱家溍先生不会对末代皇帝溥仪写的《我的前半生》一书，挑出了16个地方的错儿。（参见朱家溍《对〈我的前半生〉部分史实错误的更正》）

那志良先生也如是，他在《典守故宫国宝七十年》一书中，非常翔实地记述了自己在故宫的工作见闻，这些见闻是没有私心的，所以他似乎为我们认识故宫这个颇为神秘的地方，敞开了一扇门。

比如，在《典守故宫国宝七十年》这本书中，他描述了自己1925年刚进故宫时的场景：当时他们整理故宫的文物，主要是瓷器、书画、玉器和铜器。

他刚进故宫时，瓷器主要存放在五个地方：一是内东路的景阳宫，在后面的一个殿内，有10个特制的贮存瓷器的大柜子，照中药铺里药柜的办法，做成一个个抽屉，每个抽屉放着什么瓷器都刻在外面。这里的瓷器以明清的为多，也有一部分宋代和元代的，总计有3700件。

二是外东路北端的景祺阁，也是大柜子贮存，跟景阳宫相仿，以明代的瓷器为主，宋元的东西很少，总数在3400件。

可以说，这两个地方是清代历朝皇家收藏瓷器仓库，平时看守很严，所以宫里的一般人进不来。

第三处是皇极殿和宁寿宫，这是外东路的两个大殿，瓷器都存放在它们两边的配殿。

景德镇的御窑烧出来的瓷器都是用桶装运到紫禁城的，瓷器在装桶的时候，他们不用纸和棉花，而是直接用绳捆扎，这也是技术活，比如装瓷碗，他们把10个碗一个一个叠起来，然后用稻草把他们扎起来，但一定要捆扎得很紧，再放入桶里，10个碗为一束，束与束之间用谷壳隔开，这样可万无一失地运到北京。

这些官窑瓷器运到紫禁城是为了用的，但宫里哪用得了这么多？那志良进故宫时，看到这两个配殿里，一桶一桶的瓷器堆得像山一样，从地面一直到房顶，两处存放的数量至少有几千桶。这些都是清代的官窑瓷器。如果每桶有几十件瓷器，您想得有多少吧？

第四个地方是斋宫。这地方本来是皇上致斋之所，后来改为给皇上上课的老师休息的地方。那志良初到故宫时，看到斋宫里满地都是瓷器，尤其是明清的青花瓷为多。后来才知这些瓷器都是从各个宫殿运到这儿清点的。可见当时故宫里的瓷器到底有多少，可能真是个未知数。

第五个地方是端凝殿的北小库。地方不大，那志良清点时房子还漏雨。这里敢情是存放"瓷胎画珐琅器"的地方。"瓷胎画珐琅器"就是人们通常说的"古月轩"，您看过邓友梅写的小说《烟壶》吗？说的就是烧"古月轩"的故事。

据说"古月轩"是在江西做好了胎，再运到宫里，由宫里的画师用珐琅彩绘画，在宫里的小窑烧制，所以民间很少能看到。民国初年，"古月轩"就已非常值钱，近几年在拍卖会上，偶尔也能见到"古月轩"的东西，器物不大，但拍卖价都在千万人民币以上。那志良先生说在端凝殿看到很多"瓷胎画珐琅器"，显然是各个殿里都放在这里清点登记的。

书画。故宫博物院除了瓷器之外，存放最多的就得说是书画了。有皇上的时候，各个宫殿都挂有书画。

那志良进故宫时大批书画都集中在钟粹宫和斋宫。这两个地方的书画都是用新木箱装存的。箱子按书画的大小、尺幅的长短来制作，外面包着铁条，一律用新的大铜锁锁起来。

通过这一现象便能看出这是在那志良他们进故宫之前，就已有人整理过的。换句话说，溥仪在出宫之前已经想到有一天会被赶出紫禁城，所以将名贵的书画提前装了箱，但还没等秘密偷运出宫，便被鹿钟麟提前下手撵出了紫禁城。

玉器。清代的皇帝，除了乾隆和慈禧太后喜欢玉器，其他皇帝对玉器并不感兴趣，所以那志良进故宫后，看到的大都是乾隆时期的新玉，旧玉很少。

他曾在养心殿看到过一个大约十层高的漆方盒，每面长有一尺半，打开看时，每层中都有一幅用绫子画的玉器图，但有图没玉。

哪儿去了？显然都被太监们偷走了。在养心殿的多宝格里也有一些玉，但这些玉精品很少，都是被调了包儿凑数的。

那志良认为，民国成立后，在对清室的优待条件里有逊帝溥仪迁出紫禁城的规定，但溥仪并没外迁，民国政府也没赶他走，他在故宫待了长达13年之久。在这期间，宫里的人都想方设法地偷运文物，宫里的许多宝贝都是这个时候外流到民间的。

所以，他进故宫后，看到许多偷盗后留下的破绽，但这些都已经成了无头案。从这些记述中，我们可知逊帝溥仪在故宫生活的十多年间，有大批皇宫珍藏的文物流入民间，因此，现在您能在拍卖会上，看到故宫的藏品就不会感到纳闷儿了。

典守者道出实情：故宫也有赝品

很多人以为故宫里的东西不会有假的，给皇上进贡，发现假的还不掉脑袋吗？您说得没错，不过，这种想法有点儿天真了。

给皇上进贡不能有假的，一点没错儿，但是皇上得分什么皇上，比如乾隆皇上本来就喜欢玩玉，玩书画，您给他假的，他能看出来，那不是往枪口上撞吗？

可是乾隆之后，嘉庆、道光等对古董并不感兴趣，所以，您即便给他假的，他也看不出来，那会儿，皇宫里没有鉴定家，所以，谁能保证故宫里的文物都是真的呢？

根据那志良先生在《典守故宫国宝七十年》的记述："人人以为故宫里面，应当没有伪器，其实，伪器多着呢！"

您瞧：那先生说了实话，故宫里不但有假文物，而且还多着呢！

那先生说，当时清理文物时，故宫里留用了一个叫陈子田的太监，他原先在宫里是侍候慈禧太后的，后来把他留下来，是便于从他那里了解一些宫里的内幕。

有一次，陈子田对那志良说："在慈禧'垂帘听政'时，大臣们每到她的寿诞之日都要进贡，那时有个行市，你买这件礼物，如果价钱是200两银子，那么，您得另外准备200两银子给太监，东西的好坏，真假，您就不用管了，一切都没问题。”

陈子田说，这样一来，那些假的东西能不充斥宫里吗？

在清理故宫文物时，那志良在永寿宫见到几个很大的木箱，里面装满了古代的字画，打开一看，一幅幅都是黑乎乎一片，再一看款识，大都是唐宋的名画家，如吴道子、张僧繇、范宽、李唐等人的。按陈子田的说法，这些假画都是这么来的。

当然，慈禧太后也不懂古代书画，您就是拿着假画儿，明告诉她这是真的，她也会深信不疑。

清朝的大臣拿假画来蒙皇上的事儿很多。清代有个叫高士奇的著名收藏家，康熙在南巡时，赏识他的才干，把他带到朝中，渐渐官越做越大，位至列卿。高士奇为了报答康熙的知遇之恩，常常拿着自己收藏的名画给皇上进贡，康熙当皇上行，鉴定书画却是稀松二五眼，您说是真的，他就当成了真的。他以为自己是真龙天子，谁敢欺骗他呀？

但是您如果看了高士奇自己写的《江村书画目》，就会知道他是如何蒙皇上的了。在《江村书画目》中，他把自己的画分为9类，其中有所谓“永存珍秘”的，都属于真品，价值连城，自己保存，绝不示人。有所谓“进”的，即进贡用的，还有所谓“送”的，即用来馈赠的，都注明：“赝迹且值极廉。”就是这些都是赝品，价钱非常低廉。

您想高士奇深得康熙皇上的知遇之恩，还拿赝品来蒙皇上，朝廷的其他官儿们呢？更甭说了。

《富春山居图》的故事家喻户晓，但您也许不知道它在乾隆皇帝身上发生的故事。1745年，元代大画家黄公望的名作《富春山居图》，被征入皇宫，乾隆爷看了这幅画爱不释手，把它珍藏在身边，不时取出来欣赏，他还在6米长卷的留白处赋诗题词，加盖玺印。可是，没想到第二年，他又得到了一幅《富春山居图》，几乎跟前一幅一模一样，没有什么区别。

毫无疑问，这两幅《富春山居图》，肯定有一幅是假的。

其实，乾隆爷看到的前一幅《富春山居图》是赝品，后世称之为“子明卷”。第二幅《富春山居图》，后世称为“无用师卷”，才是黄公望的真迹。

《富春山居图》“子明卷”是明朝末年文人临摹的。后人为了混淆视线，以假乱真，将原作者的题款去掉，伪造了黄公望的题款，并且还伪造了明代画家邹之麟等人的题跋。

事实上，“子明卷”仿制的漏洞并不难发现，元代书画上的作者题款，都是在绘画的画面之后，而“子明卷”却将作者题款，放在了画面上方的空白处。这明显不符合元代书画的特点。

但乾隆爷得到《富春山居图》真品即“无用师卷”后，依然把赝品“子明卷”视为珍宝，与此同时，他还花重金将这幅假画买下来收藏，不但多次题赞，还将它编入《石渠宝笈》之中。相反，这位爷对真品“无用师卷”，却说是赝品，被他冷落到犄角旮旯。

后人认为，这是乾隆爷自己打了眼，又怕别人知道，所以才这么任性。

其实也未必，在史料的记载中，乾隆爷打眼的故事不是这一档子。也许那幅“子明卷”仿得太好，入了皇上的法眼。

直到1816年，翰林院编修胡敬等奉嘉庆皇上之命编《石渠宝笈》三编的时候，《富春山居图》的“无用师卷”，始得以正名获编入选。

不过，在清代的皇上里，论书画的鉴赏水平，乾隆爷还算是眼力最好的。正因为如此，乾隆朝进贡的假画就少。

那志良先生在《典守故宫国宝七十年》书里，讲了这么一个故事：台北故宫博物院在外双溪库房里，存着一个奏折，写的是一位大臣进贡米芾的书法的事儿。

奏折的大意是：他本来不懂古董，因为追随乾隆爷多年，耳濡目染，对书画产生了兴趣。这次趁皇上派他做外任官员，他心存感激，特将收上来的10幅米芾的字帖，进献给皇上，以报圣恩。

米芾的字价值连城，淘换到一幅都了不得，这位老兄一下找了10幅！您琢磨琢磨能没有假吗？

当然，乾隆爷不是那么好糊弄的。那志良在奏折上看到了乾隆的朱笔御批：“是假的，不要！”

在清理故宫文物时，那志良发现许多太监们偷盗库中真品，却用一件假的仿品抵数的“调包”现象，比如把一件真的官窑瓷器偷走，却换了一件新烧的“大明康熙年制”款识的瓷器。

康熙怎么成“大明”的了？显然这是一般的民间土窑烧出来的东西。那志良先生认为这也是故宫赝品的来源之一。

同胞兄妹半个世纪后的重逢

那志良先生是地地道道的老北京人，但他不到30岁便随国宝南迁离开了北京城，人虽然离开了故土，可是故乡的情怀却一直伴随他终生。

那志良哥儿仨，他行二。老大早逝。

老三那廉君曾是中国台湾大学前校长、台湾“中央研究院”前院长钱思亮的机要秘书，1995年在台湾去世。

那志良有4个孩子，几乎都从事教育工作，可谓书香门第。长子那宗训，是美国明尼苏达大学的教授，次子那宗炎，在美国底特律汽车城定居，也在大学当教授。

三子那宗琦，即王淑芳女士的丈夫，原那氏企业有限公司董事长，已去世，活了60多年。

女儿那宗懿，原中国台湾大学、美国斯坦福大学中心主任，教授，67岁时患癌症去世，有一个儿子在美国。

那志良先生念念不忘北京，还有一份牵挂，因为他小妹那淑芳一直生活在北京。那淑芳是“北师”的高才生，大学毕业后，在我小时候就读的西城区二龙路小学当校长。

我正是在念小学的时候，认识的那淑芳校长和她的儿子贺强的。我从小跟贺强一起玩，算是“发小儿”。

在我的印象里，那淑芳校长是一个非常能干的人，做事雷厉风行，干净利落，从不拖泥带水。正因为如此她得罪了一些人，再加上两个哥哥在台湾，因此在那段岁月里受到的冲击很大，差点没被折腾死，但是她顽强地活了下来。

据贺强说，他妈心里始终牵挂着在台湾的两个哥哥。也许正是这种血脉之牵，让她终于等到了兄妹重逢的时刻。

1984年，那志良和那淑芳兄妹通过北京市政协的“祖统会”，终于在香港见面了。贺强陪着母亲在香港见到久别的舅舅那志良时，兄妹俩抱在一起老泪纵横。这是分别半个多世纪后的重逢呀！

那志良兄妹在香港，幸福地度过了七天终生难忘的时光。据贺强回忆，兄妹俩坐在一起，那先生总是不停地问他从小生活的老北京的近况，儿时生活过的老街：锦什坊街、东养马营等地方，都在他的脑海里装着。

贺强说，两位老人分手时，谁也不敢回过头再看一眼，因为他们心里明白，这大概是今生今世的最后一面。

果不其然，4年以后，妹妹那淑芳就去世了，活到了71岁。10年以后，哥哥那志良也告别了人世。

没忘老北平的“半空儿”

贺强对我说，舅舅那志良给他留下的印象是慈祥温厚，说话慢条斯理，一派学者风度。

自从1984年在香港那次见面后，舅舅便开始跟他通信。每到年节，舅舅就会从台北给他寄一些钱和礼物，处处关心他这个晚辈。

那志良的儿媳王淑芳回忆说，那志良先生对老北京太留恋了，跟妹妹在香港见面时，妹妹送给他几瓶天源酱菜。

他带回台北家里，打开一尝，咸得要命，可他却舍不得扔。他对孩子们说，这可是北京老字号的酱菜，吃到这酱菜，仿佛又回到了老北京，回到了小时候的生活场景。结果，他自己用水洗了洗，还舍不得一下都吃了，每天吃一点，吃了一个多月。

那志良先生的晚年一直是由王淑芳照顾。王淑芳跟那先生一起生活了30多年，可以说太了解那先生了。

她对我说，那先生在台湾生活了几十年，可是北京人的生活习惯一点没变，平时他爱吃面食，自己包饺子，能捏出花边儿，他还会烙饼。

他爱吃老北京的炸酱面，每次都自己炸酱。他做的炸酱面非常正宗，那是地道的小碗干炸，上面浮一层油，香极了。

每当那先生吃北京的吃食时，总会念叨起小时候的事情。他小时候家里很穷，念小学时，他母亲给他一个铜子的饭钱，他舍不得花，偷偷攒着。

老北京有一种叫“半空儿”的吃食。所谓“半空儿”就是没长熟的花生，因为还没成熟，里头的仁儿很小，小贩把它炒熟后，有一股香味儿，看着像整花生，其实是“半空儿”，人们“半空儿”，是连皮一起嚼的。

老年间，“半空儿”是京城穷人物美价廉的下酒菜，同时也是小孩儿最美的零食之一。穷人家的小孩儿吃不起煮花生，就买这种“半空儿”解馋。

那志良曾回忆自己小时候，母亲平时给自己的零钱舍不得花都攒着，碰到卖“半空儿”的小贩。就买一大子儿的，虽然这东西不值钱，但他还舍不得吃，留着跟母亲一起吃。

那志良回忆起自己的父母感慨良多。其实像任何一个老北京人一样，他对自己父母是非常孝敬的，可是自从护故宫国宝南迁以后，官身不由己，他能见到父母的机会很少了。

那志良的父亲一直牵挂着他，在他调往南方工作不久就忧郁地去世了。妹妹怕影响他的工作，直到抗战胜利后，才把父亲去世的实情告诉他。

那志良先生后来在回忆录里写道：“我为文物东奔西跑，受尽苦处，父亲却这样悲惨地离我而去，我的心里如何沉痛呢！”

也许是这种原因，到台湾以后，他按老北京的风俗，家里一直设一个供桌，上面摆着父亲母亲的牌位和照片。

1971年，他的夫人那胡慧去世后，他也给仙逝的夫人设了牌位，每到年节都要焚香祷念，以示缅怀。

在台北见到了朱家溍

贺强对我说，老爷子生前非常想念老北京，多次在他的信中说道，如果有机会能回北京看看，死而无憾了。

但是由于他的特殊身份，加上两岸关系好转后，他的年事已高，行动不便，这一愿望始终没有实现。

1994年，朱家溍随文博界代表团访问台湾，跟那志良先生见了面。朱先生也是老北京人，聊起他父亲和哥哥当年在故宫的往事，还有老北京的那些逸闻趣事，那先生感慨万分，两个人在宾馆忘情地聊到了深夜。

他后来在给贺强的信中说：看到了这些故宫的老同事，我仿佛又回到了朝思暮想的北京。

1989年，也就是那先生的妹妹那淑芳去世的第二年，他思乡心切，在三儿子那宗琦来北京之前，他画了一张地图，嘱咐儿子到北京以后，一定要找一找那家的老房子。

贺强陪着表哥那宗琦拿着舅舅画的地图，在锦什坊街、东养马营一带转了好几天，终于找到了那家的祖屋，而且也找到了那夫人（那志良老伴儿那胡慧）家的老宅，他们两家离得很近。

贺强和表哥给老宅院拍了照片，表哥那宗琦带回台北，交给了那先生。

那先生看着照片，不停地叨念着："跟我小时候的情形不一样了。变了，我都认不出来了！"

因为当年的独院已经变成了大杂院，当然，现在这一带的老房子已经全都拆了，变成了金融街。

90岁还坐飞机去讲演

那志良先生的故事很多，他的孙女，也就是王淑芳的女儿那汝瑜，是南京大学考古研究所的硕士研究生。爷爷搞的是古物研究，她学的是考古专业，一脉！那先生的事业可谓有了传承。

那汝瑜十分开朗阳光，回忆起自己的爷爷感慨万千。她告诉我，她从小就在爷爷身边长大，小时候她比较调皮，经常挨父母的训斥。每到这时候，慈眉善目的爷爷就会出来护着她，不让她受委屈。

她上小学时，爷爷每天送她到车站，看着她上了车才转身回家，放学时，爷爷又到车站接她。那时爷爷已经80多了，看到爷爷步履蹒跚，她劝爷爷别送她接她了。爷爷笑道，他只当是出来散散步。如此关爱深深印在了她的脑海里。

那先生一生都在研究学问，没有不良嗜好，不抽烟，只是每天吃晚饭时，喝一小杯酒。他在写文章时，案头常放着一盒饼干，感到枯燥寂寞的时候，便嚼一块小饼干解解闷。他的身体一直很好，90岁的时候，还从台北坐一个小时的飞机到台南，讲古玉的鉴赏。他一生克勤克俭，洁身自律，无欲无求，他的学生石守谦现在是台湾故宫博物院的院长，对那先生的评价非常高，称他是华夏子孙的楷模。

王淑芳对我说，那先生对北京真是魂牵梦绕，尤其是在他晚年。他的三子和女儿去世，两个儿子又定居在美国，他非常想念北京。

他90岁那年，邮差送信，他去接，一封信掉在地上，为了捡这封信，他摔了一跤，把脊背摔伤。

王淑芳把他送到医院检查，当时并没多大问题。但人毕竟老了，想不到这一跤，竟使他半年后离开了人世。

在他去世前，女儿患淋巴癌去世，家人怕他难过，一直瞒着他。但他有一种预感，不停地追问，后来家人只好说了实话。

老人家在确认女儿去世后几天，撒手人寰，可见他的内心深处多么重感情。

王淑芳说，那先生临终前多次提到北京，在他的潜意识里，活着再也回不了北京了，死后，但愿他的骨灰能埋在一生牵挂着的北京，他能在九泉之下，继续当故宫的典守者。

百年传奇

谭鑫培墓碑归位记

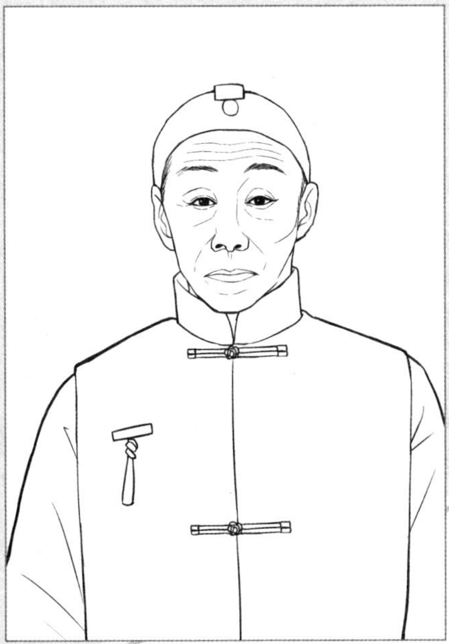

谭鑫培

1847—1917，本名金福，字望重，我国著名京剧表演艺术大师，京剧谭派艺术的开创者，被尊为京剧界泰斗级人物。他对京剧艺术的创立和革新起到了继往开来的作用，对后世的影响极其深远，行内有“无腔不学谭”之誉。平生喜欢收藏，生前和故去后，轶闻趣事颇多。

谭门七代京剧的香火没断

提起京剧“谭派”，几乎无人不知。谭家从谭鑫培随父亲谭志道，在京城创立“谭派”，传到现在已经七代。

谭志道之后，有谭鑫培，谭鑫培之后，有谭小培、谭富英、谭元寿、谭孝曾、谭正岩，谭门七代香火未断，在京剧界独占鳌头，这在中国戏剧史上算是一个奇迹。谭家也被誉为“京剧第一世家”。

2017年，是谭门第一代谭鑫培170周年诞辰，也是健在的谭门第五代传人谭元寿90大寿。戏剧界为谭派举办了一系列纪念活动。

在活动中，我见到了谭元寿先生，老人家依然记得十多年前，我和他儿子谭立曾采访调查谭鑫培墓地的事儿。

“了却了这件事儿，我平生就没什么遗憾了。”谭元寿握着我的手，激动地说。

“这也是您老祖生前积下的功德。”我感慨地说。

给谭家的老祖，也就是给谭鑫培重修墓地，这是怎么回事儿呢？说来话长。

谭鑫培的墓地在门头沟永定镇栗园庄村北，多年以前，已被列为区级文物保护单位。为什么要重修呢？敢情这里还有一段谭鑫培鲜为人知的故事。

“云遮月”的嗓子创“谭派”

说起谭鑫培，不能不说到他特殊的嗓音。

您也许知道。京剧是多个剧种相融合的产物，早期的京剧须生，以嗓音高亢洪亮为佳，号称黄钟大吕。谭志道的舞台表演风格就是这种高音大嗓。

但是到了他儿子谭鑫培这儿，变了味儿。因为谭鑫培的嗓子略带沙哑，拔高音的时候，嗓音厚重粗放，人称“沙中金”。

最初，谭志道对儿子这种嗓音并不看好，谁知这种略带沙哑的嗓音却受到戏迷的青睐，也许人们听腻了那种洪亮的高腔，谭鑫培的“沙中金”反倒让人耳目一新。

经过几年的舞台实践，谭鑫培的嗓音逐渐形成了自己独有的特点，这种略带沙哑的嗓音被人们誉为“云遮月”。

“云遮月”很快红遍了京城内外，别人想模仿都难。越是这样，他的嗓子越值钱，您说这不是歪打正着，赶到点儿上了吗？

谭鑫培不但嗓子具有传奇性，而且他一生的经历也颇有传奇色彩。

谭鑫培的“云遮月”嗓音，不但被广大戏迷认可，而且受酷爱京剧的老佛爷慈禧太后的青睐。慈禧爱听谭鑫培的戏，以至于后来达到了“无谭不欢”的地步。

谭鑫培40多岁作为“内廷供奉”，进宫给慈禧太后唱戏，一直到他去世，前后唱了20多年。进宫给皇上和皇太后唱戏的名伶很多，但唱这么长时间的，戏剧界的前辈没有第二人。

谭鑫培的“云遮月”的嗓子和精湛的表演艺术，后来形成了京剧的“谭派”，他也被称为“伶界大王”。在清朝末年北京的京剧舞台，有“无腔不谭”的说法，可见他的影响力有多大。

可以说谭鑫培把京剧玩到了家，当然他对中国京剧的发展，的确做出了巨大的贡献。经他改编的有100多出戏，有些剧目至今仍在演出，其中《失空斩》《碰碑》《四郎探母》《汾河湾》《桑园寄子》等堪称炉火纯青，动一字便走味儿。

难能可贵的是，谭鑫培还培养出了京剧史上的“三大贤”：杨小楼、梅兰芳、余叔岩。这三位后来都成了中国戏曲的重要流派。

当然，谭鑫培的后人也人才辈出，100多年来，“谭门”一直活跃在京剧舞台上，到谭正岩这一辈，“谭门”已经是七代献身京剧艺术，这也打破了中国戏剧史上的一个纪录。

“谭门”的传奇印证了梁启超先生当年评价谭鑫培的一句话：“四海一人谭鑫培，声名廿纪轰如雷”。

收杨小楼为义子

清朝末年，谭鑫培的名字在京城真是如雷贯耳，关于他的传说自然也很多，不过，这些传奇故事却没有通常伶界的绯闻，更多的是他的行侠仗义之举。

当时，正是《包公案》《三侠五义》《大八义》《小八义》等江湖侠客传奇故事流行的年代，因为谭鑫培在舞台上经常扮演义士角色，而且他的武功不俗，所以人们把他跟那些行侠仗义的剑客联系了起来，让谭鑫培这个人物增加了神奇色彩。

当时的小报，经常有谭鑫培路见不平、拔刀相助的行侠仗义的报道。那时的报纸，多是茶余饭后的闲谈，但谭鑫培与杨月楼的故事却是真的。

杨小楼的父亲杨月楼，当年在京剧舞台上也是一个人物，名气跟谭鑫培不相上下，虽然谭鑫培的“云遮月”让他折服，但他自认为武功胜老谭一筹，俩人算是竞争对手。

杨月楼曾经说过这样的话：“在戏台上有我没他，有他没我。”可见俩人的恩怨之深。

但是杨月楼到了晚年，才知道谭鑫培暗地里一直托着他，否则的话，他早在江湖上栽了跟头。他钦佩谭鑫培的人品，临终前，把谭鑫培叫到身边，含着热泪将自己的独子杨小楼托付给谭鑫培：“他就是你的儿子。”

“放心走吧，我不会让你失望的。”谭鑫培对杨月楼说。

在父亲的撺掇下，杨小楼给谭鑫培磕了头，认他为义父。

谭鑫培收杨小楼为义子，视如己出，精心栽培，果然“青出于蓝而胜于蓝”，杨小楼在京剧舞台上的贡献远远超过了父亲杨月楼。

杨小楼的代表作《挑滑车》《铁笼山》《恶虎村》等都是谭鑫培的亲授。

谭鑫培有7个儿子，加上义子杨小楼算是8个儿子。杨家将有“七郎八虎”一说。出于忌讳，虽然谭鑫培酷爱《碰碑》这出戏，但他轻易不唱，因为“七郎八虎”之父杨继业是碰碑而死的。

有一次，谭鑫培跟金秀山（金少山的父亲）聊天，说道：“我生了七个儿子，没一个成大名，杨月楼只生了一个儿子却成了大器。”

金秀山说：“你们谭家是拉洋片向后看，香火还长着呢。”

此话可谓言中了。谭家的香火传了七代，谭鑫培的积善，果然有了“余庆”（老北京的院门楹联有“积善之家，必有余庆”）。

慈禧老佛爷是他的“铁粉”

京剧迷都知道慈禧太后是谭鑫培的“铁粉”。在众多的京剧名伶中，老佛爷最喜欢听两个人的戏，一个是谭鑫培，另一个是杨小楼。

她曾经说过，听谭鑫培的戏过瘾，听杨小楼的戏热闹。因为杨小楼的戏武打动作多，老佛爷看着开心。

有一次，她请英国公使听戏。先上场的是杨小楼的《挑滑车》，这出戏尽显杨小楼的武功，唱念做打，热热闹闹，看得英国公使笑逐颜开，连声叫好。

接下来是谭鑫培上场，他唱了一出《乌盆记》。这出戏几乎没有武打动作，全是唱儿。

慈禧见公使一边听一边拿手帕擦眼泪，十分诧异地问道：“您是听懂了他唱的是什么吗？”

公使说：“他的戏词我一句也没听明白，但从他悲婉的唱腔中，我感觉到那是一个幽灵在哭泣，太感动人了。”

通过这段对话，您就会知道当时谭鑫培的艺术造诣有多深了。

据说慈禧临终前一个星期，还把谭鑫培叫到宫里，听他的戏。

旧中国，艺人的社会地位很低，但谭鑫培并不把自己当“戏子”，即便在王公大臣面前也是不卑不亢。

有一次，庆王爷请谭鑫培唱堂会，谭鑫培知道庆王爷喜欢听戏，但他爷的派头忒大，压根儿不把艺人当回事儿，有时艺人来了，他连个照面儿都不打。

所以，他跟管事儿的提出：“堂会可以出，但要享受王府的贵宾礼遇。否则，不伺候。”

管事儿的回庆王爷。庆王爷当时就把脸拉了下来：“一个唱戏的，享受贵宾礼遇？他懂得什么叫贵宾礼遇吗？”

管事儿的好言相劝：“这谭鑫培不是老佛爷给捧红的吗？您就给他个面子吧。”

庆王爷知道谭鑫培的脾气，心想犯不上跟他过不去，再说堂会已经下了帖子，所以为了听老谭的戏，只好屈尊，到王府外候着谭鑫培，并且单给他腾出房来候场。

传说有一次，谭鑫培在宫里给慈禧太后演出，出来的时候碰上了恭王爷。按当时的规矩，谭鑫培要给恭王爷行跪拜礼。

他正准备双膝着地呢，恭王爷却上前一步，把他给扶起来，并且这位王爷还拍了拍他的肩膀，笑道：“改天到我那里溜溜嗓子。”

爱屋及乌。爱听谭鑫培的戏，居然让王爷破了规矩。

一出《洪羊洞》成绝唱

谭鑫培是个有性格的人，有时，他的一些行为举止，让人匪夷所思。

他每次进宫演出，都会得到老佛爷的恩赏，拿到挺瓷实的“包银”，按说他应该维护“帝制”，但他骨子里却崇尚改革，而且跟鼓吹“戊戌变法”的康有为、梁启超是朋友，所以他心里仇视一心想当皇上的袁世凯。

老袁复辟帝制那年，他的儿子袁克定曾下戏单，连演一个月的劝进戏《新安天会》，而且点名，由谭鑫培挂头牌。

谭鑫培得到这个信儿，以身体有恙相推。袁克定坚决不依，让手下人传信儿：“唱不了整出，上台亮亮相儿，也得捧这个场。”

谭鑫培坚决不从，对袁克定的手下人说：“我老谭说不演，您就是扛着铡刀来也没戏。”

最后逼得袁克定对他来了手绝的，下令京城各戏园子禁演谭鑫培的戏。谭鑫培被“封杀”整整一年，直到袁世凯去世，才重登舞台。

内务府的大总管那桐是有名儿“票友”。有一次，他求谭鑫培教他《四郎探母》。

谭鑫培跟他开玩笑道：“学生向先生讨教，得行跪拜礼。”

“那有什么说的。”想不到那王爷居然真给他跪下了。

弄得谭鑫培反倒挂不住脸了，只好到那家花园教那桐学戏。谁能想到几年后，就是在这个那家花园，却要了谭鑫培的命。

1917年，北洋政府临时大总统黎元洪为笼络广东督军陆荣庭，在那桐的那家花园举办堂会，强令谭鑫培出场。

当时，谭鑫培染病在身，但临时大总统非要听谭鑫培的“云遮月”，他只好抱病唱了一出《洪羊洞》。

这出《洪羊洞》，让他下了场便吐了血，一个月以后，谭鑫培撒手人寰。

谭鑫培的离世震动了京城。他的葬礼相当隆重。据当时的报纸记载，出殡那天，万人空巷，无数百姓为戏曲界的一代宗师送行，场面空前。

挣银如山却没家底儿

早年间，大凡在北京当差谋事的外埠人士，都在京城买了坟地，因为当时交通十分落后，客死他乡，遗骨返回故里，往返劳顿，劳民伤财。所以到清朝末年，有点儿来头的宅门在京城四郊，择风水宝地建祖坟，成为时尚。

谭家的祖坟在永定门外的蒲黄榆。按说谭鑫培的遗骨应该在祖坟安息，可是他的灵柩却被安葬在了门头沟的永定河畔。

原来在他活着的时候，早就把自己的墓地选好了。这是怎么回事呢？

说来话长，这也是本文要讲的故事。

您也许知道现如今社会上的有钱人，除了那些大老板，就得说那些演艺界和体育界的明星了，在谭鑫培生活的年代也如是，以他当时在戏曲界的声望，不逊于现在的大牌歌星、影星。

演员的钱是跟着名儿走的。您想，谭鑫培当了二十多年的“内廷供奉”。他在宫里演出，哪一回能空着手出来，别的不说，慈禧太后赏一个“红包”，也许就够一个人吃一辈子的。

谭鑫培在那会儿绝对是一个亿万富翁，但是让许多人难以理解的是，他挣了那么多钱，临了，却没给后人留下什么家当。

谭鑫培的老宅在和平门外大外廊营胡同，这是一个相对规矩的老宅院，但院子并不大。

谭家的老宅还在，我去过这个院子几次。每次去，我都想一个问题：当年谭家几十口人都住在这儿，也够紧巴的。除了这个院子，谭家在京城再没置别的房产，老谭手里的钱都干什么去了？

说起谭鑫培，他平生洁身自好，不赌不嫖，没有三妻六妾，也没有任何绯闻，除了爱玩蛐蛐儿，好喝两口儿，别无嗜好。

据他的后人说，老爷子死后，留下一屋子蛐蛐罐罐。除了这些，值钱的东西不多。

您也许会问：他挣的钱都哪儿去了？是呀，直到他去世，家里人才清楚，别看他出来进去，待人接物，出手大方，但并没留下什么家底儿。

舍银供佛发自本心

原来，谭鑫培信佛，是一位皈依佛门的居士。他信佛，不仅平时积德行善，乐善好施，而且遇到天灾人祸，他都带头捐钱捐物，扶贫济困，并率先带领名伶搞赈灾义演，还为修寺庙不停地慷慨解囊。

谭元寿的儿子谭立曾跟我是老朋友，一次，给我讲了个故事：有一年，他和妹妹谭秋曾去普陀寺参观游览。

寺内的住持得知他们俩姓谭，又是从北京来的，便问：“《沙家浜》里演郭建光的谭元寿先生，你们认识吗？”

谭立曾笑道：“当然认识，他是我爸爸。”

住持听了，顿吃一惊：“啊，真是有善缘。”

他将谭氏兄妹作为贵宾，隆重接待，不但安排他俩在寺内最好的房子住了两个晚上，还请他俩吃了几顿斋饭。

为什么对谭家兄妹如此敬重呢？因为他们是谭鑫培的后人。原来，谭鑫培对普陀寺有过大恩大德。他不但救助过寺内高僧，而且还帮助普陀寺印了一部《大藏经》。

敢情当年普陀寺的住持受师傅的影响，一心想印制一部《大藏经》传世，但寺里香火很旺，财力却不足，为此，住持派寺内大和尚云游四方，化缘印经。

大和尚在北方云游了几个月，来到京城，由于奔波劳碌，缘没化到，反倒在北京的法源寺病倒。

一晃儿半个月过去，大和尚在庙里，心里牵挂化缘印经的事儿，病不见好，反倒日益加重，他自知离圆寂的日子不远，便对寺内和尚交代了自己的后事。

寺内和尚见他如此忧郁，便对他说："你这病的病因多一半是忧伤。你为印经而病，我佛会保佑你的。"

大和尚说："病已至此，我离消业（死）时刻不远，只求你向普陀寺的主持报个信儿。"

寺内和尚见状，好言相劝，旁边的一个和尚忽然想起了谭鑫培，便对他说："有一个人可以帮你。"

"谁？"大和尚问道。

这个和尚说出了谭鑫培的名字，几个和尚一起叫起好来。

一个和尚对普陀寺的大和尚说："你别过于忧伤，他也许是你的救命恩人。"

"果真如此，那真是佛祖相佑。"

法源寺的和尚为了救大和尚一命，带着试探的心理，来到戏园子，在门口等了很长时间，终于见到了谭鑫培。他把大和尚的事儿原原本本地告诉了谭鑫培。

谭鑫培听后，动了怜悯之心，第二天，让人把大和尚安排在自己家里住下，给他请来京城名医把脉诊治，接着又借进宫给慈禧演戏的机会，向老佛爷说起了这事儿。

那天，老佛爷听完谭鑫培唱他拿手的《探母》，心里正高兴，突然发现谭鑫培面带愁容，老佛爷心里不悦，问谭鑫培有什么心事。

谭鑫培把普陀寺印《大藏经》的事儿如实相告。

"印经书这不是好事吗？怎么会让你愁眉苦脸呢？缺多少银子，找内务府不就完了吗？"

“有您这句话，我就烧高香了。”谭鑫培顺口搭音道。

老佛爷借着听戏的高兴劲儿，立马儿把内务府的官员叫来，拨银数万两，为普陀寺刻印了一套完整的《大藏经》。

事后，普陀寺的住持和众徒为感激谭鑫培，特地刻碑记述此事。这个高大的石碑，就立在寺内大殿前的右侧。

有一次，谭鑫培到江南演出，特意来普陀寺拜佛，发现了这块碑。他对寺内方丈说：“印《大藏经》是老佛爷的功德，你们给我树碑立传不合适。”

寺内方丈道：“如果没有您，慈禧老佛爷也不会给我们拨银印经呀？”

谭鑫培沉吟良久，对方丈道：“既然碑已经刻了，也就算了，但这碑不能立在大殿的前面。我的功德还到不了在这儿树碑的地步。”

经过谭鑫培的再三请求，后来寺院将此碑移到殿后。

如今，《大藏经》和那块功德碑，仍然保存在普陀寺。难怪寺里住持听说谭氏兄妹是谭鑫培的后人，对他们如此敬重呢。

谭鑫培对寺庙用钱向来慷慨大方，毫不犹豫。据谭氏后人说，谭鑫培生前70%以上的收入都救助了穷人和捐给了寺庙。

受他施舍的寺庙有五台山、少林寺等几十座。清末，嵩山少林寺曾着过一把大火，烧毁殿堂数十间，谭鑫培为重修少林寺，捐赠和筹集了5万多两白银。

少林寺的方丈为了感激谭鑫培，秘授他少林六合刀法，可惜谭鑫培故去后，六合刀法失传。

受谭鑫培施舍较多的是京城的寺庙，其中以潭柘寺和戒台寺接受他的施舍最多。

戒台寺住持亲自给他建墓

老事年间，大小戏班在腊月二十三“送灶”以后，以及盛夏数伏前后，要“封箱”，休息数日。每逢这时候，谭鑫培便到戒台寺，在避暑的同时，跟老方丈谈佛论经。

据戒台寺保留的资料记载，谭鑫培在光绪二十年（1894年）春，在戒台寺住持盛老和尚的座下，求受五支净戒。

这段话明白无误地表明：谭鑫培是在戒台寺受戒，皈依了佛门。

梨园界凡是了解他的人，都尊称他为谭居士。谭鑫培身为居士，颇谙佛理，受戒后，多次捐款修建寺内殿堂。

正是由于谭鑫培与戒台寺有这种关系，所以他在生前曾跟盛老和尚的弟子妙老人提出，死后将遗体安葬在戒台寺的想法。

妙老人是戒台寺的住持，掌管庙产。他深知谭鑫培信佛的初衷，同时根据谭鑫培对戒台寺的贡献，所以答应了谭鑫培的要求。在他活着的时候，拿出属于戒台寺的香火地（庙产）12亩给谭鑫培修墓地。

这块地位于永定河畔的栗园庄。1915年前后，妙老人的弟子、戒台寺住持达文和尚出资，为谭鑫培修建了一座墓园，即现在的谭鑫培墓。

当时，永定河的水面还很宽阔，栗园庄一带是地处永定河边的小平原，墓园坐北朝南，远山近水，风水极佳。

12亩地的墓园，面积不小。达文和尚在园内植了几百棵柏树和杨树，并在墓园转角处立有青石界碑，上刻“英秀堂”。

1917年，谭鑫培去世后，便安葬在这里。墓为上丘，墓前立有石碑，上刻谭鑫培与戒台寺交往的事迹以及该寺为他修墓的经过。

栗园庄的一位老住户告诉笔者，他儿时经常到墓园玩，墓园很大，树木茂密。但是经过近百年的世事沧桑，墓园日渐荒凉和颓败，附近盖了许多民房，渐成村落，使墓园的面积仅剩约三四百平方米的坟茔。

20世纪90年代，谭元寿带着家人来此凭吊先祖时，看到墓地杂草丛生，仅存十几棵柏树，墓前原有的石碑也不见了，昔日的陵园变得如此荒芜，他们不能不为此伤感落泪。

也许人们难以想象，一世英名的谭鑫培的遗骨会受到如此冷遇。但岁月无情，人活着的时候再怎么光鲜，死后的事儿谁能预料，也许这种事儿谭鑫培在活着的时候早已想到了，所以才把自己的墓地建在戒台寺的香火地上，但即便如此，依然没有躲过岁月的劫难。

谭鑫培的后人中，谭元寿属于承前启后的“中兴”人物，尤其是他在《沙家浜》里扮演的郭建光一角儿，让他家喻户晓。作为谭派传人和政协委员，面对谭鑫培墓的损坏，他接连几次上书中央，请求有关部门修复。

但各级政府为解决老百姓的生计日理万机，活人的事还顾不过来，何况死人的事儿了，所以谭鑫培的墓地很长时间处于荒凉状态。

荒芜的墓地重见真容

1997年，谭鑫培150周年诞辰，首都的戏曲界举办了一系列纪念活动。

在纪念活动中，谭元寿先生不失时机地说起谭鑫培的墓一直荒着、无人过问的问题。世界上的事儿就是这样，您得赶在点儿上。谭鑫培墓地的事儿，如果平时说，人们也许不会在意，但在他150周年诞辰的时候提出来，这就是大事儿了。

您想呀，纪念人家的诞辰，颂扬人家艺术上的成就和对京剧发展的影响，可人家的墓地却在那儿荒着，没人过问，无论从哪个角度也说不过去呀！

赶在这个点儿上，谭元寿先生的提议自然引起了人们的关注。关注归关注，但动真格的得拿真金白银说话，否则只能是纸上谈兵。

大家都知道谭鑫培是中国戏曲界的一代宗师，他的墓地应该尽快保护，不能再这么荒着了，但重修墓地的经费呢？再说原来的墓地已经被村民盖了房，腾退和拆迁都是问题。因为这些令人头疼的问题一时难以解决，所以人们拿这事儿当“正事”议论了一阵，又不了了之地搁置下来。

斗转星移，时间到了2004年，首都文化界的人士张罗电影百年的纪念活动，这自然又得说到谭鑫培。因为中国的第一部电影《定军山》，是由谭鑫培主演的。

有朋友给谭元寿先生出主意：“机会又来了，您得借‘纪念电影百年’这样大的活动，重提修谭鑫培墓地的事儿。”

年事已高的谭元寿先生，性格上老实巴交，而且也不想给政府添麻烦，想了想，犹豫说：“还是算了吧，以后谭家人自己想办法吧。”

朋友劝他说：“您现在是谭家的掌门人，您不张罗谁张罗？给老祖修坟的事儿可不能等后人。再说谭鑫培也不只是谭家的老祖，他是中国戏曲界的一代宗师呀！”

这番话让谭元寿老爷子动了心，当时，他已年近八旬，虽然身子骨还硬朗，毕竟岁数大了，修墓的事他不出面张罗，愧对先祖。何况重修谭鑫培墓地，也是中国戏曲界的一件大事。

经过深思熟虑，谭元寿先生给北京市政府的有关领导写了一封信。没想到这封信引起北京市政府的高度重视，时任北京市市长亲自批示，拨专款修墓，并委托一位副市长和北京市文物局长亲自操办。

有市长的批示，许多问题便迎刃而解，维修资金也很快到位，谭鑫培墓地重新进行了整修。

那天，我跟谭立曾先生一起来到修葺一新的墓地，了解修缮经过。

立曾对我说："原来墓园的面积很大，有12亩地，但现在墓地周围已成村落，住着30多户人家，完全按原貌恢复，要花很多经费。先祖生前信佛，以善为本，我们后人的想法是把墓地修好，但千万别扰民。所以我们最初的墓地整修方案，以不影响村里居民的生活为主，坚决不扰民，只是把墓地周边私搭乱建的棚子什么的做了清理。"

谭氏后人的想法，让北京市和区里的领导深为感动，很快拿出墓地的重修方案，并且于2005年5月开始动工，于当年的年底完工。

谭家人厚道，他们认为给老祖修坟，不能光让政府拿钱，后人们自筹了几万元，为谭鑫培墓立碑、建供桌，并且对墓地周边做了绿化。

我在墓地盘桓多时，整修后的墓园归整朴素，在原来的坟茔上做了加固，坟茔四周是汉白玉的栏杆，墓前有高大的石碑，碑文正面是：曾祖谭鑫培墓，曾孙谭元寿立。背面是谭鑫培的生平事迹，由戏曲界的名人、年过九旬的刘曾复、和宝堂撰文，93岁的王琴生手书。

墓园前有小牌坊，两边的立柱有副楹联："四海一人谭鑫培，声名廿纪轰如雷。"这是当年梁启超先生的两句诗。

老的松树柏树已被村民给伐了，新树才刚刚被移植过来，没有成荫。漫步整修后的谭鑫培墓地，我的感慨良多。一百多年前，在戏曲界"轰如雷"的"四海一人"，可曾预料到自己的墓地会有这番折腾？当然，也许他生前所做的那些善事，积下了阴德，所以才有今天的墓地重新恢复。

清风吹动着新植的树叶婆娑作响，这是不是谭鑫培的地下亡灵在告诉立曾，后人做的事他在地下已然感知？

巨蛇吐信吓跑砸墓人

您在整修一新的谭鑫培墓地，看到石碑是新立的，据史料记载，当年谭鑫培墓地的坟茔前，本来立有一块大石碑。

这块石碑不但有名人写的碑文，还刻有谭鑫培与戒台寺的佛缘，以及建墓经过。毫无疑问，这块石碑具有很高的文物价值。

但是，谭家人很早就发现这块石碑不见了，区文物部门和修墓的施工队在村里和周边找了一个遍，也没发现这块石碑。

这块石碑上哪儿去了呢？

据村里的老人回忆，谭鑫培墓曾经遭到好几轮洗劫。开始是把石碑推倒，后来是砍树砸坟，最后一拨儿人更是“勇猛”，他们是带着镐和铁锹来的，直截了当要刨坟挖墓。

当时的年轻人们“舍得一身剐，敢把皇帝拉下马”，谁敢惹他们呀？村里的一位老人回忆说，这些小家伙举着旗帜唱着歌，在墓前开了一场评判会，然后开始拿镐动锹挖墓。

谁也想不到，这些小家伙刨了有几十锹，墓却刨不动，他们只好直接刨坟，但把坟刨开，还没见到棺木，却见几条大蛇从坟里钻了出来。

这几条蛇盘在一起，吐着舌头，向着人就爬过来，一个浑不吝的“小将”挥锹就砍这些蛇，没想到蛇没砍到，反倒被大蛇咬了一口，他们害怕了，拿着锹镐唔呀喊着跑了。

村里的老人说，从那以后，再也没有人敢来谭鑫培的墓地捣乱了。

大蛇保住了谭鑫培墓，至于墓地上的石碑，村里老人回忆，刨坟时，那石碑还在，自从刨出了几条大蛇，那块石碑也随后失踪了。

这到底是怎么回事儿呢？

午夜冒险藏墓碑

谭立曾对我说："这块墓碑到底哪儿去了？很长时间是个谜。"

但墓碑跟别的物件不一样，一是它的体积比较大，搬运收藏都比较麻烦；二是墓碑上面有碑文，物有所属，即便它有价值，但只要您出手，就会被人发现；三是按老的说法，墓碑虽是阳间之物，但它是给亡故之人树的，沾着阴气，一般人认为收藏这物件不吉利。

由于墓碑的这些属性，村里人认为这块墓碑不会丢。话是这么说，但东西确实没了。为了寻找这块墓碑，谭立曾在村里访问了十几位老人，他们也都对墓碑的去向感到纳闷儿。

一晃儿几年过去，就在谭家人对寻找这块碑已经不抱什么希望的时候，一天，谭立曾在门头沟办事，中午吃饭时，在饭桌上有个人听说他是谭元寿的儿子，凑了过来，悄声问道："谭鑫培是你什么人？"

谭立曾打量着他说："那是我们老祖呀！"

那人看了看谭立曾，突然叫道："哎呀，我可找到你了！"

"有什么事儿吗？"谭立曾诧异地问道。

那人缓了口气，对谭立曾说，他姓周，在木城涧煤矿工作，他们家里有一件特殊的藏品：谭鑫培的墓碑。

"什么？我们老祖的墓碑在你们家藏着呢？"

"是呀！收藏好多年了。"

"为什么你们早不说呢？"

"我爸我妈年纪大了，他们说必须要见到谭家的后人，才能把这块碑献出来。"

"原来如此！"谭立曾恍然大悟，第二天，便跟着这位姓周的先生，来见他的父母。

原来他的父母就在墓地所在的栗园庄。他的父亲叫周长有，母亲叫贾文玉。周长有向谭立曾讲起了收藏墓碑的经历。

原来在“小将”砸谭鑫培墓的当天，村里许多人都来围观，但面对“小将”不可一世的气焰，谁敢说话呀？在这些围观的村民中，有位叫李朝金的老人动了恻隐之心。

李朝金是个戏迷，从小就爱听谭鑫培的戏，虽然他没目睹谭鑫培的舞台风采，但谭鑫培的墓地就在他所在的村，因此他总有一种自豪感。从儿时起，他就经常到谭鑫培墓地玩，在他眼里，墓碑就是谭鑫培先生。有时自己哼两段“皮黄”，还对着墓碑问：“谭先生，您听我唱得够不够味儿？”

让他没想到的是谭鑫培会受到“小将”的批判，而且他的墓地也遭到“小将”的破坏。看着那些浑不吝的年轻人把谭鑫培的墓碑推倒在地，他的心里在暗自流泪。

墓地已经被他们毁了，这块墓碑会不会也要被他们给砸了呀？李老爷子犯了嘀咕。

他思来想去，怎么着也不能让这些人把谭鑫培的墓碑给砸了。事不宜迟，当天晚上，他买了瓶酒，又让老伴儿炒了两盘菜，把村里两个信得过的中年人请到家。

酒过三巡，菜过五味，他说了实话：请这二位来，是想让他们帮忙把谭鑫培的墓碑拉到他住的小院，正好小院有个萝卜窖，他想把墓碑偷摸藏在窖里。

这二位当然知道谭鑫培的英名，也看出老爷子的心性，他们双手赞成老爷子的义举，所以没有二话，当天夜里，趁天黑风高，他们找了辆车，悄悄地把墓碑拉到李老爷子的小院，藏在了萝卜窖内，上面又铺了两层草帘子。

李老爷子心细，怕这两个人走漏风声，便从自己的箱子底儿拿出十块钱，每人给了五块，作为“封口费”。

这二位倒是嘴严，直到死也没向任何人吐露这个秘密。所以村里人没人知道这块墓碑是怎么失踪的，更不知道墓碑藏在了谁家。

失踪的墓碑水落石出

一晃儿，谭鑫培的墓碑在李朝金家的小院藏了有十多年。斗转星移，当年身板还算结实的李朝金成了耄耋老人，一场大病，让老人撂了挑子（去世），让他牵肠挂肚的是小院地窖里藏的那块墓碑。

当时谭鑫培墓还荒芜着，那两个当年拉墓碑的人也已经故去，知道这块墓碑的只有老爷子了。

他心里盘算着，这块墓碑无论如何不能留给自己的后人，一定要把他献出来，什么时候献？只有等有朝一日重修墓地的时候。

知道自己等不到这天了，他得把这事交代给自己最信得过的人。选来选去，他相中了办事比较稳重的亲家的儿子周长有。

临终前，他把周长有和他的媳妇贾文玉叫到身边，说出了埋藏在心里十多年的秘密。嘱咐他俩一定要保护好这块墓碑，留给谭家的后人。

老实巴交的周长有点了点头，对李朝金说："放心吧，我会像保护自己的眼珠子一样对待它的。"

听了周长有这句话，李朝金才合上了眼睛。

李朝金过世后，周长有怕这块墓碑藏在小院的地窖里有什么闪失，在一天深夜，他和儿子偷着把墓碑拉到自家的院里。

怕风吹日晒，周长有还专门在院子里盖了个小棚子。怕人看出墓碑，他在上面铺了层木板儿，又搭了层塑料布。

周长有本以为这样就万无一失了，谁知什么事，不怕贼偷，就怕贼惦记着。让周长有没想到的是，那天深夜，他和儿子拉墓碑时，走到半道儿，被村里的一个酒鬼看到了。

酒鬼喝得醉么咕咚，见周长有和儿子深更半夜拉着车往家走，便躲到了树后，黑灯瞎火的，酒鬼并没看清他们拉的是什么，当然他也想不到是谭鑫培的墓碑，他以为拉的是一块普通石板呢。

当时，酒鬼以为周长有爷俩是在做贼呢，所以留了个心眼儿，没敢声张。他尾随着这爷俩，直到他们把墓碑卸到院里，看明白了，这才蔫不出溜儿地回家。

事情过去有半年多，邻村的一户居民家里盖房，缺一块石板，找了两天没有合适的，这事儿偏巧让在酒桌喝酒的酒鬼知道了，他对盖房的主儿说："盖房缺石板算你赶着了。给我备一箱二锅头吧，明儿就让人给你送去。"

盖房的主儿以为他说的是酒话，没想到第二天，酒鬼真让房主把"石板"给拉回了家。

这"石板"不是别的，正是谭鑫培的墓碑。原来酒鬼一直惦记着周长有家的那块"石板"，他以为那"石板"是周长有爷俩夜里偷来的，所以憋着在周长有身上"榨点油出来"，碰上人家盖房找石板，他终于找到了下嘴的机会。

那天，他让盖房的主儿找了辆"三蹦子"，直接奔了周长有家，偏巧周家没人，大门还没上锁。酒鬼编了个瞎话，说这是他舅舅家，舅舅不在，他能做主。于是推开了院门，直奔院里的那个棚子。

众人把塑料布和木板掀开，露出了墓碑。这些人也没什么文化，看着是块碑，但上面是什么字，一个也不认识。

盖房的主儿一眼就相中了墓碑的石材，连声说："好！盖房用它，万年牢！"

于是当场给了酒鬼一百块钱，把墓碑拉回了自己家。

再说周长有这头，那天老两口到城里看朋友，因为上了年纪，出门时忘了锁大门，回到家一看，棚子被翻得乱七八糟，而且藏着的墓碑也没了踪影！这墓碑，他可是在李朝金面前起过誓的，无论如何也不能丢呀！他赶紧出门问邻居有没有看见贼。邻居告诉他，是酒鬼带着人把墓碑给拉走了，当然，大伙儿都以为是一般的石材。

周长有一听这话，心急火燎地去找酒鬼。酒鬼此时正在盖房的那家，看着瓦匠怎么处理这块墓碑。周长有打听了几个人才知酒鬼在那儿，于是风风火火地赶到了邻村。

一切似乎都有天助，正当瓦匠要砍砸墓碑，让它上房的褃节儿上，周长有赶到了。

当下，周长有喝住了瓦匠，并且说出了这块墓碑的主人是谭鑫培。盖房的主儿不认识墓碑，却知道谭鑫培是谁，那个酒鬼也如梦方醒。

周长有讲述了李朝金收藏这块墓碑的初心，众人听了大受感动，自然，知道这是谭鑫培的墓碑，谁还敢拿它盖房？当下，酒鬼向周长有表达了自己的愧意，并且把那一百元钱还给了盖房的房主。房主又亲自把墓碑拉回了周长有的小院。

有过这次墓碑失而复得的经历，周长有心里又多了几分担忧，怕让人起邪念，他干脆把墓碑藏在了窗根底下，上面堆放杂物掩盖。他觉得墓碑在自己眼皮底下更保险。

老两口的苦心没有白费，终于等来了修谭鑫培墓的时刻，从施工队进现场，老两口儿就叮嘱儿子找谭家的后人，他们要亲自把墓碑交给谭家的后人，这样心里才踏实。

墓碑完好无损

在修墓期间，我随谭元寿的儿子谭立曾在栗园庄的一个普通小院，见到了周长有夫妇。

当时，这老两口一位79岁，另一位77岁。虽然年龄不小了，但二位身体还算硬朗，聊起这块墓碑的收藏经历，他们感慨万端。

周长有对我说："我们老公母俩没文化，碑上的字一个也不认识，但我们仰慕谭鑫培的大名，而且也知道这墓碑是谭家后人的，是文物。亲家李朝金把保护谭鑫培墓碑的事儿托付给我们，是对我们的信任，我们说什么也要把它完整地交给谭家后人，绝对不能让它在我们老两口这儿给毁了。"

他的话非常朴实，但表达了一个普通北京人的善良。

他的老伴儿对我说，十多年来，为了守护这块墓碑，老两口夜里睡觉都不踏实，经常是一有动静就出来看一看。有一年冬天，院里闹黄鼠狼，夜里折腾，她以为有人来偷墓碑，从被窝里钻出来到院里查看，结果受了风寒，在床上躺了几个月。

谭立曾为周氏老两口保护和收藏墓碑这事感动不已，从身上取出事先准备好的两万块钱，交给周长有。

"您这是干吗？我们收藏谭鑫培的墓碑，可不是冲着钱。要是收您一分钱，我们不但愧对自己的良心，也对不住故去的李朝金。"这钱周长有坚决不收。

“那我只能替我们老祖的在天之灵感谢您了！”谭立曾跪在地上，给二老磕了三个头。

当下，周长有领着谭立曾和我来到他家本地窗根下，他推开杂物，解开包着墓碑的塑料袋，墓碑露出了真容。

由于李朝金和周长有夫妇的精心保护，墓碑完好无损，碑文的一面朝下放着，字迹清晰可辨。

周长有看到谭立曾脸上流露出惊喜的神色，长长地舒了一口气，说道：“这下我们可以睡个踏实觉了。墓碑归还给谭家后人，我们老两口死而无憾了。”

2006年，这块墓碑重新立在修好的墓园内，人们看到这块墓碑，在感叹它经历一百多年风雨，依然完好无损的同时，也会对墓碑上戏曲界的一代宗师彪炳史册的碑文感喟不已，但很多人并不知道这块墓碑背后的故事。

谭鑫培墓已被列为区级文物保护单位，这里也是弘扬传统文化、缅怀京剧艺术家、教育后人的基地。

值得一提的是，2017年是谭鑫培的孙子谭富英111周年诞辰。谭富英的墓地在门头沟的万佛公墓名人园，两个墓地遥遥相望，不到两公里。

爷孙二人在谭派艺术的创立和发展过程中，起到十分重要的作用，如今他们的功名又福荫子孙，让谭门艺术已经延续到七代，这在古今中外的艺术世家中是绝无仅有的。

有人建议“谭门七代”可以申报吉尼斯纪录和世界文化遗产了。老祖谭鑫培的在天之灵，看到这一切一定会感到欣慰的。

刘金涛

『两把刷子』玩了一辈子

刘金涛

生于1922年，河北枣强人，十二岁进京，在书画店拜师学习裱画，后来自己开店，1958年，入琉璃厂荣宝斋，担任裱画师，1960年，入中央工艺美术学院，专职裱画，其装裱书画的技艺精湛，资历不凡，曾为齐白石、徐悲鸿、田世光、蒋兆和、叶浅予等百位以上名家装裱过书画，生前与名家书画装裱的轶事很多。

玩装裱得有“两把刷子”

大凡靠技艺谋生的人，往往忌讳别人称他是匠，而愿意人称他为师。尽管现代社会提倡工匠精神，但精神跟人称是两回事儿。

三百六十行，哪行都有哪行的匠和师。匠有俗意，师乃尊称。其实，匠跟师有时只是差一步的事儿。这一步包含艺品、人品和人缘。说深则深，说浅则浅，人有时迈出这步挺难。不然怎么会有匠与师之别？

单说京城有位著名的裱画师傅，大号刘金涛。京城写字儿画画儿的粗粗算下来，至少有30万人，咱们从50岁的往上说，说不认识刘金涛的几乎没有。

老爷子到2017年，96岁。他从11岁起，进琉璃厂学裱画儿，您算算吧，到现在干了多少年了？

当然，到85岁以后，老爷子基本不动手了，他的话：干不动了。即便如此，他在裱画这一行，也干了有70多年。

在这70多年中，刘金涛老爷子给无数位书画家裱过字画儿，交的朋友一茬儿又一茬儿，到现在也数不清了。但凡是认识刘金涛的人，都尊他为裱画大师。

这个大师属于尊称，跟所谓的专业职称是两回事儿，也不是专家评定的，而是实实在在来自人们的口碑。

别的不说，人民大会堂里的巨幅国画《江山如此多娇》您肯定在电视里看过，这幅巨画就是由刘老和张贵桐俩人装裱的。

艺品、人品和人缘到这份儿上，在人们的眼里，他就早已不是匠了。从过去到现在，京城从事装裱字画的人成千上万，能做到刘金涛老爷子这种大师份儿上的人太少了。

傅抱石先生在1957年的《人民日报》上，发表过一篇文章叫《裱画难》，其中谈到当代裱画大师有南北“二刘”。

南方的“刘”，指的是刘定之；北方的“刘”，说的就是刘金涛。由此可见，刘金涛在书画装裱业的知名度之高。

进入21世纪，现代科技已经引领潮流，尤其是人工智能的开发，使许许多多的传统手艺人丢了“饭碗”，装裱书画就是其中之一。

众所周知，中国画离不开两样：印章和装裱。尤其是装裱，老话说：三分画七分裱。装裱书画是中国传统工艺之一，大概有中国的书画就有装裱艺术了，在长达上千年的历史中，装裱书画一直是一种手艺，直到有了机器装裱以后，这门手艺才成为“独门”。

装裱字画看着简单，其实里头的门道很多，有些绝活儿是机器装裱解决不了的，但能把书画装裱玩得游刃有余，把一团烂纸通过装裱变成像模像样的艺术品，化腐朽为神奇，这样大师级别的人真是太少了。

所以，早在半个多世纪以前，傅抱石先生便发出“裱画难”的感慨。这么一说，您就明白刘金涛老爷子在书画界的分量了。

“三黄”给他画像题词

玩了70多年的书画装裱，刘金涛老爷子认识的书画界的名人实在太多了。

十多年前，刘老还在朝阳区光华路住着的时候，我去他家造访。那时，他住的房子压根儿就没装修，还是水泥地面，白灰墙面儿，看上去十分简陋，但墙上挂着的字画却很惹眼，小客厅有十几平方米，迎门的墙上挂着的是他亲自装裱的郭沫若为他写的诗。

对面的墙上是冰心写的字。这本来是很普通的便条，让刘金涛装裱后，成了一件艺术品。仔细观看，上面冰心写得非常有意思：

“您以精湛的艺术替我裱了许多字画。也有名人的，也有我自己胡写的，从不索要报酬。我实在不知怎么办，这是一张日本朋友送的好宣纸，扶病书此，请金涛同志留念。”

字里行间流露着作家冰心对刘金涛的感激之情，同时，也可以从中看出刘老的为人。

刘金涛家里的墙面，像是一个小的书画展览。除了郭沫若和冰心给他写的字以外，还有一幅蒋兆和为他画的素描画像，画像由著名画家黄均题跋。

另一幅是吴作人为刘老画的像，张仃题款："装池高手"。

最有意思的是号称画坛"三黄"的黄永玉、黄苗子、黄胄为刘老画的像及题跋。

刘老告诉我："这是'三黄'唯一合作的画儿。"

"肯定有掌故对不对？"我笑着问刘老。

"有，有。"刘老沉吟了片刻，讲出了此画的来历：

那是1987年初冬，京城画坛的几位高手在北京饭店聚会，刘老也应邀前往。

酒过三巡，菜过五味，画家们应主人的盛情之邀，铺纸研磨，纷纷挥毫。

当时，黄永玉坐在刘老身边。他跟黄永玉同庚，黄永玉的画儿几乎都由刘老装裱，俩人素有交情。

看着大家准备动笔了，黄永玉对刘老笑道："今儿这酒喝得正好，回头我给你画个像吧。"

"那敢情好！"刘老自然欣喜。

黄永玉给刘老画完像之后，站在身后的黄苗子说："我来题款。"于是挥毫写道："白石悲鸿老友可染也怕金涛。"

黄永玉在一旁打趣道："可染不怕，可染不怕！"

黄苗子哈哈大笑道；"可染怕不怕？请金涛拿此画去问可染。"说着，又在画像边上续写了一段话："汤勤是前辈，人品数我清高。丁卯秋永玉为金涛画像，苗子题。"

汤勤是明代的裱画大师，所以黄苗子有此说。

后来，黄胄找刘老裱画时，见到了这幅画像，觉得黄苗子的题款很有意思，随口说道："可惜我不在场，在的话，我要说我也怕金涛。"

"怕我什么呀你？"刘金涛憨厚地笑着问。

"你是寿星呀！怕我们都活不过你。"黄胄打了个哈哈儿说。

"别怕别怕，正好'三黄'缺你这一'黄'。来吧，你题两笔吧！"刘老借着黄胄的话茬儿，赶紧找来笔墨。

"得，那我就遵命了。"黄胄笑着挥笔写下了"长命百岁"4个字。

"长命百岁"，这4个字还真让黄胄说着了，光阴荏苒，转眼间，30年过去了，"三黄"只剩了一"黄"，也就是跟刘金涛同岁的黄永玉。

从"三黄"为刘老画像和题字上，您便能看出他们之间的交情。

“三黄”是著名画家，刘老说起来是裱画的，但他们眼里，刘老并不是一个匠人，而是直接称兄道弟的朋友。

一个玩装裱的手艺人，能做到这份儿上，可以说把书画玩到了家。

腿儿着七天七夜来北京

刘金涛玩了一辈子装裱，在裱画儿上肯定有自己的绝活儿。老爷子对我说，他的绝活儿是挨打打出来的。

刘金涛是河北枣强人。家里穷，那年，刚满11岁的他，因为肚子饿，跟他爹要口吃的，他爹跟他说了一句狠话：“这么大了还张嘴跟大人要吃的？你要是有骨气，自己出去刨食去！”

就是老爹的这句话，让他独自从老家枣强走了七天七夜，来到了北京。

俩肩膀扛着一个脑袋来到了北京，他傻了眼。两眼一抹黑，找谁去呀？在街上漂了几天，他遇上一个好心的乡亲。

这位老乡见他无依无靠，饿得前心贴后心，便动了善念，带他吃了顿饱饭，然后把他引荐给琉璃厂的宝华斋，学徒当了裱画儿的。

裱画是个苦差。傅抱石曾说过：“当一个裱画高手，必须要有面壁九年之志。”

装裱书画的工艺极其讲究，不同季节和气候，刷法有所不同，干一点容易裂，湿一点容易蛀，一刷在手，要屏息静气，重了可能碎为纸浆，轻了很难碾平。

人们评价一个人有本事，往往说有两把刷子。这句话的出典，就是从裱画这儿来的。

宝华斋当年是京城有名儿的装裱字画的老店。店里有两位装裱书画的高手，一个叫张子华，另一个叫张维恭。

张子华是掌柜的，对徒弟要求极严。张维恭沉默寡言，但对裱功极为苛求，可谓一丝不苟。11岁的刘金涛跟这两位高手学裱画，您说能短得了挨打吗？

有道是严师出高徒。刘金涛在宝华斋当学徒十年，挨打受气是常事，不知受过多少委屈，但他认准一条，只要能把师傅的手艺学到手就行。

就是凭着他的这种刻苦钻研的韧劲儿和吃亏是福的憨劲儿，他把这两位师傅的绝活学到了手，而且在宝华斋站住了脚。

出徒不久，他就开始独自接一些重要的活儿，没几年便打出了知名度。到后来，青出于蓝而胜于蓝，人们奔宝华斋裱画儿，都是冲着他的大名儿了。

玩命装裱蒋兆和的《流民图》

刘金涛在宝华斋最得意的一档子事儿，就是1943年，跟师傅张维恭装裱蒋兆和先生的长卷《流民图》。

长卷《流民图》是蒋兆和先生的代表作之一。蒋先生从1941年开始构思，1943年完成。画卷高2米，长约26米，表现了抗日战争中，普通民众深受战争之苦，流离失所，痛不欲生的境况。画卷以写实的笔法，刻画了一百多个挣扎在战争硝烟下无家可归的百姓形象，场面宏大、悲壮。

由于这幅长卷表现的是“二战”中控诉战争、企盼和平的主题，蒋兆和先生也成了世界级的知名画家，由此可知这幅长卷的影响力。

长卷画出来后，怎么装裱成了问题，京城装裱字画的店铺不少，但没有一家装裱过这么长的大画儿。当然，1943年，北京还叫北平，是沦陷区，日伪当道，装裱这种控诉战争题材的画卷，肯定要冒风险。

经朋友介绍，蒋兆和找到了宝华斋。宝华斋的掌柜张子华，属于有民族气节的人，看了蒋先生的长卷，感到震撼，欣然把这活儿接了下来。

据刘金涛回忆，装裱蒋兆和先生的《流民图》当时成了琉璃厂文化街的一景儿。

画卷长26米，而宝华斋裱画的屋子只有两丈长，一丈宽。这么长的画儿在室内，别说裱，展开看看都难。怎么办?

还是刘金涛的师傅“二张”有主意，他们提出了“零裱长接”的法子。也就是刘金涛跟师傅一截一截地装裱，裱的时候，挂一截撑起一截，然后再往一起粘接。但分段裱好后，待全部粘接时，宝华斋的地方又不够了。

张子华急中生智，把邻近店铺韵古斋、静观斋、益古斋的掌柜请来，借他们门脸前的台阶进行整幅接裱。

26米长卷整幅接裱，当时在琉璃厂引起轰动，人们纷纷出来观看，对“宝华斋”师徒的装裱技艺大加称赞。

《流民图》装裱后，在太庙展出，由于长卷的深刻政治主题，又一次引起社会轰动，当时北平的伪政府派宪兵查封了画展，《流民图》也遭到了日本宪兵的毁坏，保留下来的只是残卷。

抗战胜利后，蒋兆和先生拿着《流民图》的残卷，二次进了宝华斋。刘金涛和师傅张维恭对这幅长卷的残图，进行了二次装裱。

二次装裱，比头次装裱难度还大，因为这里涉及整残如整、整旧如新的绝活儿。

经过刘金涛和师傅的精心装裱，《流民图》再次展现在人们面前，蒋兆和先生对他们师徒二人的装裱技艺赞叹不已。

多少年以后，蒋兆和先生见到了刘金涛，两位老人回忆起《流民图》这段往事，不禁百感交集。蒋先生虽然年事已高，但还特意为刘金涛画了像，作为纪念。

徐悲鸿帮他开金涛斋

抗战胜利后，刘金涛离开了宝华斋，在琉璃厂租了个小门脸，自己开了家裱画店。

当时刘金涛刚刚20多岁，他一没有实力的家庭做靠山，二没有丰厚的资金相依托，三没有一定的文化做底蕴，独自挑门立户，全靠自己的“两把刷子”和勤奋努力，还有诚实守信的好人缘儿。

马连良的秘书吴幻荪是位画家，看刘金涛活儿好，人也厚道实在，便不断地把京城的一些名画家介绍到他这儿来。他开始跟一些名画家有了密切交往，其中徐悲鸿和齐白石对他的帮助最大。

徐悲鸿时任北平艺术学院院长，住在东总布胡同路北的一所四合院里。徐悲鸿头一次让刘金涛裱的两张画，是他的名作《愚公移山》和《九方皋》。

当时刘金涛才24岁，而且裱画的房子很小，这两幅画都是丈二匹的大画，裱这两幅画，刘金涛真是下了一番功夫。

当刘金涛把裱好的画交给徐悲鸿时，徐悲鸿愣住了，他没想到刘金涛这么快就完活儿。看了他的裱工，徐悲鸿大为赞赏，觉得刘金涛确有一手绝活。也许是出于对刘金涛的赞赏，徐悲鸿给了他60块大洋。

两幅画60块大洋，这在当时的裱画业算是“天价”。刘金涛坚决不要这么多，最后徐悲鸿劝他半天，他才勉强收了30块。徐先生被他的这种厚道劲感动了，特意留他共进午餐。

从此，刘金涛跟徐悲鸿交了朋友。徐先生的所有作品都找刘金涛装裱。徐悲鸿人深知一个裱画匠挣钱不易，对刘金涛说：“你这个门脸虽然不大，但你的功夫好。虽然‘酒好不怕巷子深’，但还是应该有个招牌。”

刘金涛说：“我没文化，不会写字，您帮我写一个吧。”

徐悲鸿笑了笑说：“门脸太小，起个字号还得等等，我先给你立个招牌吧。”

于是徐先生给刘金涛裱画的小门脸，写了一个条幅：“金涛裱画处”，用以招揽画家，而且还把齐白石、梅兰芳等名人介绍给他。

“金涛裱画处”总让徐悲鸿觉得对不住刘金涛，他觉得像刘金涛这样有“两把刷子”的裱画师傅应该有自己的大的门脸，这不只是刘金涛干活体面，也可以体现他的劳动价值。

大约酝酿了一年多，徐先生终于在1947年搞了一个惊动京城的活动。

那天，徐先生把京城的名画家齐白石、叶浅子、李可染、李苦禅、王雪涛、黄均、田世光、蒋兆和、宗其香、吴幻荪等请到家里，说出了自己的想法：请每位画家画幅画，然后开个画展，卖的钱都给裱画师刘金涛，资助他找个大房子开裱画店。

众画家都找刘金涛裱过画，知道他的为人，听徐悲鸿先生说出这话，一个个没有二话，都表示积极响应，并继续找更多的画家。

几天后，近百张画凑齐。徐先生又把报馆的记者找来，亲拟了新闻稿，并且亲笔签发了上百份请柬，请各界朋友捧场。

画展在中山公园水榭举办，展期三天，一百多张字画被抢购一空，共得法币两亿多元（当时的法币不值钱）。

徐悲鸿把这些钱如数交给刘金涛，让他用这笔钱在琉璃厂16号开了个裱画店，徐先生为裱画店起名“金涛斋”，并亲自题了匾额。

开业那天，徐先生和齐白石、叶浅予、李可染、李苦禅等名家前来捧场。琉璃厂的古玩铺和书画店的老板，知道金涛斋的来历，无不敬佩徐悲鸿的为人。

金涛斋开业的第二年，徐先生就把重金收回的名作《八十七神仙卷》，拿给刘金涛装裱。可见徐先生对刘金涛的重视。

刘金涛和徐家人的情谊一直延续到现在，2002年，徐悲鸿纪念馆整理出徐先生生前画的素描速写上千幅。

当时，廖静文说："徐先生的画必须让刘金涛裱才放心。"

尽管老爷子那会儿已经80多岁了，但眼神和体力还行，义不容辞地承担了此任。

老舍先生给他敬酒

刘金涛裱了70多年的字画，结识的名人数不过来。尽管说了归齐他不过是一个裱画的，在旧中国，没什么社会地位，按说那些名画家找他也就是为了裱画，他们的关系也仅此而已，但是让人难以置信的是，刘金涛跟所有找他裱画的人后来都成了朋友，而且这种朋友关系一直持续到了下一辈。

有意思的是，这些名人有感于刘金涛的手艺和做人的厚道与实在，谁都不把他当作匠人，而是拿他当大师，捧为座上宾。

这让人想到老北京人做买卖，做的是生意，更是做人，买卖看上去是商品是服务，实际内容却是人品是交情。

凡是找刘金涛裱画的人都知道，老爷子从来不开价，也不提裱一幅多大尺寸的画多少钱，一切都由您看着给。当然，当时裱画是有行市（市场价）的，所以谁也不会少给，但仅就这一条，您不能不佩服刘金涛的厚道。

画家里也有吃不上饭的，况且谁没有为难的时候，碰上这种遇到窘境的画家来裱画，他不但分文不取，还要掏钱接济。

您想这种做人的方式，能不维出好人缘来吗？

老舍先生跟刘金涛的关系非同一般。每次见了他，老舍总喊他"伙计"，他则叫老舍“先生”。老舍重人情，他的朋友也多，有时朋友聚会，短不了叫上刘金涛，陪着他喝两口儿。

老舍先生说话幽默，对朋友说：“金涛这个儿，都比咱们高。有他在我身边，我心里踏实。”

巴金从上海来北京开会，老舍在仿膳请巴金，给刘金涛打电话：“伙计，老巴来了，快来聚聚吧。”

“他来了，我得跟他喝一杯。”刘金涛笑着说。

原来巴金也是他的老主顾。巴金长期住在上海，每次到北京开会，总要找刘金涛裱画。

1958年，黄胄画了一幅维族老人骑毛驴弹都塔尔的大画，送给了刘金涛。刘金涛得到此画，高兴得一夜没睡，第二天一早，他就拿着这幅画去找老舍，给他分享。老舍看了这幅画，认为这是黄胄的精品，兴之所至，为刘金涛在这幅画上题了一首诗：民族解放，四海歌唱；驴背逍遥，琴声清壮。

1951年，吴祖光和新凤霞在北京一家大饭店举行婚宴，齐白石、徐悲鸿、李可染、梅兰芳、老舍等文化界艺术界的名人到场。

当时，吴祖光也把刘金涛请了过来。婚宴的张罗人一看刘金涛的身份，把他跟几个拉洋车的和跟包儿的安排到一桌。

席间，坐在主桌的齐白石站起来，举杯说：“请大家为老舍先生干一杯。”

众人响应，纷纷站了起来，当然，老舍也站了起来，但他的眼睛向周围看了看，他是在找刘金涛，突然发现他坐在一个角落里，老舍的脸一下沉了下来。

在跟大家举杯敬酒后，老舍又斟满一杯酒，站了起来，举杯说道：“我谢谢白石先生刚才的盛情。今天，我们的装裱大师刘金涛先生也来了，我提议诸位为我们装裱大师干一杯！”

他的提议得到了在场所有人的响应，人们纷纷站了起来，相互碰杯，一饮而尽。

这时，吴祖光才发现刘金涛被安排到了边席，有点不好意思地忙把他招呼到正席。刘金涛哪好意思坐正席。这时，李可染也招呼刘金涛，让他坐在身边。齐白石也争着邀他坐过来。

但刘金涛不想给主人添麻烦，没有挪桌。不过，他一辈子也忘不了老舍先生敬他的这杯酒。这些大师对他一个裱画匠的敬重，是他一生最为感动的。

齐白石临终给他的遗嘱

刘金涛的晚年非常平静，90岁以前，每天还能喝两口小酒儿，闷的时候嘬几口烟，此外没有其他嗜好。

老人非常有意思，特别喜欢吃糖，馋的时候，自己在嘴里嚼块水果糖，那天真的样子像是个孩子，奇怪的是，他这么喜欢吃糖，血糖却不高。

他是非常重感情的老人。有一次，他请我吃饭，说好喝他收藏的“五粮液”，结果儿媳妇拿错了口袋，不是“五粮液”，是“二锅头”。我怕老人让儿媳妇回家去换，赶紧说：“‘二锅头’正对我的口儿。挺好。”于是，那天饭桌上喝的是“二锅头”，且皆大欢喜。

本来一件区区小事，谁能想到老爷子却念念不忘，转过年的年根底下，我突然接到刘老徒弟的电话，说刘老要给我送点东西。

他的徒弟给我带来两个红口袋，一个口袋里装的是两瓶“五粮液”，一个口袋里装的是一把紫砂壶。说这是刘老送我的过年礼物。我猛然想起头年饭桌上，刘老请我喝“五粮液”的事儿。您看，老爷子就是这么重交情。

有一次，刘老对我说：“有件事我从来没跟外人说过，我把你当作能过心的朋友，跟你说说吧。”

我十分感激老人对我的信任，对他说：“您要信得过我，就说吧。”

他沉了一下，站起身从柜子里，拿出一个不大的纸盒，掀开盒子，拿出一个纸包，又是一个纸包，打开这个纸包，最后露出一张当年新华社的信笺。

这张信笺已经有些发黄，说明它有年头了。我细细看了看，只见上面用毛笔哆哆嗦嗦写着两行字：“去年白石亲交有金子一包月日，亲亲交交妥。”下面画着一根金条。

这张字条旁边有刘金涛写的两行字：“所书可谓极为珍贵，望我后人视为珍贵资料保存，刘金涛书记1983年×月×日，右字系齐白石老人病危前夕电我去他家，卧床时写，1957年9月病故，此字死前一日。”

敢情这份保存完好的字条，是齐白石一生留下的最后字迹。

怎么回事呢？原来齐白石老人曾借给一个朋友几根金条，临终前，想起这档子事。他放心不下，想找个可依托的人，在他死后帮他要回来。

谁最可靠呢？想来想去，想到了刘金涛。于是让人到琉璃厂找刘金涛。刘金涛来到跨车胡同白石老人家，老人已进入弥留之际，但他看到了刘金涛，还是睁开了眼睛。

刘金涛凑近白石老人，趴在他的胸前，大声问道："您有什么嘱托就说吧！我一定尽力。"

听清楚刘金涛这句话，白石老人让他拿过纸笔，躺在床上，颤颤巍巍地写下来那张字条，把自己放不下的事托付给了刘金涛。

刘老对我说，其实，那个朋友已经把金条悉数还给了齐家，但白石老人当时并不知道。不过，通过这个临终字条，可知白石老人跟刘金涛的关系有多近。

为赛金花找白石老人画虾

白石老人为什么跟刘金涛的关系这么近呢？因为白石老人生前的许多字画，都是由刘金涛装裱的，包括白石老人送给毛泽东的那幅画。

由于刘金涛的厚道和仁义，白石老人一直视他如自己的亲生儿子，有时白石老人宴请宾客，会见朋友，也要请刘金涛出面订席。

1949年的一天，刘金涛在他的裱画店金涛斋正干活，从外面进来一个衣衫褴褛的老妇人。

刘金涛以为这是个要饭的乞丐，赶紧让伙计给她倒了碗热水，又从柜上，给老太太拿了几万块钱（当时物价飞涨，一万相当于原来的几块钱）。

老太太把钱收下，道了谢，却没有要走的意思，刘金涛纳了闷儿，问道："您找我有什么事儿吗？"

"有事儿。"老太太哆里哆嗦地从口袋里，摸出一张字条，递给了刘金涛。

刘金涛仔细一看这张字条，才明白原来这位老妇人是京城名妓赛金花的女仆顾妈。顾妈是江南人，一直伺候赛金花。赛金花的晚境十分凄惨，她死后，顾妈在京城举目无亲，无依无靠，最后流浪街头，成了乞丐，与画家王青芳在街头偶遇。

王青芳见她可怜，想搭救老太太一把。他知道赛金花生前跟齐白石认识，他也是刘金涛的老主顾，便想通过刘金涛找齐白石先生，接济一下顾妈，所以写了个字条，让顾妈来到金涛斋。

刘金涛看了字条，不能对顾妈见危不助，于是让人带着顾妈奔“清华池”洗了澡，又买了身衣服换上，带着她来到跨车胡同齐宅。

白石老人听刘金涛把情况一说，又听了顾妈陈述了赛金花和自己的遭遇，动了怜恤之心，非常感慨地对顾妈说：“看到你，就看到了赛金花。她晚年生活得也不容易呀！”

白石老人当场为顾妈画了一幅虾，对她说：“这几只虾，够你吃几年的。”

顾妈激动得热泪盈眶，扑通给白石老人跪下，连磕了几个头：“谢谢老人家大恩大德。”

白石见状，又感动了，说道：“帮人帮到底，我再给你画幅虾，你留着养老吧。”

说着，白石老人又为顾妈画了一幅四尺的虾。

后来，顾妈在琉璃厂卖了一幅虾，有了生活来源。刘金涛对白石老人的为人心悦诚服。

陶然亭的窑台有个茶室，白石老人自见了顾妈之后，常让刘金涛陪着到那儿喝茶。

喝茶之后，白石老人便到赛金花墓前悼念一会儿，沉湎于往事的回忆之中。白石老人还为陶然亭题了匾额。

老人去世多少年后，刘金涛每次走到陶然亭，便会想起白石老人与赛金花的这段交情。

藏画很多就是不卖

刘金涛与名人交往的故事几天几夜都抖搂不完，当代画坛许多名家的生前事迹都在他脑子里装着，他像是一个活资料库，由于徐悲鸿、齐白石、老舍这一代人大都已经作古，所以刘金涛才显出其自身的史料价值。可惜，现在很少有人在他身上“挖宝”。

邓拓生前跟刘金涛是至交，想为他写书，但未能如愿。

也许是职业习惯，刘老干事非常仔细。他与那些名人的来往信件、信封甚至名人写的一张字条都保存了起来。这些文字在当时并不起眼，拿到现在看都属难得的文物。

我在他装裱的信札中，看到了齐白石、徐悲鸿、于非闇、蒋兆和、王雪涛、李方白、吴作人、李可染、关山月、老舍、冰心、沈从文、吴祖光等一大批名人的手迹。

刘老在北京生活了80年，但依然保持着农民的质朴和生活习惯，什么好东西都喜欢用包袱皮包上。20多年前，他包名人信件的一个包被人偷走，数百封珍贵信函不翼而飞，至今让他想起来仍懊悔不迭。他对我说，还有近千封名人来往的信件没有整理。这些无疑是一笔难得的文化遗产。

刘老的裱画有许多绝活自然不用多说了。自从他和张贵桐俩人装裱了人民大会堂里的巨幅国画《江山如此多娇》后，便声名鹊起，他的身份也发生了变化。1956年“公私合营”，刘老进了荣宝斋，1960年又被调到中央工艺美院，学院专门为他设立了装裱工作室，直到退休。目前他的次子刘宪怀接了他的班，从事裱画工作。

刘老一米八几的大个儿，身材魁梧，虽年过九旬，但他乐观豁达，与世无争，依然保持着良好的精神状态，除了每天照常喝两口儿小酒，没别的雅好了，只是近年耳背了，而且九十岁以后，腿脚不大利落，行动要坐轮椅了。

由于常年跟文化人打交道，身上也染上了一些文墨气，不过他很难改掉从小养成的朴实憨厚、率真豪爽、热情真诚的性格。

朋友们都知道他跟当代的许多画坛名家是朋友，这些名画家几乎都给他留下过墨迹。他手里收藏的名人字画，实在是太多了，到底有多少，一直是个谜。有人说，他的藏画足可以开一个大型画展，还有人说，他的藏画要是上拍，能买两架飞机。

但是他视这些字画如眼珠子，因为这些画都署着他的名字，他把它们当成画家留给他的珍贵纪念，所以一幅也舍不得卖。

近些年，许多拍卖公司慕其大名，到他家征画。他收藏的一本有几十位名家画的册页，某拍卖公司看了，认为这是一件稀世珍宝，估价3000万元，让他出手。

他连连摇头，笑着说：“我还没到吃不上饭的时候呢！”

前几年，在荣宝斋举办的秋季拍卖会上。李可染的一幅《井冈山》，以近亿元的价格拍出。此画是刘老给裱的，他当然熟悉这幅画。

李可染是刘老的老朋友，他手里有几幅李可染的大画，有人劝他出手，他笑着说：“这是不可能的事儿。我怎么能把朋友送我的画卖了呢？那画上可有我的名字。”

朋友笑着对他说：“有您的名字怕什么？您是裱画大师，把名字抠去再补上，那还不易如反掌？”

刘老笑道：“你别让我挨骂了。”

刘老的生活非常俭朴，前几年，他还住着中央工艺美院的宿舍，两居室的简易楼，看上去十分简陋。那会儿，他出门都坐公交车。

一位拍卖公司的人手里拿着两把钥匙找他说：“刘老，人活着图什么呀？还不是活着滋润。只要您拿出几张画，这两把钥匙马上给您。一把是私人轿车的钥匙，一把是别墅的钥匙。”

刘老对他说：“我哪把钥匙也不要，只要自己灵魂里的钥匙。人不能为钱活着，这些字画确实值钱，但更值钱的是人的感情和情谊，它们是朋友给我的纪念，我怎能把它变为钱呢？”

这番话，说得人家哑口无言。

有一次，我跟老爷子聊天，说到卖画的事儿。

“拿出两幅画，换架大飞机多好！您不是还没出过国吗？有了飞机，您想到哪儿，直接就飞过去了！”我跟老爷子开玩笑说。

“你让我多活几年吧！飞机忒大，在天上转悠，我怕掉下来，砸着人。”老人家幽默地说。裱画大师，书画收藏家，这么多光环罩着他，他依然保持着普通人的心态，活得坦荡，活得自在。

“一幅画儿也不卖！”每次见到老爷子，我的耳边就会想起他的这句朴实无华的话。

难道这也是玩家的一种心态吗？我在自问，但不可能找到答案。因为一个严肃的话题在后面，有朝一日，刘老百年了，这些藏画的归属呢？

也许刘老已经在身前把这问题解决了，只是秘而不宣；也许他会把这个问题交给自己的儿子解决。不过，我毕竟是外人，过多地想这些问题就显得多余了。

刘曾复

80年玩票成『教主』

刘曾复

1914—2012，北京人，我国著名生理学家，对普通生理学、电生理学、整合生理学均有研究，是生物控制论、生物医学工程学等交叉学科的积极倡导者和推动者。同时他在业余时间潜心研究京剧，在京剧表演和鉴赏方面造诣高深，是有名的京剧理论家。平生酷爱脸谱，能讲会画，开创了“七张脸谱”理论。

梅兰芳称他是“通天教主”

大凡称得上玩家的人都长寿，至少在我接触的玩家里是这样。毫无疑问，这跟玩不无关系。不过，在这些长寿的玩家里，像刘曾复老爷子这样，90多了还能折跟头打把式的还是不多。

刘先生是1914年生人，记得2003年的春天，我在北医三院的一栋很普通的宿舍楼，第一次见到他时，他已经是90高寿了。

当时，老爷子面色红润，腰板挺直，耳不聋眼不花，精气神十足，而且思维敏捷，记忆力超群，加上他的一身“武功”做派，假如他不告诉我真实的岁数，我会以为他才60岁出头。

刘先生长寿且如此健康的原因，并非是养尊处优，见天儿有营养品滋补着，而是这三条：一是清心寡欲，二是不停用脑动手，三是喜欢京剧。

正因为喜欢京剧，才有清心寡欲和用脑动手，也才有这样健康的身子骨。这岁数了，老爷子每天仍坚持练“起霸”和“云手”。

刘曾复是学医出身，曾是北京医科大学教授和首都医科大学生理学教研室主任。老爷子从事医学生理学研究近60年，是中国整合生理学和定量生理学的开拓者之一。

虽然他从医近60年，但论名气，却没有他在中国戏曲界的影响大。在中国现代戏曲界，他是有名的“教主”。梅兰芳先生在自己的书里，对刘先生更是宠爱有加，称他是“通天教主”。

在老北京，会唱戏的人多，被梨园行称为“教主”的可是凤毛麟角，由此可知刘老在京剧界的地位。

医科大学的教授、医学生理学的专家，怎么当了京剧界的“教主”？您听了，觉得新鲜了不是？

原来刘先生自幼喜欢京剧，当了80多年的票友。什么叫“票友”？这儿得跟您多念叨几句。

在早，京剧跟现在的流行歌曲一样，有流行的唱段，也有大红大紫的角儿，也就是明星大腕。自然，他们都有一大批粉丝，这些粉儿不光是到戏园子捧角儿，而且也会唱两口儿，这就是通常说的戏迷。

戏迷再上一个档次才能说是“票友”。票友不但能唱折子戏，而且整出的戏也能拿得起来。由于他们整天泡戏园子，跟戏班的老板和角儿们也都熟，所以，有时某个演员临时有事儿或生病上不了场，票友便会登台救场。行话叫“玩票”，或是“票一把”，“票友”这个词也是这么来的。

票友平时也会凑到一块儿唱戏，唱戏得有场子，这种地方叫“票房”。老北京的四九城有许多票房。

“票房”，用现在的话说，是京剧爱好者自娱自乐的地方。当然，一些京剧界的名角和琴师也常来票房玩玩。票房也走出不少京剧界的名角儿。

“票友”从“票房”出来，当专业演员，行话叫“下海”。后来公务员辞职单干也叫“下海”，“下海”一词就是从梨园行这儿引过来的。

咱们这儿说的刘先生也是票友，但他没“下海”，却上了大学。他是对京剧痴迷，后来才当上了“通天教主”的。

从老宅门走出来的

在老北京，不管玩什么，都是有“基因”的。所谓“基因”，就是有渊源的。您总不能横空出世，就迷恋上某个玩意吧？

这个“基因”跟家传门风有直接关系。同样的道理，刘曾复能成为京剧界的“通天教主”，跟他出身于老宅门不无关系。

当年宣武门外米市胡同的刘家，虽称不上显赫的大宅门，却也算是书香门第。说起刘家的这所老宅子，还真有点儿来头，当年它是梁漱溟的父亲梁巨川的宅子，后来梁家搬走，刘家把它买了过来。

刘家的祖籍河北河间，远祖是云南昆明东南的陆良州。刘曾复先生的祖父曾在湖北为官，职位不高，在州衙官钱局做事。父亲刘诒孙与中国最后一位状元刘春霖、京城名士张伯英同科考上举人。后在清朝政府的学部做事，民国以后，在总统府当秘书。

京城的老宅门，一般勾连搭的圈儿套圈儿，都能搭上点儿亲戚或师门关系，刘曾复家也不例外，跟京城的几位外姓名门都有亲缘关系。

刘曾复的外祖父纪钜维，是纪晓岚的后代。纪钜维，号泊居，早年在武汉张之洞办的洋学堂当过校长。这所学校曾出过不少革命志士，董必武就是在这儿毕业的。

刘曾复有个叔叔，过继给了民国政府大总统冯国璋的姐姐。他父亲能在总统府当秘书，就是通过冯国璋的关系进去的。

他的外祖父纪钜维没男孩儿，他母亲行三，母亲的二姐嫁给了汪鸾翔。汪鸾翔是近代名士，与梁启超、王国维等是清华大学最初的教授。当年，清华大学的校歌，就出自汪鸾翔之手。

在这样的家庭环境里长大，刘曾复自然要走求学之路。中学，他是在北京师大附中念的。他的国文（即现在的语文）老师是梅贻端。梅先生是清华大学校长梅贻琦的二哥。您想他教出来的学生能次得了吗?

梅先生很看重刘曾复的文才，想把他培养成徐志摩式的人物，偏偏刘曾复对诗和现代文学没兴趣，却迷上了足球和短跑。

那会儿，念大学也得考试，虽然没有像现在似的全国统考，但名校的学生名额有限，竞争也很激烈。刘曾复于1932年高中毕业，如愿以偿地考上了清华大学生物系。

那时，清华大学的学习环境相对比较宽松，刘曾复从小就喜欢京剧，常到离学校不远的戏园子听戏，所以参加了清华大学的学生剧社，唱京剧武生。

他的身体灵活，喜欢运动，而且也是原来师大附中学校足球队的，上清华后，自然进了校足球队。

说起在清华踢球的往事，刘老记忆犹新。当年，清华大学足球队在北大、燕大、辅仁、北师大五所大学联赛中，连续两年获得过冠军。这两次夺杯，刘曾复都踢后卫，因为拼抢积极、凶狠，刘曾复得到了“铁闸”的绰号。

聊到兴奋处，老先生情不自禁地从抽屉里翻出当年的老照片让我看。

一家六口人都从医

俗话说，天有不测风云。谁也没想到在舞台上生龙活虎的刘曾复，在足球场上栽了跟头。

在一次大学校队比赛中，“铁闸”的胳膊被人给踢成了骨折。

没辙，刘曾复只好在家歇着了。家蹲儿，肯定耽误学业，所以，他比别的同学晚一年才大学毕业。

毕业之后，他到天津一所大学教书，但迷恋京剧的他，舍不得离开北京。不久，他考上了协和医学院生理系，从此跟生理医学结了缘。

刘老这辈子一直吃生物医学这碗饭。先在中国大学当讲师，1945年到北京医科大学当副教授、教授，1960年调到首都医科大学当教授和生理学教研室主任，1978年以后，在首医大生物医学工程学院当名誉院长。

搞了近60年的生理学，刘老自然是国内这方面的专家。但是，让刘曾复先生想不到的是，他在戏曲界的名望，要比在生物医学方面大得多。

刘老对我说，也许他搞的生物学太专业了吧。其实，他在自己所从事的生理学专业上成绩斐然。

刘老的英文底子相当厚实。多年以前，我采访他时，他对我说：“现在看外文专业书比中文书还熟。”

“真的吗？”我笑着问道。

“您瞧瞧这个。”他拿出自己翻译的生理学原著让我看。

那书有砖头厚，书里书外全是密密麻麻的英文字母，我看着都眼晕。真难以想象老爷子，是怎么啃这“硬砖头”的。

刘家真可称得上是书香门第，刘曾复有一姐一弟，都是大学毕业，而且跟他一样都是当教师的。

他的老伴苏芳蕙，跟他是北京师大附中的中学同学，两人也算是两小无猜青梅竹马。

苏芳蕙跟他同岁，退休前在北京医科大学图书馆搞外文期刊翻译，但在我采访刘老前，已经仙逝。

刘曾复夫妇和四个女儿都是从医的，大女儿退休前在北医搞公共卫生，二女儿退休前是北医三院的会计，三女儿退休前在海军某医院当军医，四女儿在北医图书馆当副馆长。

正式给“老麒麟童”磕过头

研究老北京的宅门文化，您会发现这样一种特殊的现象：甭管是为官的，还是经商的，也甭管家底儿厚实不厚实，大多数从大宅门长大的人，都要玩点儿什么。

说文点儿，就是都得有点儿文化上的嗜好。或者是琴棋书画，或者是文，或者是武，再不济了，也会玩玩花鸟鱼虫。

总之，得好点儿什么。从老宅门里出来的人，什么雅好都没有的，几乎找不着。

老北京的文化，就是这样一点一滴地渗透到天子脚下臣民的骨血里的。

刘曾复先生能成为“通天教主”，就因为从小就喜欢听戏。他迷上京剧是受父亲刘诒孙的熏陶。

刘诒孙不会唱戏，爱听戏，跟京城的许多名角都熟。您想他在总统府当过秘书，结识的朋友能少得了吗?

刘曾复的表兄孙养农是余叔岩的至交。梨园行阎岚秋跟刘诒孙是非常好的朋友，经常到刘家串门。阎岚秋艺名“九阵风”，是著名武旦朱文英的姑爷，他本人的武功也非常地道,《泗州城》《蟠桃会》等，是他的拿手好戏。

刘曾复最初是泡戏园子，听名角儿的戏，而后，跟着大人们瞎唱，今儿学谭鑫培，明儿学余叔岩，并没有什么法式。25岁那年，他才正式拜王荣山为师。

王荣山祖籍上海，是著名老生，跟余叔岩是莫逆之交。他早年的艺名叫“麒麟童”，后来，因“麒派”创始人周信芳的艺名也叫“麒麟童”，所以，梨园行又称王荣山为“老麒麟童”。

戏曲界还有一位艺名“麒麟童”的女名角，叫董玉芳，因与周信芳的“麒麟童”撞了车，所以，后来也改叫“女麒麟童”了。

王荣山家是京剧世家。其父王永成，是上海滩有名的武戏教头；二哥王贵山，工京剧旦角，艺名“五盏灯”；他的妻子姓罗，是京城著名老旦罗福山的女儿，儿子王金彦是中华戏校的学生。

由于刘曾复的父亲跟王荣山关系很好，加上他是清华的学生，王先生教他非常上心。王荣山戏路子宽，又当过中华戏校的老生教师。所以，他从王先生那儿学了许多出戏。

王先生去世之前，把刘曾复叫到家里，拉着他的手让他“托家”。

所谓“托家”，就是让他帮着照看遗孤的意思。王先生就一个儿子金彦，那当儿才20多岁，跟刘曾复的岁数差不多。可见王先生对他是多么信任。

“教主”的“戏包袱”

刘曾复在跟王荣山学戏的同时，还向王凤卿和贯大元请过益。

什么叫“请益”呢？这是一个文雅之词，也算是行话。从前的老北京人规矩多，您正式磕头拜谁谁为师了，那么，以后就不能再拜其他人为师了。师父只能有一个，不能用得着谁，就给谁磕头拜师。您不能拜他为师，却可以向他学艺，这就叫“请益”。

王凤卿和贯大元都是戏曲界的名家，王凤卿是王瑶卿的弟弟，著名老生演员。贯大元的名气更大。艺不压身，此外，刘曾复还跟杨小楼的姑爷刘砚芳学过打把子（耍刀耍枪）。

名家的亲授是一方面，重要的是他听的戏多，而且有瘾。每礼拜不到戏园子听两出戏，他就觉得没了抓挠。

还有一样，他不但听戏、唱戏、琢磨戏，还特爱跟那些名角聊天、交朋友。比如他去听谭富英的《失空斩》，听完戏之后，便到后台，拉着谭先生一起吃消夜，一边吃，一边聊诸葛亮在挥泪斩马谡之时的复杂心态如何表现。

因为他是清华的学生，又因为他平时看书很多，知识渊博，而且是台下的观众，旁观者清，所以像谭富英这样的大腕级的名角，同样很喜欢听他的意见。为什么梅兰芳先生称他是“教主”呢？原因就在这儿。

这种台前幕后的戏外功夫，让他大长学问，也使他到了晚年，成为京城戏曲界有名的“戏包袱”。

刘曾复这辈子听的戏实在太多了，“四大须生”“四大名旦”的戏，他几乎都听过。他喜欢余叔岩和杨小楼的戏，据他回忆，余叔岩的戏，他听过30多出，杨小楼的戏，他听了60多出。

他能演整出的《失空斩》《洪羊洞》《战太平》《定军山》《琼林宴》《取成都》《华容道》《安居平五路》等名戏。

刘先生写的《春晖荐戏文选》一书中，记述了京剧唱念做打的表演技巧，列举了12出戏。这些戏都是他多年研究的心得，可以说是京剧艺术生动的教材。

传统京剧在一段时期遭到禁演。后来开始恢复传统京剧，但老一辈京剧演员这时已大都作古，刘曾复老爷子成了那些传统京剧的活资料库。不但像张学津这样的名角找刘老请教，就是戏曲学校的老师也找他说戏。

刘先生的老生戏唱得好，会得多。那些年，他先后给各剧团和戏校说了100多出戏，令人惊奇的是这100多出戏的唱念做打，他都能一字不差地说出来，唱出来。

刘老92岁那年，我去他家串门聊天，他对我说：“最近正忙着出影儿。”

“怎么要上电视呀您？”我笑着问道。

他告诉我：戏校找他录像，由于岁数的原因，录像时不扎靠了，只穿便装，主要是把表演技巧和唱腔留下来。

当时，刘老的身子骨还灵便，让人难以想象的是一些演武戏的演员，经常登门向他请教“把子功”。

“您还能拿得起来‘把子功’？”我跟他开玩笑说。

“怎么？你不信吗？”他微微一笑，一边对我说，一边站起身，当场给我表演了杨小楼《长坂坡》《挑滑车》《夜奔》里的几套动作。

腿脚之灵活，动作之连贯，舞姿之优美，90多岁的人了，真是一点儿不像。

谭派传人谭孝曾先生对我说：“刘老是文化人，他懂京剧，更懂中国的历史文化，所以把京剧艺术琢磨到家了，不愧是中国京剧的‘戏包袱’。”

一位受益过刘老的、中国京剧院的年轻演员对我说：“刘老会的戏实在太多了，他的‘戏包袱’稍微抖搂几下，就够我们吃一辈子的。”

可见刘曾复的这个“戏包袱”是大家公认的，而且名不虚传。

跟朱家溍是发小儿

朱家溍先生是京城有名的京剧票友，我曾经写过他80岁粉墨登场的报道。想不到刘曾复跟朱家溍先生是至交，而且说起来，他们还是发小儿。

民国初年，刘曾复的父亲刘诒孙曾在南京当差。当时刘家住在南京三元巷的一个大院，据说这个院子曾是明朝开国元勋常遇春的“开平府”，院子最早是个大花园。

当时朱家溍家也住在这个院，前院是朱家，中院是江西的熊家，后院是刘家。

刘曾复后来还跟朱家溍的三哥朱家源，是清华大学的同学，同级不同班。

朱家溍跟刘曾复同岁，不过，刘先生比朱先生大几个月，所以朱先生总称他为曾复兄。

朱、刘两门有通家之好，刘曾复和朱家溍像亲兄弟一样。算起来，他们有80多年的情谊了。

后来，两人都生活在北京，而且两人都酷爱京剧。这种志趣相投，维系了80多年的总角之交，恐怕在京城难找第二对了。

朱家溍先生于2003年9月,90岁高龄的时候因病去世。刘曾复先生于2012年，98岁高龄的时候因病去世。两位高寿老人的世纪之交，成为京城文化人的美谈。

朱家溍先生也可称得上是位超级“戏迷”。1999年，刘曾复先生编写了一部书叫《京剧新序》，主要介绍二十世纪三四十年代京剧在北京的一些情况。书名是朱先生题的，序也是他写的。

朱先生在序中说：“我记得幼年随祖母、父母一起听戏，在戏馆遇见曾复一家人是常事，过了10岁以后，我们两人已经不是看热闹，而是开始认真地听戏，好像不是玩的性质，总而言之是上了瘾。”

当时杨小楼、梅兰芳、余叔岩的戏他们听，三庆社、富连成这些科班的戏也照样听。那年，杨小楼和梅兰芳合组崇林社，在东安市场的吉祥茶园轮流演大轴，他们几乎每场不落，真是过足了戏瘾。

在学戏上，刘曾复与朱家溍都跟刘砚芳、钱宝森、王福山学过戏，但又各有各的老师。朱家溍的老师是陈少五、范福泰、迟月亭、侯海林先生，可以说各学各的戏，各练各的功。但他俩有一个共同点，学戏不耽误学业，参加工作以后，也没因为学戏唱戏影响工作。

他俩有一样不同，刘曾复爱听戏，也爱琢磨戏，学戏时，唱腔记得精确，一板一眼都记录下来，但登台演出的时候不多。朱家溍则爱唱，并且经常粉墨登场。

刘老对我说：“我没玩过票，也很少去‘票房’。唱堂会约我唱老生的戏，我得事先在家练几个礼拜。为什么呢？不是怯场，而是总想找谭派或余派的原汁原味。”

朱先生在这一点上，却比较从容。他登场是为了玩，或者说是过把瘾，所以他常向刘先生请教。

刘朱二老同台演过几出戏，其中有一次，刘曾复与张伯驹合演《盗宗卷》，朱先生演《镇檀州》。

老哥儿俩最后一次同台唱戏，是1962年在政协礼堂，大轴是梅葆玖与朱家溍的《霸王别姬》，前边是昆曲《游园惊梦》，俞平伯先生打鼓，后边是刘曾复与李慧芳合演的《汾河湾》。

一晃40多年了，刘先生在跟我聊那天的演出场面时，仍然意犹未尽。

发明了“七张脸”的脸谱

刘曾复先生对京剧的最大贡献是京剧脸谱。他从小就喜欢画画儿，爱上京剧以后，经常到后台看演员勾脸，逐渐对脸谱产生了兴趣。

后来，他与著名花脸钱金福的儿子钱宝森成了朋友。钱金福的脸谱画得好，被称为“天下一品”。钱宝森不但教过刘曾复学戏，也教过他勾脸。由此，他得到了钱派脸谱的真传。

与此同时，他还跟侯喜瑞学过画脸谱，并且对郝寿臣、裘桂仙、金少山等名家的脸谱有所研究。他从十六七岁开始把脸谱移到纸上画，并且给当时的《国际画报》投稿。

由于刘老会的戏多，又对戏曲理论有研究，他画出的脸谱更注重戏曲舞台演出的艺术整体性。经过多年对戏剧脸谱的研究，刘曾复先生发明了“七张脸”的脸谱学说。

所谓“七张脸”，即花脸应工曹操、马谡、张飞、许褚和丑角蒋干、汤勤、朱光祖，他们的脸谱涵盖了京剧脸谱的7种最基本的形式，其他成千上万人的脸，几乎都是从这7种脸谱演变而来的。刘曾复先生的这种观点和技法，得到了戏曲界的公认。

刘老认为脸谱是中国的国粹，中国的传统京剧没有一出戏没脸谱的，脸谱是中国戏曲文化的“特产”，其他国家的戏剧没有脸谱，虽然有的也讲勾脸，但没这么复杂的。

所以，他觉得如果让中国的戏剧脸谱失传，实在可惜。他的晚年，一直在致力于脸谱的研究和授徒，出版了几部京剧脸谱的专著，并且培养了傅学斌、盛华、赵永岐等脸谱名家。

2012年，刘老仙逝。人走了，他写的关于戏曲的书、他画的脸谱留了下来。

刘先生手绘的424帧京剧脸谱，被英国大英博物馆和牛津大学博物馆收藏。他出版的《京剧脸谱图说》和《京剧脸谱大观》，两部专著共收了他画的脸谱1090幅，并且有脸谱的艺律与图解。这两本书在香港售价万元港币，依然有人收藏。

金鑫

海外鉴定历险传奇

金　鑫

北京人，著名书法家和文物鉴定家，自幼研习书法，少年即成大名，受父辈影响，从小就潜心研究古董、书画的收藏和鉴定，后入京城书画名店“湖社”出任经理。多年在古玩行的磨砺，练就一双慧眼，甄辩了大量的真假书画及其他古董，曾在新加坡专职从事古董鉴定，在国内外文物鉴定领域享有盛誉。

老北京的“果房金家”

金鑫，连姓带名儿有4个“金”。“您是掉金山里了。”我跟他开玩笑说。

“4个金，也没让我成了金融家。”他笑道。

他告诉我：“老北京人给孩子起名儿，都要看八字。算命先生说我的生辰八字，五行缺金，所以，我父亲一下子让我来了4个‘金’。”

金先生算是地道的老北京。他家在旗，而且是镶黄旗，爱新觉罗氏，属于“黄带子”。金鑫的祖上是内务府管果房的。

“果房金家”当年在海淀青龙桥一带颇有名气，金鑫的爷爷叫金文焕，奶奶原来叫金何氏，河北河间人，跟李莲英是一个村的。

当年金鑫的老祖跟李莲英在宫里相识。金鑫有两个母亲，第一个母亲就是李莲英的侄女。

金文焕跟北洋政府总理熊希龄是朋友，熊希龄觉得他奶奶的名字太土，给她起了个名儿叫何永志。

记得有一次金先生跟我聊天，说他奶奶从来不吃水果。

“老太太的牙口不好？”我随口问道。

“她70多了，还满口牙呢，嚼花生米，嘎嘣嘎嘣棒着呢。”金先生笑道。

“那为什么不吃水果呢？”

“嗨。老太太吃伤了。”

“噢，果房金家！”我恍然大悟。

“是呀，当年，我爷爷专门负责给宫里供应水果，进贡的各种水果都要经他的手，最好的留下自己吃，中上等的给宫里送。”金先生说。

“为什么不选最好的给皇上吃呢？”我诧异地问道。

金先生微微一笑道：“这就是官道上的学问，或者说是一种心计。皇上爱吃水果，但他不知道这水果是怎么长出来的。您给他吃最好的，他以为这水果都是这么好的呢。其实，水果的生长分大小年，赶上大年，可能就长得个儿大，赶上小年，就可能长得个儿小。今年水果丰收了，把最好的给了皇上，明年赶上天灾，皇上再想吃最好的，上哪找去？找不着，或者您说了实话，那您的脑袋就得搬家了，因为您犯的是欺君之罪。这罪过得‘斩立决’，一点儿没商量。”

“这倒是实话。所以，最好的水果都让您爷爷奶奶吃了，您爷爷奶奶比皇上还牛，把您奶奶都吃伤了。”我笑着说。

“是呀，这是不敢公开的秘密，又是世人皆知的事儿。”金鑫先生说，“这得感谢皇上让我爷爷当了这么一个肥差。当然，让我爷爷谢主隆恩的还不是能吃上好水果，还有那些盛水果的瓷器。”

“我说您手里有那么多‘官窑’呢！”我说。

“这跟我爷爷没直接关系。我爷爷的确收藏了大量的‘官窑’瓷器，但没一件到我手里。”

“为什么？”

“唉，那年月全毁了。”金先生长叹了一声。

别人打愣儿的时候他已出“道”

金鑫先生圆脸大眼，天庭饱满，地阁方圆，长得比较有福相，但他却对我说：“我这大半辈子的人生经历，用四个字可以概括：奔波劳碌。直到晚年才算踏实下来。”

他是1949年出生的，虽然生长在和平年代，但也经历了许多转折。

金鑫从小喜欢航空，初中毕业后，也如愿以偿地考入航空学校，学飞机设计。正当他做着自己的航空梦的时候，他被派到河北枣强农村插队。

农村的活儿苦，不过，也让他有时间冷静下来思考人生。也就是从这时开始，他放弃了不切实际的航空梦，拿起纸笔，把心思都用在了书法和画画儿上。

他的书法受到了父亲的熏陶和影响。他父亲的书法极佳，曾经给故宫博物院的前身——古物陈列所的展览写过说明。

由于临帖苦练，他的书法早早就已经在远近小有名气。

书法也让金鑫较早地步入了书画界。1980年，他回到北京不久，便和几位同道一起，在琉璃厂创办了一个专营书画的门脸儿，取名“湖社”。干了没两年，他当了经理，当时他才三十挂零儿。

湖社是20世纪20年代，金城和陈师曾等北京画家创办的研习书画的社团，当年在京城赫赫有名。金鑫办的书画商店，取名“湖社”，跟老湖社没有任何关系。虽然金鑫和老湖社的创始人之一金城都姓金，但他们之间并没有什么关系。

金鑫在湖社干了四年多。这四年，正是改革开放刚刚开始起步，中国经济准备腾飞的时期。

那会儿，当代的那些书画大家李可染、李苦禅、黄胄等，经历过激情岁月，面对万象更新的改革开放，更充满了创作激情，在这一时期，创作了大量的作品。

由于当时书画市场还没形成，这些大家的书画价钱极低，李可染、李苦禅的一幅画不过几十块钱。齐白石、张大千的画也不过一百多块钱。并且当时的假画赝品极少。不过，那会儿老百姓的生活水平也很低，一个工人的月工资也就是三四十元。

金鑫先生从那时就开始玩书画，可以说比别人抢得了先机，在别人对书画市场打愣的时候，他已经出“道”了。

这几年，他频繁地接触当代的那些大书画家，过眼的名人书画成千上万，练就了自己的眼力。

金先生对我说，当时也培养出了一批懂眼的书画鉴定家，现在活跃在国内的书画和古董市场上的一大批收藏家，就是那会儿入“道”的。

第三只眼睛看民间收藏热

金先生属于有心人，他认为要入行搞古董鉴定，必须潜心研究中国古代史，对古代画家的书画进行系统的探究。当他把注意力投到中国古代的画家的时候，这才感到自己在学识上的浅薄。此时刚好有个去日本留学深造的机会，考虑到自己今后在书画鉴定领域的发展，他毅然决然辞掉湖社总经理的职务，奔赴日本。

金鑫在东京友谊学院苦读四年，毕业后，又在日本多地从事书法和绘画创作交流两年多。此时，他在书法和书画鉴定方面已经颇有名气。

1991年，一位新加坡商人，慕金鑫先生的大名，盛情邀请他到新加坡，在艺峰和雨竹堂画廊搞书画和古董鉴定。由于在这两家店是专职搞鉴定，且薪金优厚，金鑫先生这才带着妻子和刚出生不久的女儿奔赴新加坡。

他没想到自己在新加坡一待就是十多年，除了在艺峰和雨竹堂挂牌之外，还在几家艺术品公司当鉴定师，每年多次往返于东南亚、中东及欧美国家，书画和古董鉴定使他成为在这些国家和地区华人圈里很有名气的书画鉴定家。

人最难舍的就是故乡情。虽然金鑫在新加坡有房产，也有稳定的工作，但让他思念的还是生于斯长于斯的北京城。这种家乡情怀时常萦绕于心，让他终于在2002年做出回北京的决定。既然决定回北京，他就索性卖掉了新加坡的房子，辞掉了新加坡的工作，带着妻子和两个女儿，回到自己久别的家乡，谋求新的发展。

金先生也算“海归”，尽管年纪大了，但搞文物鉴定，像中医大夫似的，越老越值钱。他回到北京，还没缓过神来，就有十几家艺术品拍卖公司和艺术品鉴定中心，向他抛来橄榄枝。他本来想歇两年，熟悉熟悉京城地面的情况，再决定干点什么，但架不住一家艺术品投资公司老总的软磨硬泡，最后只好缴械投降，在这家公司任了职。几年之后，他又被中古陶艺术品投资公司的老总挖走，成了这家公司的艺术品鉴定总顾问。

他从新加坡回到北京，几乎是马不停蹄。他对我说：“在国外待了十多年，再回来看国内的民间收藏，让我多了一只眼睛。国内的民间收藏热，以及艺术品市场的快速发展，真是出乎我的意料。我们这样的人忙，对国家来说是大好事，说明老百姓的生活质量提高了，民间收藏已经到相当高的品位了。”

在国外搞古董鉴定感慨良多

我是在和几位收藏家聚会的时候，与金先生相识的，当时金先生从新加坡回国不久。

之前，我刚刚在《北京晚报》上，发表了一篇关于故宫国宝南迁的报道，金先生刚好看了。由于金先生的爷爷是宫里的“果房金家”，他父亲又在故宫古物陈列所当过抄写文书，所以他对我的那篇写故宫的文章饶有兴趣。

我们深聊以后，各自都有相见恨晚的感觉，从此成了至交，平时常在一块儿喝酒，聊些老北京和古玩字画收藏的事儿。

金先生在海外学习、工作了十多年，也跟海外的收藏家和古玩商打了十多年的交道，有一肚子的故事。每次跟他聊天，都让我受益匪浅。这些玩家的故事，确实耐人寻味。

金先生告诉我，国外搞艺术品鉴定要比国内复杂得多。在国外搞艺术品鉴定完全是凭眼力吃饭，眼里揉不得一点沙子。

国内的文物和艺术品鉴定，无论是文博单位，还是研究机构，基本都是专项的，搞瓷器的就鉴定瓷器，搞书画的就鉴定书画，搞青铜器的就鉴定青铜器。有的甚至细化到具体年代和某一种类，例如字画，分为宋元以前，明清以后，近、现代或某一流派等等。

而在国外搞古董和艺术品鉴定，却没有专业之分，经营书画古董的公司也是什么东西都收，不分品种和年代，只要有收藏价值都要。

所以，在这些公司搞鉴定，您必须要对所有古物和艺术品，进行全方位的研究，不能只会鉴定字画，而不懂陶瓷、铜器、玉器。您不仅要懂中国的文物鉴定，还要懂世界其他国家的古物鉴定，甚至当地的土著艺术品，您也得知道一些。用金先生的话说，您不能只当专家，而是要当全才。

这也是工作需要，说得俗点儿，您拿着文物鉴定师的薪水，就没有摇脑袋的理由了。当一件物品摆在您眼皮底下的时候，您必须在几分钟之内做出决定，是收购，还是放弃。

假如你眼力跟不上，把真品放弃，不但是一大损失，也会被同行耻笑。但如果这是一件赝品，您把它收了，损失会更大，那可都是自己腰包里的真金白银呀！

因此，金先生在国外搞古董和艺术品鉴定，比在国内学的东西要多，而且很多时候是业务本身强迫你去拼命学习。有时为了鉴定一件古董的真伪，他要跑几个国家去研究探究。金先生戏称：自己的眼力都是被“逼”出来的。

当然，靠眼睛吃饭也是有风险的，鉴定文物有时像医生诊断病人的疾病一样。您说准了，皆大欢喜。您说错了，等于给病人误诊了。您想这得担待多大的不是呀！

金先生对我说，他在新加坡时，常去印尼、马来西亚、泰国和中国香港。去这些地方，一是他所在的公司组办中国名人书画展，请他去现场搞鉴定；另一方面是这些地方的收藏家慕他的大名，专门请他到那儿为人鉴定书画。自然，这是一种商业行为，请他鉴定是要收费的。

在国外搞艺术品鉴定分为几个档次：替人家掌眼光看书画的真假，真的放一边，假的放一边，是一个价儿；真的，鉴定家只是嘴说是一个价儿，在书画作品上盖一个章，又是一个价儿。

鉴定家在鉴定真假之后，在真的书画上题款，是一个价儿；鉴定家不但落款，并且给鉴定的书画出证书，又是一个价儿。

在东南亚地区，通常这些都是明码标价的，用不着私下暗箱操作，也用不着请客送礼。

于是问题来了，您这一盖章或一题款儿，或一发证书，等于证明这件东西是真品无疑了。可是，不怕一万，就怕万一,万一您打了眼怎么办？白纸黑字，明明白白，何况还有您的大名。

一件古董或艺术品，动辄百万千万，甚至上亿元，全靠您的眼睛定生死。万一您马失前蹄，看走了眼，不但会砸了牌子，毁了声誉，而且还有可能殃及身家性命。

看来，在国外吃这碗饭是真不易。

鉴定古董要有心术

搞艺术品鉴定有没有什么心术？当然有。这里所说的心术，不是斗心眼耍鸡贼，而是揣摩对方心理，“对症下药”的智慧。世界上任何一种行当都有自己的规矩，也有自己的秘诀，搞古董鉴定也如是。

金鑫先生玩古董搞鉴定的绝招是什么呢？这是我在跟他接触后，一直想知道的。

金先生对我说，鉴定古董的真与假并不是很难的，难的是如何把真与假的实情告诉对方，让对方接受。比如说，一个非常有钱的老板，盛情邀请并花重金让你给他的藏品鉴定，他最想得到的，肯定是让你说出他的藏品都是真的。但实际上，他的藏品有许多是假的，您说你该怎么办？说出实话，他肯定受不了；不说实话，对不起自己的良心，也违背职业道德。所以，这就需要有技巧了。

根据我对金鑫先生性格的了解，以及跟他聊天得到的印象，我认为他在古董鉴定上的秘诀，其实就是心术，或者说是古董鉴定的心理学，主要有以下几招儿：

沉实稳重，细心揣摩对方心理，耐心倾听对方诉说。金先生的性格本来就慢条斯理，说话办事不慌不忙，稳稳当当。在做古董鉴定时，他更是心静如水，沉稳如山，耐心地听对方的陈述，细心地观看对方所拿来的物件，让对方感觉他对物件很重视。

其实，真正的行家看一眼这东西，就心里有数了。正如那句老话：“行家一上手，便知有没有。”但他并不急于表态，告诉对方这东西是真是假，而是打心理战术。

大凡拿东西让您来鉴定的，基本上都认为自己的东西是真品，尽管他表面上说拿不准，才让你来断真假，其实他最想从您的嘴里说出那个“真”字来。

当然，为了让您说出那个字，他也会编排出许多有影没影儿的故事来，也会说某某专家已经鉴定过是真的之类的谎言来。

凡是这种时候，金鑫先生从来不反驳，只是冷静地看着对方，面带微笑地说：“嗯，真的，真的好呀！”让对方把话说够了，他才会想辙，给他开诊断书。

用迂回战术，巧妙地说出自己的意见。表明观点时不能犹犹豫豫，模棱两可，而是态度鲜明。金先生说话办事的特点是，一旦把话挑明，就落地有声，绝不来回拉抽屉。

当然，在说出鉴定结果之前，他要反复揣摩对方心理，看对方能不能接受，如果不能接受，他便先做一些铺垫，到一定火候再揭锅。

在国外搞鉴定不能躲躲闪闪，外国人或华侨认死理，是真是假，你一定要明确地说出来。这就给他带来了心理负担，对方让你说真话，但你说出真话他又受不了。所以，只能在你说真话之前，打打预防针。

大胆地说出自己的鉴定结果，不管别人怎么说。金先生认为这一点非常重要。在国外搞古董鉴定，你就要有我是老大我是权威的自信，否则对方会怀疑你的眼力，并且不会把你的意见，当成唯一的或可信任的鉴定结果。

自然，要使自己牛，打铁先得本身硬，您首先要有相当高的眼力和声望。在海外，收藏家找鉴定师首先要看他的名分。

真正做到这些，其实是挺难的。

在一九九几年的时候，金鑫先生作为书画和陶瓷鉴定家，已在东南亚小有名气了，当时，东南亚的一些大拍卖公司在拍卖艺术品之前，都要聘他当顾问。

他每到一个地方，当地的新闻媒体都会登出消息，许多人便拎着箱子，带着皮包来找他鉴定藏品。这些纯商业的鉴定好处理，因为不用顾虑对方的心理承受能力。

金先生说：“最难办的是大老板特约的藏品鉴定，还有朋友和熟人的古董鉴定。所以，不懂鉴定心理学是不行的。”

假“唐马”险要老教授一命

金鑫先生告诉我，他刚到新加坡的时候，还不懂古董鉴定的心理学。有一次，他给人做古董鉴定，就因为说了实话，差点儿要了人一命。

他所在的公司有一个股东，平时对他非常客气，也仰慕他的鉴定水平。一天，这个股东对他说："有劳金先生帮我一个忙。我的一个朋友是南洋大学的退休教授，非常喜欢收藏古董，搞了几十年的收藏了，藏品很多。他慕金先生的大名，想让先生帮他的藏品掌掌眼。"

"这位老教授搞了那么多年收藏，眼力一定不得了，我岂敢在鲁班门前抡大斧？"金先生最怕给熟人和朋友做鉴定，所以推辞说。

"哪里呀？他搞收藏，不一定懂眼哦。你就辛苦一趟嘛，费用他会照付的。"

金先生迟疑地对那位股东说："费用倒是其次，我是怕眼力不行，看不准他的藏品，回头再惹人家不高兴。"

他一推再推，不想应这个活儿，但股东却咬住他不撒嘴了，坚持让他过去掌眼："金先生不要客气了嘛，我已经跟他说了请你的啦，你就不要让他失望了。"

几天以后，股东在新加坡最好的饭店设宴，请金鑫先生出席。金先生明知道这是"鸿门宴"，但碍于公司股东的面子，还是如约赴宴。

果不其然，酒足饭饱之后，股东说出实情：请金先生到那位老教授家，给他的藏品掌眼。

这位老教授的学术地位很高，在新加坡也算是知名人士。他的家也非同一般，宽敞的别墅，带花园和游泳池，家里的陈设古色古香。由于老先生喜欢古董，家里的显眼的位置都有瓷器和青铜器。此外，他还专门设了一个有七八间房、五六百平方米的古物陈列室，里面摆满了文物。

金先生进来之后，在陈列室扫了两眼，发现这里的物件主要有中国的陶瓷、青铜器、字画和印尼土著文物。

老教授对金先生十分客气，带着他在古物陈列室逐个展柜看了看。

"怎么样金先生？看了以后有什么感触？"老教授说的是标准的普通话。原来他是华裔，也是一个中国通。

"您的藏品不错。"金先生敷衍道。也许他接触的收藏家太多了，这位老教授的藏品跟那些大收藏家比起来，真是小巫见大巫，但他不想冒昧地说出来。

"金先生不要客气喽，我的朋友很想听听你的心里话。你就给他说说好啦。"那位股东在一旁敲锣边儿说。

"是的，我很想听听金先生的高见。"老教授毕恭毕敬地对金先生说。

金先生一看难以推辞，就捡好辨认的给老教授介绍了起来。当然，他只是介绍藏品的年代和文化背景，没有说出它的真假。

当他走到一个展柜，介绍柜里的一匹“唐代”的绿釉马时，老教授的眼睛突然亮了。

这匹绿釉马，有一米多长，五六十厘米高，造型雄壮威武，一看就知是唐代的马。而且在这件藏品前面有个金属的说明牌，上面用英文介绍了这匹马的来历。

金先生仔细一看，心里暗自一惊，不由自主地问道：“您这件藏品有出处吗？”

“有。它是我从美国的一个古董商手里收上来的。那个古董商说，这是当年八国联军攻打北京时，他的爷爷从北京带回来的战利品。”老教授说。

“噢，还真有点儿来历。不好意思问您，您花了多少钱把它买下来的？”金先生沉了一下问道。

“20多万美金吧，不，连税和各种手续费，花了25万美金。”

“啊？25万美金！”金先生忍不住叫起来。

“怎么？您认为它值，还是不值那么多钱？”老教授诧异地问道。

“25万美金？”金先生突然哈哈大笑起来，说道，“您如果让我说实话，我告诉您，它也就值25块人民币！”

“什么？你说什么？”老教授和屋子里所有的人都惊叫起来。

老教授突然抓住金先生的手，疾声问道：“为什么？为什么？”

“因为这是一件新活。根本不是唐代的东西！”金先生沉稳地扶老教授坐下。

“新活？你怎么看出它是新活？”老教授问道。”

“你看这匹马的外形。”金先生从马的水银斑讲起，说绿釉的马容易出水银浸，而因为当时的上釉陶瓷是以铅做助熔剂的，所以不会出现水银斑。

接着他又说到这匹马的釉色和工艺，唐代的釉色是什么特点，这匹做旧的马是什么情况。然后，他又说起这匹马的器形，唐代的带釉马看上去非常有精气神，带有一种难以名状的神韵，仿造者很难做出来。金先生讲得头头是道，说得正带劲儿，突然听到老教授发出一声长叹。

他扭脸一看。只见老教授的脸色苍白，倒在沙发上，背过气去了。

“不好，他有心脏病！”老教授的夫人慌了神，赶紧让印尼女佣去拿救急的药，公司那位股东也急忙打电话叫救护车。

老爷子吃了药，印尼女佣又给他做人工呼吸，十多分钟救护车也赶到了，医生紧急抢救，这才保住了老教授的命。

金先生对我说："你看，这就是说实话惹出的麻烦。"

"可是这能赖谁呢？"我十分不解地问道。

"不管赖谁，都是这张嘴惹的祸。这个教训对我来说太深刻了。"他意味深长地对我苦笑道。

假画泄底，名医"中枪"

二十世纪八十年代中期到九十年代初，东南亚地区的经济飞速发展，有钱的人多了，在民间便出现了艺术品投资热。

金先生对我说："那一段时间，我成了热门人物，找我掌眼的人很多。东南亚地区的人玩古董跟咱们国内人不一样，他们主要是用来投资，真正搞收藏的玩家不多。"

当然，艺术品投资热必然会出现真品与赝品鱼目混珠的情况，金先生作为鉴定家，往往在其中扮演着左右为难的角色。

要知道作为知名鉴定家，他的一句话可以点石成金。一件物件，他要说是真品，也许在拍卖会上能卖几百万元。而他要说是假的，价位会一落千丈，甚至分文不值。

因此，他当时的处境具有很大风险，这种风险，一方面是对自己眼力的考验，因为要做到古董鉴定的准确无误，眼里不能揉一点沙子。

另一方面，当一位藏家花巨资买下一件古董，你说它是假的，等于让他投资的上百万，甚至上千万元打了水漂儿，有人甚至为此倾家荡产。您想他能不跟你玩命吗？

金先生告诉我，他在新加坡和马来西亚，有过几次这种险遭暗杀的经历。

有一次，一位新加坡的名医慕名找他鉴定古董。这位医生开了两家医院，月收入在15万美金左右，搞了几十年收藏，藏品有几千件，在新加坡号称大收藏家。

金先生到他家后，他没让金先生直接看藏品，而是跟金先生聊他的收藏经历，说他认识多少名画家，给多少世界名人看过病。话里话外，他收藏的都是名画家的真迹。

聊得差不多了，这位名医才把金先生请到他的藏室，拿出他的藏画儿。

他拿出一幅画，脸上露出得意之色，拿出一幅画，嘴上不停地吹嘘它艺术水平多么多么高。但是金先生看了这些藏画，心里暗自感到可笑，因为十幅画有八九幅是赝品。

“怎么样？金先生看了我的藏画有何见教呀？”这位医生笑呵呵地问道。

“不错，您刚才说了这些画儿都有来头，很好很好。”金先生冠冕堂皇地遮掩道。

“哪里，哪里，金先生就不要客气了。我请你来，是想让你替我掌眼把关的，你就不要只说客气话嘛，我想知道这些画到底是不是真的。”这位大夫脸上露出诚恳的笑意。

就是这种笑意，让金先生解除了武装，放松了警惕。他觉得这位大夫才50多岁，身体不错，把实情说出来，他不会承受不了，于是，便敞开心扉，告诉这位大夫，这些画假的比真的多。

“哦，真的吗？你说说看。”那位大夫诚恳地对金先生说。

金先生以为他这是诚心诚意，便一幅画一幅画儿地给他讲哪是真品，哪是赝品，赝品假在什么地方。

他讲得神情专注，想不到这位医生越听脸越白，最后脸上大汗淋漓，大口大口地喘着粗气，没过几分钟便躺在了沙发上，不动了。

金先生怕他背过气去，不敢再说了，赶紧招呼他的助理，叫救护车急救。金先生跟着救护车到了医院，直到医生说他没有生命危险，才悻悻地离开医院。

他本以为这事儿过去就过去了，那位大夫怎么说也是一位社会开明人士，不会纠缠这件小事儿。

半路遭劫，午夜惊魂

但让他没想到的是，此事过去几个月后的一天晚上，金先生参加一个朋友的酒会，走出酒楼，站在路边准备打车回家。

突然开过一辆高级轿车，停在他的面前，从车上跳下一个年轻人，很有礼貌地操着汉语对他问道："您是金先生吗？"

"是的，您是？"金先生满腹狐疑地看着这个素不相识的年轻人，问了一句。

"啊，我们是林先生的手下，林先生有事请你跟我们走一趟。"这个年轻人含糊其辞地说着，又冲车窗喊了一声，车门打开，又跳下两个年轻人。

金先生吃了一惊，心想一定是碰上劫道的了："你们想干吗？"他喊了一声，顺手推了一把那个年轻人，撒腿就想跑。

哪知这三个年轻人早有提防，其中一个脚底下使了一个绊儿，金先生扑通一下，栽倒在地。这三个年轻人饿狼一般扑向他，撅胳膊拧大腿，三下五除二把金先生绑到车里。

汽车立马启动，很快消失在新加坡的夜色里。

金先生在车上，被黑布条蒙上了眼睛，三个年轻人也不说话，汽车开了有一个多小时，来到了海边。

耳边是哗哗的涛声，海风吹着他的脸，让他稍微清醒了一些，但黑灯瞎火，金先生也不知道这里是什么地方，更不知道这仨年轻人为什么要打劫他。

他被这三个年轻人带着，七拐八拐地来到一间屋子，这时，一个年轻人才解开他脸上蒙的布条。

他睁开眼睛一看，这是一间渔民搭的防雨的木板房，房里空空如也，漆黑一团。

突然，远处有了亮光，转眼之间，三四个打着手电的人，叽里呱啦地说着马来西亚语，晃动着身子走了进来。

手电的光很暗，金先生看不清楚这几个人长得什么模样，只听一个大嗓门的人问了一句："你是中国来的书画鉴定家吗？"

"是我。"金先生应了一声。

"哈哈，好！既然你敢承认，就是好样的！"这个人走到金先生跟前，冷笑了一声，说道，"看来你还不知道我们这里的规矩是不是？"

"不知道。我来这儿时间不长。"金先生说道。

"那好，我先出道题考考你，答对了，咱们以后就是同道朋友。答不上来，那今天晚上就对不起了。听到海水涨潮的声音了吧？我们捏死你，像捏死一个苍蝇一样简单。明白吗？"

"明白。到了这儿，我听你的。"金先生知道自己掉到虎口了，他无法反抗，要想活着出去，唯一的办法就是沉着冷静跟他们周旋。

"好，好。"那个人阴笑了一声，突然说出了让金先生鉴定画的那个医生的名字。"他，你认识吗？"

"认识。"金先生犹豫了一下说，"但跟他只是一面之交，前不久，他找我鉴定过藏画。"

"嗯，你倒很诚实。那么我考考你。你看了他的画，他的藏画有没有假画？"那人冷笑道。

这几句话让金先生恍然大悟，他一下就明白这些人把他劫到这儿的因由了。敢情是给那个医生鉴定出假画惹出来的麻烦。

金先生灵机一动，笑了笑说："假画？那么有名的收藏家手里能有假画？"

"你在他面前可不是这么说的！"那人突然扬起嗓门，厉声说道。

"哈哈，我那是跟他开玩笑呢！假画，他手里哪里有假画？"金先生又重复了一遍。

"好！"那人走到金先生面前，突然给了他一巴掌，说道，"你今天的考试及格了。记住了，以后无论走到哪里，只要说到他的藏画，都要说是真迹。只要我们发现你说漏了嘴，这就是你的下场。"

说着，他从身上抽出一把匕首，在金先生面前晃了晃，然后往木头墙上一戳，狞笑了两声。

金先生由于沉着应对，那天才躲过一劫。折腾到午夜两点多钟，那几个人才打着手电走了，三个年轻人又把金先生眼睛蒙上，开着车把他带回到了市区几个小时前他打车的地方，然后，年轻人把他推下车，驾车跑了。

"您怎么不报警呢？"我问道。

“报警？我在新加坡还混不混了？”金先生笑道，“你知道以前国内地面儿上有黑白两道一说吧？其实，全世界哪个国家都有黑白两道。不过有的地方黑道规矩多一些，也局气。”

“大半夜的，把您劫到海边，您不害怕吗？”我问道。

“谁要说不害怕，那是嘴不对着心。但是我急于想知道他们劫持我是什么目的。当明白是因为给医生鉴定画惹的事，我心里就有数了。这些人肯定是医生找的。”

“您后来真按跟他们约定的去办了，没对外透露那个医生假画的事儿？”我问道。

“当然得守口如瓶，咱们也得按规矩办。不过，那个医生小心眼了，他的画是真是假，跟我有什么关系呀？何况我给他做的鉴定也是私下的，没人知道。”金先生释然一笑说。

大老板设局讨要一纸鉴定

如果说上面那场风波，被金先生机智地化险为夷，没有伤其分毫的话，下面发生的这件事，却险些丢了金先生的身家性命。

那档子事儿过去有一年多，一天，金先生所在的公司的一个股东对他说：“吴老板（化名）刚从美国回新加坡，晚上要请我们吃饭，你要赏光呦。”

吴老板是新加坡非常有名的富商，公司的这位股东为了开展业务，一直巴结吴老板，金先生之前早就看出他们之间的关系，所以不愿意跟他们一起掺和。

“不好意思，我今晚家里有点儿事情。要早点回去。”金先生婉转地推辞道。

“哪里呀！我们只是喝杯酒，坐一坐啦。用不了多少时间，吴先生说有事向你请教呢。”股东坚持说。

既然股东已说出这话，金先生只好恭敬不如从命，跟着这位股东，去见吴先生。

吴先生有五十岁开外，祖籍是中国广东，儿时跟父亲来新加坡做生意，后来子承父业，买卖越做越大。他瘦高个儿，穿着中式衣服，风度儒雅，冷丁一看不像是生意人，倒像是学者或教授。

金先生之前见过他，但彼此不熟，也没有什么往来。不过，他对金先生十分客气，举止言谈还有几分敬重，这让金先生放松了对他的警觉。

新加坡的宴请比较简单，点菜也是各取所需，通常每人点一两道自己喜欢的菜，各自为战。酒也是以红酒为主，很少有人喝白酒。

酒过三巡，吴先生跟金先生摊了牌："我这次到美国有一大收获。一个朋友的朋友的父亲，是个老古玩商，家里有一大批藏品。他父亲前年去世了，这个朋友今年初，检查出晚期肺癌，医生说他最多只能再活一年，他感到绝望了，于是决定把他父亲留下的那些古董都卖掉，拿钱周游世界。谁有那么多钱呢？我的美国朋友想到了我。我看了看他的藏品，有油画、古瓷器、玉器、中国的青铜器，哎呀，很多很多。我问他要多少钱，他说在美国搞财产评估非常麻烦，他也耗不起这时间，让他的律师跟我直接谈。最后，我和我的朋友跟律师达成协议，一次性转让，300万美金。哈哈，金先生，你说是不是天上掉馅饼，砸到我的脑袋上了？"

"东西我还没看到，这话我不敢说。"金先生直言不讳地说。

"哦，是呀，鉴定家是要看了东西才说话的。对，对，金先生说得有道理。"

"你应该相信金先生的眼力。"股东在一旁说。

"当然，金先生是大鉴定家，我当然相信他。"吴老板诡秘地笑了笑说，"不过，我请金先生来，是想请你给我一个面子，你在鉴定的时候，留有余地，怎么样？"

什么叫"留有余地"？当时，金先生没有悟出这句话的玄机。

几天以后，公司的那位股东开车拉着金先生，来到吴先生的别墅，请他给吴先生从美国买回来的古董掌眼。

吴先生的别墅非常大，家里雇着许多仆人。吴先生手下的两个马仔，带着他来到一个花园，原来花园下面是宽敞的地下收藏室。

金先生拿眼扫了一下，收藏室有上千平方米，里面摆着各种藏品，真是琳琅满目。吴先生在收藏室的外间客厅接待了金先生，客厅里坐着七八位陌生人，一个个西装革履，挺胸腆肚，手指头上戴着翡翠戒指，一看就是富豪。

跟这些人寒暄之后，吴老板胸有成竹地对金先生说："借金先生的慧眼，看看我的藏品。啊，诸位只是不要嫉妒我呦！"

他看了看那几位富豪，开了句玩笑。

直到这时，金先生还没弄清吴老板的葫芦里卖的是什么药。他只以为吴老板纯粹是让他来做鉴定的，所以，他在看了吴先生的藏品后，说了实话。

吴老板的藏品确实丰富，许多藏品金先生也是头一次见到，但是他拿眼一“量”，就看出这些东西都是仿品，而且是质量非常糙的仿品。他想起吴先生讲的美国朋友得癌症的故事，不由得觉得可笑。

美国人能有这些假古董？金先生暗自笑道：这些东西，都是中国国内旧货市场的地摊儿货，而且百分之百是。

“怎么样？金先生开眼了吧？”吴老板带金先生在收藏室转了一圈儿，脸上流露出得意的笑容问道。

“的确开眼了！”金先生一语双关地说。

“金先生可是大鉴定家，能让你开眼不容易。你可不可以肯定地说，这些藏品都是真的？”吴先生看了一眼那几个富豪，扭脸给金先生使了个眼色说。

金先生并没有明白他的意思，苦笑了一下说道：“真的？您这里的东西要都是真的，这世界上就没有假的了。”

吴老板听了一愣，把脸一沉问道：“你说什么？这些宝贝不是真的？”

金先生看着他，不紧不慢地说：“本来我不想把实情说出来，但出于您对我的信任，我如果隐瞒实情，就对不住您了。您被打眼了，这些藏品几乎都是现在人的仿品。”

“啊？！”在场的人无不惊诧，不约而同地叫起来。

“混账！你在说什么胡话！”吴老板指着金先生气急败坏地骂道。

只见他脸色苍白，气喘吁吁地坐在了沙发上，突然，像疯狗一样冲着金先生吼道：“滚！马上给我滚出这里！”

话音刚落，过来几个马仔，把金先生连推带搡地轰出了地下收藏室。金先生被他这突兀的举止弄蒙了，但他心里明白，是说了真话惹恼了吴老板。

他恍恍惚惚地回到家，妻子看他脸色难看，让他吃点什么，他没有一点胃口，早早儿地上床躺了下来。

黑社会出面前来索命

迷迷糊糊睡到半夜，金先生被一阵急促的叩门声惊醒，妻子开了门，只见两个长得很凶的壮汉站在他的面前。

“我们是吴老板的朋友。”一个壮汉对金先生说，“要单独跟你说几句话。”

金先生把他们带到客厅，妻子回避到另外一间屋。壮汉开门见山地对金先生说：“你今天当着吴老板的朋友的面，说了不该说的话，让吴老板很没面子，吴老板今天非常生气，但他给你一条生路，只要你公开在新加坡的报纸上，声明吴老板收藏的所有古董都是真品，我们就放过你，今天的事就一笔勾销了。如若不然，你和全家人的性命将很难保证了，吴老板的厉害你不是不知道。他只给你一星期的期限，你看着办吧。”

这两个人把话撂下，便头也不回地离开了。

金先生愣在了那里，他知道这回真是惹了大祸，吴先生在新加坡有黑社会的背景，他早就知道。怎么办？他的妻子也为他的处境感到后怕。

公司的经理对金先生说出了实情，原来吴老板跟一个广东商人合伙做了一笔生意。后来，他们的一批走私物品被海关稽查没收，并且被罚了一笔钱。这单货是广东的老板操盘做的，为了弥补吴老板的损失，他把这些假古董拿来抵押。

吴老板不懂古董，也不喜欢收藏，于是编了个美国人的故事，想把这批假古董卖给一个菲律宾的商人。这个商人刚刚做成一笔大生意，赚了几百万，想通过买古董来洗钱。他们也不懂古董的真假，于是把金先生搬出来，配合吴老板做这个局。

谁知金先生并不买账，而公司的那个股东碍于面子也没把这个局点透，于是发生了金先生泄底、吴老板震怒的事儿。

因为吴老板在新加坡有一定的势力，金先生所在的公司不敢得罪他，所以公司经理劝金先生退一步，在报纸上发表一个声明，说吴老板的藏品是真的，让菲律宾的商人把东西买走，几个方面都满意，而且这个声明对金先生来说不费吹灰之力，何乐不为呢？

金先生坚决不同意这么办。他对公司经理说：“假的就是假的，我不能昧自己的良心说假话。给这些大假货出证明说是真的，这不是毁我的名声吗？当然，公司的声誉也会有影响，以后我还怎么在公司干呢？”

公司经理听他这么一说，也觉得有道理。可是，吴老板已经放出话来，不按他说的办，金先生的身家性命确实有危险。

忌惮于吴老板的黑社会背景，公司老板劝金先生赶紧离开新加坡，到别的国家避避风头。

金先生考虑到家人的安危，先答应了吴先生，给了他一个“定心丸”，几天以后的一个夜晚，他化了装，带着妻子和孩子，到马来西亚的一个朋友家去避难。

他在马来西亚待了几个月，直到这事的风头过去，才回到新加坡。

四幅假画引火烧身

这是十多年前的事儿了。当时，新加坡最大的一家拍卖公司拍出4幅名画，两幅齐白石，两幅吴昌硕，成交价是新币十多万，折合人民币八九十万元。

即便是十多年前，齐白石和吴昌硕的画，拍卖价也不会这么低。国内的朋友得知此事，连呼这位买家捡了大便宜。

拍卖会过后不久，一位朋友领着这4幅画的买主让金鑫掌眼。

朋友怕金鑫先生知道这是拍卖会成交的拍品，不会给他鉴定，于是拐了个弯儿，说这是别人送给他的礼物，他想请金先生看看。

“齐白石的画儿我也吃不准。”金先生听说朋友送礼送齐白石，便知道不会是真的。因为在新加坡，齐白石的赝品很多，于是推辞道，“我手头事儿太忙，您还是另请高明吧。”

“既然来了，您就别客气了，人家是慕名才登门的。”朋友恳切地说。

经过再三的央告，金先生才不得不给朋友面子。果然不出他所料，那位买主把齐白石和吴昌硕的画一一展开后，经金先生的鉴定，这些画都是赝品。

“都是赝品？”那位买主听了大吃一惊。

“假的已经不是样儿了。”金先生告诉他这几幅画都假在哪儿，随口说道，“这种假画没有任何收藏价值。”

“真是这样吗？”买主一听这话，哭的心都有了。

“不过，朋友送礼，假的，也无大妨碍，家里挂着玩吧。”金先生一个劲儿安慰他道。

“您能不能把这几幅画假在哪儿，给我写下来，我也长长见识。我愿交双倍的鉴定费。”那位买主诚恳地对金先生说。

金先生并不知道这是拍卖公司拍出去的东西，只以为是朋友送他的，便碍于情面，就把这4幅画在笔法、布局、画法、色彩、用笔、印章、印泥等不对的地方都写了下来，一共写了6条。

让金先生万万没想到的是，那个买主把字条拿走后，扭脸儿奔了拍卖公司。

他直接找到拍卖公司的经理，拿出金先生写的假画6条说法，对经理说：“这是金先生的鉴定书，这4幅假画我要求退款。”

经理看了金先生写的6条鉴定意见，一时无话可说，经过公司内部商定，同意把拍出的画儿收回来，把买画的钱退给人家。

可是天有不测风云，第二天，买画儿的人到银行取退款，银行的员工说拍卖公司来电话了，此款拒付。

“为什么？”买主惑然不解地问道。

“这4幅名画的真假，我们还要做进一步的探讨，拍卖这4幅画的主人有确凿的证据，能证明这4幅画是真迹。我们认为仅凭一家之言，就给这4幅画宣判‘死刑’，有失公允。”拍卖公司的经理在电话里说。

“我相信金先生的鉴定。不管对方认为这几幅画是真是假，我都不买了。”

“那是不可以的，我们有拍卖协议的。”拍卖公司经理又说出了另外一个理由，“现在这4幅画的卖主坚持认为画是真的，而且提出要通过法律程序，跟说这画儿是假的的金先生对簿公堂。”

买主一听这话，心里凉了。看来退款已经没戏了。他转过身去找来金先生，说出了这4幅画的实情。

金先生到这会儿才知道，这4幅画儿是拍卖公司拍的，心想这下可是引火烧身了。

果不其然，卖画的这位不是省油的灯。他信誓旦旦，坚持认定这4幅画是真品，而且在法庭上，跟金先生不依不饶。

拍卖公司当然站在了卖画的一方，对金先生的鉴定产生了怀疑，与此同时，私下里也找朋友劝说金先生不要固执己见，引来不必要的麻烦。

金先生为此跟拍卖公司的经理红了脸：“假的就是假的，不是我固执己见，我说它是真的，它就成真的了？”

经理也不给金先生留面子，对他说：“你非要认定这几幅画是假的，要负什么责任？”

金先生说：“如果我看错了，赔你们10倍的钱。你们看错了，赔我10倍的钱。”

这两句话，把拍卖公司经理给扪在那儿了。于是双方僵持不下，法院也难以判决。

这期间，恰逢中国著名书画鉴定家杨仁凯先生到新加坡。拍卖公司经理请杨先生吃饭，饭桌上，经理拿出这4幅画儿，请杨先生鉴定。

杨先生一看，便发现了其中的破绽。拍卖公司经理本想让杨先生做个鉴定书并签字，被杨先生婉言谢绝了。

拍卖公司经理依然不甘心，又派人拿着齐白石的画儿到北京，找齐白石的公子齐良迟先生掌眼。齐良迟先生看了画后，哂笑道：“我爸爸画不出这种画儿，这恐怕是李白石画的吧？”

这时，拍卖公司的人才觉出那位卖画人说了假话，他们也看走眼了，只好在法院撤诉，并把款退给了买画儿的人。

这位买画的经过这番折腾，更加信服金先生了，他对拍卖公司如此对待金先生鸣不平，想找新闻媒体的记者，在当地的报纸披露此事。

还是金先生厚道，劝他别把事做绝，这家拍卖公司在新加坡最大，一登报它就垮了。

事后，拍卖公司经理也觉得对不住金先生，设宴给金先生压惊。席间，经理打圆场向金先生道歉：“实在是对不起了金先生，这件事让我们很难为情了。”

金先生释然一笑说：“拍卖看走眼的事很难免，知道看错了，把款退给人家就算了。以后，我们还是朋友，古董鉴定方面有什么问题，欢迎还来找我。”

金先生的宽宏大量，让拍卖公司经理十分感动。

此事后来不胫而走，新加坡的收藏界对金先生的鉴定水平和为人的忠厚，不禁刮目相看。当然，通过这件事，金先生在新加坡收藏界也声名鹊起。

假古董泛滥的三大原因

金先生在海外搞书画、古董鉴定十多年，经历的惊心动魄的故事很多，他认为国外古董造假的现象非常普遍，而且内幕比国内要复杂得多。由于古董和名人书画是暴利，很多人都盯着这个市场，加上现代化的高仿手段非常逼真，所以在国外搞古董鉴定具有很大的风险。

反过来说，在国外搞古董收藏也有很大风险，一不留神，看走了眼，就会损失惨重，甚至倾家荡产。所以，在很多国家一般人是不敢盲目搞古董收藏的，许多古董商或收藏家都是有承传的世家。

一晃儿，金先生从海外回来有十多年了，对比海外的古董市场和他出国之前的古董市场，现在国内古董和艺术品市场的状况，让他感慨良多。

首先，古董和艺术品市场的膨胀发展，让他感到吃惊，由于新闻媒体，特别是受央视及其他地方台热播的“收藏”和“寻宝”类节目的影响，许多人盲目地投身古董和艺术品的收藏行列，收藏和买卖古玩的人光北京就有几百万。到2016年，京城大的古玩和书画市场有四五十家，有艺术品拍卖资质的文化公司有300多家。

金先生对我说，他走了几十个国家，没有哪个城市像北京这样，对古董、艺术品收藏和交易这么疯狂的。

其次，收藏和拍卖市场的无序发展，必然会带来古董和艺术品鱼目混珠的现象，受暴利的驱使，很多人会铤而走险，造假贩假，于是造成市场上假古董泛滥成灾的局面。

金先生告诉我，他回国后，受聘于北京的中古陶艺术品鉴定中心，由于整天接触来自全国各地鉴定古董的人，他对目前国内假古董的猖獗深有体会。

2016年的秋天，他应邀到一家拍卖公司，看上拍的书画预展，12张齐白石、7张张大千的画儿，居然没有一幅是真的。

这让他感到意外，但拍卖公司却信誓旦旦，对外宣称所有的画儿都有鉴定证书，假一罚十。

“罚十？罚谁呢，谁来罚呢？”金先生嘬了个牙花子对我说，“这不过是虚晃一枪而已。”

其三、对古董和艺术品鉴定缺乏必要的管理，让一些在文物研究上没有造诣，在古董鉴定上又稀松二五眼，且心术不正的所谓鉴定家大行其道。金先生认为，这是造成假古董横行的主要原因之一。

在国外，古董鉴定师资质的认证是非常严格的，而且鉴定师的鉴定结果，要承担一定的法律责任。而国内的古董和艺术品鉴定机构，及鉴定师的资质认定，没有统一标准，比如他是博物馆的研究员或大学教授，就可以作为权威人士，给古董做鉴定，并开具鉴定证书，许多拍卖公司也认他们的证书。

实际上，博物馆的研究员不一定就是鉴定师，因为中国的文物研究是分领域、分专业的。他是古代瓷器研究专家，不一定懂书画，但他的名气大，所以许多部门都认可他的眼力。

国内，有些文物研究人员是恪守职业道德和，一般不涉足民间古董鉴定，但也有一些研究人员则不严谨了，只要给钱（鉴定费），就开具鉴定证书，而且他们只认钱，不管东西真假。

还有的所谓民间收藏家，搞过几年收藏，在电视上露过几面，就成收藏家了，开始给别人指点江山了，甚至经常在电视的收藏类节目里当专家，一来二去的，他们的鉴定便具有权威性，开始收鉴定费了。其实他们鉴定的东西10件有9件是错的。

金先生对我说，两年前，河北石家庄有位收藏爱好者花500万元人民币，买了一个元青花大罐，拿回家以后，省博物馆的人对这件东西产生了疑问，让这位买主心里犯了嘀咕。

买主慕名并多方托人，找到金先生帮忙做鉴定。他打开大纸箱子，剥开里三层外三层的棉布，小心翼翼地拿出那个大罐。

金先生看了一眼罐子盖儿，心里就明白了几分，再看青花釉色艳丽，上边八宝纹、下边是缠枝牡丹，勾画得倒也符合元代风格，但是细看它的工艺、器形、釉色全是新活。

金先生问他为什么买这件东西，那位买主说拍卖公司承诺保真。说着，他拿出了保真测试证书，还有专家开的鉴定证书。

金先生一看鉴定证书，不由得愣住了，原来上面写着的名字，是国内有名的鉴定家。

金先生对我说，您说这不是坑人吗？关键是您出具这样的证明，不光是砸自己的牌子，而且让这些假古董流行于世，毁坏了整个古董和艺术品市场。

回流的古董并非都是真的

金先生认为，近几年，古董和艺术品市场假的东西愈演愈烈，而且花样不断翻新。

两年前，沈阳有一对夫妻做买卖发了大财，准备花2000多万元，买一批从国外“回流”的近现代的名人书画，因为心里没底，专门来北京请专家鉴定，经人介绍，找到了金先生。

夫妻俩住在了国际大厦，见到金先生，把30多幅画一一拿了出来。金先生一看，确实都是名家字画，吴昌硕、齐白石、张大千、李可染都有了，但没一幅是真的。

金先生对他们笑道：“你们觉得花了2000多万，买这么多名人的画儿，贵了是不是？”

那两个人点了点头说：“当然贵了。”

金先生笑着说：“你们知道现在齐白石的画的市场行情吗？告诉你们吧，拍卖会上，齐白石的一幅画已经几千万，大幅的甚至过亿了。他卖你这么多名人的画儿，才2000万。你们用脚趾头去想，这能是真的吗？”

那夫妻俩说：“卖我们画的人说，这批画是20多年前被人带到日本的，几个月前‘回流’到沈阳。画儿绝对保真，而且有鉴定家的合影和证书。”

他俩把照片拿出来，金先生一看是卖主和杨仁凯先生鉴定这批画时的合影，还有杨仁凯先生签名的鉴定证书。但金先生再一细看，原来照片是电脑合成的，证书是伪造的。

金先生说出实话，这对夫妻傻了眼。

金先生对他俩说：“你们赶紧回去把画儿退了吧。”后来，朋友告诉他，这对夫妻已经交了500万定金，回去找这些画儿的卖主，人家拿了钱早跑了。这对夫妻也没敢报案，瞪着眼睛吃了个哑巴亏。

金先生说，现在古董和艺术品从国外“回流”的非常多。所谓“回流”，就是从国外买回来的中国古董和艺术品。在国内的古董和艺术品市场上，这类“回流”的古董非常吃香，拍卖会上成交量也很大。

金先生说，有人认为“回流”的古董不会有假，其实这是一种误导。把仿造品运到国外去，再由国外的华人买回来，金先生见过很多这种事情。

他苦笑着对我说：“这叫卧底。”造假者手段多多，能在罐底接上假身，再弄上釉，高科技检测是在底部打眼取样化验，一看是真的，其实是大假货。”

金先生说：“美国最大的拍卖公司都不敢完全保真，只能做到尽最大努力保真。发现假的，在规定的期限内可退，过了期限就不负责了。可见对假的东西难以扼制。”

现在，不但清代以前的“官窑”有高仿，现代瓷也有。比如景德镇的“7501”瓷，因1975年特为毛泽东主席烧制的，也叫“毛瓷”，市面上就有很多赝品，一些国家级的文物商店都摆着“7501”瓷器。

其实真正的“7501”一共就烧了3套。这种瓷是薄胎，釉中彩，用特殊原料滑石子（瓷土的核儿），窑温达到1400℃烧成，极珍贵。

金先生对我说：“‘毛瓷’已炒到上百万元，但真品，我还是前些年，在景德镇陶瓷研究所副所长涂金水那儿见过。涂所长说，景德镇就这一套。”

显然，市场上的“毛瓷”几乎都是仿品。

金先生说，瓷器做旧、仿制，自古以来就有，这种事防不胜防，关键是做旧的人要有德行，其实，有些仿品烧得也不错，你直接标明是仿品不就得了吗？干吗非要以假乱真呢？

“当然是利益驱动了。”我笑道。

金先生是玩家，他既搞鉴定也搞收藏。他的藏品之丰，让我大开眼界，但他从不出手。

“您为什么不出手呢？那些古董可不能下小的呀。”有一次，我跟他开玩笑说。

“还不到时候。现在市场上假的比真的多，什么时候真的比假的多的时候，我再把我的东西拿出来。”

他不置可否地对我笑道。

我知道他这是随意说说而已。收藏家和古玩商的区别在于，前者眼里的古董是文化，后者眼里的古董是金钱。

金先生是玩家，也是鉴定家，他会把自己收藏的古董，轻易拿到市场上去吗？

郑怀忠

玩玉玩的是心跳

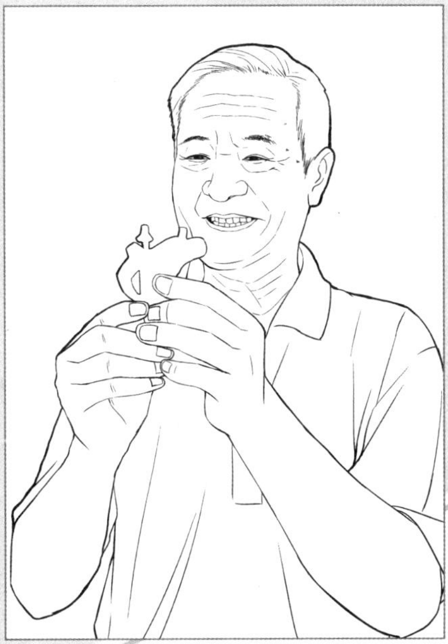

郑怀忠

北京人，著名书法、篆刻家，宝玉石鉴定大家。其家学渊源，从小接触书法、篆刻和各种石料和玉器，尤其是玉器的辨别和鉴定方面有高深的功底。由于长年深入采石采玉现场和各类市场，加之刻苦研习古代典籍，对中国的玉文化有深刻的认识，也有自己独到的见解，于古玉和新玉的鉴定方面更是独具慧眼，在国内宝玉石鉴定界享有盛誉。

慧眼来自真金白银的“实战”

玉器属现代人收藏的大项，按收藏的品位来说，它的收藏地位仅次于书画、瓷器。

当然，玉石的鉴定难度也很大，且不说中国地域辽阔，产玉的地方很多，玉的种类常常让人混淆，最让人莫衷一是的是现代的高科技手段，能把玉质的杂石粉末合成为各种“美玉”，十分逼真，让行家都能走眼。所以，玩玉者玩的不仅是文化，也玩的是眼力。

京城玩玉的主儿很多，但分怎么玩，您手里有几块玉，也能看出哪是老玉，哪是新玉，这算不上玩主。

玩玉的主儿，不但收藏的量大，手里有许多能上眼的好玩意儿，而且还得能对每件藏品说出个一二三来，否则不敢称自己是玩主。

至于说玩家，那可不是一般的玩儿了，起码得是鉴定家。玩家不见得手里收藏有多少宝贝，而在于他的一双慧眼，能在沙里淘金、石里识玉，这双眼睛不是一般人所具备的。

在京城玩玉的人里，郑怀忠可以说是一位独具慧眼的玩家。当然，他这个玉石玩家属于“另类”，他并没有上过高等学府，也没有宝玉石专业的高级职称，更不是研究院或博物馆的什么研究员。

他的慧眼，或者说他的玉石研究和鉴定水平，全部来自自己的潜心研究和身在一线的“实战”。

从1962年参加工作到现在，郑先生跟玉石打了50多年的交道，您想想他有多少“实战”经验吧！

有一年，郑先生和朋友到新疆和田采购玉料，一个当地的玉石商人听说他能鉴定玉石，便拿来两块玉让他品评：“您看我这两块籽料如何？”

郑先生看出他有点儿叫板的意思，拿起这两块玉端视了片刻说：“这两块玉不是籽料。”

“不是籽料？那是什么料？”那位玉石商人听了有点儿不服气地问道。

“是什么料你应该心里清楚。”郑怀忠淡然一笑道。

玉石商人拧着眉毛说道：“你说它不是籽料？什么眼力呀？让在座的看看，它不是籽料吗？看看它们多光滑，多圆润！”

话音刚落，在场的十几个人都围过来，轮流看了这两块玉料，都说这是籽料，毫无疑问。

这些人可都是玩玉的，他们的话等于将了郑怀忠一军。但郑先生神态自若，微微一笑道：“这是籽料？恐怕不是你们的眼力有问题，是心里头有情况吧？”

“您这是什么话？”一个玉石商人不悦地看着郑先生问道。

“我想说，你们的眼力不会弱到这种地步吧？”他不动声色地看了一眼那位商人，说道：“它究竟是什么玉，你真不知道吗？”

“籽料还有错儿吗？”

“哈哈，籽料？是呀，光滑、圆润，还带着皮子呢对不对？”郑先生冷笑道。

“是呀！还有错吗？”

“你们呀！蒙傻小子去吧！”郑先生突然把脸一沉，说道，“籽料？这是磨光的籽料！也就是行里人说的磨光籽儿！”

“磨光籽儿？”现场有人故作惊讶道。

郑怀忠脸上流露出沉稳的表情，看了他一眼，不紧不慢地说：“把山料用砣子削去棱角，然后放到混凝土的搅拌机里，再放上沙子、水，搅拌它半个多月，那些山料看上去都光滑圆润了。但搅拌机只能打磨玉石的外表，它的内部分子结构能改变吗？丝毫也变不了！”

他说完，从包里拿出一块玉石，又掏出一枚放大镜，摆在桌子上，说道：“你们看看吧，这是真正的籽料！看看它的结构和紧密度，再看看这两块石料的结构。我不用细看，用手一掂就知道它的结构松散，硬度很低。这块籽料的硬度接近于7度，而这两块山料也就不到6度。”

这番话说得在场的人心悦诚服。那位玉石商人听完郑先生这番话，突然哈哈大笑起来，说道：“果然是高手！我服你了！”

原来这位玉石商人有意设了这个“局”，想考考郑怀忠的眼力，给他来个下马威。没想到郑先生不吃这一套，用自己的眼力征服了这些人。

“这种叫板的事儿多了。”郑先生对我说，“玉器行跟其他行业有所不同，拼的就是眼力。一块石料摆在这儿，对方开出价儿来，您敢不敢接手？只要接了手，您回去肯定要开片儿。这一上手，就等于东西是你的了，它是鸡是蛋儿，您都得认头，不能找后账，这也是行规。所以您的眼力稍有偏差，就可能几十万，甚至几百万没了，当然，您要是看准了，就能赚几十万，甚至几百万。”

他的眼力就是这么磨炼出来的。

一家出了四位玩篆刻的

说起来，郑怀忠本来不是玩玉的，他的本行是篆刻。

郑怀忠算是老北京人。当年，他爷爷郑永祥从内蒙古锡林浩特，赶着羊来的北京，后来一直以贩羊为业。郑家后来在德胜门外的冰窖口儿落了脚，郑怀忠就是在这儿长大的。

郑永祥三个儿子，郑怀忠的父亲郑菁华是老三，他从小喜欢篆刻书法，后来开了一个店铺，以刻字为业。1956年，公私合营的时候，郑菁华的店铺归到北京刻字厂，他成了刻字厂设在东安市场门市部的员工，依然干刻字的老本行，后来当了干部。

因为刻字属于特殊行业，新中国成立以后，政府对刻章、刻字业实行了统一归口管理。当时，政府不允许私人从事刻字业务，包括属于艺术类的篆刻，所以凡是搞篆刻的都归了口儿，郑家也不例外。

父辈对儿女耳濡目染的影响是非常重要的，受家庭的熏陶，郑菁华的4个儿子，有两个继承了他的技艺，从事篆刻艺术，即老二郑怀忠，还有他的四弟郑怀宝。

郑怀忠的儿子郑光宇7岁开始跟父亲学书法、篆刻，今年44岁的他在篆刻和书法上已有很深的造诣。郑家三代，出了4个书法、篆刻家。

郑怀忠不到20岁就到老字号萃文阁工作。萃文阁的老东家是魏长青。在京城篆刻业，魏长青有一号，他技艺精湛，带徒极严，其弟子柏涛、李文新后来都是京城著名篆刻家和书法家。

新中国成立后，萃文阁也在公私合营时，归到北京刻字厂，但字号一直保留了下来。当时萃文阁的营业面积近300平方米，职工30多人，是全国最大的刻字门店。

魏长青在新中国成立后，有两件事露了脸，一件是发明了“八宝印泥”，这种印泥至今仍然很受书画家青睐，曾经得到齐白石、徐悲鸿等书画家的赞扬。另一件是刻天安门广场人民英雄纪念碑上的字，即毛泽东的题词“人民英雄永垂不朽”。

这几个字您在下面看，觉得不大，其实每个字都有两人多高。怎么把这么大的字刻在碑上，当时是个难题。魏长青聪明，用了一个多月的时间，发明了“放大样”和“喷砂法”，解决了刻碑的两个关键问题。

郑怀忠到萃文阁时，魏长青已经年纪大了，不过，他在魏先生身边学了5年徒，掌握了篆刻和制作印泥的技艺。魏长青退休后，他又跟柏涛和李文新学了3年，前后8年，让他的书法和篆刻有了全面提升。

郑怀忠对我说：“篆刻艺术是书法和雕刻相结合的艺术。要刻好印，必须要有扎实的书法基础，没有书法，最后只能是匠人。”

1976年，北京鲁迅博物馆来人找郑怀忠，博物馆有两枚鲁迅的印章要复制。原来博物馆展陈的都是真品，为了更好地保护鲁迅的真迹，他们决定照原样复制。

这两枚印章，一块有七八厘米高，是金星石玻璃料，白文，刻的是“鲁迅”二字，此章是许广平在广州找人刻的；还有一枚是浙江青田石的料，三厘米见方。

郑怀忠对鲁迅博物馆的人说：“你们放心吧，我是鲁迅忠实读者，我一定会让你们满意的。”

一个星期，郑怀忠把鲁迅的印章刻好。鲁迅博物馆的人来取，郑怀忠拿出两枚章对他们说：“料实在太难找了，真正刻，用不了这么长时间。”

博物馆的人仔细看了看这两枚章，把它们放在一边，问道：“这两枚章鲁迅常用，我们馆非常重视，您刻的呢？我们看看。”

郑怀忠笑道：“真的在盒里呢。”

博物馆的人吃了一惊，打开盒一看，复制的印章跟真品几乎一模一样。

“真假难辨了！您真不愧是名家！”博物馆的人对郑怀忠的篆刻技艺赞叹不已。

辨石的慧眼是这么练成的

刻印章离不开石头，印章的石料最好的是田黄和鸡血石。1980年的时候，这些石料奇缺。当时，萃文阁为了发展业务，把善于学习、做事稳重的郑怀忠从篆刻组抽调出来，专门采购石料。

从那时起，郑怀忠的主要精力开始投入到田黄、鸡血、巴林等名石上。

萃文阁的领导没看错人。郑怀忠确实是个干什么事都喜欢刨根问底、特好钻研的人。一般人采购石材直接找商家，他却绕过商家，拐弯抹角奔了“坑”（产地），与开采石料的工人打起交道来。

那些年，福建出田黄的地方，他前后脚跑了有20多次。弄得当地采石头的都纳了闷，开玩笑地问他：“郑先生是不是要抢我们的饭碗呀？”

“你们这块风水宝地，我抢得走吗？我是在找自己的饭碗。”他对当地老乡说。

在福建跑的次数多了，哪儿出田黄，哪个山洼出的那种石头，哪儿的“坑”料好，都在他脑袋里装着，他成了田黄、寿山石的“活地图”，当地的老乡也没有他跑的地方多，有些事儿还得问他。

到后来，他对田黄和寿山石已经了如指掌，您随便拿过一块石料，他都能告诉您这是福建哪个“坑”出来的，这块料有多少年历史，它的特质是什么。

田黄、寿山石跟玉石一样，都是大自然的产物。俗话说“千种玛瑙万种玉”，其实，田黄有二十几个品种，寿山石有一百多个品种，您想辨别石头的种类和真假，须得一双慧眼。

要具备辨识田黄之功，光看“坑”，看“实物”是不够的，为此，虚心好学的郑怀忠买了大量的历史书籍，还经常到图书馆，查阅相关的历史文献和典籍。

经过多年的学习和研究，以及一线的实战，他对各种石材的形成、构造、特质、开采、加工等一系列的知识，有了全面的了解，成了鉴赏各种印石的专家。

在研究的同时，他还经常写一些有关各类印石的文章，发表在《收藏家》杂志。他发表在《收藏家》1994年第4期的《田黄石的品质真伪辨》一文，曾在玩田黄的圈儿里引起过很大反响。

如何辨识真假田黄石

福建的田黄是从明代才开始开采的。最初，人们并不知道它的价值，当地的山民都拿它当普通石头，砌墙、铺路、压东西用。

我们现在看到的艺术篆刻，是从明代才有的。艺术篆刻得有好的石料，于是艺人们开始到处淘换好的石材。

有一次，大画家文征明的儿子文彭从一个艺人手里买了一块石头。起初，他没觉出这块石头有什么与众不同之处，但回去在石头上篆刻，感觉手感沉实，石料紧密而润泽，刻出来的字，与石料相得益彰，朋友们看了大为赞赏。

文彭是艺术篆刻的鼻祖，当然对石材很当回事儿，便向卖他石头的艺人打听其产地，人家告诉他这石头出自浙江的青田。于是文彭前去考察，并开始使用那里的石头，从此，青田石出了名。后来又在浙江昌化发现了鸡血石。

这两种石材被文人相中后，身价倍增，福建的文人这时才发现身边的寿山石，其特质和花纹不比青田和鸡血石差，经文彭他们使用后，果然名不虚传，寿山石就这样脱颖而出。

用了若干年后，人们又发现了从寿山石脱离开后演化而成的田黄石。跟普通寿山石相比，田黄石的材质和温润程度更胜一筹，于是田黄成了宝贝。

郑怀忠先生对我说，田黄主要分三大类：上坂田、中坂田和下坂田，这些石材都有一个特点，那就是已经脱离开本来的矿物体，在地下经过数百万年的大自然脱胎换骨的“淘洗”，淘净了原有的杂质，洗去了过去的柳裂，变得洁净圆润了。

其道理跟和田的籽儿玉是一样的。用郑怀忠的话说：“寿山石的‘籽儿’，就是田黄。”

田黄之所以珍贵就在这儿。早在清代，就有“十两黄金，一两田黄”的说法。经过这些年的开采，现在田黄的价值更珍贵了。

不过，田黄与玉的硬度不一样，玉石的硬度一般在6.5度，田黄只有2.5度。自然，玩篆刻，硬度太高，怎么下刀呀？

正因为它的特性是软，内部的分子排列相对比较松散，所以它很容易浸色。

郑怀忠先生说，再好的田黄如果长期放在清水里，它也会走色。其实，这种石料不怕水，假如把它放在颜色接近的黄颜色的水里，其色泽会越来越漂亮。

田黄的品种有二三十个，什么样的田黄有价值呢？

郑怀忠先生说，主要看两个要素：

一是石料的本质要好，看上去纯、净，颜色干净，石质细腻、温润，有油性，没有柳没有裂。

二是它有一个二次生成的过程，在寿山乡的稻田下的黄泥水中又度过了漫长的岁月。因为田黄作为石材，是大自然的鬼斧神工恩赐给艺术家们的最好材料，是大自然二次风化生成后的产物。在这个过程中，它原有的脏的裂的等杂质都淘汰掉了，所以它看上去，有一种天生丽质的感觉，这才是上品。

田黄是二次生成的，但生成的环境和条件非常重要，换句话说，并不是任何环境都能对一次生成的石料，起到“淘洗”作用的。

环境不好，二次生成后的田黄质量就会很差，因此，同样是田黄，但品质却千差万别，当然，价钱也就有天壤之别。所以“十两黄金，一两田黄”是有条件的。重要的是两个因素，就是先天的品质加上后天的环境，两者的作用共同成就了田黄石。

标价70块钱的石头卖了20万

奇石的收藏在中国有上千年的历史了。奇石的种类繁多，但大致分为两类，一类是观赏石，另一类就是篆刻用的石料。

篆刻用的石料一般硬度不能高于2.5度，篆刻用的名石除了产在福建的田黄、寿山石和芙蓉石之外，就要数昌化的鸡血石、巴林右旗的巴林石了。

郑怀忠先生认为：鸡血石的颜色一定要红，要浓，色儿要正，要有刚宰的鸡流出的血的那种感觉，鲜艳、夺目，而且面积越大越好。

巴林石的开发时间不长，以红、黄、白色调为主，其质地特点与寿山石比较接近。它的缺憾是没有二次生成的“籽儿料”，都是“洞”产，所以结构比较松。

印石有“三宝”，田黄是“石中之帝”，鸡血石是“石中之后”，芙蓉石则是“石中之君”。一黄、一红、一白，三个主色调让这三种石头占齐了。福建的芙蓉石是寿山石非常重要的一个石种，因产自福建月洋山，山上有芙蓉峰而得名，但这种石料上品的颜色也像白芙蓉，其质地温润，而且油性大，用行家的话说：“其光泽之细腻，其油润之感，令羊脂玉俯首称臣。”因此，有些人把芙蓉石当成了羊脂玉。当然，芙蓉石再好也卖不过羊脂玉呀！

石头的种类繁多，即便是同类的石料，您没有点儿真功夫，也会被打眼。

20世纪70年代末，北京友谊商店刚开张不久，搞来了一批库存的寿山石老料，让当时在萃文阁工作的郑怀忠和几位篆刻师参观。

郑先生眼“毒”，在一堆石料中，突然发现一块石头与众不同。拿起来一看，石头的色泽温润，质地又非常纯净，他眼前不由得一亮。

玩石头的人讲究“石缘”，郑先生心中暗自赞叹：这真是难得一见的田黄呀！

可是他再看这块石料的标签，不禁倒吸一口凉气，原来上面清清楚楚标着寿山石，而且标价只有70块钱（外汇券）。

北京友谊商店在当时是专为外国人服务的，算得上是全国最大的对外服务“窗口”，因为是对外服务，北京人想进去，没门儿。当然真让您进去也没用，因为那会儿，在友谊商店购物都得使外汇券。一般的北京人，上哪儿找外汇券去？

正因为如此，友谊商店进的货都非常挑剔。寿山石属工艺品部，进货都有专家掌眼，显然，把这么好的田黄按一般寿山石标价，是看走眼了。

那个年代还没有“捡漏儿”一说，而且郑怀忠身为国企职工，压根儿就没有赶紧掏钱，把这么喜欢又这么便宜的东西买回家的念头。

他悄悄地走到商店负责人旁边，用平静的口吻说：“这块石头可不是一般的寿山石。”

“那是什么石头？”负责人听了一愣。

“是一块非常不错的田黄。”郑怀忠告诉他。

“真的！”负责人当然知道田黄的价值。

他知道郑怀忠有辨石的慧眼后，赶紧劳郑怀忠的大驾，再帮忙看看有没有别的石料标（看）错了。

郑怀忠又发现一方齐白石的印章（边上有齐白石的款），让他们标漏了。齐白石的印章能跟普通人的印章一样的价值吗？

郑怀忠的这两“眼”，让在场的人暗挑大拇指。

大约过了一年，友谊商店的那位负责人非要请郑怀忠吃饭。饭桌上，他才知道，那块他看上眼的田黄，卖了20多万元人民币。要知道这是在40多年前，20多万元是了不得的大数儿。

和田籽儿玉什么时候进的中原

石料跟玉料本来同源，郑怀忠有玩寿山石的底子，玩玉石料当然会得心应手。不过，郑怀忠可不是先玩石头后玩玉的，说起玩玉来，还要追溯到30多年前。

当时，他在萃文阁工作，由于萃文阁与北京文物商店相邻，他们收购上来的印章，上面的字不认识，便找郑怀忠帮忙掌眼，这些印章有的是古玉，一来二去的他便对玉产生了兴趣。

后来，他跟琢玉大师李博生成了朋友，两人经常探讨玉料的选择和琢玉之术，逐渐就迷上了玉器。

据郑怀忠介绍，玉器在中国所有艺术门类里，历史是最悠久的，它起源于新石器时代的中晚期，到现在有七八千年的历史了。

玉可大致分为：史前文化的玉、战国时期和汉代的玉、唐宋辽金时期的玉、明清时期和近现代的新工玉。

战国和汉以后的玉，主要是为宫廷服务的。这时开始注重雕工，有的琢玉人为琢一块玉，甚至要耗费一生的心血。

郑先生对我说，这些玉器原来主要是帝王佩戴和玩赏的，后来，许多精美的玉件随帝王进了坟墓。我们现在能见到的这一时期的古玉，几乎都是出土的。历代都有盗墓者，所以许多原来帝王戴的玩的玉器，沉积在民间。

为什么把明清跟前朝断开呢？郑怀忠认为，主要是明以前，和田玉没有大量引入中原，从明以前的古玉样本中可以发现，和田玉非常少。因为当时新疆还没归属中原，明以后，新疆地区跟中原地区也是分分合合，但商品贸易往来增多了，和田玉向内地的流动开始增多了。

不过，由于新疆地处边塞，比较偏远，唐诗中就有“春风不度玉门关”的诗句，玉门关就是玉石进入中原的第一道关口。由于当时的生产力落后，开采和运输都十分艰难，所以内地想得到和田玉，尤其是籽儿料很不容易，这也造成了从明代开始和田玉就价码儿高。明代的陈兴在《玉记》这本书里，详细地记录了许多新疆地区采玉的故事。

我们在北京昌平十三陵的定陵展览的出土玉器里，发现有不少和田玉，但质地都不高，没有一件好籽玉。因为万历（定陵是他的墓）年间，新疆还在独立，好的玉料过不来。

到了清康熙年间，康熙收回新疆以后，和田玉运到内地的开始多了起来。到乾隆时期，和田玉器达到高峰，我们在故宫参观时，这一点看得很分明，乾隆前跟乾隆后的玉器的料明显不同。

故宫博物院的清代档案里，详细记录了官员到新疆选玉料，新疆官吏向朝廷进贡玉料的情况。其中有皇上派到新疆选玉料的官员，看到好的玉料起了贪心，与当地商人私下交易占为己有，最后东窗事发，皇上龙颜震怒，让他们就地脑袋搬家的事儿。（见《明清档案》一书）

在这些档案里，还有的记录下了当时玉料的价钱。那会儿的皇家收的籽儿料，已经到了几两几钱。由此可知，那会儿和田玉的籽儿料已经非常值钱了。

籽儿料价钱为什么高

在中国的“四大名玉”里，新疆的和田玉排在了第一位，在和田玉里又属籽儿玉最佳。

现在，很多卖玉的商家，都在销售的和田白玉上标着籽儿玉。有些朋友手里的白玉件儿，也号称是籽儿料。而郑怀忠先生说，和田玉的籽儿料早在清代就价值千金。难道籽儿料现在多了？

郑怀忠先生曾多次去过新疆和田，对籽儿玉的原石的出产历史和现状了如指掌，他对我详细地讲述了籽儿玉和山料的区别。

首先说，玉料都属矿物质，是地壳运动的产物，从这一点来说，籽儿料和山料是一体的，只不过经过大自然的“洗礼”之后，改变自己的身份。换句话说，籽儿料来源于山料。

通常矿物质在生成时的情况是不一样的，内部分子排列有的紧、有的松，透闪石的比例也不一样，所以山料本身就是良莠不齐的。

籽儿料属于次生矿，从生长的矿体上脱落下来，在大自然的变动中掉到山涧，随着亿万年的冲刷，被冲到下游的平原。

籽儿料在平原的河滩里，经过不停地淘炼和风化，使原来的内部结构发生了变化，原来透闪石松的被分化掉了，而紧密的部分被保留下来。换句话说，经过大自然亿万年的淘洗，原有的毛病都淘汰掉了，精彩的部分被保留了下来。

籽儿料的硬度接近7度，特别是玉料的温润感和油润感，是其他玉种所不具备的。您想呀，经过几亿年的淘洗出来的籽儿料能不金贵吗？

郑怀忠先生告诉我，我们通常说的籽儿料，其实在新疆和田地区，主要产自一条河，即玉龙喀什河（玉龙河）。

出玉的河道大约有一千米宽，四十多千米长，从古代就开始了这条河籽儿料的开采，到现在可以说已经采得差不多了。另外两条河，卡拉喀什河（墨玉河）和叶尔羌河（绿玉河）主要产墨玉和碧玉的籽儿料。

郑怀忠曾先后去过两次玉龙河，站在岸边，看到浩浩荡荡的采玉大军，那场面让他感到异常震撼。

在河谷地带有三四千台挖掘机在作业，机械的轰鸣震耳欲聋，挖出的河卵石有三四层楼高，真是对河道彻底的大翻膛。

郑怀忠先生与当地的人聊天得知，这种大规模的开采，始于20世纪90年代。这30多年，开采量几乎占到了储存量的80%。现代化的机械已经挖到了原始的河床，直至见到了石头。

当地的一位玉石商人对他说，目前，玉龙河没有开采的玉石储量只剩下10%左右了。来买玉的人主要是江苏的扬州、河南的南阳，还有上海、北京等地的人。

当然他们要与当地政府有开采协议，开采一亩地要交多少钱，其实这里有风险，也有机遇。因为这里是籽儿料原产地，只要发现一块就有赚头。

阿克苏收藏家协会的负责人对郑怀忠说，一个籽儿料要上万元。2013年，挖出的一个18克的籽儿料，在当地就卖了180万元。

从目前公布的市场行情看：

1980年，一级和田籽儿料是一公斤100元；

1990年，一级和田籽儿料是一公斤1500元到2000元；

1995年，一级和田籽儿料是一公斤6000元；

2000年，一级和田籽儿料是一公斤1到1.2万元；

2005年，一级和田籽儿料是一公斤10万元；

2009年，一级和田籽儿料是一公斤100万元；

2011年，一块20克特等带枣红皮的小籽儿料以200万成交，平均1克10万元。

在这样的利益驱动下，自然会出现疯狂的开采。不过，80%的好东西已经让人给挖走了，再怎么玩命挖，也挖不出太多的好东西了，平均下来，开挖一吨两吨的石料，能找到一两克籽儿料就算万幸了。

您可看清楚，不是一两个，而是一两克！

您说现在的籽儿料有多金贵？

这只是原料，还没算雕琢的钱呢！三四年前，上海一个大师级的雕工，雕琢一块籽儿料的“牌子”（挂坠）工钱要50万到100万元。

所以，和田玉的籽儿料可不是随便拿起就说的。郑怀忠先生对我说，他经常给人相玉，拿给他掌眼的玉件，说是羊脂玉，实际上很少能够得上籽儿料的级别。

我问他，让他看10件，能不能有一件是籽儿料？他欲言又止，不置可否地笑了，显然连着这个比例都达不到。

不过，从郑先生描述的籽儿料的开采情况看，能淘换到一块真正的籽儿料确实很难。

“山流水”的真相

玩和田玉的都知道“山流水”这个词。所谓“山流水”，就是山料和籽儿料过渡的料，不是产在山上，也不是产在下游的河流、河滩，而是产在远离和田三百里之外的山涧里。

郑先生对我说，“山流水”的“风化”年代短，而且跟籽儿料“风化”条件也有所不同，所以它的成色虽然优于山料，但跟籽儿料并不在一个档次上。

不过，“山流水”玉料的表面也很莹润饱满，密度也不低，很多人常常把它跟籽儿料相混，商家也常常拿“山流水”充籽儿料，但如果仔细观察，二者之间的差别还是很明显的。

其最大的差别就是，籽儿料所具有的油性，是“山流水”所没有的，而且“山流水”的密度也比籽儿料略低。

现在很多商家不是把“山流水”冒充籽儿料，就是把山料冒充“山流水”。山料的质量也是有差别的，好一点儿的山料，看上去很像是“山流水”，所以，很容易被仿冒，而许多人看不出两者之间的区别，很容易上当。

郑怀忠先生说，其实“山流水”的玉料，比籽儿料还难找。籽儿料是在玉龙喀什河的河谷里，它的上游是黑山，海拔4500米到5000米，终年积雪，上山采玉是非常艰难的。人们只有等每年的盛夏，积雪融化，夏季的山洪，大水裹挟着泥石流，流到下游，待大水退去，在河床里寻找。您想找到点儿“山流水”容易吗？

直接上山找“山流水”非常难。郑怀忠对我说，有一年，中央电视台要拍《重走玉石路》寻找“山流水”的专题片，他想跟着摄影组一起进山。

导演对他说，您这身子骨受不了。他们第一次进山，准备了至少两个星期的干粮，雇当地的马帮驮着，风餐露宿，白天爬悬崖，夜里睡帐篷。山上空气缺氧，风沙袭人，走了三天，还不到一半的路，因为天气实在太恶劣，摄制组有三分之一的人马，便因为身体不支退下了山。

这些摄制人员都是二三十岁的小伙子，年轻体壮。由此可知进山采玉的艰难。

因为郑怀忠先生多次深入产地，对和田玉的情况了解得比一般人要多，所以，他深知现在真正的和田玉，尤其是籽儿料，包括“山流水”的原玉，基本上接近于枯竭，许多人拿着所谓的籽儿料或“山流水”，其实，并不是真正的和田玉，更不是籽儿料或“山流水”，而是普通的玉石。

由于玉石作假，现在已经登峰造极，所以，许多籽儿料和“山流水”都是由玉石粉加进一些化学成分，人工合成的。

郑怀忠先生拿出两块玉件对我说：“这是两块所谓的‘山流水’，有一块是假的。试试你的眼力吧，看看哪块是假的？”

这两块玉洁白无瑕，柔和温润，冷丁一看，还真是分不出哪是真，哪是假，而且手头儿（手感）轻重也差不多。

郑怀忠先生笑了笑，拿出一个高倍放大镜，让我看看两块玉的内部结构。

我用放大镜仔细一看，才发现其中的端倪，原来凡是玉石都有结晶的絮状，行话也叫“透闪状”，表皮有如皮肤状的“呼吸孔”，其中的一块玉，这种结构看得清清楚楚。

而另一块却看不到这种絮状，分子排列得整整齐齐，甚至没有一点儿沙粒状，显然这是人工合成的。

“怎么样？一目了然了吧？”郑先生对我笑道。

好玉并不以白为准

俗话说，千种玛瑙万种玉。也有人说，世上没有两块相同的玉。即便是两个玉件取自于同一块原料，但因为部位不一样，也会有些差别。

玉的种类繁多，也给玉石的鉴定带来难度。古玉不说，就说现代的玉器玉件吧，给您一个玉件，让您说出它的产地和玉种，这也不是三天两早晨的功夫。

以和田玉来说，真正的和田玉，它的产地就是那条玉龙喀什河。但是，和田玉太有名了，新疆许多地方的人都到和田来卖玉料，而且都说自己卖的就是和田玉。

人是在和田做生意的人，和田又是产玉的地方，卖的也是新疆玉。您到了和田，能不信吗？

即便您是“打了预防针”来的，到了和田，面对琳琅满目的玉料店和玉器店，您也得犯晕。

郑怀忠先生对我说，从古至今，人们对玉有一种天然的亲近感，也许这跟古人说的玉养人的观念有关。但面对玉器玉件，一定要保持清醒的头脑，比如和田玉，特别是和田的籽儿玉，经过这30多年的超常规采挖，现在已经到了濒临枯竭的状态，当别人拿出一块玉说是和田的籽儿玉，您是不是要过一下脑子：这是不是真的？

事实上，现如今，别说您在内地买和田玉难，就是在和田，能买到真正的和田玉都难。

郑怀忠先生告诉我，《千字文》中有“玉出昆岗”的句子，新疆产玉的地方很多，因为新疆地处昆仑山，总体说，新疆的玉也叫昆仑山玉，此外，现在玉器商人把俄罗斯玉、青海玉、和田玉都混在一起来出售，这就要看买家的眼力了。

从玉的质量来说，新疆玉、青海玉和俄罗斯玉都差不多，只有和田玉籽儿玉要远远高出其他地方的玉，因为它不是出产在山上，而是河里。因此，当有人手里拿出一块玉，说是和田籽儿玉的时候，您一定要在心里掂量掂量。

自古以来，玉以白为尊，您忘了那句老话白玉无瑕？还有洁白如玉、冰清玉洁之类的成语。仿佛最好的玉，不但洁白，而且没有一点儿瑕疵。

但郑怀忠先生对此却有自己观点，他认为，玉是以白为美，但白也要看是怎么个白法，那种愣白愣白，泛着荧光的玉，结构松散的玉，不能说是好玉。好的白玉是温润的，不是白得光可鉴人的那种。从这个角度说，玉并不是越白越好，古代就有“珠圆玉润”的说法。

他举例对我说，在新疆的时候，维吾尔族的朋友在向内地玩玉的人推销自己商品时，总是炫耀自己手里的玉有多白。其实，这是一种假象。籽儿料并不是看有多白，而是看它有多润。

好玉的标准不是白，而是它的温润和密度，当然还有它的油性。白籽儿料为什么又叫羊脂玉？因为玉看上去像羊脂，白，有油性。

有人认为籽儿料的标志是看“皮子”。郑怀忠先生认为，这也不见得，因为人工也可以做出来“皮子”，所以光看“皮子”，也容易打眼。相玉还是要看整体。

郑先生说，当外形（外表）吃不准的时候，最好借助工具，比如高倍的放大镜，也可到专门的鉴定机构，他们用专门的仪器，一测就能见分晓。

但仪器只能告诉你，是真玉还是假玉。至于说是籽儿料级的，还是山料级的，只能是靠肉眼来评估了。

评估玉器价值的要诀

玉的价值以什么为标准呢？在文化多元化的今天，可以说不同的人有不同的标准。郑怀忠先生认为评估玉器的价值，要从这个玉件整体来考量，不能偏重某一个方面。现在有人偏重于玉料，有人偏重于工（雕琢）都是不对的。

那么，评价玉的价值标准是什么呢？郑怀忠先生认为主要体现在以下五个方面：

第一，玉的原材料要好。这是世界上公认的第一标准，料不好，您的手再巧，琢出的玉价儿也上不去。所以，古代的帝王选玉，是把玉料放在第一位的。

第二，做工要精。俗话说，玉不琢不成器。还有一句行话：“长木匠，短铁匠，将就凑合玉器匠。”木匠干活备料一定要长，他可以根据需要取舍。给铁匠备的料，可以短点儿，因为铁经过敲打就会膨胀，玉器就不行了，因为料是天然的，您雕活的时候，只能因料施艺。这也就能体现出琢玉人的水平了，同样一块料，大师级的琢出来的活儿，跟一般工匠肯定不会同一个档次。

现代人已经意识到像和田籽儿料这种玉料，可遇不可求，难得到手，所以，一旦有好料，就要找大师级的高手来设计和雕琢。目前，扬州、上海、北京的几位知名琢玉大师，尽管琢一个玉件要几万甚至几十万，但找他们琢玉的订单，已经排到几年以后。看来现在人们已经意识到工的重要。

第三，题材要好。古人以玉喻德，玉本身也有非常好的寓意，所以凡是好的题材的玉件都有收藏价值，也是能传世的。

一般玉件的题材有福禄寿喜吉祥的，有宗教信仰题材的，也有一些民俗趣味题材的。现代人跟古代人有所不同，比较喜欢时尚，设计呈现出多样化，有些陈旧题材的玉件，其价值一直走低，尤其是玩古玉的。此外，要注意有些出土的玉件是塞死人两窍的（嘴和肛门），口含的价值就高于屁塞。

第四，年代要久远。从收藏价值来说，年代越久的玉越值钱。真正玩玉的都懂得宁买老的，不买新的。古玉都是给帝王们玩的，为了讨帝王喜欢，宫廷往往不惜工本，所以能传下来的古玉都很精彩。

过去玩玉主要玩古玉，只是现在古玉造假的太多，人们只好把目光转移到新玉上来，但真的古玉，永远要比新玉值钱。

最后，价格要合理。收藏玉一定要有眼力，收东西要物有所值，不能当冤大头。现在新玉的成本比较高，老玉多数是出土的，有的是祖上传下来的，虽然是文物，但没有成本，加上古玉假的多，现代人心理上喜欢佩戴新玉，所以价位上新玉比老玉要贵。这本来没有什么可比性，关键在于价位的把握上，自己心里要有数。

只有玩家才敢玩古玉

郑怀忠先生认为，撇开做买卖的商业因素，玩玉，还是要玩古玉。

古玉承载着中华民族几千年的传统文化，而且从玉料、玉工、玉文化的内涵上看，玩古玉要比玩新玉更有意义。当然，两者不是截然分开的，很多人是玩古（老玉），也玩今（现代玉）。

郑怀忠先生认为，老玉主要分为以下几个历史阶段：

史前玉。离现在大约5000年到8000年，北方以红山玉为代表，西部甘肃、青海一带，以齐家文化为代表，南方以浙江的良渚玉为代表，距今有6000年左右，这些古玉都是考古的重要依据，所以它的实物非常有文物价值。但有一点要说明一下，史前玉都是当地所产的地方玉，绝对没有和田玉。

战汉玉。也就是秦始皇统一中国前后的这段时间，这一时期的玉，质量非常高，不论是玉料还是琢玉的工艺，已经达到相当高的水准，尤其是西汉时期的古玉，达到了中国古玉的最高峰。从之后的两千多年至今，再无出其右者。

从实物看，和田玉在这个时期已经有少量进入中原。当时实行的是封侯制，一个王侯养着许多玉匠，“皇上的活儿，慢慢儿磨”。一件玉活儿能干好几年，您想下这么大功夫，琢出来的玉件能不是精品吗？

唐宋辽金时代的玉。这一时期的玉，在雕琢的式样和题材上，发生了巨大的变化，呈现出风格多样化的特点，而且由玉是专门为帝王服务逐渐向为达官贵人乃至平民服务过渡。

明清玉。玉器到了明代，已经从宫廷走入民间，所以，明、清时代的玉文化有了重要发展。我们现在见到最多的玉，就是明清时代的玉，其中不乏仿古玉。其实，从宋代开始，就已经有仿古玉了，但当时不是为了赚钱，而是模仿其工艺。

模仿古玉，并且以假乱真来赚钱，是从明代开始的，所以，我们现在看到的许多战汉玉，其实是后来仿制的。

郑怀忠先生说，玩玉能玩到“战汉”，那才是高手，也才可以称为玩家。

一般人到不了这种水平，因为，玩古玉，您得具备相当丰富的历史文化知识，对当时的史地人文有相当了解，并且看过大量的实物，才可能玩起来得心应手。如果不了解当时的历史文化，只是看过一些实物，知道一点儿皮毛，肯定会打眼。

为什么要强调看实物呢？因为史前玉和战汉玉后世造假的特别多，稍一疏忽，就会被打眼。

辨玉要有慧眼必须多看实物

我跟郑怀忠先生相识于1995年。当时，他还在萃文阁搞业务，记得我去北京刻字厂，采访“开国第一印”的事儿，厂长找了几位老职工，开了个座谈会，郑先生在会上的发言比较精彩，其学识和儒雅气质，给我留下了深刻印象。

后来，我在写有关玉石收藏的文章时，曾想向他请教，但那会儿，他一年有多一半时间在全国各地跑，找他挺难。直到这两年，他的脚步才慢下来，我们也才有聊天的机会。

“忙，一年到头闲不住。”郑先生对我微微一笑说。

他身体匀称，腰板挺直，头上的黑发比白发多，脸上的气色红润，目光炯炯有神，说话条理清晰，思维敏捷，记忆力超强，如果他不说自己的实际年龄，真看不出他已经是70开外的人了。

“您一天到晚不闲着，身体怎么保养得这么好？”我问他。

“原来身体也不好，后来我学会了气功，一直坚持下来了。”他对我说。

“原来如此。看来您不跑步游泳，也不去健身房，自己练的是内功。”

“是呀，练内功保持的是自己身体的元气。你看我这岁数，五脏六腑一点儿没毛病，这是内在的东西。有的人外表身体很壮实，但却有高血压、心脏病，一般人是看不出来的，这就跟相玉一样，有的料单看外表非常好，但开了门子一看，蛮不是那么回事儿。”他笑了笑说。

“您真是三句话不离本行。照您这么说，从外表就看不到内在的东西了吗？”我问道。

“当然可以，这就需要有好的眼力了。扁鹊给人看病也是先看肤色，再看气色，最后才看腠理。伯乐能相千里马，是从外表，看到千里马的本质，甚至潜质的。内在的东西跟外表不是截然分开的，两者之间是有相连的，当然内在的东西，一般的肉眼看不出来，只有到专家这个层次才行。”郑先生在跟我讲这些道理的时候，像是一个教授。

他的确是一个思考问题缜密，甚至严谨的人。在我跟他聊寿山石和玉石的过程中，他每当说到一个具体的古代器物或某种观点的出处及人物掌故时，都会从案头或柜子里找到书和词典，以证实他的话并非主观臆断。

2013年，北京大学考古系文物专业办了一个文物鉴定培训班，特邀郑先生前去授课。

郑先生给学生们讲课，没带有关玉器方面的教科书，却带去了一书包实物，有不同的玉种，包括真的假的和田玉山料，真的假的籽儿料，还有各种作假的古玉。

郑先生边讲，边让学生看实物，加以比较。学生们说，这种看着实物讲解历史，讲玉的知识，比照着历史教科书讲实物，更有真实感，也更实用，当然学生们也喜欢听。

后来，郑先生才知道，原来前面是有一位教授给他们上课的，但教授压根儿就没到和田去过，见到的和田玉实物也有限，自然，他的课学生们不爱听，学校考虑到学生们交了学费，总要学有所获，所以才情急抱佛腿，慕名请郑先生出山。

郑先生对我说："有些做学问的专家，站在高处看玉文化，包括古玉和现代玉。他们有一套完整的理论，但缺乏实践经验，所以，别看他们有很大的名头，辨玉不见得眼准。前几年，'金缕玉衣'的笑话，不就是由国内顶级专家鉴定的吗？结果作假者自己站出来说话了，那是一件假的，让这些专家栽了多大的面呀！在古物鉴定上，不懂就是不懂，不能装懂，装懂的结果是砸自己的牌子。"

他认为，看古玉和现代玉的真假，最有眼力的不是做学问的专家，而是玩家，还有经商的玉器商。

"他们是这里的虫儿，在第一线摸爬滚打，稍微一走眼，几十万，几百万元，就打了水漂儿。您想他们在相玉、辨玉上能不下功夫吗？"郑先生说。

再者说，他们是玩这个的，天天接触这些东西，什么东西没见过？所以让他们打眼很难。不过，跟其他古董比起来，相玉辨玉还是挺难的，尤其是古玉。

郑先生对我说，他们平时用肉眼鉴定，准确率能达到85%，就算高的了，剩下的，只有凭仪器和运气了。

他说的是实话。因为现在市场上假玉太多，一些高科技手段鼓捣出来的玉器，确实能以假乱真。所以，玩玉，您得记住两个字：谨慎。

您别看这俩字简单，它却是郑怀忠先生玩了近50年的玉，总结出来的至理名言。

孙广安

鲜为人知的广东音乐老玩家

孙广安

北京人，北京广东音乐研究社发起者之一，北京著名古玩店成古斋第二代传人。自幼喜爱音乐，对多种乐器均有精深造诣，尤其对广东民乐情有独钟，由他和同仁发起成立的北京广东音乐研究社曾蜚声国内民乐界，几十年而不衰，他也成为抢救和挖掘广东音乐的领军人物。

广东人创作的广东音乐

现如今，北京人玩什么的都有，古玩收藏，琴棋书画，戏曲昆梆，花鸟鱼虫，就连没文化的老大妈，也会茶余饭后，伸胳膊伸腿跳跳广场舞，但是您也许想不到，京城居然还有一拨儿玩广东音乐的发烧友。

每个星期总有那么两三个晚上，这拨儿50岁往上数的老爷儿们，兴致勃勃地背着或拎着乐器，凑到一块儿，伴随着高胡、扬琴、洞箫等弹奏出的轻柔优雅的乐曲，陶醉在广东音乐的美妙旋律中，真可谓其乐融融。

这是个由相同的爱好而自发形成的团体，有点儿像老北京的“票房”，他们给自己的团体起名叫“北京广东音乐研究社”，而且开宗明义：他们要尽自己所能，抢救广东音乐。

北京爷儿们痴迷广东音乐，而且还要抢救广东音乐，您听着觉得新鲜了不是？

是挺新鲜的。不过，这事儿小孩儿没娘，说来话长。

什么是广东音乐？甭说，您肯定知道。它的代表作如《步步高》《平湖秋月》《雨打芭蕉》《旱天雷》《彩云追月》等，早已经家喻户晓，耳熟能详了。

广东音乐，毫无疑问是广东人创作的音乐，不过，您也许有所不知，作为独立成派的民族音乐，它的历史并不长，满打满算，它的形成不过100来年。

广东音乐，最早是由广东粤剧的过场音乐和民间小曲演变而成的，后来经过吕文成等人的加工整理，形成了带有岭南特色的乐曲，其特点是缠绵委婉、曲调华美、优雅动听。最初，这种音乐叫粤音，以后流传到全国各地，才叫广东音乐。

吕文成是与刘天华、华彦钧（瞎子阿炳）齐名的民族音乐大师。他是地道的“老广”，生在广东省中山县的农民家庭，家里很穷，幼年随父到上海谋生。

他从小就有音乐天赋，不管什么曲子，过耳不忘。上海滩是多元文化的荟萃之地，人在上海，心系家乡，经过多年的奋斗，他开创和发展了广东音乐，并且自成一派。

吕文成的作品非常丰富，他一生整理创作了270余首广东音乐，并且自己演奏录制了唱片，其中《步步高》《平湖秋月》《醒狮》等名曲都是他创作的，这些名曲为广东音乐的发展奠定了基础。

吕文成不仅能唱能编曲，还会弹奏多种乐器，其高胡演奏技巧空前绝后，而且他也是高胡的发明人。

在这儿给您普及点知识：中国民族乐器一个字的如箫、埙、琴、笛、笙、阮等，大都是汉族人发明的。而两个字以上的乐器如琵琶、二胡等，大多是少数民族发明的。

过去，拉二胡时，是把二胡放在大腿根上拉的，二胡是丝弦儿。到了吕文成这儿，丝弦改成了金属弦儿，琴筒也由八角改为圆形，并且拉的姿势也变了，是用两条腿夹着琴筒演奏。这样便于用二、三把位滑指，既避免噪音，又丰富了演奏技巧。

广东音乐的演奏最初是5样乐器：高胡、扬琴、秦琴、月琴、洞箫，所以叫“五架头”，后来又加了阮、低音胡等乐器。

说了归齐，广东音乐是广东人发明的，干吗要轮到北京爷们来抢救呢？

老北京人为什么喜欢广东音乐

头一次见到孙广安时，他70岁出头，精瘦，身子骨儿非常硬朗，浑身上下没有多余的肉，腰板挺拔得像竹子，而他聊起音乐时脸上流露出的神韵，也让我想到了雨后的翠竹。

也许他应该跟广东音乐结缘。民族乐器里有多少是竹子做的呀！我后来心里这样琢磨。

孙广安的父亲孙成章，是在琉璃厂开古玩铺的，那家古玩铺后来挺有名儿，原因不是经营的东西怎么怎么独特，而是孙广安的父亲去世后，他母亲挑起了门户。

琉璃厂是什么地方？妇道人家独自开古玩铺，在这条老古玩街，当年也算得上“蝎子拉屎——独一份儿（毒一粪）”。

当然，这当中也有年少的孙广安的一臂之力。正因为有过协助母亲开古玩店的经历，后来，他成了古玩的玩家。我是采访他收藏古玩、书画时，才知道他还有广东音乐的雅好的。

老北京人爱说“蔫人出豹子”这句话。说老实话，当孙先生告诉我，他不但从小痴迷广东音乐，也是北京广东音乐研究社的创建人时，我简直不敢相信自己的耳朵。

“您？玩广东音乐？”我愣了片刻，直视着这位瘦老头儿问道。

“嗯，你不相信吗？”孙广安先生憨厚地笑了。

“信，北京这地面儿藏龙卧虎，让我感到意外的人和事太多了。只是我不明白您一个地道的老北京，怎么会喜欢广东音乐？”我坦率地对他说。

“假如一个广东人喜欢京剧，您也吃惊吗？”孙广安笑了笑问道，“您是不是以为广东音乐应该姓广，京剧应该姓京，谁跟谁都不挨着是吗？”

“那倒不是。不过，我觉得北京人喜欢京剧，喜欢大鼓、评书，喜欢相声很正常。喜欢广东音乐毕竟还是少数吧。”我说。

“那倒也是。”听了我的这番话，他不好再反驳了。

沉了一下，他对我说：“你知道北京人为什么也喜欢广东音乐吗？”

“这正是我想问您的。”我笑着说。

“因为广东音乐好听。而且广东音乐的合奏乐器不多，形式也不复杂，非常适合民乐爱好者演奏。”他从专业的角度，对我解释道。

“适合玩民乐的人自娱自乐对吧？”我说道。

“您可能不知道，在20世纪20年代末，广东音乐流行全国，它的悠扬悦耳的旋律，不但南方人喜欢，北方人也爱听。当时，很多重要的场合都播放广东音乐，所以有人把广东音乐比作‘国乐’。”

“正是从那时候，广东音乐进入了京城，跟咱们的大鼓、琴书叫板。”我笑道。

孙先生笑了笑说：“谈不上叫板。北京自古就是多种文化的荟萃与交融之地。大鼓有大鼓的听众和粉丝，广东音乐也有广东音乐的听众和粉丝，各得其所，各有其乐呗。喜欢民乐的人在自娱自乐中享受‘国乐’之美，也可以陶冶人的性情，所以广东音乐在京城扎下了根。”

“原来如此呀！”我对孙先生心领神会地笑着说。

广东音乐叫板“净街王”

广东是中国最早开放口岸城市的省份，广东音乐带着开放的烙印，像广东菜（粤菜）一样，发源地是广州，发展却是在全国。

20世纪20年代，上海成立了“中华音乐会”，吕文成是这个民间音乐会的最早会员之一。他和几位到上海谋生的广东音乐家，成立了“俭德储蓄会”粤乐队，以乐会友，灌制了大量的广东音乐唱片。

因为广东音乐的曲调柔美委婉，深受上海人的喜爱，大约在20世纪30年代，这些唱片流传到了北京。

当时北京的几家电台，天天播放广东音乐。广东音乐和“净街王”王杰魁的评书，一时成为北京人最喜欢的节目。

那会儿，孙广安还是小孩儿，走在街上，一些茶叶铺为招揽顾客，放的是广东音乐，到电影院看电影，在开演之前，放的也是广东音乐。广东音乐《相见欢》《连环扣》等，他从小就会哼哼。

到20世纪40年代，广东音乐在全国各地已相当普及，人们将广东音乐称为“国乐”。

虽然从曲调的优雅缠绵来看，广东音乐属“阳春白雪”，与北京人喜欢的大鼓、琴书、京剧、相声不大合拍，但广东音乐的柔雅与明快，却能让北京人从舒缓空灵之中，享受到难得的轻松与愉悦，为之振奋。

所以，它很快在北京人中找到了知音，痴迷于广东音乐的主要是大中学生、教师、公司职员、公务员等。

当时西洋的爵士乐也传到了北京，但西洋乐器太贵，一般人玩不起，广东音乐的乐器简单好学，一些能弹会拉民乐的人，听着听着手就痒痒了，于是自己玩了起来，有的自发成立广东音乐的民间乐社，有的大学生和中学生则在学校成立民乐社。

那会儿，北京玩广东音乐有名的有“韶光国乐社”“棉国乐社”“松风国乐社”等。

北京人玩什么都容易上瘾，玩广东音乐也不例外，一些玩主玩广东音乐上瘾，一天不动琴手就痒痒。当年的广东音乐玩主，一般都会拉弹一两种乐器。有人会高胡，有人会扬琴，五六个玩主就能凑成一个小乐队。

这些乐队和乐社除自娱自乐外，有时也应邀到电台录音，或者被请去参加庆典活动演奏助兴。这种演出不以赢利为目的，纯是一种玩儿。

据孙广安先生回忆，老北京喜欢广东音乐的人很多，玩出名堂的发烧友也有几百号人，这些玩主形成了若干个活动圈儿，比较有名的有席德厚、杨荣耀、吴川、敖增祥等人。

一家子广东音乐“发烧友”

孙广安先生对我说，广东音乐在北京盛行的时候，他还在北京六中念书。北京六中的学生组建了一个民乐队，他是队长。他们的民乐队就以演奏广东音乐为主，而且经常外出参加活动。

孙广安的父亲孙成章，是著名画家金北楼的弟子。那会儿的文化人讲究不但能写会画，还要会吹拉弹唱。琴棋书画、诗词歌赋都是相通的，所以孙成章在学画之余，又跟金北楼的儿子金潜庵学习古琴。

当时查阜西、管平湖、张伯驹、溥雪斋等社会名流，成立了一个北平古琴研究会，活动地点在烟袋斜街的张伯驹家。

孙广安小时候就有音乐天赋，每次听他爸爸孙成章操琴，便在一边跟着哼哼。孙成章为了培养儿子，在他十来岁的时候，就让他拜古琴名家溥雪斋为师学琴。

孙广安听说学琴挺高兴，可一接触古琴的曲谱便傻了眼。原来古琴的曲谱是古人传下来的，类似汉字的象形符号，一般人看不懂，老师照着这个曲谱口传心授，你才能弹。

他觉得古琴的曲谱忒难学了，于是学了些日子想打退堂鼓。恰在此时，教他大哥孙广泰书法的叶公绰先生对孙成章说："既然他有音乐天赋，还是让他学一样琴为好。"

孙成章说："他能学什么琴呢？"

叶公绰先生说："我认识一位广东人叫罗泽铭，此人原在广州粤剧团当伴奏员，会拉高胡和打扬琴。广安不爱学古琴，不如让他去学扬琴，换一种琴，让他试试吧。"

"您这个主意好。"孙成章点了点头说。

于是，在叶先生的引荐下，孙广安就拜了罗泽铭为师，学打扬琴。他大哥广泰后来也成了罗先生的弟子。

没想到学古琴咧嘴的孙广安，学扬琴却得心应手，很快掌握了打扬琴的技巧。以后，他又跟席德厚、吴川等人学拉高胡，在北京六中当学校民乐队队长时，他还跟扬琴名家杨镜明学过扬琴，经过几年的演练，其琴艺已经达到了专业水平。

孙广安说："当时我们家像是一个琴社，我拉高胡，我大哥广泰打扬琴，二哥广和弹秦琴，我们的朋友敖增祥拉高胡，齐增祺、王桂山玩弹拨吹奏。您瞧大伙儿在一块儿热闹不？我们几乎每个星期，都凑到一起玩两三个晚上。"

当时，孙广安家里有一个老式的钢丝录音机。这帮人为了听演奏的效果，经常自己录音然后再播放。他们对广东音乐的喜欢，真是够得上发烧友级别的。

聊起广东音乐，孙广安唯一的遗憾，就是这辈子没成为专业演员。1955年，孙广安代表西单区（现在的西城区）参加北京市少年文艺汇演，他的扬琴独奏曲《倒垂帘》获得了一等奖。

当时，有两家专业文工团要他，但他一心要考大学，犹豫再三没有去。之后，又先后有三次进专业演出团体的机会，都因种种缘故错过了。

之后一段岁月里，孙广安家倒了霉，他和哥哥玩的几样乐器，被活生生摔了。

这些乐器伴随他和哥哥二十多年，那些人摔的不是琴，是哥几个的心。

孙广安对我说："他们把我的心给摔碎了，同时，广东音乐也被说成是靡靡之音，被打入冷宫。从此，我对玩琴也就失去了兴趣。"

改革开放以后，广东音乐才获得新生，孙广安也到了花甲之年。退休以后，他才有时间和精力，把撂了十多年的广东音乐拾了起来。这一玩，又收不住手了。

北京人玩广东音乐让广东人服了

广东音乐虽然曾是民乐的经典，但是到了21世纪，这种古典音乐还有没有市场？换句话说，广东音乐现在还有没有拥趸？不知别人怎么看，我对此是有忧虑的。

“你的这种忧虑并不是空穴来风。”孙广安对我说，“事实上，振兴广东音乐很难。”

“是不是广东音乐的辉煌期已经过去了呢？”我问道。

“也许吧。”他若有所思地点了点头。

我想了想，对他说：“其实任何一种艺术都有这种情况，当它的发展达到巅峰，这之后很难再有超过它的情况了。当人们发现难以逾越时，只能另辟蹊径，即创新别的艺术样式来取代它。比如晋代的书法、唐宋的绘画、汉赋、唐诗、宋词、元曲、明清的小说等等。所以广东音乐难找昔日的辉煌，也是一种艺术规律吧？”

“你说得不无道理。”孙先生对我的观点表示赞同。他对我说道：“改革开放之初，广东音乐还比较受欢迎，一些大的活动开始之前，总要放一段广东音乐来烘托气氛，但是到了20世纪90年代初，随着摇滚和流行音乐的大行其道，曾作为“国乐”的广东音乐便逐渐失宠了，到后来，广东音乐不但没人爱听，甚至不招人待见了。当然玩广东音乐的人也越来越少了。”

“北京人不喜欢听广东音乐，还情有可原，广东人呢？他们不会也不喜欢吧？”我问道。

“一样。别瞧广东音乐发源地在广州，但它早已经不姓‘广’了。一些广东老人还没忘广东音乐，但年轻人是听港台流行歌曲长大的，对广东音乐压根儿就没兴趣，这些年，广东音乐在广州也成了濒临失传的音乐。”

“广州的民间没有玩广东音乐的人吗？”我问道。“当年玩广东音乐的人大都做生意去了。眼下，在广州，只有余其伟、甘尚时等少数民乐家，在坚守广东音乐这块阵地。现在广东音乐在广东的普及程度还不如北京呢。”

孙先生的这番话让我感到些许悲凉，但他说的确实是实情。

孙先生记得1998年，广东音乐的奠基人吕文成先生100周年诞辰的时候，余其伟等人本想搞个纪念演出活动，但没人张罗此事，也没经费，最后放弃了。

当时，孙先生得知此事，以北京广东音乐研究社的名义，在北京老舍茶馆的支持下，与天津广东青年联谊会的演奏家，联袂举办了吕文成先生百年诞辰纪念演出。

此举让广东人为孙广安竖起了大拇指，北京人玩广东音乐，让广东人服了。

老哥儿们攒起一个琴社

不过，孙广安不得不承认广东音乐成为经典之后，很快地变为了“古典”。“古典”是民乐的精华，但也会曲高和寡，成为“阳春白雪”。换句话说，喜欢玩或喜欢听广东音乐的人会越来越少。

“知音少了，玩着还有意思吗？”我问孙广安。

“当然会有些影响。玩音乐跟玩古董不一样，玩古玩需要安静，玩音乐却喜欢热闹，听的人越多，我们玩着才过瘾。”

“是呀，音乐是出声儿的。”我笑道。

“我们最初玩广东音乐主要是为了悦耳养心，自娱自乐，让自己开心。至于抢救和振兴广东音乐，我们最初并没有这种使命感，只是玩到一定的份儿上了，我们这个小团体的老人，才意识到艺术传承的重要。”孙广安对我说。

但传承或推广广东音乐并不是一件容易的事，因为现在是流行音乐的时代，像广东音乐这种古典音乐，您偶尔为之，能找到听众，但您让人家天天听这个就烦了。这些年，孙广安他们老哥儿几个，为这事没少伤神。

孙广安看上去老成持重，言谈举止挺沉稳，但他是心里藏着火的热心人，而且喜欢跑跑颠颠，不辞辛苦地张罗事儿。

早在1993年，他得知当年一块玩广东音乐的朋友陆续从专业演出团体退下来，于是活动了心眼儿，想把这些当年的广东音乐的发烧友，攒到一块儿接着玩。

他跟老哥儿几个一通气儿，想不到一拍即合，很快成立了北京广东音乐研究社。

您别看这个社不起眼，主要成员却都是国内玩民乐的高手和名家，比如：付瑞阳，是原中央民族乐团高胡演奏家；黄玉麟，是原中国广播民族乐团琵琶、洞箫演奏家；韩秉悌，是原总政歌剧团扬琴演奏家；苏宝令，是原中国歌舞团二胡、阮演奏家；刘同考，是原二炮文工团笛箫演奏家；马玉彬，是原二炮文工团中胡演奏家；杨福森，是原北京京剧院琵琶演奏家；兰宝年，中学退休教师、高胡演奏家，等等。

您瞧这阵容，拉出去演出，比哪个专业艺术团也不差。当然，人家本来也是专业艺术团的。

受冷落的广东音乐苦觅知音

琴社成立后，老哥儿个最初是轮换着在各自家里玩。可是在一起合奏排练要出声儿呀！您老哥儿几个是吹拉弹唱地过瘾了，可街坊四邻的耳朵受得了吗？

老街坊们一抗议，老哥儿几个的脸挂不住了。他们不想给人添乱，只好另辟蹊径。

蹊径？“东径”上哪儿找去？公园？早被扭大秧歌的、跳广场舞的、搞大合唱的给占领了。歌厅、舞厅？年轻人都认港台的“四大天王”，能让您在这儿玩广东音乐？

没辙，孙广安的心眼儿又活动了：现如今餐馆酒楼不是讲究歌舞伴宴吗？干脆奔酒楼吧，在那儿玩广东音乐，既伴了宴，又找到了排练场地。

主意不错吧？可是大的餐馆酒楼经理一听广东音乐伴宴，嘴咧到耳朵根子上了：得了，您这一“广东”，别再让我们的顾客都“咕咚”啦！人家到我们这儿是吃饭的，您找地儿“广东”吧！

一连联系了七八家大酒楼，孙广安都吃了闭门羹。后来，一个朋友动了恻隐之心，把孙广安介绍给了东四的一家粤菜大酒楼的经理。这位经营粤菜的经理，一听广东音乐伴宴倒觉得对路。

孙广安以为自己的想法有门儿，便想向经理多介绍一下广东音乐的美妙，可没想到经理听了几句，就不耐烦了，对孙广安说，您别跟我啰嗦了，不就是广东音乐吗？能出声儿伴宴，吃饭的食客不闷得慌就得了，没那么多可说的。

这几句话等于给了孙广安一个大闷棍，本来他认为那么高雅的广东音乐，居然让这位经理给贬得这么一钱不值。

孙广安寒了心。他万没想到广东音乐已被人们冷落到这种地步。他和老哥儿几个玩广东音乐，不图名不图利，就是想在自娱自乐的同时，让人们了解当年的“国乐”，怎么被人看得这么下贱呢？他不是为“五斗米折腰”的人，一赌气离开了酒楼。

腰倒是没折，心气折了。琴社成立一年多了，孙广安的鞋都磨坏了两双，还是没找到排练的地方。

他忍不住仰天长叹，难道广东音乐真是找不到知音，走到绝境了吗？

天无绝人之路。有一天，孙广安跟一位老朋友倒苦水，这位朋友看他为广东音乐的命运如此忧虑，便把他的故事告诉了自己的儿子。

他儿子的同学是《北京日报》的记者，得知此事，采访了孙广安，并在《北京日报》以《老人渴望文化关怀》为题，对玩广东音乐的这帮老人的苦衷作了连续报道。

没想到这篇新闻报道在社会上引起很大反响，在短短的一周内，居然有8家企业提出愿无偿为琴社提供排练场地。后来经过记者的牵线搭桥，孙广安他们的广东音乐琴社在恭王府花园落了脚。老舍茶馆为弘扬广东音乐，为这些老发烧友提供了演出场地。

让孙广安感到欣慰的是，琴社的演出找到了知音。他们从1993年开始，先后举办过20余场广东音乐专场演出，观众几乎场场都爆满，当然这些演出都是公益性的，不卖门票。

央视和北京电视台相继报道了他们的演出情况，他们还和天津的琴社联袂举办了多场演出。2008年，中国国际广播电台和北京电台文艺台，还向海内外播放了他们录制的广东音乐CD，受到了海外华人的喜爱，说广东音乐又让他们听到了久违的“乡音”。

濒临失传的广东音乐，让北京的十多个老爷子给玩到这种地步，孙广安也算知足了。

广东音乐愣让北京人玩出味儿来

北京人讲究玩什么，得像什么。孙广安和他的琴社玩广东音乐可不是光合练演出，主要是挖掘和整理。

孙广安对我介绍，广东音乐大约有400多支曲子，而现在经常演奏和出版物有记载的不过100余首。

老哥儿几个年轻时就玩广东音乐，对这些曲子耳熟能详，为了让这400多首曲子不失传，他们在合练演出之外，靠自己的记忆，一首曲子一首曲子地整理排练出来。花了五六年的时间，他们终于把400多首广东音乐的曲目，完整地录制了下来。

孙广安感慨道："广东音乐与其他民乐不同，关键是演奏起来有味儿，这种韵味是长年熏陶用技巧表现出来的，比如高胡圣手甘尚时教授拉《鸟投林》时，不但能拉出鸟儿鸣叫的声音，还能拉出鸟儿扑棱翅膀的声音，但是乐谱上可没有这些，只能在演奏中自己发挥，当然一般人没这水平，目前，只有甘先生有此技巧。"

演奏广东音乐一般不照曲谱，所以全靠演员在原有的韵律中展现自己的技巧，有些演奏技巧，特别是广东音乐应有的韵味，照谱子演奏是表现不出来的。

孙广安对我说："只有把广东音乐玩到一定的火候，这种韵味才能演奏出来。所以说，广东音乐看着好学，其实演奏出韵味来很难。由于艺术院校的门类多，加上对广东音乐的重视不够，现在即使是艺术院校学广东音乐的人也越来越少了。所以，专业的艺术乐团是按一般民乐来演奏广东音乐的，一些年轻的专业演员也是照乐谱来演奏的，因此听着已经没有广东音乐的韵味儿了。"

"这是不是它曲高和寡的原因？"我问道。

"不是。"孙广安说，"我认为广东音乐没市场，主要是因为流行歌曲的盛行，使年轻人音乐艺术的欣赏水平降低了，而有关部门对传统的古典和经典音乐不重视，也是一个原因。”

“这么好的音乐失宠，确实可惜。”我说。

孙广安无可奈何地笑了笑说：“您甭看广东音乐在国内不吃香，在国外却很得宠。《步步高》被誉为‘中国的拉德斯基进行曲’，中央民族乐团在维也纳金色大厅演出这支曲子时，现场听众先后3次站起来鼓掌，场面让人激动极了。”

说起广东音乐，孙广安似乎有一肚子话要说。算起来，他玩广东音乐至少60年了，这60年，肯定会玩出点儿道儿来。

但是很长时间我琢磨不透，一个地道的老北京人，为什么如此这般地痴迷广东音乐？从地缘关系，从历史人文，从心理心态，从故土观念，无论从哪个角度说，都找不到他热爱广东音乐的充分的理由。

几年前，孙广安给我打电话告诉我，他们琴社应香港粤乐团的邀请，到香港做了一次艺术交流，想不到他们的演出在香港引起了轰动。

“香港粤乐团是正宗的广东人的乐团，他们演奏的广东音乐都没有我们的有味儿。香港人夸我们‘不是广东人的广东人’。”孙广安先生在电话里激动地说。

“不是广东人的广东人。”的确，玩广东音乐的北京人得到这样的评价，也就算功德圆满，心满意足了。

末了儿，孙广安先生在电话里告诉我，从香港回来不久，琴社的一位拉高胡的名家“走了”。

“老哥儿几个都七十多岁了，谁‘走’都很正常，我是担心我们这茬人都‘走’了，广东音乐会不会就失传了。”

听到这句话，我心弦一颤，忽有所悟：这是不是就是孙广安，还有那些广东音乐的老发烧友，玩广东音乐的理由呀？

田有亮

名不虚传的画脸和烟斗玩家

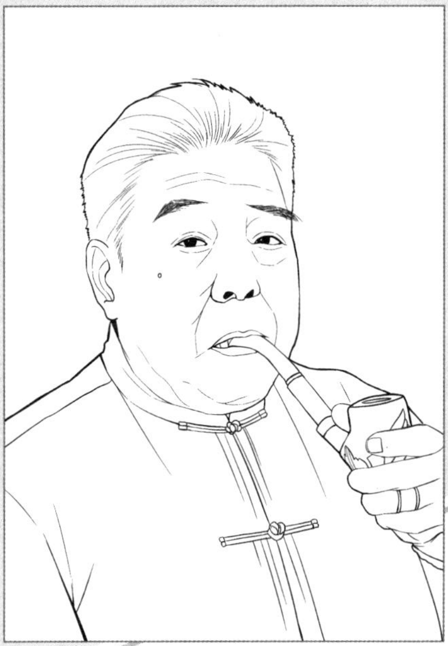

田有亮

北京人，生于1945年，自幼喜欢京剧，早年曾在专业剧团当过净角演员，后来拜著名戏剧家翁偶虹先生为师，专心研究脸谱，大胆把戏剧脸谱与绘画艺术结合起来，发明了独特的戏曲脸谱艺术。除此之外，他从年轻时代就喜欢烟斗收藏，至今已四十多年，收藏了许多国际的“名斗”，在京城“斗界”享有很高的知名度。

三百多号人给他的画册出版捧场

田有亮的做派绝对是老北京，寸头方脸，脸上的气色永远那么红润光亮，像是上过妆。不管平时在家穿什么，凡是出门参加活动或聚会，必是中式带扣襻儿的衣服，鞋是千层底儿的布鞋。夏天，手上要拿把扇子；冬天，手里要揉俩山核桃。

前几年，他突发脑血栓，虽然治得及时，没弹了弦子（得半身不遂），但腿脚还是不大利落，所以核桃改手杖了。即便是手杖，田先生拿在手里也要拿拿派，腰板挺直，头稍稍向上仰着，迈着四方步，一副气定神闲的劲头儿。

田先生待人诚恳热情，仁义厚道，干事儿古道热肠，礼数周全。到他家串门儿，甭管您是不是空着手来的，临出门，准保让您带走点儿东西，哪怕是一本他的脸谱画册呢，绝对不会让您空着手走。

您要是带着东西来看他，他必定投桃报李，您给他带瓶酒，他要回赠您两条烟；您送他一本书，他一准给您一把扇子，或一副脸谱画儿。参加朋友聚会，他也永远不会空着手，多少要表示一下心意。他是典型的老北京，说话办事滴水不漏，生怕别人挑眼。

也许是因为画了几十年的脸谱，田先生在京城梨园界，可以说无人不知，无人不晓。他的人缘儿好，口碑也没得说。

我依稀记得2003年8月9日，田先生在和平门全聚德烤鸭店，举办他的《中国戏曲脸谱》丛书（《三国》《水浒》《封神》《西游记》）的首发式，前来捧场的有300多号人，谭元寿、梅葆玖、叶少兰、吴素秋、李砚秀、孙毓敏、王玉珍、吴江、钮镖、苏移、欧阳中石、刘曾复、阿老、李燕、王铁成等京剧界、艺术界的名家大腕悉数到场，而且还有五六家大企业的赞助。

那阵势着实让我吃惊，我没想到一个画脸谱的会玩到这份儿上。当然，这得说田先生的人缘儿和号召力。新书出版发布会，我不知参加过多少次，像这样的场面还是头一次看到。

惊叹之余，我不由得心里暗忖：也许只有玩家能玩出这彩儿来吧！

是的，在我的印象里，田有亮先生不仅是一位脸谱画家，也是一位收藏家，更确切地说，他是一位玩家。

玩，不是他的生活主题，却是他生命的一部分。

他玩脸谱，玩书画，玩跟戏剧有关的老物件，还有一样是很多人想不到的，他玩烟斗，是一位烟斗藏家，地地道道的老“斗友”。

在京剧团唱过花脸

说起来，我跟有亮先生是老邻居。当年，我家住在西城区的辟才胡同西口，他家住南闹市口。辟才胡同西口是太平桥大街，顺着这条街一直往南就是北闹市口，穿过西长安街，就是南闹市口了。

从我家到他家，坐公共汽车三站地，骑自行车五六分钟。所以，有亮见了我总管我叫“老街坊”。

提起南闹市口，我印象深刻。我有个姨姥姥住在南闹市口中段的老莱街，我小的时候，我姥姥常带着我看这位姨姥姥。后来跟田先生聊天才知道，他家离我姨姥姥家非常近。

其实，田家的根儿在海淀的西北旺。田有亮的爷爷当年是宫里御膳房的御厨，他爷爷有个弟弟是宫里的太监，一门出了两个在宫里侍候皇上的。刨根儿的话，田家也在旗，不过属于汉族指姓的旗人，也就是所谓的“包衣”，也称为“汉八旗”。

有亮先生对我说：“田家在‘八旗’里属于哪一‘旗’，已然记不得了。不过我小的时候，家里的生活习惯和老的规矩，都是从满族旗人那来的。比如他家管父亲叫阿玛，管母亲叫额娘，管姑叫老爸，管叔叫爹，管祖父叫达达。这些都是满族人的称呼。”

有亮的父亲田德旺，学名田鸿禧。他从小喜欢京剧，早年间入过“科”，改名田盛奎，唱花脸。但没出“科”，中途就因家境贫寒不学了，后来在西城的南闹市口开了个鞋铺。鞋铺前店后宅，田家也就是从这儿起在南闹市口落了脚。

田盛奎虽然没入梨园行，但跟京剧界的人一直保持着密切关系，他跟北京京剧院的鼓师王和义是把兄弟。

有亮哥儿八个，他是老大，下边有两个弟弟，五个妹妹。受父亲的影响，他五六岁时就迷上了京剧。父亲让他拜王和义为师，学打小锣。后来，王和义看他唱戏有嗓子，便一边教他打小锣，一边教他学唱老生戏。

当时，翁偶虹先生住东太平街14号，王和义住在文昌胡同，有亮家住南闹市口，几家离得非常近。翁偶虹的小儿子翁武昌跟有亮是小学同学，他也好唱戏，俩人曾在六一儿童节时，在中央电影院，即后来的北京音乐厅，同演过《收虎关》，武昌扮高旺，有亮扮高来。别瞧他俩岁数小，扮相和唱功却让观众拍了巴掌。

后来，俩人一同考上了北京35中学，初一的时候，一起排练过《四郎探母》，有亮演杨四郎。

1960年，西安京剧院来北京招生。王和义认为有亮的功底不错，这是一次难得的机会。当时有亮正上初二，他父亲看他对京剧非常痴迷，而且也是为了圆自己的梨园梦，便让他报了名，想不到他一考即中。就这样，有亮进了梨园行。

西安京剧院当时在国内也算数得着的，京剧团唱小生的褚金鹏，是翁偶虹先生的学生，也是有亮父亲的朋友。

本来有亮想跟褚金鹏学小生。褚先生说你爸爸是唱花脸的，子承父业，你也学花脸吧。于是，有亮进了花脸班，学的第一出戏是《锁五龙》。

西安虽好，但离北京太远，有亮念家，想常能回家看看。一年以后，他由西安京剧团调到了张家口京剧团，这儿离北京近了一些。

在张家口京剧团，有亮依然唱花脸。他主演过《遇皇后》《盗御马》。假如不是因为户口问题，他是家中长子，七个弟弟妹妹需要照顾，他会一直在张家口唱到现在。

回到北京，有亮在专业剧团待了两年多，因为当时京剧团提倡推陈出新，唱现代戏。新戏里没有他合适的角儿，总是吃冷饭，有亮不得已改了行，调到北京供电局。

在供电局，他开始在局文艺宣传队，唱现代京剧，后来又学电工，一直干到退休。

正是有唱花脸的底子，使他后来在画脸谱上得心应手。当然在玩脸谱上，他得到了剧作家翁偶虹的真传。

翁偶虹的大弟子

翁偶虹是著名剧作家，一生编写整理的剧本近百部，是著名现代戏《红灯记》的编剧之一。由于有亮家跟翁先生家近在咫尺，又跟他小儿子武昌是发小儿，所以，有亮小时候成天介“长”在翁家。

翁家住着一个有十多间房的小套院，翁偶虹先生住北房，他俩弟弟住南房，其中一个弟弟翁袖天是画家，当时在美术公司上班。

翁偶虹是地道的老北京人，寸头长脸，永远留着山羊胡子，穿着中式衣服，因为以笔墨为生，所以有些现代派的作家，单看他行头和做派，就称他为“旧式文人”。我采访并写过老爷子，其实，他并不像人们想象的那么古板、深沉。

像任何一个老北京一样，翁先生也喜欢玩。他养花、养鸟、养鱼、养鸽子，也喜欢玩蛐蛐、蝈蝈儿。老北京的“四大玩”，他全占了。他不但喜欢玩，还喜欢琢磨，可以说是个老玩家。

翁先生跟有亮的父亲也是老熟人，每天早起遛鸟儿，从南闹市口过，短不了到田家坐一坐，两家算是父一辈子一辈的交情。可以说有亮是翁先生看着长大的。

有亮上小学四年级时，翁先生送给他一幅“曹八件”的脸谱。所谓“曹八件”，即《三国》里的曹操及手下的7员大将，凑到一起整8张脸谱。

这是有亮第一次接触脸谱，从那时起，他便萌生了攒脸谱和画脸谱的想法。当时，脸谱还不普及，但香烟盒里配有画片儿，北京的小孩儿管这叫“洋画儿”。卷烟厂为了吸引人，“洋画儿”都是成套的，比如《水浒》，一套一百零八张，这些人物有的是戏曲中的形象，有亮便把它们一张张搜集起来，照着画。

后来，他把画的四十多幅脸谱，拿给翁先生看。翁先生看了以后，对他说：“你画得不错，有些基础，应该把它捡起来，否则的话，这一门就断桩了。”

有亮聪明，见翁先生说了这话，便说：“学画脸谱得有传承，您干脆收我为徒吧。”

翁先生想了想对有亮说："收徒只是个形式，既然你真心想学，我就教你。从你爸那儿论，我教你也是义不容辞的事，何况还有你跟武昌的关系。"

有亮接过话茬儿，说道："那以后我就叫您先生了！"

"好吧。"翁先生点了点头。算是承认有亮这个徒弟了。

从那时起，有亮把业余时间都用在了画脸谱上。他几乎每天都到翁先生那儿请教，让翁先生说戏，也陪翁先生看戏。

与此同时，有亮结识了李万春、谭元寿、黄元庆、徐元珊、王金璐、吴素秋、翟韵奎等名家。有亮学艺谦虚好学，这些名家在脸谱绘画上，也给了他不少指点，让他画的脸谱在绘画艺术上，更贴近戏剧舞台。

对得起自己的恩师

翁偶虹先生一共收了九个徒弟，有亮算是大徒弟。1987年，翁先生写了一首《九贤歌》：

朗秋秋有亮，景山山志高；

更有宝泉水，汇为莫江涛。

蜗居城北隐，朝气晓东豪；

喜学斌而礼，研朱受推敲。

这首诗把他的几个弟子和朋友的名字都写进去了。"朗秋秋有亮"，有亮排在了第一位。

因为有亮与翁先生的特殊关系，他们之间的师生情谊，变得更加厚重，既有艺术上的传承和延续，又有北京人的仁义厚道和礼数纲常。

到后期，翁先生已是古稀老人了，而有亮当时还是年轻力壮的小伙子。晚年，翁先生内心苦闷时，便和有亮倾诉，有亮成了他最贴心的人。

当时，翁先生的孩子都结婚单过，儿子武昌经常出差，有亮住得离翁先生家近。他帮着老爷子盖小厨房，换煤气，找大夫看病，买药煎药，买煤买粮买冬储大白菜，翁先生家里的重活儿，几乎全由有亮承担了。

翁先生逢人便夸有亮说："我这个徒弟等于我半个儿子。"

后来，翁先生家搬到了塔院的朗秋园，有亮也接长不短看望他，帮他干这干那。

转过年，老爷子并发感冒，住进了北医三院。此时，有亮的母亲因病住进了宣武医院。

两家医院一南一北，有亮这头照看了母亲，那头给恩师陪床。一个多月下来身上的肉掉了十多公斤。两位老人相隔一星期前后脚去世，他又忙着办理丧事，可以说，他对翁先生尽了最大的孝心。

翁先生是1994年病故的，活了八十六岁。他去世的前一年，有亮心知他有慢性病，离大限不远，便托朋友给老爷子买好了墓地。

老爷子比较开通，事先给自己写好了墓志铭，概括了自己从事戏剧创作的一生。

翁先生出版了3本书，其中《翁偶虹剧作选》，是有亮托人弄钱，拉了一万多元赞助帮助出版的。在翁先生去世10周年纪念时，他筹集资金整理出版了《翁偶虹脸谱图鉴》一书。

2014年，有亮又张罗给翁先生搞了一次纪念活动。戏曲界的人士评价有亮：作为翁先生的大徒弟，他对得起自己的恩师。

脸谱画为北京人挣了脸

翁先生生前对有亮十分器重，1983年，翁先生在中央电视台录制"脸谱艺术讲座"，让有亮画了24幅脸谱，他主讲，有亮在一边举脸谱做示范。

翁先生的朋友多，朋友见了面儿，短不了要翁先生的墨宝。他那时上了岁数，写字手哆嗦，眼神已不济了，只好让有亮画脸谱扇面，他题款儿。梨园行不少人有他们师徒二人合作的作品。

到20世纪90年代，有亮画的脸谱在京城已小有名气。翁先生曾在有亮手绘的脸谱册页上题词："大弟子田有亮摹画予所藏脸谱，形神兼似，喜其勤于学习，必有厚望，因志数语以勖之。”

这些勉励的话，让有亮终生不敢懈怠。

脸谱艺术是中国戏曲的精华，它是由戏剧舞台上人物勾脸发展起来的，现在脸谱除了舞台上演员勾画，就是以它为题材绘画和制作工艺品。

有亮从20世纪80年代起，主要致力于脸谱向书画艺术上的发展。他曾写过一篇《京剧脸谱与人文奥运》的论文，被6家报刊转载，其中主要讲的是让脸谱艺术从舞台，走进书画殿堂，成为大众欣赏的一个艺术门类。在这方面，他进行了大胆的尝试。

翁先生曾对他说过，学我者活，像我者死。他反复品味恩师的这句话，终于悟出真谛，即脸谱绘画艺术不能拘泥于戏剧舞台上的勾脸原型，而要在摹拟勾脸原型上有所创新。

说句大白话，要玩就要有自己的玩意，总步前人后尘，没有自己的新东西，玩着玩着就玩死了。

虽然他的这种创作观点，曾受到了一些非议，但他坚信脸谱艺术不能一成不变，只有创新才能继承和发展。

20世纪90年代，在中国美术馆举办的第一届全国脸谱展览中，他画了一幅50个侧脸的脸谱参展，受到专家的一致好评。此后，他画的一百个鸟脸的《百鸟图》脸谱，也颇受行家赞赏。

有亮遍查各名家的脸谱，舞台上勾脸的鸟脸不过20多个，他觉得这20个不足概括鸟脸的京剧造型，于是，有亮到动物园写生，参照中国绘画谱，从中创造了70多个鸟脸。这种脱离舞台的脸谱，表现了他的大胆创新意识。

同样，《水浒》戏里的脸谱，翁先生画过48幅，有亮在老师原创的基础上，把《水浒》108将的脸谱凑齐，其中勾脸80个，是舞台上能见到的。小花脸10个，俊扮28个，则是他参照有关书籍创作的。

翁先生看了他画的册页，一连说了三声：“妙！”并且为画册题了8个字：“难得凑齐，弥足珍贵。”

有亮画脸谱总爱琢磨，变换出点儿花样。近两年，他又有创新，把“福”“寿”等吉祥字，跟脸谱组合，画成脸谱画儿，非常受欢迎。这些脸谱还被中国戏曲博物馆收藏，2012年，中国书店出版了他的《百戏千谱》，这部大型画稿，上百出戏，上千个脸谱没重样的，出版此书是他多年的愿望。

目前，京城已有近百家俱乐部、剧场、宾馆、饭店内挂着有亮的脸谱绘画。

有亮的脸谱绘画还作为中国文化代表团出访的礼物，赠送给外国元首。

他的脸谱还多次到法国、德国、日本、新加坡及中国香港、台湾地区举办过展览和艺术交流，受到越来越多的人喜爱，也为北京人挣了脸。

初中生玩出了大学问

什么是脸谱？翁先生曾用一句形象的比喻概括：花儿有谱，人有脸谱。

脸谱画是中国独有的，但画脸谱必须要懂京剧，它要求在京剧净角儿演员勾脸的基础上，进行艺术发挥，画面要规范、干净、整齐，不能写意，写意就是绘画了。但作为书画艺术，又不能等同于舞台上的勾脸，所以画脸谱必须有美术功底。

有亮的脸谱绘画，实际上是在戏曲与绘画的结合点上寻找空间，在写实与写意之间寻找美感。所以他的脸谱挂在墙上，具有很强的艺术欣赏性。

有亮先生玩脸谱玩成名家，实属不易，您别忘了，他上初二的时候，就被西安京剧团给招走了，归齐，他只有初中文化底子。后来他一直埋头画脸谱，也没再为补学历上过什么学。他能学有所成，靠的完全是自己的勤奋自学。

说起来，我最早认识有亮，还是在北京晚报社，当时我是晚报的记者，有亮经常给报社投稿。

那时通信全靠邮局，邮局业务繁忙，有时寄一篇稿子两三天才能收到，所以有的作者写好稿子，干脆直接骑着自行车来报社找编辑。

当时，《北京晚报》的副刊“五色土”，经常发一些有意思的几百字的短文，这些“豆腐块”文章特受读者欢迎。有亮写的与戏曲有关的短文，多属独家观点，所以每投必中。

有时，他的文章还配有脸谱，所以，我对有亮的名字不陌生。但是很长时间，见文不见人，直到有一次朋友聚会，我才把有亮的名字，跟他本人对上号。

他告诉我，这些年，他陆陆续续在《北京晚报》上，发表了100多篇文章，这些见报的文章，他都留着。

1997年和1999年，他画的京剧脸谱《28星宿》和《十盗》，在《北京晚报》副刊“五色土”连载，这两套脸谱，堪称他的成名作。

我原来以为这么能写会画的人，至少大学毕业，后来才知道有亮的文化底子是初中，还没毕业。实在是难以想象。您也许不知道，当年在《北京晚报》发篇小稿有多难？

从这一点上，您就能体会到他玩脸谱的执着和写画上的勤奋努力了。

不过，您可千万别想象他是“头悬梁，锥刺股”，整天点灯熬油，玩命于案头，置生命、生活于不顾的那种人。

不是，有亮可不是那种人。他是玩家，玩家永远是玩的心态，甭管画脸谱，还是写脸谱，有亮纯是一种“玩”。所以，他的心境是放松的，是恬淡的，是平和的。

他又出画册，又写文章，又画脸谱，又画画儿，又当票友唱戏，又给朋友张罗事儿，您说一天到晚他有多忙吧！

但您什么时候见到他，他都是慢慢悠悠、四平八稳、神闲气定的样子。该吃，吃；该喝，喝；该唱，唱；该玩，玩。从来没见他着过什么急，发过什么火儿。

但他什么事儿都没耽误，您说玩家，能玩到有亮这份儿上，够“爷”的份儿了吧？

说到有亮有“爷”的份儿，得聊聊他玩烟斗的事儿。

烟斗架子是李万春送的

田有亮见到的第一支烟斗，是他爸爸用的“德国棰”，即德国产的烟斗。那时他还是刚上学的小孩儿。这支烟斗是一位京剧名宿送他爸爸的，这个人是谁？有亮问过他爸爸，但始终没告诉他。

他爸爸在科班学过戏，但没出科就不学了，后来自己开鞋铺，虽然没吃京剧这碗饭，但戏曲界的人他都熟，有几位当红的角儿，还是他当年同科的。戏曲界有几个大腕，最初是玩鼻烟的，后来又玩起了烟斗来，他们跟有亮的父亲是朋友，受其影响，有亮的父亲也玩起了烟斗。

在有亮父亲玩烟斗的朋友里，玩得最有范儿的当属李万春先生。他平时烟斗不离手，跟著名导演凌子风有一拼，而且喜欢端着烟斗，眯细了眼睛看人。田先生年轻时，就爱看他的这种神情。

这把烟斗李万春一直用到抽不动了，他对这把烟斗有一种特殊的感情。李万春先生是1985年去世的，之前，田先生跟他成了忘年交。

田先生现在用的烟斗架子，就是李万春先生送给他的。可以说，田有亮玩烟斗也是受了李万春先生的影响。

烟斗是舶来品，用老话说，是洋人玩的东西。中国玩烟斗最早的是在广州、上海、天津等口岸城市。20世纪初，受洋人和留洋回来抽烟斗的人熏染，一些喜欢时尚的商人和文化人，以及演艺界的明星开始玩起烟斗来，当然，那会儿的玩，就是用烟斗抽烟。

北京人玩烟斗，比这些城市稍慢了半拍，当这些城市的爷儿们在咂摸烟丝的味道时，北京的爷还沉溺于鼻烟的享受中。

不过，在时髦物品的享用上，北京人是不甘落后的。当时，电影（那会儿还是无声电影）里，那些外国绅士抽烟斗的派头，让北京的爷儿们动了心，很快，烟斗便传到了北京。

清末民初，京城是官宦和他们的子弟，以及清朝的遗老遗少的天下，所以甭管玩什么，讲究，不将就。要玩就玩有品位、上档次的精品，烟斗也如是。

烟斗当时在欧洲已经风行了上百年，手工制作烟斗的名牌有几十个。北京的爷儿们玩烟斗，一上手就认牌子。

当然，洋人手工制作的名牌烟斗，哪把的价儿也不会低，所以，在老北京，玩烟斗的人非常少，主要是作家、律师等文化人，政界、军界的要人，演艺界的名角儿，有品位的商人等等。

正因为抽烟袋锅子的比抽烟斗的人多，所以，市面儿上，很少有中国人自己做的烟斗，一是烟斗的原材料不好找，二是真玩烟斗的人都认洋人的品牌，中国人做的卖不出去。

玩烟斗要的是一种“范儿”

田先生对我说：“在西方，烟斗文化，也叫绅士文化，并不是随便抓个烟斗，装上烟丝就抽的事儿，烟斗讲究有一系列配套的家伙什儿，有烟铲、烟针、烟压、烟刀、烟包，以及打火机。烟丝也是专用配套的。世界级的烟斗，这些东西都是相配的，也就是说一斗专用。”

看来所谓绅士文化，不是随便那么一说的，如同穿西服一样，人家本来是非常讲究的，从裤子、皮鞋、衬衫、马甲、领带、领结等一系列的服饰装饰，也是成配套的。换句话说，您穿西服，必须要有这些“装备”，而且西服必须要挺括、板正，不能起褶、皱皱巴巴、松松垮垮。

所以，抽烟斗要的不光是抽烟，更是抽烟斗时，体现出来的那种风度和气质，说白了，要的是一种“范儿”。

这种“范儿”也不能说就是“洋范儿”，因为许多抽烟斗的中国人也有自己的“范儿”，当然，不可否认，这种“范儿”是从老外那儿学来的。您别忘了，烟斗本来就是舶来品。

田有亮坦率地对我说：“我为什么喜欢烟斗？小时候看电影，福尔摩斯啦，斯大林啦，这些大人物都抽烟斗，他们在思考问题时，用烟斗敲脑门、擦鼻子的动作，给我留下深刻印象。加上我父亲抽烟斗，我熟悉的那些演艺界的明星，如著名京剧演员李万春，著名导演凌子风、谢添等都抽烟斗，所以从小就喜欢上了烟斗。”

田有亮回忆，小时候特爱看抽烟斗的老北京人凑到一起“亮斗”。他们都穿着西服，西服通常有四个暗兜，玩烟斗的人掀开西服，从暗兜里掏出烟斗时的得意神气，让田有亮至今难忘。

田有亮说：“北京人管这叫‘亮份儿’。你掏，我也掏，大家相互比，谁的最漂亮，最值钱，谁的最牛。”

但喜欢和玩不是一回事儿。抽烟斗既是一种“范儿”，也是富人的象征，换句话说，烟斗不是穷人抽的。抽不起，当然也玩不起。所以，尽管田有亮手里有两三把烟斗，但也只是偶尔拿出来看看，抽几口烟丝过过瘾而已。

直到他晚年，靠画脸谱，手头宽裕了，这才郑重其事地玩起烟斗来。

3把丹麦烟斗2000万元

田有亮进入京城的“烟斗圈儿”以后，才知道现在的北京人玩烟斗，跟老北京人已经完全不同了。

老北京人玩烟斗，还讲究模仿外国名斗自己手工制作，虽然料不同，但外形看上去与外国名斗没有大的区别。这种“克隆”的名斗，早就受到玩烟斗人的冷落。

现在玩烟斗的“斗友”，讲究烟斗必须是“三原”，即原产地、原手工、原装儿（跟烟斗配套的工具）。

田先生对我说：“做烟斗最好的原材料是石楠根，这种树主要产在地中海沿岸国家，做烟斗用的实际上是石楠根的树瘤。石楠根树瘤的耐火性比较好，而且花纹非常漂亮。此外，还有土耳其的海泡石做的烟斗，也非常有名。”

石楠根树瘤形成的时间越长，它的纹理越精细，做成的烟斗效果也越好。石楠根树主要生长在意大利、法国、希腊、西班牙等国家。但长期的砍伐，已使年头长的树瘤枯竭。

在1950年代，市场上还能见到250年以上的石楠根树瘤做的烟斗。现在，别说过百年的了,25年以上树瘤的烟斗都很难见了，大都是15年以上的树瘤做的斗。

一块石楠根树瘤长成能做烟斗的材料，至少15年，而树瘤割下来，还要经过至少20年的风化，这样才能保证做成的烟斗不开裂变形。由此可知，石楠木的材料本身就比较金贵，再加上手工的精雕细刻，所以它的身价一直不断上涨。

世界顶级烟斗主要产自德国、英国、荷兰、丹麦等国家，有名的烟斗也都来自这些国家，如英国的“登喜路”、意大利的“火焰王”、丹麦的“斑马”、法国的“CC”等。

一般的烟斗都有“斗标”。“斗标”通常在烟斗的斗柄侧面，“斗标”上面有产地，所以一眼就能识别出来。

当今社会，机械化程度相当高了，烟斗也大都是机械做的。从抽烟的效果来说，机械烟斗和手工烟斗相差无几，但从烟斗的个性化和艺术特点来说，手工做的烟斗当然要有优势，所以玩烟斗的人讲究玩手工烟斗。

纯手工制作的烟斗，玩斗的人一上手就能看出来，此外，纯手工制作的烟斗，都有“HAND.MADE”的标识。

田先生告诉我：“为了确保烟斗的外观美和触感舒适，世界顶级的烟斗制作大师，会在斗身及斗柄涂上独家秘方调制的涂漆，这种漆会使鸟眼均匀，色泽长久，不脱落，而且越擦越亮。”

“这种大师级的手工烟斗，大约多少钱一只？”我问道。

“至少几万人民币。”田先生看我露出惊诧的神色，笑道，“你觉得很贵吗？这还是很一般的价儿。”

“最贵的烟斗有多少钱？”我问道。

田先生告诉我，2015年，在承德举办的“中国承德国际烟斗艺术展”上，丹麦烟斗制作人安妮·朱丽女士做的一套烟斗，卖了150万人民币。

安妮·朱丽出身于制作烟斗的世家，有“烟斗女王”之称，她制作烟斗都是手工，尽管每只烟斗标价都在5万美元以上，但依然订单不断。

这是一位以烟斗制作为生命的女性，她说过一句非常精彩的话：“我之所以自己动手做，是因为烟斗里有我的思想、希望和其他内涵的东西，它们可以和烟斗融为一体。”这也许是对烟斗文化的最好注解。

不过，田先生说，安妮·朱丽做的烟斗还不是世界顶级的。例如，世界烟斗制作大师、丹麦人拉斯·伊瓦森就比安妮·朱丽还要有名。前几年，拉斯·伊瓦森做了三把“双鱼座”的烟斗，商标上有两条鱼，在拍卖会上，拍出了2000万人民币的天价。

三把烟斗2000万，平均一把666多万！看来，世界顶级烟斗绝对不是一般人能玩得起的。

烟斗也有捡漏儿的机会

虽然有人说烟斗最早是上海人引进来的，但抽烟斗和藏烟斗的还是北京人最多。

据田有亮先生介绍，京城玩烟斗的人约有10万人左右，近些年，随着吸烟有害健康的宣传深入人心，不少人戒了烟，抽烟斗的人也随之减少，但玩烟斗的人还是要多于全国其他城市，大约有七八万人。

田先生认为，相比卷烟，抽烟斗对人的健康损害要小得多，一些抽烟斗的大家，活的岁数都挺大，比如画家黄永玉和范曾，他们平时都烟斗不离手，但一个现在90多，还硬硬朗朗儿地每天画画儿，另一个80多了，还经常在电视台做节目。当然，他们手里的烟斗，很多时候像是道具，有时装一烟斗烟丝，能抽一天。

田有亮观摩过全国烟斗比赛。赛什么？装一烟斗烟丝，两根火柴，看谁抽的时间长，当然烟斗不能熄火，总得有烟。获得一等奖的，一斗烟丝抽了两个多小时，可见，抽烟斗还是有技巧的。

目前，玩家收藏烟斗主要有4个渠道：

一是在世界顶级烟斗大师那里定制；

二是加盟烟斗商组织的斗友的俱乐部，烟斗商会随时提供信息和市场行情，供您选择；

三是参加烟斗拍卖会或展览会，买下中意的拍品；

四是看中某人手里的烟斗，私下进行交易。

田有亮先生对我说："每个人的收入情况不同，所以玩烟斗的方式也有所区别。我的收藏渠道主要有3个：一是到市场上买，与烟斗商交朋友，做他的固定客户，有价格能接受又可心的斗就买一只，另外经常参加烟斗文化节和烟斗展览，见合适的就买；二是朋友送，有些朋友知道我玩烟斗，出国的时候就给我买一把送给我；三是见到斗友有好斗，便拿自己的斗跟他交换，或者用自己的脸谱画跟他交换。”

烟斗算是奢侈消费品，不管怎么说，抽烟斗和玩烟斗属于小众，但田有亮认为，烟斗这东西不能轻易“沾”，只要抽上烟斗，就容易对它痴迷。人的欲望是无止境的，当你有了一把斗的时候，便想有第二把、第三把，看到别人用好斗，您也会眼馋，所以很容易上瘾。

我笑着问他：“您是不是就这么玩上瘾的？”

他点了点头说：“是。上瘾是很麻烦的。因为真正的亿万、千万富豪有多少？玩斗的大多数人还是属于中产阶级，所以玩烟斗一定要量力而行，不能见着好斗就走不动道儿。”

“您有走不动道儿的经历吗？”我笑了笑问他。

他想了想说：“有，怎么能没有呢？玩斗的人见到好斗，就跟猫见了鱼似的。但看到树上有椰子，您首先得考虑能不能够得着，然后，您还得想这椰子够下来怎么吃？”

他给我讲了一个故事：

2015年，他到天津塘沽的“洋货”市场，看上一把烟斗，价钱虽然高点儿，但烟斗的品质实在太好了，让他爱不释手。跟商家砍价砍不下来，但身上又没带那么多钱，急得他在柜台前抓耳挠腮。

烟斗这东西，生产的量非常小，世界上抽烟斗的人成千上万，怎么就到了您的手上，所以见到就是一种缘分，不能失去机会。有可能您前脚出了这个门，后脚一个买主进来，就把它买走了，您回过头再想买，那可就如同大海捞针了。

考虑到这些，田先生当然不愿放弃这个机会。怎么办？他灵机一动，想起天津有个朋友，于是把身上的钱押在这家商店，直接奔了天津市区，找到他的朋友借了一万块钱。第二天一早，又赶到塘沽，把这把烟斗如愿地买了下来。

事后，田先生一查世界顶级烟斗目录，他买的这把烟斗出自意大利制斗大师之手，全世界才有200多把，目录的最新标价已达5万美金，他却花了不到2万元人民币，可见自己捡了一个大漏儿。

收藏烟斗也要有眼力

田先生说："烟斗的收藏不能心急，渴望几天就吃成一个胖子，这不太现实，即便是很有钱的大款也做不到。烟斗的收藏是积少成多的过程。实际上，玩的也就是这个过程。"

2000年的时候，英国登喜路为纪念千禧年，专门做了一批纪念版的烟斗，每把2万多人民币。当时烟斗商向斗友推销这款烟斗，很多人没当回事儿。

田先生觉得纪念版有升值空间，虽然贵了点儿，但他还是毫不犹豫地订了一把。这把烟斗有编号，也有收藏证书，事后田先生才知道厂商一共只做了80多把，这也就意味着这款烟斗全世界只有80多把。田先生觉得自己又捡了一个大漏儿。

果不其然，2016年，京城有位烟斗玩家知道他手里有"千禧"纪念版登喜路烟斗，愿出4万元购买。田先生没舍得出手，他认为这款烟斗还会升值。

2016年，田先生参加了在承德举办的"第二届中国承德国际烟斗艺术展"，来自全球的玩烟斗的大家汇聚一堂，让他看到了许多世界高品质的顶级烟斗。

这些烟斗年代久远，造型不凡，但价位也让人瞠目，以他的实力，当然不敢问津，但他依靠自己的眼力，买了5把烟斗，才花了2万多元。

他对我说："别看2万块钱买了5把，但我认为这5把烟斗的品质都有收藏价值，将来肯定会升值的。"

没想到，展会还没结束，一位河北的斗友，便通过朋友找到田先生，要买这5把烟斗中的一把。原来，这种款式在这次展会上只有10把，已经没货了。

田先生有些犹豫，因为如果按原价让给他，他肯定不会要。按规矩，转手出让的东西或者比原来的价位高，或者比原来的价位低。这两种要价的方式田先生觉得都不合适，当然，最主要的是他不舍得卖。

但那位斗友偏偏就相上了这款斗，执意要买，末了提出加3倍的价儿。

田先生更不敢要了，还没出展会的门，一把烟斗就赚了这么多钱？他于心不忍，因为自己毕竟不是做买卖的。

见田先生依然不肯吐口儿，这位斗友提议用新买的两把烟斗，跟田先生换这把斗。这两把斗的价位肯定比田先生买的那把要高出许多。田先生见他如此执着，只好圆了他的烟斗梦。

“看来玩烟斗也需要眼力。”我笑道。

“当然，搞任何收藏都需要眼力。有眼力，您能花钱不多，收到精品烟斗；没有眼力，有钱也会跟好烟斗失之交臂。”

他对我说，什么东西一沾文化就深了。他这些年没少看有关烟斗方面的书，而且也订阅了一本有关烟斗的杂志。这本杂志定期介绍世界烟斗的收藏动态，以及有关烟斗的知识，这让他受益匪浅。此外，他还经常与斗友进行交流，看的斗多了，眼力自然就不一样了。

现在，您随便拿出一把烟斗，他便能告诉您是什么材料的，哪个国家生产的，什么牌子的。当然每把高级的烟斗上都有“斗标”，但是在您没看“斗标”之前，能说出它的品牌和产地，这确实需要点儿功夫。

因为“斗型”，即烟斗的造型千变万化。别说多了，在您面前摆上三四把烟斗，让您看，您就得犯晕。

收藏哪些烟斗会升值

其实，能看出烟斗的牌子、产地，并不能算真本事，好的眼力是能在众多的烟斗里，看出它值不值钱？现在值多少钱？将来值多少钱？在这些方面，田先生的眼力征服了不少斗友。

“您是怎么看出什么烟斗值钱，有升值空间，什么烟斗不值钱的呢？”我问他。

他笑了笑说：“主要是看烟斗出产的量。这是收藏的一个非常重要的因素。世界上任何东西都是以稀为贵的，出品的东西越少，越有升值潜力。其次是看品质，好的烟斗出产的时候值钱，过若干年当然会更值钱。品质一般的烟斗，出产时不值钱，再过多少年依然不会值钱。按2017年的行市，一万元人民币以上的烟斗，才能体现出其品位和价值。几百块钱，或两三千块钱的烟斗，升值空间不大，如果是自己抽可以买，但要是收藏，最好就别考虑了。三是要收藏手工制作的烟斗，机械烟斗最好收纪念版的。”

此外，田先生认为名人用过的烟斗，或者名人用过的什么牌子的烟斗，也会有升值潜力。

“买烟斗主要看什么呢？”我问道。

“主要看原料、产地、品牌、做工、造型，这5个要素。”田先生说。

“烟斗的收藏价值，也是在这5个方面体现出来的吗？”我接着问道。

田先生点了点头说：“对，就是这5个方面。”

田先生从最初的两把烟斗，到2017年收藏了200多把烟斗，这中间用了近20年时间。

这么多烟斗不能老深藏在柜子里呀！2016年，他找人专门设计制作了一个烟斗柜，给自己的藏品安了“新家”。

我在田先生家，看到这个烟斗柜几乎占了一面墙，里面有烟斗托儿，一排排的烟斗摆得整整齐齐，看上去很雅致。

田先生告诉我，柜里摆的烟斗只是藏品的一部分，还有一些藏品因为摆不下，只能委屈地在箱子里待着了。

“您的烟斗藏品在京城的斗友里，算不算最多的？”我问道。

“跟那些收藏大家比，我的这些烟斗还是提不起来，京城的地面，藏龙卧虎，山外有山，比我玩得好的斗友很多。但在所谓中产阶级的斗友里，我收藏的量还是可以的。”田先生客观地说。

“您是谦虚吧？”我笑道。

他对我说：“这可不是什么谦虚。头年，家住后海的一位老斗友，慕名来我家里切磋‘斗艺’，看到我的藏品后伸出大拇哥说，这是他见到的收藏最多的斗。我对他说，跟那些玩斗大家比，是小巫见大巫了。他听了笑了。”

田先生说得没错，北京的地面儿上，就怕说自己什么什么最牛，因为比您牛的达人有得是，人家只是不露而已。所以，田先生的这种恬淡的心态，是平常心的一种表露，比较难得。

他对我说：“自己平时在家里画脸谱，抽着烟斗，听着蝈蝈儿的鸣叫，再看看柜子里的烟斗藏品，实在感到惬意。”

这也许正是他收藏烟斗的乐趣所在吧。

程茂全

老宅门出来的票友和书家

程茂全

北京人，生于1957年，著名书法家，毕业于首都师范大学书法专业，先后拜著名书法家郑诵先、欧阳中石为师，研习书法艺术数十年。其作品在1984年获中日友好书法展一等奖，有多部作品被我国各博物馆及艺术展览馆收藏。除书法外，他从小喜欢京剧，结识了许多梨园界的名家，经常跟他们一起切磋戏路和唱腔，是京城有名的京剧票友。

老照片引出“墨香程门”书画展

2017年6月，在北京中山公园举办的“墨香程门”书画展的开幕仪式，乌泱乌泱地来了上千号人，真可以说是京城书画界一次空前的大聚会。

这个书画展，展出的是程俊良和他的三个儿子茂仁、茂煜、茂全的书画。为什么要在中山公园搞这个展览呢？

原来在1933年，张大千来北京，当时由王世襄的舅舅金北楼创立的北京中国画研究会，在中山公园举行了隆重的欢迎大会。当时19岁的程俊良是中国画研究会的会员，也参加了这次盛会。

转眼之间，80多年过去了，岁月无情，当年参加这次盛会的书画家都已经作古。程俊良的七子程茂全，偶然翻出当年盛会拍的老照片，看到了父亲年轻时的英姿，也看到了京城那些名画家当年的形象，不禁感慨万端。书画界的同仁看了这张老照片亦有感怀，于是便推出了这个以“程门四杰”为主题的书画展。

中国书协的前任主席沈鹏先生，特意为程门的书画展题写了4个字：“家学渊源。”

这4个字，可以说概括了这个书画展的内容和特色。程家是京城的老宅门，老宅门的特点就是这4个字：“家学渊源。”

程家的祖籍是安徽休宁，这地方的文脉了不得，自古就有“状元之乡”的美誉，程家的老祖也是中了进士，在京城做官，后来在北京落的脚。

据程俊良的七子茂全说，程门的家学，不是读死书，一门心思学经史子集，作八股文章，而是学以致用，以实业为主。所以到他爸爸这儿，程家跟人合股在廊房头条开了个首饰楼。他爸爸小的时候，一边学徒，一边学画画儿。

这种门风一直影响到茂全和他的后代，光学不行，要干实事儿。程家哥七个，出来三个书画家，但哪个也不是专吃这碗饭的。

在程俊良看来，画画儿是一种修身养性的功夫，不是“饭碗”，虽然，由于历史的原因，他也曾靠卖画为生，但他骨子里并没把画画儿当成“吃饭的家伙”，在他看来，画画儿就是玩儿。

艺术有时让人难以捉摸，越是勤学苦练，跳着脚想出名的画家，折腾了一辈子，末了儿画得什么也不是。而那些以玩的心态，优哉游哉地把舞文弄墨当成一种玩的人，最后反而成了有名的大画家。

不用举例子，古往今来，您看看那些有成色的画家的经历，就明白我说的并非虚言。这就叫“有心栽花花不开，无心插柳柳成荫”。

程俊良也如是，您想他开着首饰楼，能整天伏案画画儿吗？但他打的底子好，从小跟于非闇学画儿，十多岁便加入了中国画研究会。这个研究会集中了北方有名的书画家，经常跟这些高手切磋绘画技巧，您琢磨他的功夫能软吗？

新中国成立后，程俊良先生的画儿，参加过历届全国中国画展。1953年，为纪念毛泽东主席60大寿，全国美协邀请了120位画家给毛主席献画祝寿，程俊良先生也被邀请了。

后来，他画的画儿被收录到了《毛泽东收藏精品书画集》中，在众多知名的老画家之后，他排在第109位。由此可知程先生在当代书画界还是有一号的。

当然，他的画儿确实画得好，有韵味儿。正因为如此，在他去世多年之后，儿子们把他的作品拿出来，举办“墨香程门”书画展，才会如此受到书画界的瞩目。

老宅门的家学渊源

程家的老宅门在西城区白塔寺的丁章胡同，这条只有200来米长的胡同，却住着几个画家，除了程俊良外，还有北京“画家三杰”之一的蒋雨浓先生（另外“两杰”：李苦禅、王清芳）。程、蒋两家走得很近，程俊良的五子茂煜小的时候，曾跟蒋先生学画儿。

说起来，程俊良也不容易，他有七个儿子，没有女儿，老伴儿没有工作，一家九口人的吃喝，全靠他一个人去奔。

他的七个儿子的岁数隔着挺近，正是长身体的时候，一个个都能吃，别的不说，每天一睁眼，这一大家子人的吃喝，就够人着急的。

但就是在这种经济拮据的情况下，程俊良却依然活得洒脱自如，该玩，玩；该吃，吃。您别瞅他一家人吃了上顿，得琢磨下顿，但玩却不能耽误，家里养着鸽子和鸟儿，秋冬，还要斗蛐蛐儿。

孩子们平时在家里，看不见他们的父亲有着急的时候，实在揭不开锅了，他会翻出箱子底儿，拿出一件裘皮大衣，或是挑一件金银首饰，奔了信托商店。

程家毕竟是老宅门，家底儿厚实，所以，七个孩子都顺顺当当地成长了起来，即便是在困难时期，哪个孩子也没挨过饿。

程俊良的这种旷达和乐观的心态，对七个儿子起到了潜移默化的影响。他在家里，对孩子耳提面命，不怒自威。孩子们也特别听话，七个儿子，他哪个也没动过一个手指头，但他一句话，或一个眼神，孩子们便会俯首听命。

这似乎就是诗书传家的作用。他的七个儿子，虽称不上各有大出息，但长大成人后，都安分守己，踏踏实实，在各自的岗位上有所作为。

程俊良的画儿画得好，人也厚道仁义，待人真诚，所以他的朋友很多。程家的院子不大，但平日群贤毕至，往来无白丁，许多有名的画家和京剧表演艺术家，都来过这个小院。这些朋友在小院画画儿、唱戏、玩鸟儿，尽情享受着玩的乐趣。

“玩，不能玩花活儿。”这是程俊良常说的一句话。此话一语双关。

这个老宅子还是程俊良早年置下的，当时，他又开首饰楼，又画画儿，风华正茂，风流倜傥，整天接触社会名流，有人劝他找个“外室”，即小老婆。

他听了摇摇头说：“您别害我了。一个人，一天不好受，是吃多了；一个月不好受，是买了小号的鞋；一辈子不好受，是找了小媳妇。”这成了他的名言。

他与老伴一辈子相亲相爱，含辛茹苦培养七个儿子，成为老宅门的美谈。

程俊良的四子茂仁、五子茂煜、七子茂全，从小跟他学画，为了培养他们成才，后来他又为这三个儿子找老师，现在，这哥儿仨已是小有名气的书画家了。

老爷子和七个儿子都是“票友”

程俊良除了画画儿，还痴迷京剧，是京城有名的票友。他拉胡琴是跟梅兰芳的琴师徐兰沅学的，曾经给京剧名家雷喜福吊过嗓子。

程茂全现在还清晰记得，寒冷的冬天，天上飘着雪花，他爸坐在院子里拉胡琴的情景。

老爷子完全陶醉在胡琴的韵律中，弦声和飘落的雪花融为一体，让他忘记了生活中的一切烦恼。在那艰难的岁月里，程先生就是这样排遣胸中的郁闷的，在酣畅淋漓的琴声中，苦变成了甜，悲化作了乐。

在程俊良的熏陶下，程家的7个儿子都喜欢京剧，而且也都会两口儿。

老大茂元，学的是裘派花脸；老二茂祯，学的是杨派老生，能唱《红灯记》里整场的李玉和；老三茂才，唱青衣；老四茂仁，唱花脸，还能拉胡琴；老五茂煜，学的是老生；老六茂启，唱老生；老七茂全，唱老生。这一家人快能凑一个小剧团了！

让我叹服的是程家的7个兄弟，从小到大和睦相处，谁跟谁都相互尊重，兄弟之间，没吵过架拌过嘴，甚至没红过脸。

我跟程家算是邻居，丁章胡同离我住的辟才胡同，坐公共汽车两站地。程家的老七茂全是我多年的好友，我们平时走得挺近。

程家7兄弟在父母去世后，依然礼数周全，往来如初。每年春节，由老七茂全张罗，7家人凑到一起，搞一次家庭聚会。

7家人凑到一起好几十口子，兄弟7个，都是京剧票友。茂全好热闹，请来专业的琴师，哥儿七个轮番上阵，吹拉弹唱，好不热闹，像是老北京的“堂会”。

这种其乐融融的大家庭，现在京城已经快绝版了，几年前，我曾写过《京城老宅门“程家”》的长篇报道，发表在《北京晚报》上，在社会上引起了一点反响。

本来，我还想跟电视台合作，拍个专题片，给京城老宅门留下点影像资料，但非常可惜，没等拍呢，帮我张罗此事的老二茂祯就患癌去世了。

没办法，七缺一，这事儿就撂下了。这几年，程家的老大和老三又相继去世，七兄弟只剩下四兄弟了。

生老病死，人之常情。人走了，但“家学渊源”，程家老宅门的门风留下来了。

有了“童子功”才拜郑诵先为师

在程家的七兄弟中，最有出息的当属老七茂全。

茂全的本职是北京琉璃厂宏宝堂的总经理，但他的社会兼职就多了，像什么中国书法家协会会员、北京市政协委员、北京书协理事、西城区政协常委、西城区文联副主席等等，罗列一下，有十多个。

当然，这些都是虚职，不过从另一个角度，也可以看出他的社会知名度。但说了归齐，茂全的名分，还是一个书法家。

茂全是1957年出生的，当时程俊良已经50多了，他对这个“老疙瘩”疼爱有加。尽管茂全出生不久，就赶上了自然灾害，吃喝供应都紧张，但程先生宁可自己勒紧裤腰，也不能让这个老儿子饿着。

他画了一辈子画儿，到老了，需要找一个能把自己的艺术传下去的人，谁最可靠，当然是自己的儿子。所以，这个老儿子的降世，让他看到了艺术传承的希望。

程俊良对茂全的培养是全方位的，在他刚刚懂事时，老爷子就带着他参加社会名流的活动和聚会了，他到画家朋友家做客，也带着这个老儿子。

所以，茂全经常说，他从小就见过王雪涛、李苦禅、蒋兆和、李可染、启功等著名书画家，这并不是吹牛的话。他五六岁时，他爸爸就带着他出去见世面了。

当然，见世面只是一种熏陶，重要的是要有“童子功”。这是程俊良培养儿子的高明之处。茂全五六岁开始，程俊良就让他临帖习字，不但让他从小就打下了书法的基础，还用“字”拴住了他的心，磨掉了男孩儿特有的顽皮与浮躁。

事实上，这招儿还是挺灵的，茂全后来在书法上的得心应手，跟他的“童子功”有很大关系。

在临帖写字的同时，程俊良也教儿子绘画。茂全从小便显露出艺术天赋，十几岁画的花鸟和人物，挂在墙上就像那么回事了。

程俊良看他写的画的，有点儿入门，基础比较扎实了，便通过朋友把他引荐给郑诵先老人，并正式拜郑老为师。

郑诵先是著名书法家，当代章草大家，收程茂全为徒的时候，已是古稀老人。

茂全那会儿年轻，每天几乎“长”在郑先生家，在跟老师习书的同时，还帮他做各种家务，帮他买煤买粮食，帮他生火做饭，扶他去医院看病拿药，跟他一起出门会客。老爷子对茂全也如亲生儿子一般，逢人便夸茂全。

在郑老身边几年，茂全不但得到了郑老书法艺术的真传，而且还结识了启功、赵朴初、刘炳森、欧阳中石等许多当代书法名家。这些名家对茂全的书法都有过指点。启功先生和刘炳森先生还在他画的虾、竹子上题过款儿。

这些点滴恩教，在年轻的茂全心里都是阳光雨露，使他的书法在起飞阶段，便站在了一个高位上。

茂全上中学的时候，其书法作品便参加过北京市青少年书法展，并且获了奖。他还代表北京青少年书法家，与日本白山扇书道会会长种谷扇舟进行过艺术交流。

种谷扇舟在日本书法界有很高的知名度，他对茂全的章草作品给予了很高的评价。1985年3月，茂全的书法作品参加中日两国书法家作品大赛，获得了优秀奖。

伤了自尊差点儿跳楼

虽然茂全少年得志，也在书画上有不俗的成绩，但无奈没遇到好时机，曾经，他作为知识青年，被学校分配到过北京的远郊插队。他在农村一干就是几年，终于等来市内企业招工的机会，阴差阳错地被分到了当时的宣武区饮食服务公司下属的致美楼饭庄，当了服务员。

受老宅门家风的熏陶，茂全甭管干什么，都踏踏实实，勤奋自律。致美楼是北京的老字号饭庄，他在这家饭庄端过盘子，也学过厨艺，但始终没忘了书法。

他的恩师郑诵先先生也时常鼓励他，让他不忘初心，奋发努力。他把业余时间都放在了对书法的苦练上，渴望自己有朝一日能在书法界崭露头角。

但是命运似乎在有意捉弄他。您想一个饭馆的服务员，跟文化圈儿隔着很远，程家又受到了冲击。他一没根儿二没蔓儿，想出头，真是谈何容易。

在随后的日子里，他又受到一系列的挫折，先是父亲的去世，对他是个沉重打击。接着他的书法作品应邀准备参加全市的展览，单位以不务正业为名进行了阻拦。老职工也嘲笑他：一个厨子，不正经在灶上练活儿，参加什么书法展呀？就那两把刷子，别出去现眼了。

别瞧茂全平时在单位，也爱跟同事开个玩笑，逗个闷子什么的，但挤对他什么都行，千万别说他写字不行。谁说他的字写得不灵，他跟谁急。所以这几句话，等于一把利刃扎到了他的心口上。当然，他也没法跟人急，因为人家没有当着他面儿说。

心里窝着一口气，偏偏又在这褃节儿上，他在胡同口儿，碰上了一起插队的发小儿。

发小儿上小学的时候就有点儿窝囊，说话不大利落，经常受同学欺负，茂全以前也看不上他。想不到俩人一聊天，发小儿现在混出息了，不但上了大学，还在国家机关当了科长。

科长，在当时胡同的人眼里算是大官了，自然，比当厨师的茂全可体面多了。

茂全听了，心里像撞倒了“五味瓶”，看看人家，再想想自己的处境，他越想越觉得心里发窄。

当时，茂全正处于内心骚动不安的青春期，要强也要面子的他，心高气盛，一时间觉得对不起死去的父亲对他的厚望，没脸再在这个世上活下去了。

下了班，他鬼使神差直接奔了药铺，买了一瓶安眠药，要跟这个世界道“拜拜”。

但他打开药瓶子时，又犯了嘀咕，这么死，太受罪，不如“嘎嘣”一下来个痛快的。于是脑袋瓜一热，便奔了离丁章胡同不远的福绥境居民大楼。

这个大楼只有七八层高，但当时在整个西城区的居民楼里，算是最高建筑了。

茂全来到楼下，憋着一去不回头的想法，便步灵腰，一口气爬到了楼顶，手扒着楼檐就要往下跳。

就在他要纵身一跃，向这个世界告别的刹那间，他的衣服被电线剐了一下，突然之间，他的眼前似乎闪现出了一个熟悉的身影。

他定睛一看，原来是他的父亲程俊良。

“老七啊，你这是怎么啦？你还没写出来呢，难道就这么走了吗？”他仿佛听到了父亲的叹息声。

“爸！”他情不自禁地喊了一声，两条腿不由自主地收了回来。

这种幻觉瞬间消失了，但对茂全来说却是刻骨铭心的。

是呀，刚刚二十出头，难道就这么轻率地了结自己的生命吗？

“爸，我不死了。爸，您会看到您儿子有出息那天的！”他望着苍茫的暮色，心里默默地发誓。

茂全在福绥境居民大楼的楼顶上，盘桓、彷徨了几个小时，最后还是回了家。

当天晚上，他在自己的日记里，写了两个字：“复活”。

是呀，在福绥境居民大楼走这一圈儿，等于茂全站在了鬼门关门口，一只脚已经伸进去，又缩了回来。“复活”，这是心灵上的复活呀。

男儿有泪不轻弹，何况像茂全这种豁达的人。当茂全跟我回忆这段往事时，忍不住掉下了热泪。

“人活一口气，树活一张皮。那会儿太年轻，加上北京人要面儿。当时，真是一口气堵在那儿了。现在已经是过眼云烟了。”他淡然一笑对我说。

“死”过一次的茂全终于开悟了，“将相本无种，男儿当自强”。他不信自己才不如人，也不信自己艺不如人。能受天磨真君子，不遭人嫉是庸才。人活在世上，哪儿能总一帆风顺？只要是金子到哪儿都能发光。

黄胄成了他的“伯乐”

在迷惘困顿的时候，茂全这匹千里马，终于遇到了伯乐。说起来，也是一个偶然的机遇。

那几年，致美楼这个老字号，在京城的餐饮业生意一直不错。那年，酒楼又出了几道创新菜，经理决定更换菜谱。

他知道茂全的书法不错，为了让菜谱有文化味，典雅一点儿，便让茂全直接用毛笔来写菜谱。菜谱装订出来果然浸染墨香，与众不同。

这天，著名画家黄胄和几个朋友到致美楼吃饭，落座之后，黄先生翻看菜谱，蓦然眼前一亮，菜谱上清秀舒朗的毛笔字，吸引了他的眼球。

“字写得真漂亮，这简直就是上乘的书法作品呀！”黄先生的惊叹之语，脱口而出。

另外一位画家看后，也诧异地连连称道：“难得呀，这是谁的字呢？”

几个人正在纳闷，经理走了过来。

一位画家问道：“你们这是请哪位书法家写的菜谱？”

经理莞尔一笑道：“这哪儿是书法家写的呀！”

“谁的墨宝？”黄先生问道。

“是我们这儿的服务员写的。”

“什么，你们的服务员能写出这么漂亮的字？我能不能见见他？”黄胄先生道。

“见他？好呀。”经理没想到茂全的字会这么露脸，把大画家给惊着了，他赶紧转身去叫茂全。

茂全听说黄胄先生要见他，受宠若惊，不由得心里一紧，虽说在致美楼见过不少名人，但像黄胄这样的大画家点名道姓要见他，这还是头一次。

黄先生平易近人的微笑，消除了茂全的顾虑。茂全打开了话匣子，说起自己习书的经历，别看他当时才二十多岁，写毛笔字却年头不短了。

当黄先生听说他是跟郑诵先先生学的字，连连点头道：“真是后生可畏，焉知来者。难怪呢。小伙子，你的字写得很不错，好好练吧，你有悟性，将来会大有作为。”

黄先生并没一味地夸茂全，他知道对年轻人，教诲比夸奖更重要。他语重心长地指出了茂全的字有哪些不足，最后对茂全说：“你的书法虽然跟大家相比还欠火候，但你很有潜质，要继续努力。”

接着他把家里的电话留给茂全：“以后有事儿，随时找我吧！”

“太谢谢您了！”茂全激动得不知说什么好了。

这是20世纪80年代初的事儿，当时，会书法的年轻人很少，黄先生可谓慧眼识珠。他建议茂全多看名家作品，多跟名家学习和交流，开阔视野，同时要提高文化修养，使自己的字更有文化内涵。

什么叫“听君一席话，胜读十年书”呀？黄胄先生的这番话，可以说点石成金，给踌躇满志的茂全打开了重新认识自己、改变人生命运的一扇窗户，让他走进了一个新的世界。

宏宝堂的“堂主”

人的命运改变，不见得是给了你多少钱，替你找了个好职业，有时候，遇到一位智者，或者读到一本好书，点拨你几句，比给你多少钱更重要，它可以启迪你的心灵，开启你的心智，也许正是这几句话，会让你找到改变人生命运的钥匙。

茂全自从认识了黄胄，便跟他成了忘年交。茂全腿勤，经常去黄先生家聆听教诲，同时，黄先生也给他介绍了许多书画界的名家。

在黄先生的启发下，茂全报考了首都师范大学书法专业，成了欧阳中石的弟子。

大学4年系统的学习，使茂全在历史文化知识方面得到了全面提升。书法是历史文化的载体，有了这些文化知识，等于插上了翅膀，茂全的书法有了变化和提高。

几年以后，茂全当了饮食公司的工会干部，以后又在琉璃厂的孔膳堂当了经理。他的社交面越来越广，朋友也越来越多。当然工作再忙，他也要练书法，此时，他的书法已经有一定的知名度，作品多次参加北京市乃至全国的书法大展，并获得了大奖，成了中国书法家协会的会员，北京书法家协会的理事。

1996年，位于琉璃厂的孔膳堂改换门庭，脱胎成经营书画为主的宏宝堂，茂全当了经理。

众所周知，宣南的琉璃厂，从明代开始就是京城文人墨客的荟萃之地，经过清代和民国的洗礼，琉璃厂文化街早已蜚声中外，近现代史上的文化名人，几乎都在琉璃厂留下过足迹，尤其是这条街的书画店，大师级的书画家几乎都在此挂过笔单。

在这条文化街上，50年历史以上的老字号店铺有50多家，宏宝堂作为后来者，跻身其中，想“木秀于林”，谈何容易？

但茂全有当孔膳堂经理的经验，有书法打出的知名度，有灵活的经营头脑，再加上源源不断的人脉，在书画市场如鱼得水，短短几年，便把宏宝堂经营得风生水起。

从营业面积来说，宏宝堂在东、西琉璃厂的两条街上算不上大，茂全审时度势，店小，就独辟蹊径，不以独、特、新、奇出牌，而以真、小、精、廉取胜。

说到小，中国书画当中，最“小”的画儿，得说扇面了吧？茂全不玩“高大上”，就玩小巧玲珑的扇面。

从1997年他接手宏宝堂，到2017年，他已连续举办了20届“京城书画名家百扇展”，每年推出一百位名家的扇面。国内外的书画名家差不多被他“一网打尽”，几乎都在宏宝堂的“百扇展”亮过相。小小扇面，大大提高了宏宝堂的知名度。

“真、小、精、廉”的经营策略，让宏宝堂短短几年，便在琉璃厂文化街别具一格，独领风骚。2009年，茂全又大胆改革，使企业转制，成立了北京宏宝堂文化有限公司，他出任董事长。同时，宏宝堂的经营范围也不仅限于国内，开始向海外扩展。

茂全这个宏宝堂的“堂主”，喜欢热闹，以礼相待，诚邀天下客。他的那间办公室，群贤毕至，少长咸集，名师大家往来不断，可以说，庙小神仙多，全国各地的书画家都奔他这而来，难怪在宏宝堂举办的各种书画展览不断，频繁更新。

其人脉之广，别的不说，单看刘炳森、欧阳中石、沈鹏、梁树年、范曾、王镛等大师级书法家，为宏宝堂题的匾额，便可知其人气之旺。

难能可贵的是茂全通过宏宝堂这个艺术平台，结交或者说褒掖和提携了一大批中青年书画家，许多原来并不知名的书画家，正是在宏宝堂举办的书画展被人们所认识，成为了大众喜爱的书画家，如王建成、晁谷、马文典、孙晓斌、邵辰、杨金波等，如今已在国内画坛小有名气了。

在酒里寻找“真实”的自己

茂全给人的第一印象是文气，北京人办事有里有面儿，而他更在乎面儿。

也许是受父亲的影响，他非常注重自己的形象。不论春夏秋冬，只要是公众场合，茂全永远是笔挺的西服、整洁的衬衫，领带系得板板正正，下巴刮得干干净净，头发梳得规规矩矩。

衣冠楚楚，文质彬彬，再配上他苗条的体形，还有鼻梁子上架着的那副金丝眼镜。瞧吧，茂全要多斯文有多斯文，不说他气宇轩昂，也得说他仪表堂堂。

人靠衣裳马靠鞍，这话一点没错儿。现如今以貌取人的世风犹存，老北京人也有“死要面子”的传统，茂全作为一个搞书画的文化人，焉能不注重自己的外表？

不过，话又说回来，尽管人们重视“大面儿”，看好“第一印象”，但在社会上混，只有光鲜的外表还不行，您肚子里得有玩意儿。从茂全身上的文气，您能看到他的学识和修养，也能看到他实足的北京爷的底蕴。这种爷的底蕴，常常使他在一般公众场合显山露水，鳌里拔尊，带出“天子脚下臣民”的气势。

当然了，茂全给人的第一印象绝对是文气洒脱。初次见面，或者正式的场合，比如开会发言做报告，书画展开幕式上台讲话什么的，他也拘着面儿，举止言谈透着稳重、深沉，甚至还有点儿矜持。用北京话说这叫有“外场儿”。

这种时候，不“端”着点儿，会给人以轻浮的印象，让人觉得掉价儿，他毕竟是宏宝堂的“堂主”，还有不少社会头衔儿。其实，这并不是真正的茂全。

想真正领略真实的茂全，识得“庐山真面目”，您得在饭桌上，或者私下跟他单聊。

在朋友聚会的饭桌上，茂全才显得那么真实，那么生动，也那么可爱。

多了不用，两杯酒下肚，他身上便会灵光闪现，脸上冒光，舌头如簧，随机应变，妙语连珠，豪气也跟着来了。

京城书画界的朋友都知道，餐桌上没有茂全不热闹。有他在场，便多了一道风景。您在这道风景里会看到有血有肉、活灵活现的茂全。那可真是文气闪现，胆气袭人，义气挟风，豪气冲天。

这些年，由于经常采访玩家，我短不了跟茂全见面，也时常在一起聚会喝酒，欣赏到他酒后见真情的豪迈风采，也感受到了他的血气方刚、激情满怀和壮怀激烈。

一次，他喝多了酒，指着餐桌说：“我来个‘旱地拔葱’你们信不信？”

众人纷纷摇头，有人揶揄道：“都什么岁数了，您还‘拔葱’？‘拔蒜’都不灵了！”

茂全就怕有人激他，一听这话，扭脸让服务员把餐桌上的碗筷和残羹剩菜收拾干净，当场表演。

只见他气沉丹田，双腿并拢，猛地提气，从地上跳到桌子上，一下，两下，一连跳了十五下，脸不变色，大气不喘。

当时，他已经五十有六，还能玩这个，确实身手不凡。当然这是仗着酒劲。不喝酒的时候，他会不会如此放得开，就难说了。

岁数越大，茂全处事越是一种玩的心态了。我曾问过他：“你对这个‘玩’字怎么理解？”

他想了想说：“‘玩’是一种境界，当一个人进入到‘玩’的状态，便会什么都不想了，身心完全放松，随心所欲。这种境界是很难达到的。我写书法就想进入这种‘玩’的境界，但很难很难，只有喝了酒，才能触摸到这种感觉。”

原来如此，这才是他喜欢喝酒的原因。

我问过不少书画家，喝了酒写字和画画儿的状态，确实不一样。于是，我明白了为什么当年傅抱石在人民大会堂，画那幅巨作《江山如此多娇》时，每天要喝一瓶茅台。这酒是当时的国务院总理周恩来特批的。

我喜欢茂全喝了酒的那种状态，特别是微醺的那种感觉，这时候，你会发现他单纯得像个少年，心里干净得似水。

但是，这种场面现在越来越少见了，茂全毕竟也“六张儿”（60岁）了，他喝酒不像过去那样尽情地开怀了，不过，只要沾酒，他依然会豪情满怀，找到真实的自我。

脑子跟电脑有一拼

但凡跟茂全熟悉的人，无不叹服他的记忆力。他博闻强记，过目成诵，脑子跟电脑有一拼。

我不敢说，凡是他认识的人的信息，都储存在他的大脑里，但可以说，跟他平时经常接触的人的信息，都在他的脑子里存着。

从您的工作单位到职务、职称，从您的家庭住址到您丈夫或夫人以及孩子的名字，从您的生日到您家里的座机和手机号码，他可以当场如数家珍地说出来。

让人匪夷所思的是，这种超人的记忆力，越是喝酒，越能出彩儿。谁如果不信，可以当场验证。

一次，我跟茂全喝酒，他说出了某位职务很高的领导的生日，席上有位不识相者，以为他在说酒话。

茂全一点儿不含糊，当场给这位领导的秘书打电话，不但验证了这位领导的生日，还验证了秘书和爱人的生日，以及手机号，令在场的人不得不叹服。

当然，这些对于茂全来说，只是小菜一碟。他的好脑子在于过目不忘，一些古文和诗词，一些名人给他的书法作品题过的字，多少年过去了，他张嘴就能说出来，而且一字不差。

宏宝堂这些年在国内书画界小有名气，不断有全国各地的书画家，到宏宝堂找茂全切磋画艺，或商讨挂笔单之事。凡有来者，茂全必笑脸相迎，以茶相待。

当然，来的人难计其数，有的是常客，有的只是匆匆一面，但只要是登过宏宝堂门的人，茂全全都储存到脑子里，过一年两年，他都能准确地说出你的姓名和何时来过宏宝堂，这一招儿让许多人倍感惊奇。

我曾在宏宝堂见过这样的场面：一位山东的青年画家来宏宝堂看画儿，见到茂全便寒暄了起来。

茂全一眼便认出他来，于是对他说：“咱俩两年前，在和平门烤鸭店喝过酒，你叫 ×××，对不对？”他当场说出了那位画家的名字。

那位画家愣住了。因为那是很一般的饭局，他只是个陪客，而且跟茂全没说两句话，连名片也没留，他早把这个茬儿给忘了，想不到茂全会记得这样一清二楚。

李少春教他唱过戏

京城书画界的人都知道茂全是“戏迷”，随着年龄的增长，他的戏瘾越来越大了。

以前，在朋友的聚会上，他兴之所至，来两句“皮黄”，过把瘾就算“玩”了，现在可不行了，他每天不唱两口儿，心里痒痒。

西城和南城有两个“票房”，他每周必去，是忠实的票友。他不单是唱，还要有胡琴伴奏，不但有琴师陪着，还要有专业的演员给他“垫场”，有时甚至还要扮上。

2016年，他五十九岁，按老北京的习俗，男人的生日“过九不过十”，所以，朋友们在全聚德和平门烤鸭店，给他过60大寿。

那天，好友云集，茂全来了精神，粉墨登场，来了一段他拿手的《野猪林》里的唱段“大雪飘”。林冲的那身行头，是现从中国京剧团借的，京剧团的化妆师给他画的妆。您还别说，他上了台的扮相和几步走，还真有点李少春的影子。

程家七兄弟都是戏迷，茂全尤甚。他喜欢京剧，是受父亲程俊良的熏陶。程先生是老北京有名的票友，茂全小的时候，老爷子经常邀票友到家里来摆清音桌儿（没有伴奏，也不穿行头的清唱）。

当然，更多的时候是程先生拉胡琴，给别人伴奏。茂全从小耳濡目染，幼小的心灵里播下了戏曲的种子。

程俊良跟京剧界的许多名家都是朋友，当年，李少春是程家的常客，茂全的大哥茂元是唱花脸的，李少春给茂元拉过胡琴。

李少春也好丹青，茂全曾跟李少春先生合作过一幅画儿，这幅画就挂在他的办公室，当时，茂全十五岁。李少春是七十五岁时去世的，茂全至今还与李少春的后人保持亲密联系。

《野猪林》里的“林冲夜奔”，是李少春先生的代表作品之一，茂全之所以喜欢“大雪飘”的唱段，是跟李少春的交谊有关，当年少春先生教过他这个唱段。

茂全干什么事儿都很执着，而且心高志远，不玩是不玩，要玩，就玩最好的。学京剧也如是。

由于喜欢京剧，他结交了许多当红的京剧名家，大哥还跟京剧著名的琴师联姻，女儿嫁给了梅葆玖的琴师舒健，二哥也是票友，跟京剧名家王金璐、王展云父子是至交。

他跟谭元寿、谭孝曾父子，王金璐、王展云父子，张学津，于魁智等是挚友；跟奚派传人、中国京剧院三团团长张建国，著名琴师姜凤山、王福隆、燕守平、李奕平、刘铁山是铁哥儿们；跟王忠信、刘桂欣等老一茬儿的京剧名角是莫逆的忘年交；梅葆玖的琴师是他大哥的姑爷，更是没得说。

只要宏宝堂有大一点儿的活动，茂全必把这些铁哥儿们和忘年交请来，两杯酒下肚，便开锣，亮嗓子了，有时是清唱，有时是文武场全上，简直成了戏曲专场演出。

茂全最拿手的唱段是“为国家”和“大雪飘”。他太喜欢这两个唱段了，甚至把它编成手机的彩铃。

前几年，我听他唱“为国家”和“大雪飘”，嗓子还有点生涩，放不开，行腔也差点儿意思。如今经过名家指点，他的唱功大有起色，唱起来有板有眼，行腔还真有点儿“奚派”的味道。

这两年，他开始学更多的唱段，憋着要唱整出的戏。

“这岁数了，唱戏就是一个字：玩儿。”茂全确实是以玩的心态学戏的，但他也确实痴迷，现在甭管什么戏院和剧场，只要有戏曲演出，他必去欣赏，宁可把酒局推了，也要看戏。他戏称：“我现在的戏瘾比酒瘾大。”

当然，好朋友的聚会，他不能推，书法笔会也不能推，跟唱戏比起来，书法是他第一追求，这一点，他心里有数。虽然也是玩儿，在书法艺术上，他追求的是更高的境界。

要把笔墨玩到极致

茂全在宏宝堂当了20多年的“堂主”，几乎每天都接触来自全国各地的书画家，他的艺术眼界和书法水平自然也有新的提升，尤其是他的章草，在京城书坛独树一帜。

随着名气的提升，茂全的字也越来越要价儿了。2010年春节，我见到他。他笑着一定要请我吃饭。

到了饭桌，拿起酒杯，才知道他遇上了“甜买卖”，原来在刚刚结束的某拍卖公司的春拍上，他的一幅书法作品，起拍价一平尺五千元，最后成交价竟达到了一平尺一万元。

“那幅字儿几平尺？”我问道。

“六平尺。”茂全笑道。

我诧异道：“一幅字拍到了六万元！你快赶上大师级的书法家了。”

他难以掩饰内心的喜悦，对我说：“我没法跟大师比。其实，钱倒是次要的，主要是市场对我书法作品的承认。”

社会对他的承认，也许再也没有比这更让茂全兴奋的事了。

喝酒碰杯的时候，我跟他开玩笑说：“以后我得多存你几幅书法，等哪天我揭不开锅的时候，好拿你的字儿上拍，养家糊口。”

茂全的义气劲上来了，他把酒一口干掉，对我说：“你要多少张？说话。”

这就是茂全的性格！他的话一点儿不虚，他身上的侠气，让他把情义看得比金钱更重，他绝对不是见钱眼开的人。

2010年的秋天，新北纬饭店举办了“程茂全书法作品珍藏展”，这次展览，他把自己压箱子底儿的作品都拿了出来。

开展的那天，饭店的老总陪着我一幅一幅地看茂全的墨宝，其中有一幅中堂写得遒劲有力，颇见风骨，力透纸背。我连声说：“这是我见过的茂全写得最好的一幅作品。”

这句话让在旁边的茂全听到了，他转过身来对我说：“喜欢吗？”

我说：“当然喜欢了。”

他毫不迟疑地说：“喜欢，你就摘走，这幅字归你了。”

我连连摆手：“别别，我哪能夺人之爱呢？”

“不，这幅字一定是你的了。让你夸我一句不容易。”茂全说着真要上手去摘，被旁边的饭店老总拦住了：“你的字可是放在这儿展览的，刚开展你就把字送人，别人来还看什么呀？”

当然，最后我也没要这幅作品。但从这件事上可以领略到茂全身上的侠气。

这些年，他的名气越来越大，想收藏他书法作品的人越来越多，而且他的书法作品确实能卖钱。但在茂全眼里，书法永远是艺术，不是金钱，对于确实喜欢他书法的人，他可以分文不取白送。我曾多次看他当场给第一次见他的人写字，真是白送。

有一次，一家古典家具公司的经理请我吃饭，点名约书法家淳一先生。我给茂全打电话，茂全听说我去，把身边的事儿推了，过来陪我。

谁知那位经理陷入资金危机，正托人“解套”，对方让他帮忙找书法家写幅字。经理问他想求谁的字，对方久闻茂全大名，点名要他的。

我不知道经理设的是“鸿门宴”，茂全来后，经理随便在食堂请我们吃了点儿饭，喝了几杯酒，便把茂全请到办公室，铺纸研墨，让茂全挥毫。

茂全几杯酒下肚，豪爽的侠气上来了，一气儿写了七八幅，最后，经理不但分文润笔费未给，连个纪念品也没送，弄得我非常难为情，觉得有点儿对不住茂全。

没想到茂全却说：“没关系，谁没有困难的时候，只要我的字能帮上他的忙，解决他的问题，我就心满意足了。”

此事可知茂全的内心世界，我以为茂全虽然当了董事长，算是个经商的人，但他骨子里还是一个文化人。当一个人把艺术看得高于一切的时候，他才可能成为人们喜欢的书法家。

事实上，真正的艺术大家，是从来不把钱当回事的，比如茂全比较崇拜的启功、吴冠中等大师级人物。

2011年的春节，茂全约我到画家王建成的画室宝盈斋，看他刚写的一幅书法作品。

这是一幅丈二整纸的作品，写的是苏轼的《念奴娇·赤壁怀古》：“大江东去，浪淘尽，千古风流人物……”挂在墙上非常有气势。从这幅作品，我看到了茂全的书法越来越成熟了。

茂全的行楷朗润秀泽，章草沉雄浑厚，颇受人们喜爱，加上他为人义气、豪爽，所以京城许多店铺求他写匾。他也当仁不让，有求必应。

眼下，您如果在京城逛街或请客吃饭，稍不留神，一抬脑袋，就会发现淳一写的匾。

我曾跟他开玩笑说：“再题匾你就快成冯公度了。”

冯公度也就是冯恕，是近代著名实业家和书法家，当年京城许多字号的匾出自他的手，曾有“无匾不恕”的说法。

“匾上的字不蒙人，写得怎么样，大家自有公认。”茂全对我笑道。

的确，字能上匾，标志着一个书家的水平。老话说：“人怕笑，字怕吊。”颜值再高的美女，如果随意笑起来也不好看，所以，女演员出镜前，且得对着镜子练怎么笑呢。

书法家的字写在纸上挺好，就怕被挂在墙上，更怕被刻成匾挂在门上，因为千人看，万人观，总会发现您的字哪写得不好。

茂全的字不怕“吊”，说明他玩书法是蛮有底气的。有空，您在京城的街头溜达溜达，看看他那些被“吊”起来的字，咂摸咂摸我说的是不是这么回事儿。

陆昕

院士楼里出来的古钱币玩主

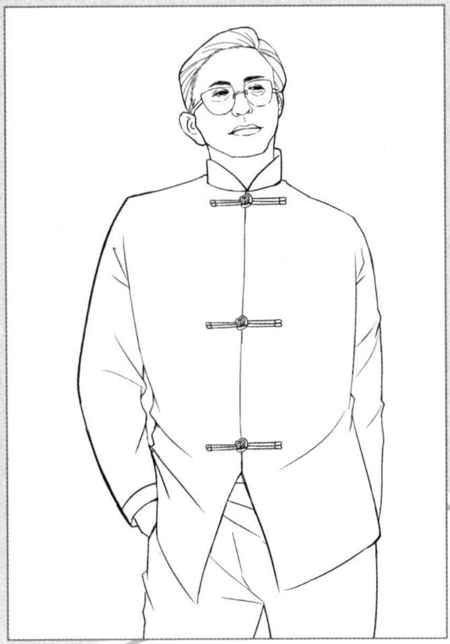

陆　昕

北京人，出生于高知家庭，北京化工大学毕业后赴美深造和工作，曾在微软公司任职。回国后专事研习中国古钱币，收藏、研究民俗钱币三十多年，在钱币收藏界有很高的知名度，藏品曾在中国钱币博物馆、浙江省博物馆等单位展出，有多篇论文发表在《中国钱币论文集》《中国民俗钱币研讨会文集》《中国收藏》《艺术市场》以及《人民日报》《参考消息》《中国商报》等刊物。曾多次在中央电视台《鉴宝》栏目担任专家团成员。现为中国钱币学会理事、中国收藏家协会理事、中国民俗钱币学会会长、中国钱币学会专家库成员。

院士楼里的老宅门遗风

京城的老宅门并非都是钟鸣鼎食之家，也不完全是书香门第，但殷实可能来自勤奋，根基也许由于忠厚。

如果一门的香火能延续百年以上，就可算老宅门的话，那么老宅门可以折射出一个世纪的历史烟云。

虽说随着城市的变迁，多数老宅门的形体（院落）已不复存在，但是老宅门的遗风和它的根蔓，还在不断地延续着。这是我采访陆昕后，得到的一种联想。

当皮肤白净、戴着金边眼镜、穿着休闲装、举止和谈吐透着斯文的陆昕，站在我面前时，我绝对想不到他跟老宅门和老古董会有什么关系，当然，也不会想到他是一个玩家。的确，当他跟美国朋友用流畅的英语对话时，更增加了我的这种疑虑。

不过，当陆昕带着我去他家之后，我的这种疑惑很快就得以释然了。

陆昕的家真是别有天地。

这是位于中关村的一个闹中取静的大院。院里，大树掩映的几栋楼，虽然也是公寓，但造型别致，类似于现在叠拼的别墅，这就是中关村有名的中科院的院士楼。

在这儿住着的肯定都是院士，多年以前，我曾经在这个院里采访过叶笃正，他是现代气象学家。叶家也牛，兄弟9个，出了两位院士。

“这是你买的房子？”我诧异地问陆昕。

“我哪儿有资格买这儿的房子。”陆昕笑了笑说，“这是我爷爷陆学善留下来的，他是中科院的院士，房改的时候，他按照政策把这房子买了下来。”

“你爷爷呢？”

“他早已经去世了。”陆昕说。

“哦。”我大概知道了这套房子的归属。不过，当陆昕打开房门时，还是把我给惊着了。

眼前的屋子哪儿是楼房呀？简直就是一个四合院！陆昕也是完全按北京老宅门的风格设计和装修的。

讲究，看得出来，这套房子的装修费了功夫，从门和窗框、窗棂的花板，到隔扇和窗罩，用的是一水儿的红木。陆昕告诉我，他是按故宫的图样，找人定做的。

室内的家具也都是红木，按明清的家具样式定做的。穿过客厅是他的藏室。两个一地到顶的红木书柜里，放着都是古钱币和这方面的书。一看就知道他是玩什么的。

藏室迎门墙上挂着一块老匾，上书："心画初机"。我凑近细观，原来是"刘罗锅"刘墉的字。

陆昕告诉我，这块匾是他在河北的一个小县城，几经周折才淘换到的。

"有味儿。"我对他说。

这句话让他对我大方起来，他拿出自己收藏的民国"洪宪"瓷盖碗，给我泡了杯香茶。

"洪宪"瓷是袁世凯总统府的大总管郭葆昌，专门在景德镇御窑烧的一批瓷器，精致程度不逊于清末的官窑。

"你手里真有好玩意儿呀！"我对他笑道，"在这古色古香、散发着浓郁京味儿的屋子里，我仿佛回到了四合院。"

"这正是我要找的感觉。"陆昕说。

玩古董的物理学院士

陆昕的爷爷陆学善，是中国著名物理学家、中科院院士。其实，他是陆昕的外祖父。北京这种称姥爷为爷爷的情况不少。

陆学善，字禹言（巧了，跟我的外祖父的字相同），浙江湖州人。陆学善周岁的时候，父亲病逝，在丝厂做工的母亲无力供他上学，是好心的邻居给了他两角小洋的报名费，他才进了识字班。

陆学善自幼聪颖，虽家贫，却志远。从识字班到中学，他读书勤奋，学习成绩非常出色，按现在的说法，一直是学校的“学霸”。

高中毕业时，母亲无力再供他念书，想让他学徒打工，谋生自立，但校长觉得这么好的苗子弃学实在可惜，于是和两位教师慷慨解囊，资助他考上了杭州之江大学。

陆学善不负恩师期望，从杭州又考入南京国立东南大学物理系，受到著名物理学家吴有训的赏识，后来成为吴有训先生带的唯一研究生。

1934年，陆学善被选派到英国留学。他在英国非常勤奋努力，在物理学的研究上颇有建树，获得了曼彻斯特大学物理学博士学位。回国后，任北平研究院镭学研究所研究员。

20世纪50年代，陆先生被任命为中科院应用物理研究所副所长，随后又任代所长，研究成果曾多次受到政府表彰。

陆学善虽然研究的是物理学，但他酷爱中国古典文学，对文物典籍、金石书画颇有研究，加上他会英、法、日、德4国语言，所以，在晚年生活非常艰难的时候，常和妻子王守黎吟诗唱和，消遣自娱。

陆昕的父亲姓陈，当然他也应该姓陈，但他从小在陆学善身边长大，陆老非常疼爱这个外孙子，便让他随了自己的姓，所以陆昕一直叫他爷爷。

陆昕在喜欢玩古董的爷爷和喜欢古典诗词的奶奶身边长大，从小就受到了中国传统文化的熏陶，耳濡目染，潜移默化，所以后来成为玩家，并非没有原因。

陆学善有一儿一女，儿子陆毅，毕业于清华大学机械系，1987年病故。女儿陆颖，也就是陆昕的母亲，毕业于北大物理系，等于子承父业，接了陆老的班。

七个兄妹五个毕业于清华

如果说陆学善家是书香门第的老宅门，有些牵强的话，那么他的妻子王守黎，则是名副其实的大宅门的闺秀。

王家的先祖是王鏊。这个王鏊当过明朝的宰相，王守黎是王鏊的第15代传人。

王守黎的祖父王芾卿在京做官。祖母王谢长算得上是位巾帼英豪，早年在苏州成立放足会，率先宣传取消缠足，后来创办了振华女校，培养了许多人才，如作家杨绛（钱钟书夫人）、记者彭子冈、社会学家费孝通等。

王守黎的父亲王季同，毕业于北京同文馆，是著名数学家，也是围棋高手。他与前妻管尚德和后续夫人管尚存生了12个孩子，除5个孩子因病早逝外，其余7个子女都是我国著名的学者。

王守黎行七，清华大学中文系毕业，曾赴英留学；

三姐王淑贞，清华大学毕业后赴美留学，是我国现代妇科学的先驱者、杰出的妇科专家；

四哥王守竟，著名的机电专家；

五姐王明贞，毕业于北平燕京大学物理系，后留学美国，获密歇根大学物理系哲学博士，是清华大学历史上的第一位女教授，著名的统计物理学工程专家；

九弟王守融，著名的精密机械仪器专家。毕业于清华大学，赴美国留学，毕生从事精密机械仪器的研究；

十弟王守武，我国著名的半导体器件物理学家，毕业于上海同济大学机电系，后留学美国，获普渡大学博士学位，回国后，曾任中科院半导体研究所研究员兼副所长、中科院院士；

十二弟王守觉，我国著名微电子学家，中科院院士，曾任中科院半导体研究所所长。

王守黎的表妹何泽惠是留德博士，著名实验物理学家，她的丈夫钱三强，是我国著名核物理学专家，夫妇都是中科院院士。

王家七个兄妹，五个毕业于清华，四个是物理学家，两个是中科院院士，在京城，像王家这样一门出来这么多人才的老宅门并不多。

从微软辞职回北京

陆昕的父亲陈秉乾，是北京大学教授、物理教研室主任。他母亲是北大物理系的高才生，1983年去了美国，在加州大学任教，直至退休，现已入了美国国籍，并在洛杉矶定居。

陆昕的两个妹妹也在美国，都是学生物的，大妹现在在美国一家制药公司工作，小妹读完博士后也在美国工作。

陆昕毕业于北京化工大学，因为母亲在美国，所以1990年也奔了那儿。在大洋彼岸，他走得挺顺，1992年，他进了美国微软公司，是微软的第六个中国员工。

微软的员工在美国比较牛，每月的薪酬绝对令人羡慕，以陆昕的年薪，在美国买房买车，娶妻生子不成问题，更何况公司的各种保险齐备，干到一定年头儿，便没有任何后顾之忧。

这么好的职业，如此优越的条件，按说陆昕没有理由不在美国踏实干下去，再说他母亲和妹妹都已经在那儿安了家，他并非没有依靠。

他母亲和姐姐也希望他留在美国，这是当年多少中国人梦寐以求的地界。陆昕当时也是做着梦来的，可是在美国生活了几年，他的心里却长了草。美国再好，也是异国他乡；微软再牛，也是“老妈子抱孩儿——人家的”。

工作之余，他开始怀念自己儿时跟爷爷逛琉璃厂的情景，怀念北京的胡同，怀念中国的古董，甚至怀念北京的烤鸭、涮肉和炸酱面。

一想到这些，他心里就不踏实。京味儿文化在他的心里留下了难以磨灭的烙印，所以，即便是在一上网便可神游天下的微软，他也是“身在曹营心在汉”。

“这里是天堂，这里也是地狱。”我想起电视剧《北京人在纽约》里的一句话，对他说：“可是你进的不是地狱，是天堂呀？”

他苦笑了一下对我说：“我的中学同学有一多半都在美国。我在微软干了几年，在美国也有不少朋友，可是我越来越感觉到，中国人想在美国发展是很有局限的。美国是白种人的天下，中国人，即便你再有本事，最多只能做到工程师或从属，很难融入美国的主流社会，进入不了决策层。即使你拿了美国国籍，人家也拿你当外国人看。”

“在人家国家，你本来就是外国人嘛。”我笑道。

“所以，在美国，我心里始终没有一种归属感，总觉得是在给人家打工，当碎催。我走的时候，正是改革开放之初，后来在微软做业务，回北京几次，感觉这些年北京的变化非常大，中国改革开放的步子也在加快，对年轻人来讲，不管是创业，还是在外企工作，事业发展的机会，比美国要大得多。”

“这是你选择回国的原因吗？”我问道。

“算是吧。但让我下决心回国的原动力，还是对北京文化和老北京的玩意儿的喜欢。没办法，这是渗透到骨血里的东西。为什么许多在美国生活了几十年的人，到老了，要回北京呀？北京是他的根儿呀！”

“那倒是。叶落归根嘛。你们家族出了那么多科学家和文化名人，他们最初也在美国念书、深造，后来不也都回国了吗？”

陆昕笑了笑说：“是呀！说实在话，美国确实是一个很好的镀金之地，但不可久留。那儿的生活虽然不错，可是没有庙会，没有潘家园，没有小碗干炸的炸酱面呀！”

“就为这碗炸酱面，你从微软辞职回国了，是不是？”我跟他开了句玩笑。

爷爷留给他一箱子古钱币

陆昕从微软出来，又在美国的IT业干了几年，他是想为回国攒点钱。那一段时间，他已迷上古钱币的收藏。

搞收藏上瘾，玩起来更是痴迷，后来他索性辞职回国，一门心思当起了玩家。

从美国回到北京，从IT的工程师转到古钱币的玩家，在外人看来，这可是一百八十度大转弯，但对陆昕来说，这都是顺理成章的事儿。

他对我说：“人生的经历，不过是生命的过程，只要你很早就找到了人生的坐标，甭管转多少圈，最后还得回来。”

“这么说，你玩古钱币是很早以前的事儿了？”我问道。

说起收藏古钱币，陆昕在大学时就上了瘾。当时家里落实政策，外祖父陆学善被抄走的一大批古书和古玩退还了回来。他在查点的时候，发现了一个很大的铁盒，打开一看，原来是历代的古钱币。

陆昕觉得这些古钱上刻着年号，真草隶篆，书法非常漂亮，他爱不释手，于是天天玩。

一天，他的中学同学来他家玩，看到他有这么多古代的铜钱，回家跟他父亲说了。他父亲是北大考古学的教授，对他说，古钱比现在的钱要值钱多了。于是，他把这话告诉了陆昕。

陆昕最初是觉得古钱上的字好看，才喜欢上它的，现在听说它非常值钱，更来了兴趣。但是一大盒子古钱币，到底哪枚值钱，值多少钱？他却两眼一抹黑了。

这种事儿还没法儿找身边的人请教，因为在生活中，现在的钱，人们天天要花，没有不懂的，但古代的钱，能把上面的字认下来就不错了，谁知道它值多少钱呀？再者说，不搞收藏的话，谁花现在的钱去买古钱呀？

所以，陆昕要想弄明白古钱币的价值，只能去找《古钱谱》，对照《古钱谱》来辨认他手里藏品的价值。

当时，玩古钱的人还少，所以介绍古钱币的书不多。陆昕花费了半年多的时间，才在旧书店淘到了一本丁福保写的《历代古钱图说》。

这本书，可以说是引领他入门的“老师”，拿着这本书，对照家里收藏的古钱币，他发现了一些值钱的币种。这自然让他对古钱币产生了浓厚的兴趣，同时，也勾起他按图索骥、寻找新钱的欲望。

回首当年月坛邮市的癫狂

当时，京城还没有形成正规的古钱币交易市场，玩古钱币的多集中在月坛公园的集邮市场和南礼士路的街心花园。古钱币与新钱（纪念币、老版的人民币等），是跟集邮裹在一块儿玩的。陆昕成了这些地方的常客。

1985年到1998年，这十多年，北京月坛公园的集邮市场，即月坛邮市是全国，乃至全球瞩目的地方。当时全国出现了集邮热，并由集邮热演变成集邮狂潮。而集邮狂潮的中心就是月坛公园。

我当时在《北京晚报》当记者，曾多次到月坛公园的邮市采访，也写过关于集邮狂热内幕的报道，其中一篇披露邮市炒作内幕的报道红火一时，被邮市的小贩复印，卖一块钱一张，而当时的《北京晚报》才两毛钱一份。

我在报道里说，月坛邮市就是全国邮市的心脏，月坛邮市打个喷嚏，全国邮市就得感冒。当时，月坛邮市主要是玩邮品，包括纪念邮票、首日封、四方联、小本票、小型张、盖销票等，以及钱币，包括古钱币。

邮市为什么会疯狂？因为它有点像股市，各个集邮的品种每天的行情不一样，专门有炒家在背后操纵，比如某人要炒某个邮品，这个邮品是八毛，他便花1块钱把市场上所有的这个邮品都收上来。

当然，在收的过程中，有人会加价，八毛，他卖一块，或一块五，但炒家也要，他要不遗余力把市场上这个邮品一网打尽。

也许用五天，也许用七天，但不能超过半个月，当市场上所有的这个邮品差不多都收上来之后，炒家开始试探着往外抛一些。最初可能是一块一张，但找个由头，大张旗鼓地炒作宣传，人们开始找这个邮品时，他一下提到十块钱。

由8毛到10块钱，人们便坐不住了，开始寻找这个邮品，但这时这个邮品已经炒到100元了，炒家此时依然隔岸观火，手里捂着不撒手，任市场炒作。

因为物以稀为贵，这个邮品会越炒越高，由一百元，可能会在几天之内炒到一千元，甚至更高，这时，炒家要把握时机，小批量地试水，做最后的预测，看到多少能崩盘，他可以炒到2000元，也可以炒到5000元。

当他觉得5000元可以收手了，便把手里的这个邮品全部投放市场，这时，邮市已处于疯狂状态，您想8毛钱的邮品，一下卖到5000元，这里是多大的赚儿呀！于是5000元，人们也抢着要。

其实，此时炒家已经赚了个盆满钵盈，早找地儿数钱并琢磨下一个该炒哪个邮品去了。

而炒家收手之后，炒到5000元的邮品会在疯狂之后，迅速降温，几天之内会由5000元，降到500元，直至回归理性。

您看，邮市的这种癫狂怎么可能不刺激人呢？它的诱惑太大了！月坛邮市最火的时候，每天都聚集了七八万人。弹丸之地有七八万人流涌动，那是什么场面？

毋庸讳言，北京有一大批后来发起来的人，包括一些非常有名的玩家，是从月坛邮市走出来的。月坛邮市让许多人成了大款，也让许多人倾家荡产。

陆昕玩钱币的时候，月坛邮市的火爆劲儿已经降温，而且政府正准备取缔这个邮市。不过，邮品降温，钱币市场却开始缓慢升温，所以说，他也算赶上了一个尾巴。

不是花钱是玩花钱

也许是受当物理学家爷爷的影响，陆昕玩收藏是死抱一经，专走一门。比如他玩书画，专门收藏扇面；玩器物，偏好青铜器；玩古钱币，他虽然也钟情于古钱的名珍，但专门收藏花钱。

他对我说：“我对玩家的理解，应该是所玩东西的专家。也就是说，对某类古董，不光是拥有，更要研究，玩什么就要研究什么。”

“你玩古钱也是这样吗？”我问道。

“是呀，古钱的种类很多，我不可能一一都去研究。”他慢条斯理地告诉我说，在玩古钱的过程中，他发现花钱的图案非常精美，图案有人物故事、历史典故、宗教礼仪、民俗风情等，反映了古代人民的生活面貌和审美情趣。于是他走了这一径。

花钱，也叫厌胜钱，最早出现在宋代。它的形状跟古钱币一样，但不能花。

花钱最初是被人们用来祈福辟邪的，后来钱币学者把那些用来祝寿、占卜、游戏、玩赏、佩饰等钱币形状的铸品也归入花钱。

花钱有30多个种类，如镇库钱、开炉钱、挂灯钱、秘戏钱、生肖钱、打马格钱、八仙钱等。

陆昕这几年在研究花钱上下了功夫，每收藏一枚花钱，他都要断代，研究它的典故出处。这里头的学问可不少。

花钱不像通用的古钱有年号，辨别它的年代得从铜质、锈色、图案的风格上着手，得从大量的同时代器物上寻找它的特点。

陆昕拿出他收藏的一套诗牌钱，让我欣赏。

诗牌钱是花钱的一种，这套诗牌钱上面铸有“八仙”的形态各异的形象，一枚钱一个“仙”。当时的铸钱技术已经十分发达，钱上的“八仙”非常生动。

陆昕对我说：“把‘八仙’凑齐，花了我十多年的时间。”

这还不算“高难”藏品，他收藏的打马格钱，近200多个品种，把这些凑齐，他也花了十多年的心血。

他对我说：“清代和民国时的钱币学家对花钱不太重视。认为它不是流通的钱币，是钱币的附属品。这给我研究古钱币留下了空间，其实花钱不但是钱币文化的重要组成部分，也是古代流传下来的钱币艺术品，具有很高的收藏和观赏价值。”

陆昕是一个思维缜密的人，他对我说出了玩花钱的“野心”：计划对花钱进行系统研究和著录，将来办一个花钱年鉴，把新发现的花钱和新的研究成果汇集到书中。

看来，真如他所说，什么东西，不玩是不玩，要玩就要玩出门道来。

并不是所有古钱币都值钱

几年前，我第一次见到陆昕时，他已经是中国收藏家协会中国钱币专业委员会主任了。

“你这个官不小呀？”我跟他半开玩笑说。

他淡然一笑说：“这叫什么官呀？我这个人向来对当官不感兴趣。大家都在一起玩，我只不过替大家多张罗点事儿。”

也许是当这个主任的原因，陆昕在钱币收藏圈儿有一定的知名度，对钱币收藏圈里的事儿也比较熟。

眼下，全国玩古钱币的约有百万人，主要集中在北京、上海、南京、济南、天津、西安、沈阳等大城市，京城玩古钱币的有20多万人，在全国城市中钱币的玩主最多。

钱币圈儿每年在报国寺搞4次全国性的钱币交流会，每次交流会延续两周左右。对钱币玩家来说，这4次交流会是很难得的盛会，每次都有来自全国各地的几十万人次参加。

钱币收藏分为两类，一类是专门收藏古钱币的，另一类是专门玩现代钱币的。古代、现代通常以民国为界。

中国古代的文化人爱要“面子”，也挺“虚伪”，平时用钱花钱也离不开钱，但羞于谈钱，也耻于谈钱，所以把钱叫“泉”，管玩钱币的叫“泉家”，玩钱币的人相互之间叫“泉友”。

“泉家”“泉友”仅限于玩古钱币的人，玩现代钱币的人没这称呼。

古钱币是古董，有的还属于文物。现代钱币则没有这种说法，从某种意义上说，古钱币应该比现在的钱币值钱。其实，这是一种误解。

陆昕对我说：“眼下，国内古钱币的存量是非常大的。特别是有的品种，已成大路货。”

“是呀，古人把钱币作为陪葬品。觉得人死后到阴间也得花钱，所以大把大把的钱币往墓穴里放。现在，中国正在实行城市化，大规模地拆迁改造，挖田动土，出土的文物包括非常多古钱币。”我说。

“是呀，到目前为止，已发现的历代古钱币有几万种，约几百亿枚。想想，这几百亿枚是什么概念？况且，古钱币的作用只能收藏和观赏，不能花，没有使用价值，所以并不是所有古钱币都值钱。”

这倒是让我想起民窑的古代瓷器，因为量大，有些也不是很值钱。因此“人越老越不值钱，东西越老越值钱”的老话，得辩证地看。

“正因为如此，玩古钱币的门槛并不是很高，是不是？”我问陆昕道。

他微微一笑道：“也许是人们对古钱币缺乏了解吧，总觉得这是有钱人才玩得起的东西。这是被那个‘古’字，给弄得望而却步了。”

“是呀，一般人都会这么以为，古代的东西怎么也比现代的值钱。”我笑道。

陆昕说：“其实，古钱币并没有人们想象的那么昂贵，如果您真懂眼，碰上便宜的，一两块钱就能买一枚宋朝的古钱，几块钱就能买到汉朝的五铢钱。所以，我说它是任何人都能玩得起的古董。”

一枚古钱币卖到了1800万

玩古钱币的，讲究玩“绝品”和“孤品”。所以古钱币的值钱，不在年代的远近，而是物以稀为贵。

陆昕对我说：“年代最久的货币是海贝，海贝（钱币）现在几十块钱能买到，但清代的一枚‘雕母钱’能卖到几万元。”

“现在古钱币市场是什么走势？”我问陆昕。

他想了想说：“从2010年开始，古钱币的市场出现价格急剧上扬的态势，这里有炒家介入的情况，但总体上说，古钱币的升值是非常快的。”

“最贵的古钱币卖到多少钱了？”

“第五届上海钱币拍卖会上，拍过一枚清朝的钱币，正面是‘咸丰通宝’，背面是‘大清一百’，拍出价27.5万元。当时是这些年古钱币交易的最高价了，人们还觉得不可思议。但两年以后的2007年，嘉德春拍上，一枚1929年铸造的、孙中山像背嘉禾图壹圆银币金质呈样币，以616万人民币成交。”

“这枚币有些特殊。它实际上算是样币，并没流通。”我说道。

“没流通也是钱币呀！越是这种币才越值钱呢。”陆昕笑道。

“那倒是，少呀！弄不好还是孤品。”我说。

陆昕说：“古钱币中有许多孤品和新发现的品种，应该说无价，最终要看市场的接受程度。不过，现在玩古钱币的人多，在报国寺举办的钱币交流会，交易额最多时能达到上亿元，由此可知古钱币的市场潜力有多大。”

的确像陆昕所说，从2007年之后，古钱币在各拍卖公司举办的春、秋拍卖会上，不断刷新拍卖纪录：

“光绪元宝”成交价：380万人民币；

“天国通宝”成交价：600万人民币；

“五代后梁开平通宝”成交价：610万人民币；

“大元国宝”成交价：700万人民币；

“中统元宝”成交价：800万人民币；

“至宁元宝”成交价：880万人民币；

“至政权钞”成交价：900万人民币；

“战国莒国博山刀”成交价：980万人民币；

“五代三孔布铜钱”成交价：980万人民币；

“博山刀漆茶盘”成交价：1098万人民币；

“宋子三孔布”成交价：1200万元人民币；

“天启重宝”成交价：1800万人民币，等等。

从上面的拍卖纪录可知，现在最贵的中国古钱币已经达到一枚1800万人民币了，这大概是至到2017年，中国古钱币公开拍卖的最高记录。

但是跟国际市场上的古钱币的拍卖价相比，中国的古钱币还不是最贵的。2013年，在美国纽约拍卖会上，一枚1794年出的美国银币“邦迪尼奥”，拍出了1001.6万美金，约合6174万人民币的成交价，刷新了古钱币公开拍卖的世界纪录。

1794年，相当于中国的清朝中晚期了，跟中国的“刀”“布”“孔”怎么比呢？

有意思的是这枚钱币的卖家，在2010年，是以750万美金买入的，当时这个价格也破了世界纪录。

让所有人难以想象的是，这枚钱币当初在1947年的拍卖会上，是以1250美金成交的。您算算，将近七十年，这枚钱币的身价涨了多少倍？

古钱币收藏的原则

跟搞其他收藏的玩家一样，陆昕玩古钱币也打过眼。他说这是玩家必交的学费。

现在古钱币市场假的很多，造假的手段有翻铸拼合、改刻挖补、臆造镶嵌等，五花八门，稍不留神，就会走眼。

玩古钱的管买假币叫被“打”了。老熟人有日子没见，一问怎么回事，说在家养伤呢，甭问定然是打了眼，不愿露面了。

京城玩什么都有档次之分，敢称自己是玩家，您手里得有几件真东西、好玩意儿。

玩古瓷，没有一件明清的“官窑”，称不上玩家；玩字画儿，没有一幅齐白石、张大千或傅抱石、李可染的画儿，也称不上玩家；玩古钱币的，您手里要是没有“刀”“布”“孔”（都是先秦的钱币），同样不敢称自己是玩家。

但玩古钱的主儿要淘换一枚珍品确实不易，如同玩画儿的淘到一幅齐白石一样。

前几年，国内玩古钱币的“泉家”，评出了中国古钱币“50珍”，即50枚珍品，有：“三孔布”“齐六字刀”“东周西周环钱”“国宝金匮直万”“大泉五千”“大齐通宝”“靖康通宝”“天显通宝”“六国通宝”等。

这些珍品，按现在的市场价，哪枚都要上千万。其中有的是仅存几枚的稀世之宝，如孙吴时的早期铸币“大泉五千”，张献忠铸的金银铜三品“西王赏功”等。

“西王赏功”的这三品，最珍贵的是金品，据记载仅存世两枚。其中几枚在光绪末年彻底消失。

原来这枚钱币一直在四川的一个商人手里把玩，玩得钱币包了浆，黑乎乎的看不出金子的本色了。后来商人抽大烟败了家，这枚钱币被成都一个姓张的小贩，花了80文钱购得。

小贩买的时候，以为是一枚普通的老钱，回家以后也没当回事儿，他的孩子拿着玩。一天，孩子拿钱币在磨盘上磨，外沿磨出了金色。小贩发现后，再一细磨才发现这是一枚金币。他欣喜若狂，赶紧拿到金铺，让人熔化后打了两钱重的金条。

消息被古钱商得知，欲花十根二两重的金条买这枚古钱，但为时已晚，那个小贩得知这枚古钱这么值钱后悔不迭，最后跳了河。

另一枚“西王赏功”的金品，被一位姓蒋的人在20世纪20年代获得，此事当时曾见诸报端，后来因战乱，蒋姓收藏者去向不明，现在只能看到这枚金品的拓片了。

“西王赏功”的银品存世4枚，铜品发现3枚。这些古钱币的“名珍”级藏品，您手里如果有一枚，在北京买栋别墅都不是难事。

看古钱币值不值钱，主要掌握两个原则：

一、是否稀有。一般古钱都是上了谱的，“名珍”以外，有名的古钱，在出版的各种《古钱图谱》上都能找到。同时，《古钱图谱》一类的书，也会告诉你什么是大路货，什么是稀缺的币种。

二、看品相。所谓品相，就是古钱保持的完整性。要看古钱的锈蚀程度，钱文的轮廓是否完整，文字是否清晰等。

陆昕说：“一般情况下，只要古钱属于稀有钱种，同时品相也好，您就可以收了。当然这是在是真品的情况下。以我的经验，古钱跟其他古董相比，其收藏的升值空间还是很大的。但搞任何收藏都要量力而行，切忌急功近利。收藏，玩的是文化，所以眼里不能只看到钱，古钱币的收藏也一样。”

我笑道：“这就是你对想玩古钱币的人的忠告吗？”

他推了推鼻子上的眼镜，点了点头。

『核桃卢』

三十载风雨玩核桃

核桃卢

本名卢晓荣，北京人，研究文玩山核桃数十年，是京城最早玩山核桃的人之一，20世纪90年代，出版了关于文玩山核桃的第一本书，目睹了文玩山核桃这些年“过山车”式的巨大变化。他具有一定的开拓精神，早年开发了山核桃做的挂件和摆件，后来又介入山核桃的雕刻领域。是文玩山核桃领域的领军人物之一。

乾隆爷喜欢玩山核桃

掌上旋日月，

时光欲倒流。

周身气血涌，

何年是白头？

您知道这是谁写的诗吗？再问您一句：您知道这首诗写的是什么吗？

如果不是玩主，一般人还真猜不出来。

这是写文玩核桃的诗。谁写的？就是中国历史上300多位皇帝里，活的岁数最大的那位乾隆爷。

说到这儿，您就明白了，乾隆爷说的“掌上”能“旋日月”的核桃，不是人们通常吃的核桃，而是北京人喜欢玩的山核桃，即文玩核桃。

乾隆爷号称是目前为止，写诗最多的人。据有关史料记载，他一生共写了4万多首诗。这首小诗在乾隆的诗集里，看起来好像不起眼，像是他不经意、信手拈来的诗，但您要是细细品味，就会发现，这首小诗把玩文玩核桃的妙处，写得淋漓尽致。

小小的文玩核桃在手里来回揉捏，如同在掌上旋动日月。这是何等的境界呀！

处于这种境界之中，也就忘了生活中的烦恼与忧愁，感受着神仙般的意境，仿佛时光倒流了。

文玩核桃在您手中不停地旋揉，周身的气血也会随之而动。每天如此，您会越活越有精气神，越来越年轻，不知道何年何月会老。

玩文玩核桃的好处，真是妙不可言。不知您是不是也玩文玩核桃？如果玩，是不是也有乾隆爷的这种感觉？

看起来，乾隆爷的这首诗，像是在给文玩核桃做广告，其实，北京人当初玩文玩核桃的时候，乾隆爷还没写这首诗。或者说，乾隆爷知道北京人玩文玩核桃，他也跟着玩，玩出了美妙的感觉，才写的这首诗。

这些都是一种猜测。但可以肯定地说，北京人玩文玩核桃在前，乾隆爷玩文玩核桃在后。因为从现存的史料上看，至少在明代，北京人就已经以揉核桃为乐事了。

当然这不是出自正史，正史也不会记录这个，它出自明人的《笔记》。

明朝的天启皇帝会雕山核桃

明代天启皇帝朱由校，不但木匠活儿做得好，打出的家具，让宫里的木匠也汗颜。他同样爱玩核桃，不但把玩核桃，还会雕刻山核桃。

野史中谈到这位爱玩的皇帝，有“玩核桃遗忘国事，朱由校御前操刀”的掌故。

不过，这位爱玩核桃的皇帝，跟后来写“周身气血涌，何年是白头？”的乾隆爷没法比，人家活了89岁，他只活了23岁。

到了清代，玩，成了天子脚下臣民的生活主题。爱玩的北京人讲究平时手里不能闲着，大小得有个“抓挠儿”的物件。

平民百姓手里玩的东西不少，除了被称为“手捻儿”的小葫芦，象牙、玉器等“手把件儿”之外，就得说是山核桃了。当时，北京人还不兴玩手串儿，因为那会儿，手串儿还叫“念珠”，是寺庙里和尚的专利。

老百姓玩得美，才有可能引起那些王公大臣，包括宫里的皇帝的赏识。甭管什么玩物他们一上手，这东西就“金贵”了。民间最好的东西也都跑到他们手上了，再加上乾隆爷的诗，所以，山核桃也就沾上了“文气”，变成了文玩核桃。

当然，一加“文玩”俩字，核桃的身价也就不一般了。据史料记载，清末的文玩核桃，便与竹雕、木雕、匏器等列为文化人赏玩的器物。清末，京城曾流传过“贝勒爷手上有三宝：板指、核桃、笼中鸟”的说法。

乾隆爷玩文玩核桃，并非出自稗官野史，是有实物为证的，现在北京故宫博物院仍保存着十几对乾隆皇帝揉过的文玩核桃。经过两三百年，核桃的色儿已经变成了棕红，表皮包过浆后，润泽如玉。这些核桃分别装在了精致的紫檀木盒内。

末代皇帝溥仪在《我的前半生》中，对此特别书写了一笔，描述如下：“在养心殿后面的库房里，我还发现了很多有趣的百宝匣，据说是乾隆的玩物。百宝匣用紫檀木制成，其中一个格子里，装有几对棕红色的核桃和一个雕着古代人物故事的核桃。”

您看明白了吧？溥仪写得很清楚，那些核桃是乾隆的玩物。

早年间，玩核桃的人讲究，玩新核桃三年之内，不能让别人上手揉，怕破坏了“血气儿”，影响核桃上色。

新核桃上色要经过“三冬两夏”，也就是说至少三年。这三年只能自己玩，让核桃吸收自己的“血气儿”。

再比如说，揉核桃有许多手法，如揉、搓、捏、扎等。讲究的主儿，这对核桃可以在手里随意把玩，但不能让它出声。因为在他们看来，核桃在手里揉得咯咯直响，有失体面。

您瞧，揉山核桃不但能起到保健作用，还属于一种雅玩呢。人们是在雅玩之中，赋予了山核桃很多文化内涵。

老中医开方治糖尿病

卢晓荣是地道的老北京人，瘦高个儿，无冬历夏留着寸头，长脸浓眉，一对小眼炯炯有神，透出几分憨厚，又有几分精明。

他是从一九八几年开始玩文玩核桃的，因为与文玩核桃相伴了30多年，在圈儿里小有名气，文玩核桃已成为他生命的一部分，所以，人们见了面都叫他“核桃卢”，而实际姓名卢晓荣反倒很少有人叫了。

我与卢晓荣认识的时候，是20世纪90年代初，说老实话，当时，北京玩核桃的人寥寥无几，而且很多老百姓还不知道什么是文玩核桃。

卢晓荣比我小几岁，跟我一样，经历了改革开放。他父亲是原北京市百货公司的干部，当过前门自行车商店的头儿。在计划经济年代，这个自行车商店在京城面积最大，也赫赫有名。

卢晓荣的父亲文化水平不高，但做人本分，属于比较正统的那类北京人，对胡同里老北京人的“玩”，固守着自己的观念，认为那是“不务正业”，所以，他除了工作，就是上班，几乎没有什么业余爱好。

在这样正统的老八板儿父亲的熏陶下，卢晓荣的业余爱好也不多，何况许多老北京人玩的东西都息影了，所以，卢晓荣脑子里，一天到晚想的都是工作。在工作中，他也的确干得很出色。

可谁能想到他会得病呢？而且得的是糖尿病。三十多年前，人们对糖尿病的认识还很肤浅，得这病的人也不多，卢晓荣也只知道这病发展下去的危险，而且还是不治之症。

他歇了病假，四处寻医问药，看了西医看中医，本来身体还算结实的他，经过两年多的疾病折磨，像变了一个人似的，整天忧心忡忡。

那会儿，他才四十岁出头，糖尿病让他精神萎靡，食欲不振，天天守着药罐子，痛不欲生。

有一次，朋友给他介绍了一个老中医。老中医给他把过脉以后，对他说：“你的病不是血糖高引起来的。”

卢晓荣拿出一大摞化验单，对他说：“您瞧我的化验单，血糖一直很高，吃了多少药也下不去。不是血糖高引起的，是什么引起的呢？”

老中医笑着对他说：“照你现在这样，你再吃几年降血糖的药也没用。你没治到根儿上，因为你的病因不在血糖高。”

“那在哪儿呢？”卢晓荣纳着闷儿问道。

“在这儿。”老中医指了指他的胸部，说道，“你得的是心病。”

“心病？我心脏没毛病呀？”卢晓荣说。

老中医听了呵呵乐了，说道：“你心脏没毛病，但你的心理出了问题。本来血糖高不是什么要命的病，但你现在成天焦虑不安，过度忧思，自然会影响其他脏腑功能。所以，你当务之急不是降血糖，而是治心病，心病治好了，再吃降血糖的药也就灵了。”

“治我的病吃什么药呢？”卢晓荣问道。

老中医笑着说：“你这是慢性病。治慢性病不能着急，得慢慢来。”

卢晓荣笑道：“您说吧，我不怕慢。这病已经把我折磨成慢性子了。”

“那就好。”老中医笑道，“我的方子非常简单，你知道山核桃吗？每天到公园、河边，一边走一边揉，核桃不离手，手不离核桃，天天如此，同时再吃降血糖的药，两年以后，血糖不正常，你来找我。”

“真的吗？”卢晓荣听了，像遇到了救命恩人，站起来，连忙给老大夫打揖行礼。

可着北京城寻找山核桃

揉山核桃就能治好他的糖尿病？老中医言之凿凿，卢晓荣不能不信。但这会儿他还没见过山核桃，不知道山核桃长什么样呢！

他问身边的朋友。正好这位朋友的爷爷手里有一对“楸子”。“楸子”也属山核桃，只不过跟“四大名核桃”相比，档次低了一些。

通过这对“楸子”，卢晓荣知道什么叫山核桃了，但当时要买山核桃可就难了，卢晓荣走遍京城，没有一个地方卖这个的，他为此发了愁。

一个朋友对他笑道：“山核桃买不到，实在不行，你找两个能吃的核桃揉吧。”

但卢晓荣是个干事儿喜欢钻牛角尖儿的人，他不信自己在偌大的京城找不到山核桃。在店铺买不到，在别的地方能不能买到呢？

被逼无奈，他憋出一个主意，在大街面儿上淘换，见谁手里揉山核桃，便上去搭讪，求人家转让。这招儿倒有点儿像当年北京的年轻人上街“拍婆子”。“拍婆子”也是漫无目的地满大街踅摸。

但在街上转悠了几个月，卢晓荣也没发现有揉山核桃的，这下他感到有些失望了。山核桃，上哪找去呀？老中医是不是在跟我开玩笑呀？在迷惘之中，他甚至怀疑起那位老中医了。

真是天无绝人之路。就在他心灰意冷，断了找山核桃的念想的时候，他遇到了一位“贵人”。

这位“贵人”，实际上是一位路人。

那天，卢晓荣正在公园溜达，一位70多岁的老头儿从他身边走过。他一抬头，蓦然发现老头儿手里有个物件，再一细看，不由得“周身气血涌”，原来老爷子手里揉着一对核桃。

他身不由己地追了上去。“大爷，您手里的核桃我能看看吗？”他对那位老爷子说。

老爷子看他的样子挺憨厚，笑着把手里的核桃递给了他，问道：“怎么，你也喜欢玩这个？”

卢晓荣一看这核桃，便爱不释手。这对核桃是典型的“狮子头”，呈枣红色，如油浸一般，温润如玉，至少揉了有50年，核桃的纹理已经快被磨没了，但他当时还不懂什么叫“狮子头”，只是感觉这对核桃握着很惬意，手感非常好。

“喜欢玩，但没有。大爷，跟您商量商量，您这核桃能不能匀给我？”卢晓荣憋了半天，跟老爷子打开天窗，说了亮话。

“什么？这核桃是我父亲传下来的，到我手上都快30年了，匀给你？想什么呢？”老爷子瞪起了眼睛。

“我想您会匀给我，我要您这对核桃有用。”卢晓荣央告道。

“你有什么用？”老爷子问道。

“我用它治病。”卢晓荣说。

“治病？治什么病？”老爷子纳闷问道。

“治糖尿病。一个老中医给我开的方子。”卢晓荣坦诚相告。

老爷子哈哈笑了起来，揶揄道：“小伙子，说瞎话都不会说，核桃治糖尿病？你呀，哪儿凉快哪待着去吧！”说完，要过核桃扭头走了。

您说卢晓荣这不是自讨没趣吗？一般人要是碰上这种臊目耷眼的事儿，也就善罢甘休，真找个凉快的地方待着去了。但卢晓荣则不然，他要是碰个钉子就回头，还是“核桃卢”吗？

有生以来买的第一对核桃

卢晓荣望着老爷子的背影，没有叹气，反倒自责起来：自己跟人家素不相识，上来就要买人家手里正揉着的核桃，这不是夺人之爱吗？别说这老爷子，换了谁也会跟你瞪眼。老爷子这还算给他面子，要是换个愣主儿，给你两个“耳贴子”，你不也得受着吗？

想到这一层，他倒是觉得这老爷子挺仁义了。既然老爷子仁义，他当然不能放弃那对核桃。于是他在老爷子身后，一直跟他到了小区门口。

第二天，卢晓荣很早就在小区门口等这老爷子，果然老爷子有遛早的习惯。他佯作又一次与老爷子邂逅，二人边走边聊，东拉西扯，家长里短，就是不聊核桃。

临分手时，卢晓荣跟老爷子俨然已经成了朋友，俩人各自留下了住址，相约常联系。

转过天来，晓荣拎着“二锅头”和点心匣子，又奔了老爷子住的小区，这次他直接上了老爷子的家。

俗话说，拳头不打笑脸人。老爷子一看晓荣带着礼来的，觉得不好意思。不过，他不糊涂，已经看出晓荣的殷勤和热情，是奔着什么目的来的，但他并没点破这层窗户纸。而晓荣也跟他装傻充愣，不提核桃俩字。

临近中午，晓荣执意请老爷子在老字号烤肉宛吃了顿烤肉。老爷子的儿女不在身边，平时忙工作，很少过来看他，下馆子的时候更少。这顿饭，让老爷子深为感动，但晓荣仍然不提核桃的事儿。

过了几天，卢晓荣又拎着两条活鱼来看老爷子。这回，老爷子终于忍不住了，拿出那对核桃，对晓荣说：“大侄子，你要是真喜欢它，就拿走，算我送你的一个纪念。咱爷儿俩有缘呀！”

卢晓荣这些天，一直在等老爷子这句话，现在这句话终于从他嘴里说出来了，他抑制不住内心的激动，一把握住老爷子的手，说道：“真是人心换人心呀！”

他向老爷子讲起得病的痛苦和老中医的良方，又讲起自己寻找核桃的苦衷，以及遇到老爷子的惊喜。

老爷子听他这么一说，不由得五内俱热，一定要把这对核桃送给晓荣。

晓荣哪里肯白要老爷子的两对核桃，转过天，向朋友咨询最好的山核桃的价位，人家说出了一个傻数：250。当时，一个在职职工的月薪不过七八十元人民币。但晓荣实在，现跟朋友借了200块钱，又拿出自己的50元现金，给了老爷子。

原来，老爷子也询问了核桃的价位，多少知道一些行情，所以晓荣给他250

元，他坚决不要，俩人争执半天，老爷子才收下了150块钱。

就这样，卢晓荣买到了自己有生以来的第一对核桃。

揉核桃治糖尿病

虽然这对核桃人家已经揉过了许多年，但卢晓荣仍像揉新核桃那样每天不离手，体会揉核桃的妙处。

当时，社会上很难见到中青年的人揉核桃，人们从老人和影视里得到的印象，是只有上年纪的人才揉这种东西，所以，卢晓荣揉山核桃走在街上，常常被人视为另类。

但他最初揉核桃完全是为了治病，所以并不管别人怎么说。他在揉核桃的过程中，看了不少医书，明白了手上有70多个穴位，这些穴位的具体位置，以及它们都有哪些功能。所以，他揉核桃不是瞎揉，而是有针对性地用核桃按压相关的穴位。

晓荣属于有心人，在揉核桃的过程中，坚持把自己揉核桃的体会都做了日记，后来，他总结出揉、捏、搓、扎等揉核桃的几大手法。

在揉核桃的同时，他遵照老中医的嘱咐，按时吃降血糖的药，坚持每天多走路，而且他一直不吸烟，不喝酒，所有这些对他调理身体机能，都起到了有利作用。

晓荣揉核桃坚持了半年，睡眠好了，吃饭香了，精神状态有了明显的好转。

这时候，在京城的旧货市场，开始有小贩卖山核桃了。他结识了两个卖山核桃的小贩，从他们手里买了两对新的核桃，开始体验揉新核桃的感觉。

在揉了一年核桃的时候，他去验血糖，已经明显降低，他内心的喜悦难以表达。高血糖顽固得像一座冰川，几年时间他都没穿翻过去，这期间，他不知吃过多少药，也不知花了多少钱。医生已经把他的病定为了“不治之症”。

想不到揉山核桃，居然让他翻越了冰川，把血糖降了下来，这让他看到了希望，看到了曙光。他坚信老中医的话，两年以后再看结果。

时间是最好的化验单。不到两年的时候，卢晓荣再验血糖的时候，血糖已经正常。医院的医生问他吃了什么灵丹妙药，晓荣亮出手里的核桃说："它就是灵丹妙药。"

医院的大夫听后，扑哧乐了："您可真会开玩笑。"

是呀，不但是这位西医大夫，估计您听了晓荣的话，也会觉得这是玩笑话。

怎么可能呢？揉核桃能治糖尿病，这不是天方夜谭吗？

但卢晓荣用自己的实例告诉您，这是有点效果的。揉山核桃确实能治糖尿病，但是，您得接着往下看，您在揉核桃的同时，一定得坚持吃降血糖的药，二者缺一不可，吃药是主要的，揉山核桃只是一种辅助手段，或者说揉核桃能起辅助治疗作用。

后来，卢晓荣对揉山核桃的好处，又做了深入的研究，发现揉山核桃对许多疾病，都有辅助治疗作用，这是因为手上的穴位，与全身的血脉和五脏六腑都是相通的，您用山核桃的尖儿，不停地按压刺激这些穴位，怎么能不起作用呢？

晓荣告诉我："最见效的是缓解疲劳或缓解突然的头晕眼花，如果遇到这种情况，您用山核桃的尖，按压和刺激手上的劳宫穴，会很快起到缓压和醒脑作用。"

是不是真有这么奇妙，您可以揉揉核桃试一试。

千万里追寻核桃树

卢晓荣对揉核桃的妙处是深有体会的，自从血糖正常之后，他想把这一奇妙的治疗方法告诉每一位病友，所以，经常手里揉着山核桃去"布道"。

朋友见他一脸执着的神情，便对他说："得了，你别光来现身说法，干脆直接卖山核桃得了。"

这句话倒是一下点醒了他。当时他所在单位不景气，正在改制，职工可以停薪留职，也可以买断工龄下岗。他想卖山核桃倒是一条生路，于是，咬牙跺脚，干起了这个买卖。

干就干呗，干吗要咬牙跺脚呀？因为当时北京很少有人玩山核桃，市场有做这买卖的，但山核桃主要是新核桃，即当年从树上摘下来的核桃。

您且看明白，那会儿，所有的山核桃都是野生的，人们还不知嫁接的山核桃什么样。

野生山核桃的货源得自己去找，而且野生核桃的生长周期不一样，遇到天灾，可能会不结果儿，颗粒无收。因此，做这买卖等于靠天吃饭，具有一定的风险性。

在这种情况下，卢晓荣只能先小本投资，一点一点儿地试水，然后再搞大的动作。他面临的第一个问题是寻找货源。做买卖，您首先得有东西卖呀。

当时，新核桃的品种主要是“鸡心”“楸子”“灯笼”等，像“狮子头”“官帽”“公子帽”，以及后来新添的“虎头”“罗汉头”等，在市面上很少见。

“鸡心”“狮子头”“官帽”等品种，主要产地是太行山和燕山山脉的北京门头沟、房山，河北和山西的北部地区等，“楸子”的产地是东北地区等，“灯笼”的产地是陕西地区等。

现在山核桃已经“臭街”了，到处都有卖山核桃的地方，但是20多年前，您别说买山核桃，就是到山里去淘换生的山核桃都很难。

卢晓荣只知道山核桃的产地，但产地大了，到哪儿去找核桃树去呢？当时，没有人来指点，只能自己去蹚道儿。

那些年，为了找到山核桃的货源，他真是吃了很多苦。忍饥挨饿、风餐露宿是常事儿。有一次在山西的大山里找核桃树，他从几十米的峭壁上摔下来，多亏树农抢救及时，否则，他的小命就交代在山上了。

人心都是肉长的，后来，山里的树农一传十，十传百，都知道了从北京来采购山核桃的卢晓荣，于是每年打下来的核桃都给他留着。

“白露打核桃，霜降摘柿子。”那几年，卢晓荣最忙的时候是立秋之后，每年的这个季节，他便动身到产地收购核桃，北方大部分山核桃产地他几乎都去过。“一回生，二回熟，三回吃饭在炕头。”几年之后，他跟产地的农民建立了很好的业务关系。

山核桃成了大众“媒人”

卢晓荣属于做事谨慎的人，在经营山核桃上，采取的是稳扎稳打策略，并不急于求成，他只收购现成的、眼睛能看到的果儿，最初连带皮的青果儿都不要。

他经营山核桃的时候，还没有包核桃树一说，所谓包树，就是把农民的核桃树给包下来，一年给他多少钱，秋天结出多少核桃都是你的。

当时有人劝他包树。那会儿，北京做核桃买卖的不超过20人，如果他答应，真是捷足先登了。

后来被媒体炒作的河北涞水南安庄的“狮子头”树，他当年去的时候还有四棵，后来死了两棵，他跟那儿的树农很熟，如果他愿意，一年两三万就可以把这两棵树包下来，但是他没动这个念头。

后来，又死了一棵树，硕果仅存的那棵，被人一年花40万给包了。承包的核桃商为了防人偷核桃，在树的周围装上了铁丝网和摄像头，还在树旁拴着狼狗。媒体曝光后，这棵树成了名树。

朋友看到这个消息，对卢晓荣说:“要是当初你把这棵树包下来，早就发了。”

卢晓荣嘿然一笑说：“我可没这野心，也没这么大胃口。”

卢晓荣从小受父亲的言传身教，信奉安分守己、做人本分的人生原则，未曾做事，先学做人。所以他在经营核桃时，把诚实信誉摆在第一位，而且做事踏实，比较低调。

当时北京人对揉山核桃的好处知之甚少，玩核桃的人主要集中在有范儿的普通老北京人、商界老板、书画界的画家、演艺界明星，以及部分白领，充其量有几千人，所以，当时想卖出几对核桃并不容易。

正因为如此，卢晓荣一直没有开门店，只在天宁寺设了个摊位，以此为点，招揽回头客。

由于他在经营上，先以感情投资，跟人建立良好的诚信关系后，再在卖出的核桃上获取较少的利润，所以很快聚集起了一批玩核桃的朋友，这些朋友再对他进行口碑宣传，吸引新的买主。

这是最古老的经营模式，显然这种方式已经落后，但他依然固执地坚信自己的真心实意，会换来源源不断的客源。

也许当时核桃的购买群属于小众，他的这招儿倒也赢得了一些玩主的信任，同时，他也和许多商界和演艺界的名人如马季、马德华、李增瑞等成了好朋友。

从玩核桃到写核桃

其实，就我对卢晓荣的了解，他不是一个纯粹的买卖人，与其说他是在买卖山核桃，不如说他是在玩山核桃。

您说做买卖有这样的吗？熟人到他这儿买核桃，他拿出几对核桃让您挑，然后对您说：看着好，您拿走。您问：多少钱？他说：您看着给吧。明明标价一千块钱，您给他八百块钱也行，三百块钱也行，甚至给他五十块钱，他也不会让您再添。

这是做买卖吗？

假如他的熟人只有五个六个也行，问题是您到他那儿买过核桃，就算熟人了。您想他的熟人有多少吧？“核桃卢”的绰号就是这么来的。

我曾经问过他：“你一年到头四处奔波，能挣多少钱？”

他苦笑道：“挣什么钱呀？我就是一个玩儿。”

他说的不是虚话，他是京城最早玩核桃的那拨人里的佼佼者，那些年，他玩核桃东奔西跑得够玩命的，但直到我认识他时，他仍然住在自己的老房子里，甚至连汽车都没买，出门还坐地铁呢。而在他之后玩核桃的，有的已经成了大款，租店买车买别墅了。

我结识卢晓荣是1998年，他玩核桃已经出名儿了，当时他正在琢磨出一部有关玩文玩核桃的书。因为我当时在《北京晚报》主办“京味报道”专版，每周以一个整版的篇幅介绍老北京文化，在北京市民中有些影响。卢晓荣是看了我在“京味报道”专版上的文章，找到我的。

说老实话，在认识卢晓荣之前，我对文玩核桃还没接触过，是在跟他的多次聊天中，我才对老北京人掌上的这个玩物有了认识，再加上晓荣送给我两对“鸡心”，我每天把玩揉搓，渐渐对玩核桃的妙处有所体会了。在跟卢晓荣聊天时，他告诉我想出一本写山核桃的书。

“写书？为什么要写书呢？”我有些纳闷地问他。

他对我说，这些年，玩文玩核桃有许多体会，北京玩核桃的人越来越多了，但是许多人玩核桃是跟风，看别人玩，自己也跟着玩，玩核桃有什么好处，进一步说文玩核桃有什么文化内涵，他们却并不知道。有些老北京人玩了一辈子山核桃，但您让他说出这里有什么“道道儿”，有什么文化，也未必说得上来。所以，要把玩文玩核桃往正道儿上引，很需要有一本有关山核桃的书。

我当然支持晓荣的想法，而且我还鼓励他挑战自我，填补这个空白。

一本书点了一把“火”

空白？没错儿，是空白！咱们前文说了，中国人玩山核桃至少始于明代，这是有文字记载的，实际上也许年头更长。

也许是中国人玩的玩意儿太多了，小小山核桃不值当人们为它去费心思琢磨，所以，国人玩了七八百年的山核桃，但截至卢晓荣这儿，有关把玩山核桃的专著却一本也没有，您说在图书出版方面，这是不是一个空白？

填空是比较难的事儿，因为您没有依托和依靠，只能自己去搬砖和泥。为写成这本玩山核桃的书，卢晓荣真是下了功夫。

他对我说：“难在没有任何历史的和现实的资料可查。我先到的国家图书馆，后到的首都图书馆和国家档案馆，接着又跑了几个区、县和大学的图书馆，别说有关山核桃的书，就是相关的资料也没有。让我感到不解的是，连国家图书馆和首都图书馆的资料库，也没有关于山核桃的任何资料。”

真是一张白纸，白纸一张。也就是卢晓荣有这种耐性和毅力，换了别人也许早就打退堂鼓了。

没辙，他只好独辟蹊径，从植物学和林业方面的书里寻找有关核桃的资料，最后终于找到了一本从植物学的属类写核桃的书，作者是郗荣庭，是拿过世界冠军的乒乓球运动员郗恩庭的哥哥。

这本书只能在树种的认识上，给卢晓荣提供一些帮助，其他关于山核桃的历史文化，包括文玩核桃的起源、属性、品种、功能，如何挑选，怎么玩，怎么保护等等，都需要他查找历史资料和根据自己多年玩山核桃的经验来写了。

卢晓荣属于被耽误的一代人，充其量也就是高中文化水平，而且平时很少动笔写东西，现在居然要写本书，对他来说的确是一个挑战。

他对我说："写这本书，实际上是一个学习的过程，有许多生僻字和学术上的术语，我得查字典。尤其是在文字表述上，别看平时嘴上能说，但变成文字，还是显得非常吃力。"

但他干什么事儿都非常执着，不达目的誓不罢休。这本关于文玩核桃的书，就是他花了两三年时间，一点一点儿"吭哧"出来的。以他的文化水平能写出这本书，用呕心沥血来形容并不为过。

我见到这本书的初稿时，已经是2005年了。卢晓荣不会用电脑，书稿是手写的，厚厚的稿纸装在塑料袋子里，拿着挺沉。

"你拿去看看，帮我润润色。"晓荣恳求道。

"好吧，我先看看。"我答应了他的请求。

那时，我在报社又当记者又当编辑，一天到晚实在太忙，但我还是用了几个晚上，把他的书稿看完，我感觉这部书稿，在布局谋篇和行文上有些乱，在结构上也需要重新梳理。

我约晓荣出来，就这部书稿单聊了一次，把我的意见告诉他，劝他再作修改。

"写一本书哪儿那么容易，且得改呢。"我对他说。

"要不你帮我修改吧，出版时署咱俩的名字。"他说得十分真诚。

我当然不会这么做。这本书他吭哧吭哧写了三四年，署我名，这不是夺人之美吗？

"怎么，七十二拜都拜了，就差一哆嗦了，你想脱身了？那怎么行？不是你的风格呀！"我对他说，"这种专业类书跟文学作品不一样，只要你把要说的话写清楚就可以了，所以，需要的是知识和经验，不需要什么文采，你自己完全有这个能力。再者说，写这本书，你就是杨利伟，第一个太空人。以后可能会有许多人写有关山核桃的书，但你是第一个呀！”

在我的开导下，他又花了一年多的时间，把这部书稿重新整理了一遍。然后，他又把书稿拿给我看，这回书稿整理得有了书的模样。

当时，出这类书需要自费。卢晓荣几经周折找到了文物出版社，他们答应出版，但要求我为这本书写序。我当仁不让。

书出版后，现在的中国书法家协会主席苏士澍先生，当时是文物出版社的社长，请我和晓荣在社内食堂吃了顿饭，表示祝贺。

在这本书出版发行之前，我在《北京晚报》的“京味报道”专版上，用一个版的篇幅报道了“核桃卢”玩山核桃的事儿，在社会上引起点反响。不久，晓荣的关于山核桃的书出版。一篇报道和一本书如同助推器，使小小的山核桃在市场上迅速升温。

苏士澍先生也是通过出版这本书，才认识文玩核桃的。他当时说了一句话：“但愿这本书对人们玩核桃，能起到点化作用。”

岂止是点化，后来的市场发展证明，这本关于山核桃的书，等于在核桃市场上点了一把“火”。

小小核桃闯入百姓生活

现在，回过头看京城的山核桃市场的癫狂期，应该是在2008到2011年。在此之前，市场是相对平稳的，那会儿的山核桃市场主要有以下特征：

人们对文玩核桃的认识刚刚开始，而且就是把它视为一种把玩健身，或者纯是拿着玩儿的小玩意儿，并没想到它的商业价值。

经营文玩核桃的多属小商小贩，还有一批像卢晓荣这样，带着玩的心态的经营者，因为利润不大，谁也没指望靠卖山核桃发大财，更没有人把它作为投资的商业项目。

当时市场上的核桃，几乎都是野生的，看不到嫁接的品种，所以不论是什么品种，个头都不大。那会儿，还没出现用卡尺来量尺寸，以多少厘米大小论价的情况。

那会儿好的核桃的标准，不是个儿大小，而是品相好，两个核桃长得像、底平、棱多、翅（核桃的两翼）大、手感重等为上品。从核桃的品种来说，上品为“狮子头”“虎头”“官帽”“公子帽”等，中品为“鸡心”等，下品为“楸子”“灯笼”等。

当时人们买核桃主要是自己玩或者送朋友，很少有人拿去倒卖的，所以没有投机性。

正是由于以上原因，当时的山核桃价位不太高，品相非常好的“鸡心”，不过二三百元，特别好的，也就是500元左右；上品的“狮子头”“官帽”在千元左右，极品超不过10000元。山核桃的这个价位，一般老百姓都能玩得起。即便是搞收藏，极品的价位也能接受。

但是在2006年后，市场上的山核桃便开始发生嬗变，最初是我在《北京晚报》上，写的那篇关于山核桃的文章，让很多北京市民对山核桃有了新的认识。

当时的《北京晚报》，在媒体中常常有一种新闻的引领作用，晚报报道的事儿，其他媒体往往要跟着采访报道，特别是我的那篇报道，提到了卢晓荣揉核桃治糖尿病，所以这成了新闻，好像山核桃是人们刚发现的“新大陆”。

于是，昔日甘于寂寞的山核桃，像出阁的小家碧玉，堂而皇之地走进了北京人的视野，一时间，玩山核桃成了热门。

这轮新闻轰炸硝烟未息，电视台做的专题节目又出来了，有所谓专家出场，谈文玩核桃的文化和收藏价值。这时的山核桃不只是自己揉着玩，也不是揉它治糖尿病了，原来它有收藏价值！

这种提法颇能撩拨人意，让许多人蠢蠢欲动。此时，市场上的核桃价位开始攀升，原来卖500元的“狮子头”，在几个月之内涨到了1000元以上，就连不起眼的“鸡心”也由原来的200元，涨到了500元。

小“玩物”掀起全民“热”

转眼到了2008年，电视台的“收藏”“淘宝”类节目开始火爆，随着民间收藏的升温，这类节目的收视率一直居高不下，文玩核桃也成为了节目的一个热点，引人关注，手串儿是紧随山核桃之后的热点。

在电视节目里，有专家开门见山，公开挑明观点：山核桃是非常有投资价值的收藏品，现在200块钱的核桃，经过“三秋两夏”的把玩，盘出包浆之色，可以卖到2000或3000元。其升值空间会出乎人们的想象。这些话如同是在点“火”。

当时，正是民间收藏热呀，把山核桃引入投资领域，无疑是拿它吸金。

因为那会儿，收藏热搅得人们火烧火燎，“集邮热”在奥运的首日封“片儿火”炒到高点后，炒家突然放水然后撤资，导致“集邮热”遭遇寒流而偃旗息鼓。一些炒家抓耳挠腮，正愁没有热点，山核桃的火热，引起了他们的注意力。

当炒家把山核桃作为投资项目的时候，山核桃，就已经不是人们以前玩的那个山核桃了。

炒家的市场运作是精心策划的，在“点火”的同时，必须得“煽风”，2008年后，市面上开始不断有“山核桃收藏”方面的书，大张旗鼓地把它列为收藏投资的理想产品。

由于进入了互联网时代，这种宣传要比我在《北京晚报》写的文章力度更大，也更猛。许多文章说玩山核桃不仅能治糖尿病，揉核桃还能治百病。网上甚至流传一首顺口溜儿：“核桃不离手，能活八十九，赛过乾隆爷，阎王叫不走。”

而且也不知从哪儿挖掘出许多玩核桃的奇闻轶事，其实都是根据想象瞎编的故事，但是编得好玩，又没人查真假，便在北京人当中流传开了。

山核桃既能自己把玩，又能长寿，还能收藏、赚钱，这是多好的玩意儿！在炒家的忽悠中，人们不知不觉地上了“火焰山”。

热，热浪袭人！2008年以后，市场上卖山核桃的明显增多，原来只是在天宁寺、玉蜓桥、官园、大观园、龙潭湖有几个摊儿，卢晓荣的摊儿就在天宁寺。

在不到两年的时间，卖核桃的摊儿在京城遍撒芝麻盐，十里河、弘善、大钟寺、亮马河，凡是有卖古玩旧货、花鸟鱼虫的市场，都有卖核桃的摊儿。当然这些摊儿，后来也卖各种手串儿，由核桃热派生出的手串儿热。

再后来，不光是有专门的核桃摊儿，那些卖古玩玉石的摊儿也卖起了山核桃。山核桃甚至进了古玩城，跟瓷器、书画、玉器并列为“古董”级的玩物。

北京的老百姓喜欢跟风儿，见别人手里揉着核桃，自己不揉一对手心痒痒，更何况这东西还有收藏价值和升值空间。买吧，买一对不行，至少两对、三对。揉，揉出来，好多卖钱。

您抬眼看吧，满大街都是揉核桃的人，不但大老爷儿们玩，老爷子玩，老奶奶玩，就连20多岁的小姑娘也玩。人们见了面，便晒手里的宝贝，交流各自揉山核桃的心得体会。

与此同时，北京人还把手里揉着一对包过浆的山核桃，当作一种体面和派头，当作最好的藏品。

当时，山核桃也是馈赠亲友的贵重礼品。您托人帮忙，送一对上品的“狮子头”，比塞他几万块钱的红包还体面，也更有人情味儿。

一时间，北京人玩山核桃成风，卖山核桃的趋之若鹜，许多年轻人甚至把挺好的工作给辞了，投资摆摊儿卖核桃。

这种风势，很容易让人想起北京人经历过的“热带鱼热”“红茶菌热”“甩手操热”“君子兰热”“鹦鹉热”等等。

一对“狮子头”拍出112万元的天价

这么多人玩山核桃，自然会使山核桃的价位上扬，因为当时人们玩的还是野生核桃呢，您说野生核桃哪有那么多呀！

名贵的“狮子头”，可着全中国说，就那么十几棵树，而且结果还要看年头如何，赶上老天爷不高兴，一棵树一年也结不了几个果儿。结出的果儿还有大小、品相、配对等要求。

这么一来，那些有名品种的山核桃身价倍增，前些年一两千块钱一对的山核桃，陡然涨到了两三万，甚至五六万元。

像和田的籽儿玉按克论价一样，这时候的山核桃也开始以尺寸论价儿了。从此，北京人再说山核桃，必得带上数，比如说：我这个“狮子头”是40的或53的。40，就是核桃的直径为40厘米；53，就是53厘米。

当然，个头儿越大，价儿越高。当时一对50厘米新的“狮子头”，能卖到8万左右，一对46厘米的“四座楼狮子头”卖到了6万元，因为物以稀为贵，50厘米以上的野生“狮子头”十分少见。

文玩核桃属于玩物，本来没有价儿，进入市场，一对核桃，您说多少钱就是多少钱。这东西只要您喜欢，没有值不值一说。所以，当山核桃被炒到癫狂的地步时，价格就像脱缰的野马，谁也控制不了啦。

到2008年以后，文玩核桃的交易，不再限于市场、门店、摊位，已经大大方方地进入了各大拍卖公司的艺术品拍卖会。

由于炒作的功能还在发酵，那些有点儿年头、包浆色泽好的山核桃，在艺术品拍卖会上也成了受宠之物。

在北京2010年秋拍上，一对清末的四棱狮子头，起拍价25万元，最后以45万元成交，在玩核桃的北京人中引起轰动。

在随后的嘉德艺术品拍卖会上，一对三棱“狮子头”，曾经拍出了112万元的“天价”。这对核桃据说是清末太监“小德张”玩过的，后来又到了梅兰芳的手里，再后来才到了卖家之手。

名人玩过，年头至少150年，包浆色儿正，品相极佳，个头儿又大，文玩核桃的几大优点它全占了，难怪一对核桃会有这么高的价儿。

112万元人民币，这大概是已知的最高价位了。虽然后来在网上传出，冯小刚的一对核桃价值80万，郭德纲手里的一对核桃60万，还有玩核桃的一位名家手里的核桃90万，但没有超过112万的。

树脂核桃与赌青皮核桃

当一对核桃卖到112万元天价的时候，北京人的脑袋能不热吗？就市场规律而言，消费者买高不买低是普遍心理。您卖的山核桃越贵，他反倒觉得这东西好，也值这么多银子。

没辙，山核桃那几年的价越来越离谱，但越离谱，越有人买。山核桃似乎成了吸铁石，买的人越多，想干这买卖的人当然也越多。

而明摆着的事实是，确实有人卖山核桃发了大财。我认识的一个哥儿们，不到50岁，在家行四，大伙儿都叫他四哥。他本来是开出租车的，但起五更熬半夜的，一个月撑死了挣四千多块钱，后来，看到别人玩核桃发了，他心眼也活泛了，把出租车转租给别人，投资几十万，卖起了山核桃。

没想到，四哥干了一年多，就挣了一百多万。他讲话："我卖出一对核桃，比我开一个月出租挣的钱都多。"

现成的例子比任何教科书都受用。四哥这样的事例的确有一定影响力。您琢磨现如今谁不想发财呀？

一方面，人们以渴望升值期待暴富的心态，对山核桃趋之若鹜；另一方面，山核桃的品种有限，数量供不应求。这种行市，让买核桃的和卖核桃的的心理都发生了变化。

什么变化？大脑发热。人的脑袋一热，感性的东西往往就会取代理性，必然会产生异端。所以，在2009年以后，山核桃市场发生了巨大变化。

首先是卖核桃的人骤然增多，市场竞争激烈，在这种持续高温下，出现了假核桃的暗流。一些不法商人用树脂制造的假山核桃，冠冕堂皇地在市场上搅局。

这些假核桃做得非常逼真，它们不是滥竽充数，而是以假乱真，从中渔利。由于许多玩核桃的人最初都想不到核桃还会有假，所以上当的人不少。

我认识一个朋友，玩山核桃已经五六年，手里也有七八对品相不错的核桃。一天，我见他手里揉着一对品相非常好的"狮子头"，问他花多少钱淘换的，他说八百块钱。当时，他这品相的“狮子头”市场价至少一万元，所以他认为捡了个大漏。

我出于好奇，拿过他的核桃看了半天，确实跟真的一样，而且两个核桃的纹理也有区别。

几天以后，我在另一个玩核桃的朋友那里，见识了一对假核桃，了解到假核桃的特征之一是手感发沉，而且把核桃在硬物上磨几下，会发现树脂的痕迹，也会闻到一股异味。

造假者为了蒙蔽人，可以设计十几种磨具，然后分别配对，所以会有两个核桃纹理不一样的情况。我把这些告诉那位朋友，结果他一化验，那对花800块钱买的“狮子头”是树脂做的。

其次是赌青皮核桃成为了热点。以前卖的山核桃，是加工好的新核桃，个头大小、品相如何一目了然。由于货源少，一些年轻的商贩借鉴云南腾冲赌翠赌玉的做法，赌起了青皮核桃来。

在新核桃下来的时候，从树农那里趸几口袋青皮核桃，在市场设摊儿，摆出十几对青皮核桃，开好价，让买核桃的人来挑选，挑好后，摊主当场削皮，个头大小、品相如何，您都得认头，既然是赌，当然有人赚，有人赔。

赌青皮颇受年轻的核桃玩主青睐，当然也纳入炒作序列，从最初的几百元一对，炒到2000元，最高的青皮“狮子头”甚至超过5000元一对。

嫁接山核桃是扔向市场的“原子弹”

在“山核桃热”中，最初的主角是野生核桃。但货源有限，所以，山上的核桃树成了核桃商争夺的对象。

最初是包树上的核桃，您树上长多少核桃，商量一个价儿，我大小都要。后来，树农也聪明了，包树上的果儿也开始挑肥拣瘦了，谁给的价儿高，我卖给谁。

但树农再聪明也精不过商人。精明的核桃商来了个“卷包烩”，直接到山上包树农的树。这招儿果然让树农束手就擒。

玩核桃的商贩干过几年之后，各自都有自己的进货渠道。品相好的山核桃产地主要在北京、河北、山西、山东。核桃商贩每年到这些产地采购，对什么地方有什么品种的树都已经很熟，这些地方的核桃无疑成了抢手货。

有的商贩活动了心眼，看准某个产地的核桃，便直接花钱把核桃树给包了，一棵树一年给树农多少钱，树上的果实结多结少都是它，您就别管了。树农当然愿意有人包树，他可以旱涝保收，既省心，又省力。

包树后来也成了风，在商贩之间展开了竞争，你包这棵树一年5万，我出10万元。你出10万，我出20万。鹬蚌相争，渔翁得利。

树农不傻，谁出价儿高，给谁。这自然又对核桃的价位提升，起到了推波助澜的作用。如同房地产市场，地价一个劲儿地往上飙升，房价能不涨吗？

炒得最高的就是“狮子头”树，它的主要产地在河北涞水。其中有名儿的涞水县南安庄的一棵四棱“狮子头”树，从最初的每年15万元，炒到了每年40万元。

40万元承包一棵核桃树。您听了觉得不可思议吧？但据说这位包树的商人，后来却靠这棵树一年就赚了上百万元。因为以当时的行情，一棵树别多了，能出两对50厘米以上的果，包树的钱就回来了。

在核桃商疯狂包树的同时，嫁接的山核桃树成功了，并且以迅雷不及掩耳之势，向山核桃市场大举进攻。嫁接的核桃树三年就结果儿，而且面积大，价钱低，您想这些优势，野生的核桃怎能抵挡得住呀？

山核桃再值钱，也是植物，植物是人能种植的，所以它是再生能源。玩山核桃的人在大脑发热的时候，恰恰忘记或者说忽略了这一点。但有机灵的主儿，在众人热窑似的炒野生山核桃时，早已把注意力转移到了山核桃的嫁接上。

用现代的生物高科技手段，嫁接出山核桃树种并不是什么难事，很快种苗就出来了。于是，嫁接的山核桃种苗又成了热门，价位也被人炒了起来，从最初的几块钱一株，炒到了几十块钱。

嫁接的山核桃大约是在2009年前后，便在市场上露头了，但当时野生山核桃占据着市场，嫁接的核桃还有点儿“犹抱琵琶半遮面”的感觉。由于最早嫁接的山核桃体轻，玩核桃的用手一掂便能识别出来，所以嫁接的核桃并不招人待见。

但是两年以后，嫁接的山核桃其品种和技术更加成熟，种出来的核桃与野生核桃更接近了。现代的种植技术，完全能做到嫁接的山核桃比野生的个头儿更大，品种更好，品相更佳。

同时，嫁接比野生更具威胁的是，产量可以无限扩大，对市场来说，这无疑是一颗“原子弹”。

可怕的是当嫁接核桃以其明显的优势，顺利地攻克了野生的堡垒，向市场吹起冲锋号进攻时，很多玩主还沉溺在野生山核桃的涨价带来的喜悦中。

而更多的人则受到利润升值空间的诱惑，大把大把的钱投在种植和包树之中，渴望嫁接的核桃能让自己一夜暴富。殊不知，在欲望燃烧的冲动中，自己踏上的是开往陷阱的列车。

发热的大脑与刹不住车的价码儿

说京城山核桃市场的风云突变，只是对这种表象而言，其实，就玩核桃的主体早在这之前，已经产生了分化，比如卢晓荣这样的玩主，在嫁接山核桃大举进攻市场的时候，已经看到了“山雨欲来风满楼”的趋势，暂时隐身而退了。

有人说核桃市场的崩盘是2011年前后，这大概是就市场的走势发生变化而言，实际上，所谓崩盘是一个渐变的过程，不是突然一声霹雷，然后马上房倒屋塌。

这一过程，可能让那些“驾车”开到“高速路”的人意识不到，因为他们头脑正发热呢。但稍微有点儿理智的人，就会想到嫁接的山核桃到底值不值那么多钱，一旦嫁接核桃占领了市场，会出现怎样可怕的局面？

记得2013年，我以北京文化学者的身份作为嘉宾，参加北京电视台做的关于文玩核桃的节目。同场嘉宾还有两位卖核桃的商人和一位山核桃的玩主。

在谈到文玩核桃价值和升值空间的时候，我曾说，嫁接核桃会让市场发生大地震，让现在价位居高不下的山核桃一落千丈，由于前期山核桃的价位被炒得已经失去了理性，嫁接山核桃的出现，会对这种离谱的价位产生报复。这种报复也许人们是难以想象的。

其实我的话已经说得很明白了，但当场遭到两位核桃商的反击。他们认为我不了解市场行情，也不懂山核桃的价值。其中一位核桃商说，嫁接核桃同样有不可逾越的价值，比如在一棵树上要选两个完全一样的核桃是很难的等等。

出于他们的商业目的，这两位还在电视上忽悠人们花高价去买核桃呢。虽然当时“山核桃热”已经降温，但我的观点仍属于“皆醉”时的“独醒”，人们不会去理会的。

但是市场是无情的，到2014年的秋天，我在电视节目里的话还记忆犹新，事实就验证了我的预言，嫁接核桃给市场带来的灾难凸显出来了，青皮核桃从头年的一对1000元，狂跌到400到500元。一对45厘米左右的四座楼“狮子头”，头年2万元左右，从秋天起一路下滑，到这年的年根儿，2000块钱能出手，就念阿弥陀佛。

最要命的是玩核桃的北京人不买核桃了，这种观望态度，让卖核桃的商家有些不可思议。但已经驶上价格高速路的核桃商们，要想急刹车也难，即便到了一天卖不出去一对核桃的地步，他们仍心存侥幸，并没意识到寒冷的冬天已经来临。

据一位山核桃的玩主告诉我，当年的夏天，还有人投资百万，在平谷承包山地种核桃。没辙，人的大脑热起来，真想揪着头发上天，谁也拦不住。

核桃市场的风云突变

进入2015年，京城的山核桃的市场，真可以用风云突变来形容了，青皮核桃原来1000元，现在200块钱都无人问津了。头年，40厘米的四座楼“狮子头”还能卖到2000块钱，这会儿，1000块钱都没人要了。

让那些核桃商心寒的是，以前像“狮子头”“虎头”“官帽”这样超过40厘米的名核桃，都是装在特制的锦盒里卖的，有的时候还要配个底托。这会儿，这些品种优良的山核桃，已经是用麻袋装着往外卖了。因为嫁接的山核桃产量实在是太高了。

这年的秋后，我在逛京城一家卖古董的店铺时，看到门口放着两个装糖炒栗子的大笸箩，在卖山核桃。我下意识地看了看笸箩里的核桃，都是“狮子头”呀！虽然个头儿大小不一，品相也是高低不等，但毕竟是当年的“四大名旦”呀！

“多少钱一对？”我问店主。

“100块钱一对，您随便挑。”店主说。

这句话太让我感到寒心了。估计当年牛气十足的核桃商要是听见，真得找个没人的地方哭一场。

出于一种莫名其妙的同情心，我在店主的笸箩里挑了一对40多厘米的“狮子头”。不忍心再讨价还价，我掏出一张100元面值的票子，给了店主。

“再挑一对吧，算我送您的。”店主接过钱，大大方方地说。

我看了看他屋里墙角堆着的麻袋，明白他有多少货砸在手里了。当然，我不会再白要他的核桃。

买的那对“狮子头”，我让一位玩核桃的主儿看了看。朋友说：“十年前，这对核桃得值2万。”

从2万跌到100元，价码儿的变化简直如同坐“过山车”。

到2016年，京城的核桃市场简直可以用“惨淡”来概括，而山核桃也可以用“臭街”来形容，价格一跌再跌，用一个核桃商的话说：“跌得已经快到谷底了。”

像当年山核桃的价儿往上狂涨，谁也拦不住一样，这会儿，核桃的价儿一路狂跌，也没人能收住它的缰绳。50厘米的四座楼“狮子头”，200块钱，愣没人要。48厘米的三棱“狮子头”，才卖400元，核桃商哭的心都有了。

以往“白露”前后，市场上人头攒动赌青皮的场面，已经看不到了，一对青皮核桃50块钱都没人要，赌它还有意义吗？

要命的是市场买高不买低的定律，让玩核桃的人持币观望，死活不再往里砸钱。而一般的市民，您亮出的是“白菜价”，他们也不认。

“现在的山核桃市场，简直可以说没有买卖了。”一位核桃商叹息道。

倒霉的是前几年大量投资，又大量囤货的那些商贩，当然还有那些租地或包地种山核桃的投资者。前两年，在山核桃价位高的时候，他们做着发财梦，谁知核桃还没长成，就遇到市场的突变，结的果不是论个儿卖，而是论斤称了。饶是这样，还没有核桃商愿意收呢。

看媒体报道，京城小有名气的核桃商陈佩霞，手里有一对从宫里出来的核桃，堪称镇店之宝。她说，当年有人出90万元，她都没舍得卖，现在一落千丈，去掉一个零，9万都没人要了。她投资400万元，在北京密云包地种的“狮子头”，现在已经是赔本赚吆喝了。

前几年，跟风种嫁接山核桃的，现在已经开始吃“后悔药”了。河北邢台的浆水县紧邻山西太行山，过去是野生山核桃的产地，但原生态的树种非常稀少，当地农民便开始种嫁接山核桃树。

有个村种了一万多棵，看到山核桃市场的火爆，本想能靠山核桃树发财致富。谁知道市场突变，2016年秋天，他们种出的山核桃堆积如山，却找不到买家。这东西又不能吃，结果农民赔得一塌糊涂。

没辙，村里的书记果断决定，来年将所有山核桃树刨掉，改种能吃的核桃树。山核桃的市场灾难已经影响到树农的吃饭问题了。

一哄而起，又一哄而散。京城“核桃热”的这种结局，让人想起了当年的“君子兰热”“集邮热”“红龙鱼热”“鹦鹉热”等风潮。这种“热”也会像干柴烈火一样，燃得急灭得快。

2015年以后，山核桃市场的价格一落千丈，到2017年好像还没跌到谷底，价格依然还在持续走低。卖山核桃的说，再跌，跟吃的核桃就没区别了。

可以想象得到，在这种市场风云变幻中，有多少人会望着成堆的山核桃出不了手，仰天长叹；有多少人会因山核桃砸在手里而债台高筑；又有多少人会被膨胀的价格破灭而倾家荡产。

这一切怪谁呢?

另辟蹊径玩核雕

您也许会问，在核桃市场的风云变幻中，那位“核桃卢”在干什么呢?他可是最早介入核桃市场的人，没卷入到这场风暴里吗?

以我对他性格的了解，他的沉稳和理智会告诉他，暴风雨来临的时候应该怎么办。

记得2007年，核桃市场价格暴涨的时候，我见到他，开玩笑说：“你不借机玩一把，一个核桃能赚几千块钱，你弄它几百对可就发大了。”

他对我笑道：“我的胃口小，饭量有限，吃多了怕撑着。”

那时，他已经看到价格暴涨的危险性，当本来100块钱的东西，炒到了1000块钱，甚至2000块钱时，那就不是在玩山核桃，而是在玩命。

他在自己的微博里一连写了几篇文章，分析山核桃市场这种失去理智价格的可怕，提醒玩核桃的人，不要茫然掉进这种人为炒作的“陷阱”里。

“这种风险损失太大了，也许几年都缓不过来。”他在自己的微博里写道。

可惜，当时玩核桃的人大脑都在发烧，这种警世的冷水尽管兜头浇在脑袋上，也无济于事。

那一段时间，“核桃卢”有些低沉，这种沉默是自己给自己扎针。他强迫自己不能忘乎所以，以免卷入这场风暴之中。为此，他采取了迂回战术，在核桃市场最火爆的时候，他独辟蹊径，玩起了核雕。

其实，核雕工艺在中国有上千年的历史，奇巧的工匠在小小的核儿上施展才艺，用刻刀雕琢出各种造型，使平淡的小核儿摇身一变，成为精美的艺术品。

卢晓荣玩的就是这个，即在核桃、橄榄核和其他核儿上，雕出各种不同的造型来。

卢晓荣告诉我，他玩核雕也不是心血来潮、灵机一动，是有准备的。之前，他的家人就已经把那些不成对儿或淘汰的核桃，锯成片状，在上面刻画，制作成各种小工艺品了。

在早，他还研究过故宫藏的乾隆玩的核桃，发现那些核桃并不是“素”的山核桃，也是雕琢过的。所以，他敏感地认为，今后人们玩山核桃会以玩雕过的为尊。换句话说，以后，人们玩山核桃将不以谁的个头大为好，而以山核桃有没有雕饰，核桃上的玩意儿谁雕的为衡量标准。

行！卢晓荣又在别人还沉浸在“核桃热”的余温里，掰不开镊子的时候，独具慧眼，把山核桃的玩法引入到了一个新的境界。

当然，他不是预言家，而是具体的实践者。从2007年，他就开始试手雕山核桃了，到2010年的时候，成品已经面世。

当时，他曾送给我一个《核舟记》。这是我们在中学课本里学过的一篇古文，作者是谁，现在已经不知道了，但文章写得非常生动，讲的是明代有个叫王叔远的奇巧工匠，在“径寸之木”上，雕的苏东坡和佛印、鲁直两位朋友乘船游赤壁的画面。

卢晓荣雕的《核舟记》就是照着文章所呈现的画面来雕刻的。这是一枚橄榄核，上面除了苏东坡及两个朋友之外，还有两个划船的，一共五个人，他们或阅手卷，或站立船头摇橹，动作和脸上的神态栩栩如生，船有八个窗户，还能开合，真是巧夺天工。

最初，我以为是卢晓荣从别人手里买来，然后送给我的，后来他才告诉我，这是他自己雕的。想不到他还有这手艺，实在让我刮目相看。

卢晓荣告诉我，他的核雕作为区级非物质文化遗产已经申报成功，他作为遗产的传承人，将在这个领域好好儿地玩一把，争取成为国家级的。

“核桃热”后的冷思索

2017年8月，我又见到了卢晓荣。聊起这些年山核桃市场的大起大落，他对我说：“虽然核桃市场的风云尚未尘埃落定，但已到了人们冷静下来反思的时候。”

“的确，要反思的东西太多了。”我对他笑道。

经历过核桃市场价格“过山车”式的起落，任何一个身在其中的人恐怕都有一定的伤耗，尽管卢晓荣在暴风雨来临之际，华丽转身，但他也多有感触。

从他脸上的表情看，面对核桃市场的残局，他没有笑傲江湖的自得，反倒有些许痛定思痛的感伤。

“我打算再出一本书。”他对我说。

“什么？你又要出书！”

“是的，我要把这些年核桃市场的起伏和变化写出来，也要把我这些年对玩核桃的思考写出来。”他神情淡定地对我说。

我想这是他深思熟虑后做出的决定吧。的确，每个卷入到“核桃热”的人，都应该冷静下来，反思一下，也许这样才能以平和的心态，面对下一个什么“热”，不至于“烫”着自己。

暴风雨过后，一切又都归于安宁。小小的山核桃，从最初的少数人玩，到后来的大众玩，从最初的几百元，最后炒到动辄上千元，上万元，甚至达到了几十万，上百万元。京城的山核桃市场真是经历了一场前所未有的暴风雨洗礼。

人们折腾半天，终于明白山核桃不过就是核桃而已，再怎么玩，您就是把它捧上天，它也不过就是个核桃!

说了归齐，还是那句话：“世上本无事，庸人自扰之。”人们终于明白，把山核桃捧上天的是那些商人，而不是玩家。

经过这么一番折腾，山核桃怎么玩？又回到了原点。那些山核桃的玩家，该怎么玩，还怎么玩，因为他们压根儿就是以一种平常心，来玩这掌上之物的。卢晓荣就是一个典型。

清朝乾隆年间，有个文化人叫石成金，著有《传家宝》一书，其中有一段发人深省的话：“今人说快意话，做快意事，都用尽心机，做到十分尽情，一些不留余地，一毫不肯让人，方才燥脾（心理满足、过瘾的意思），方才如意。昔人云，话不可说尽，事不可做尽，莫扯满篷风，常留转身地，弓太满则折，月太满则亏，可悟也。”

我觉得玩核桃的卢晓荣，之所以在大风大浪面前，能稳坐钓鱼台，其在做人做事上就有“话不可说尽，事不可做尽”“常留转身地”的处世哲学，所以他玩山核桃才那么游刃有余，那么淡定从容。

闫树军

四十多年收藏『天安门』

闫树军

生于1965年，河北省遵化人，现为解放军后勤指挥学院干部，大校军衔。工作之余喜好历史、文学，有多部历史著作问世。收藏天安门纪念品近四十年，是国内此领域第一人。

胆儿够大的敢收藏“天安门”

京城的能称得上玩家的都有点儿“道”，在很多人看来，他们属于“奇人”或“另类”，因为他们做出的事儿，常常让您感到不可思议，闫树军先生便是这样一位玩家。

他玩的东西“绝”。玩什么？专门收藏“天安门”。

收藏“天安门”？乍一听，您会吓一跳。天安门是什么？是承载着中国历史文明的古代建筑，是中华人民共和国的象征和标志性的建筑，是上了国徽的，地球上的人有几个不知道北京天安门的？

闫树军，他有多大胆，竟敢收藏天安门？再者说，天安门是城门楼子，巍然屹立在广场上，他怎么收藏呀？

您且慢大惊小怪。这儿说的收藏“天安门”，打着引号呢！人家阎先生收藏的并不是真天安门，而是跟天安门有关的物件。

说到这儿，您就明白这收藏“天安门”是怎么回事儿了吧！

您只要拍拍脑门儿，稍微想想，就会发现在我们的现实生活中，使的用的，瞧的看的，包括吃的穿的，有多少物件上都带有天安门的图像呀！

天安门不是一般的城门楼子

天安门始建于明代永乐十八年（1420），最初叫“承天门”，取“奉天承运”之意，它是皇宫紫禁城的门户。

不过，虽然“承天门”名称显赫，位置重要，但在建成之后，却屡遭天灾人祸，建成之后，仅过了37年，即天顺元年（1457）便遭火焚毁。成化年间重建"承天门"，明崇祯末年（1644）又被焚毁。

清顺治八年（1651），清朝建都北京，将焚毁后的"承天门"复建，并由此改称天安门。当时城楼上悬挂的匾是"天安之门"，由汉、满、蒙三种文字写的。说来也怪，"承天门"改成"天安门"之后，火神爷便不敢靠近了，再也没着过火，但经过数次大修。

清康熙十七年（1688）重修以后，又经过多次修葺。新中国成立以后，天安门及广场也多次修缮扩建，1969年12月，天安门城楼重修。

这次动静最大，不但换了不少瓦，还更换了梁柱构件，当时的新闻报道称此次大修是"偷梁换柱"。

经过600年的风雨，天安门巍然屹立，显示了中国人的聪明才智和古代建筑的雄奇精彩。

从明代的"承天门"开始，以后的历朝历代都对这座城门楼子高度重视。

为什么？因为天安门是都城之象征、国家之象征，有皇帝的时候，天安门是向天下颁布号令（诣旨）的地方。

近现代史上的许多重大事件，均与北京的天安门有关，五四运动发生在天安门广场。新中国成立的开国大典在天安门广场，毛泽东主席在天安门城楼，庄严宣布中华人民共和国成立，并升起了第一面五星红旗。此后，许多举国的重大活动，均在天安门广场举行。

可以说，天安门见证了近现代中国的历史。当然，天安门的图案不但上了国徽，印在了人民币上，而且天安门还被写进了歌词，被国人传唱。

天安门也成了中国人，甚至世界人民所向往的地方。中外游客来北京，首选看天安门和看天安门广场的升旗仪式。这一切都说明了天安门之神圣。

正因为如此，在几百年间，天安门作为一个特殊意义的象征，被印在了各种物品上，天安门的影像图片也最为丰富，而这一切都成了闫树军先生的收藏对象。

痴迷“天安门”的初衷

闫树军是一位军人。我采访他时，他还在中国人民解放军的某学院任职。

我当时跟他开玩笑：“多亏你是一个军人，换成普通老百姓，这么玩命收藏‘天安门’，还不给逮起来。”

“瞧你说的，现在是什么年代了？哪能随便逮人玩？”他笑道。

当时的闫树军40出头，敦实个儿，身体健壮，寸头方脸，浓眉细眼，说话办事干净利落，实在厚道之中透着几分精明。

“你收藏‘天安门’，没人说您什么吗？”我笑着问道。

他听出我问话里的意思，莞尔一笑道：“怎么没人说？我媳妇就总数落我，不是把孩子买衣服的钱买了影集，就是把买柜子的钱，买了一台天安门牌的老式收音机。买回家还听不到音儿，是个聋哑‘电匣子’。”

“那你买它干什么？”我问道。

“就因为它是天安门牌的，我要的是天安门三个字。”他笑着说。

“收藏家的想法就是与众不同。”我笑道。

闫树军怎么会迷恋起收藏“天安门”的呢？说来话长。

闫树军是河北遵化人，这地方位于京东，20世纪50年代比较有名，因为遵化县西四十里堡出了一位“穷棒子”农民王国藩。这位老农民当时成立的“三条驴腿”合作社，受到毛泽东主席的赞扬，他也因此当选为全国劳模，受到毛泽东主席先后10次接见、8次握手的“政治待遇”。

毛主席跟王国藩握手的大照片，在我小的时候记忆深刻。由此，可知当年遵化那地方够穷的。

闫树军从小就知道家乡的这个名人，也知道他在天安门城楼上，受到过毛主席的接见。

当老人们聊起这些时，他会在一旁好奇地问：“天安门城楼子有多高呀？”

“高着呢，为什么叫天安门？它跟天一边高。”老人逗他说。

他从小就觉得天安门非常伟大，也非常神秘。

天安门，是他最早学会写的字。上小学一年级的时候，“首都北京天安门”是第一课。

“我爱北京天安门，天安门上太阳升。”他是唱着这首歌长大的。

天安门成了他儿时最神往的地方。“什么时候我能见到天安门呀？”这句话，他不知道问了父母多少次，但他就是没有福气能见到天安门。

其实，遵化县离天安门广场只有100多公里，但那时候，这距离似乎很远。

他亲眼见到天安门时已10多岁了。

第一次亲眼见到天安门，他激动得掉了眼泪。天安门实在太雄伟了，天安门广场实在太大了。他在天安门城楼下不停地仰望，在天安门广场流连忘返，浮想联翩，拍了许多照片，也留下了深刻的印象。

初次见到天安门的情景，闫树军至今历历在目。

他对我说：“那年我还念初中，回到家，思绪难平，我在日记里写道：今天我的心贴近了天安门，天安门也走进了我的心。正是从这一天开始，我便萌生了收藏‘天安门’的冲动。”

“你从这个时候就开始收藏吗？”我问道。

“有了最初的想法。”

“算是初恋吧？”我笑道，“或者说是初衷。”

“都算吧。”他微微一笑说，“反正从那时起，我就对凡是带‘天安门’图案的东西感兴趣了。”

藏品多得让人眼晕

玩家之所以能成为玩家，贵在一个“专”字，怪在一个“痴”字。人一旦到了痴迷状态，就有可能进入走火入魔、出神入化的境地。闫树军收藏“天安门”也如是。

收藏了二十多年“天安门”，闫树军已经有点儿走火入魔了。平时，只要一听到“天安门”这个词，他的耳朵立马儿就要竖起来。如果有谁告诉他，在那儿发现了跟天安门有关的物件，他会马上开车过去。

有一次，闫树军跟朋友一起到饭馆吃饭，正吃着，猛然听见邻桌的人说“天安门”，他耳朵一下支棱起来，接着又听见人家说了一句“天安门”，他马上下意识地走了过去。

“你们在聊天安门吗？”他急切地问道。

“什么天安门？”对方愣了一下，莫名其妙地问道。

“你们刚才是不是聊到天安门了？”闫树军接着追问道。

“哦！”对方突然笑道，“嗐，我们刚才是说家里明天安门的事儿！”

一句话，把大伙儿都逗乐了。

闫树军对“天安门”的收藏，是从小到大的发展的，最初是信封、信纸、笔记本、明信片上的“天安门”，后来扩展到印在粮票、饭票、火车票、汽车票、门票上的“天安门”。

从20世纪80年代末开始，他的收藏领域进一步放开，涉及生活中的各个角落。

他不但收藏有关“天安门”的历史资料，包括图片、文件、诰文等，而且还收藏印在烟盒上、火柴盒上、皮包上、灯具上、洗漱用具上、钟表上、家具上的“天安门”，甚至自行车、手推车、家具、家电上的“天安门”也收。品种之丰，数量之大，范围之多，价值之高，恐怕无人可比。

我笑着对他说：“你可真是把‘天安门’有关的物件一网打尽了。”

“搜集了这么多年，估计没有漏网的了。”他笑道。

他带我到他的藏室转了一圈儿。他的藏品之多，简直看得我要晕菜。

那是他所在的军队院校的仓库，估计有两三千平方米，里面几乎被他的藏品堆满。您想收藏的藏品涉及生活物品的各个方面，只要带“天安门”图案的，他全收，藏品会有多少吧？

“本来应该分门别类地整理的，但实在是腾不出空儿来了。”他对我苦笑道。

“这么多藏品，找人分类，再登记注册，我看至少得半年。”我说。

“这只是一部分，还有一多半的藏品在另外的地方存着呢。”他笑了笑说。

我对他说：“你的东西实在是太多了，这么多藏品足可以开一个博物馆了。”

“这是我的一个梦，但这么多藏品的归类还没人手，办博物馆对我来说可能比较遥远。我先顾眼前吧。”他憨厚地笑了笑说。

难得一见的天安门影像

在闫树军众多的有关天安门的藏品中，弥足珍贵的是有关天安门的影像图片。

闫树军在军界是小有名气的作家和摄影爱好者。他不但自己拍摄天安门，也广泛搜集有关天安门的摄影图片。当然，他收藏的并不是一般的图片，而是有关天安门特殊的历史镜头图片。

闫树军收藏的天安门历史图片，有许多是没有公开发表的，比如同治皇帝大婚时的天安门、天安门前的新牌楼、天安门城楼最后一次金凤颁诏、天安门城楼上悬挂的蒋介石的标准像、天安门城楼上的两幅大标语、毛泽东第一次登上天安门城楼等，这些历史镜头，恐怕许多人都是第一次见到。

为了填补有关天安门历史的一些空白，他经过多年的努力，终于将这些珍贵的历史图片汇集成册，定名为《天安门影像志》出版。

我曾翻阅过《天安门影像志》的书稿，发现除了大量珍贵的历史图片之外，还有几万字的文字说明，可谓图文并茂，确实有很高的历史文化价值。

可以想象得到，闫树军搜集的这些珍贵的历史图片所下的功夫。闫树军对我说，几乎每一幅图片的背后，就有一个故事。

例如他的藏品中，有一幅天安门城楼上悬挂蒋介石标准像的图片。这是以前许多人难以想象的，特别是新中国成立以后出生的人不可理解，天安门城楼悬挂的一直是毛主席的画像，怎么可能有蒋介石的呢？在他们的记忆里，蒋介石是“人民公敌”，是“国民党反动派”的总头目，他的画像能上天安门吗？

但照片是真实的，它胜过一切雄辩。20世纪40年代，北京是南京国民政府的北平特别行政区，蒋介石是国民政府主席，他来北平视察，在特别行政区的天安门城楼上悬挂他的标准像，表示欢迎，这不是很正常的事儿吗？这么一解释，大家就能明白了。

当时，闫树军是在网上一本过期的外国杂志上发现这张图片的。他马上意识到这张图片不同寻常的意义，但怎么才能找到这张图片呢？他为此颇费周章。

为了寻找这张图片，他发动自己的朋友圈，托人找关系，花钱找线索，辗转周折，历时数月，最后不惜重金，才把这张图片淘换到手。

这些珍贵的图片，还原了天安门城楼真实的历史。看到这些照片，我们仿佛在触摸历史的同时，又回到了逝去的年代。这种历史的穿越，会让我们更加感到天安门所承载的历史厚重感，从而更加感到它的神圣和伟大。

而这一切，都来自闫树军的“天安门”收藏。这也许正是他执着收藏“天安门”的意义所在。

如果能建博物馆不亦快哉

藏家能玩到闫树军这种品位还是不多的。一般玩家拼的是金钱，拼的是眼力。他呢，拼的是执着，拼的是耐心。

假如他没有对天安门的挚爱，没有几十年如一日的执着追求，没有对藏品的一种痴迷和耐心，很难想象一个军人，能在几十年的业余时间里，节衣缩食，投入大量的财力和精力，搜集到近百万件跟天安门有关的物品。

毫无疑问，随着时间的推移，这些藏品会成为天安门历史的资料库。

闫树军曾拿出一小部分藏品，举办了一个“天安门藏品展览”，虽然展览的规模不大，但许多藏品属难得一见的东西，所以在京城的收藏界引起了不小的震动。

“你这叫只露出了冰山一角。你小试牛刀就已经让人刮目，要是你的宝贝都亮出来，那怎么得了呀？”我跟他打趣说。

“我的藏品真不算什么。北京的地面藏龙卧虎，收藏界比我的藏品丰富的大有人在。我跟人家没法比，只能说各有所藏吧。”他谦和地笑了笑说。

什么叫玩家？玩家收藏的意义和价值体现在什么地方？闫树军收藏“天安门”的经历似乎能让我们找到一些答案。

的确，在现实生活中，有些人搞收藏，往往带有盲目性和冲动性，听说什么东西值钱，便开始收藏什么。见到有人收藏石头发了财，自己也跟着收藏石头。瞧见别人家里传下来的一个瓷碗，在拍卖会上卖了几十万，于是，便满世界淘换老年间的瓷碗，渴望能捡漏儿，也抱回家一个“金娃娃”。

这种跟风走、心血来潮的收藏和抱着发财梦的收藏，是不会持久的，也很难达到自己的目的，因为他根本不懂什么是收藏。

闫树军收藏“天安门”，并成为一个玩家的实例告诉我们：收藏本身是不能有功利性的，换句话说，你只能为它付出，不能指望它会给你带来什么财运。

当然，这只能说是玩家的一般心境。真正的玩家，还能玩出更高的收藏境界，那就是“不以物喜，不以己悲”。为了把一件确实有文物价值的物件淘换到手，可以不惜卖房卖地，倾家荡产，但玩到最后，都把它捐献给了国家。比如大玩家张伯驹，他玩的就是一个过程，而不是结果。

闫树军先生收藏“天安门”，也是在玩过程。他对我说：“我的最大心愿，就是将来能办一个‘天安门’收藏博物馆。这个博物馆是国家的，不是我个人的。如若那样，我真是不亦快哉！”

这难道就是闫树军收藏“天安门”的意义和价值所在？他说的“不亦快哉”，让我想起了古人金圣叹。

金圣叹在陈述自己的三十三则“不亦快哉”中写道：“箧中无意忽捡得故人手迹。不亦快哉！”“本不欲造屋，偶得闲钱，试造一屋。自此日为始，需木，需石，需瓦，需砖，需灰，需钉，无晨无夕，不来聒于两耳。乃至罗雀掘鼠，无非为屋校计，而又都不得屋住，既已安之如命矣。忽然一日，屋竟落成，刷墙扫地，糊窗挂画。一切匠作出门毕去，同人乃来，分榻列坐，不亦快哉！”

建一所房子，需要这需要那，想想就烦，但突然有一天，房子盖好了，朋友们都来做客，啊！不亦快哉！

我想，早晚有一天，闫树军也一定能体会到什么才是“不亦快哉”！

王明玺

玩出一个自行车博物馆

王明玺

1936—2016，北京人，享誉中外的自行车收藏大家。在五十多年的岁月里，收藏了二百多辆不同国家、不同品牌，堪称绝版的自行车，被誉为“中国自行车收藏大王”。他将收藏的自行车捐献出来，在河北霸州创建了国内第一个自行车收藏博物馆。

京城的“车鬼子”

现在，北京人挂在嘴边儿上的车，通常指的是汽车。汽车的“官称”是机动车。实际上，北京人玩的汽车应该叫私人轿车。

不过，这儿跟您介绍的这位玩车的主儿，玩的不是汽车，而是自行车。

您听着新鲜了吧？都什么年代了，还有人玩自行车？如今自行车都共享（共享单车）了，玩它还有什么意义呢？

哎，世界之大，无奇不有。您也许有所不知，眼下，京城的地面儿上，专门有一大拨儿玩自行车的人。

这帮人多数是退了休的老工程师、老教师、老演员等，总之几乎都是老北京人。当然这群人里也有在胡同长大的年轻人，他们当中有的是受父辈影响和熏陶，自幼喜欢玩；有的是自己的“老家儿”（父亲）留下几辆车，扔了可惜，自己捡起来玩，玩着玩着就上了瘾。

当然，他们玩的不是普通的自行车，更不是现在满大街跑着的“共享单车”，而是老牌的自行车。

“老”？老到什么年代呢？

在玩自行车的这些人眼里，用得上那句老话：“东西越老越值钱。”您要是有1888年英国人邓勒普的自行车那才最牛呢。

现在我们骑的充气车胎的自行车，就是这位英国人邓勒普，在1888年发明的。您手里要有他的车，就真是老古董了，京城玩车族恐怕都没见过。

不过，英国最早的自行车“汉牌”，在北京的玩车族里却有两三辆。

京城玩车的，主要玩的是英国、德国、美国、日本等国产的老牌车，中国产的老牌车，能入他们法眼的有“永久”“凤凰”“飞鸽”“金狮”等几个品牌，当然，这些品牌也分型号，比如“永久”牌，得是13型锰钢车。

北京的爷儿们玩自行车有年头了，大概从自行车引进到京城，就有人开始玩了。因为当时的自行车叫“洋车”（跟后来骆驼祥子拉的那种车是两回事），北京人把洋人称为“鬼子”，所以，管这些玩车的人叫“车鬼子”。

“车鬼子”，这名儿有意思吧？这词儿，也许现在只有60岁往上的老北京人，才知道是什么意思。

“车鬼子”除了玩自行车，他们当中还有专玩自行车车标的，当然，他们手里的车标也是名牌自行车的。

这是一个简单又庞杂的群体，有玩车的，就有玩车零件的，有玩车零件的，就有专门修这些老车的。

这种玩，属于真玩。我认识一位玩车的爷，手里有成千上万种自行车零件，一水儿的老牌。

他跟我说：“这些零件，够他攒十几辆自行车的。”

但是他不能攒。为什么？因为老牌自行车早就不生产了，有的车属于绝品，零件坏了上哪儿配去？

所以，他这儿成了专业户，一般的自行车他不修，专修老牌自行车，京城可谓独一号。因为他手里的零件多，也全，所以连天津、石家庄、保定的玩车的都奔他这儿来。

拿自行车当眼珠子

玩车的人跟养狗养猫的人一样，也把车当成“宠物”，视如自己的眼珠子。甭管收藏几辆车，在他眼里哪辆车都是宝贝。

我认识一个玩车的，今年快80了。他手里有一辆德国“三枪”、两辆不同型号的“凤头”。三辆车的品相都很好，特别是那辆“三枪”，出厂日期到现在有八九十年了，但让这位爷给伺候得看上去有九成新。

老爷子平时舍不得“动”这三辆车，当然，别人在他的自行车前，也只能当君子，“动口不动手”。

他儿子因为搬东西，动手挪了挪那辆“三枪”。因为没戴手套，他跟儿子瞪起了眼珠子，要不是老伴儿拦着他，他恨不得给儿子三枪。

老爷子的自行车有“五不骑”：刮风不骑、下雨不骑、下雪不骑、阳光太强不骑、阴天不骑。我想了想，刨去这“五不骑”，您还上哪儿找能骑的日子去呢？

他老伴儿说：“自行车是他的眼珠子，就差找个桌子把它们供起来了。”

老爷子却有话：“这不也是一乐儿吗？”

乐儿是乐儿，但一辆自行车玩成了“眼珠子”也够累的。

一个玩车的主儿给我讲了这样一个故事：跟他一块儿玩车的老张，骑车在西单十字路口，在等红灯的时候，猛然发现前边有个白头发的老头儿，骑着一辆老“凤头”。

那辆车已经老得不是样儿，而且车的主要部件也换过，从收藏的角度看，价值不大，但老张眼毒，一眼相中了这辆车的车座子。正想过去跟老头儿套磁（搭讪），红灯变成了绿灯，老头儿骑车走了。

老张憋着淘换老“凤头”座子有两三年了，好不容易发现一个，岂能放弃？于是便瞄着老头儿的背影追了过去。

谁知老头儿身体倍棒，骑车的速度像小伙子，顺着长安街，一直扎了下去。出建国门，奔大望路，穿过高碑店，奔了双桥。老张追了一身的汗，直到定福庄的十字路口，才把老头儿追上。

其实，老头儿早就发现老张在后面追他。他那天到儿子家看孙子，儿子刚给了他一万块钱，他误以为碰上了劫道的，所以骑车才这么玩命。

老张跟老头儿把买车座子的想法一说，老头儿乐了，他以为老张在拿他打镲。哪有不买车，单买车座子的？

“我是真心想买。”老张说。

老头儿打量着老张说：“蒙傻小子呢吧？”

“不想买，我能从西单追您到这儿吗？”老张道。

老头儿搞不明白老张为什么要买他这个车座子，反正也不想卖，于是说了一句狠话：“要买，您给5000块钱吧，少一分不卖。”

没想到老头儿说的数，老张接受了。

老头儿又加了一马儿说：“自行车不能没有车座子，您买了我的旧的，得给我配个新的。”

“没问题，大爷！”老张大大方方地说。

第二天，老张带着5000块钱和一个新座子，来到他俩约定的地方，给了老爷子。谁知老爷子睡了一宿觉，觉得要人家5000块钱不合适。俩人争了半天，老爷子收了老张1000块钱。

老张等于用自己的痴心，“白捡”了一个老“凤头”的座子。按给我讲故事的这位玩车的说，这座子现在至少值8000块钱。

“关键是多少钱您都买不着呀！”那位玩车的说。

物以类聚，人以群分。京城玩自行车的也有自己的朋友圈和活动地点。活动地点不是固定的，或是街心花园，或是河边、广场。总之，得有敞亮的地方停放自行车。

玩车的平时活动，主要是晒车，说句直言，就是显摆显摆自己的藏车，抖抖份儿。当然，老藏友也利用这个机会见见面，交流一下近期玩的心得。

玩车的主儿晒车非常有意思，他们把这当成是挺隆重的事儿。头一天，他们就会把自己的爱车推到明处，小心翼翼地用棉布或鹿皮擦去车上的灰尘，再给车膏上油打上蜡。

第二天一早，他们会脸刮得干干净净，头梳得利利落落，穿上自己体面的衣服，通常是西服革履扎领带，因为骑的是“洋车”嘛，这样配套。不管穿什么衣服，一定要戴白手套。

这样的行头，这样的打扮，比参加婚礼还庄重。当然，这身服装再配上那老牌的自行车，骑车走在马路上，正经能吸睛，估计交通警都恨不得给他敬俩礼，玩车的主儿要的就是这劲头儿。

玩车的主儿把车骑到晒车的地方，大大方方把车一支，跟其他车友打过招呼，便摘了手套，掏出烟来，跟大伙儿聊天。

那车摆在那儿，只为吸引路人的眼球，赢得赞赏，不为别的。玩车的主儿很少卖车，除非有了为难周展、拉不开栓的时候，才从身上割肉。那车就是他们身上的肉。

当然卖车，也是找朋友圈里的车友。他们不会轻易把车卖给外人，因为不是“车鬼子”不懂眼，好车到他手里也淹浸了。

难以割舍的单车情结

现在，北京人玩汽车的，肯定比玩自行车的人多，因为北京已经是轮胎上的城市，到2016年底，北京的机动车已经接近600万辆了。

这是一个挺吓人的数字，因为车多，北京市政府不得不采取限号（车牌号）出行的措施，遇到重大活动，汽车还要分单双号出行。这时候，未免会让北京人想起两个轮子的自行车时代。

远了不说，20年前，京城还是国内自行车拥有量最多的城市，全市自行车大约有1400多万辆，平均每个家庭有两辆自行车。

在北京，几乎人人会骑自行车。想当年，自行车是北京人的主要代步工具。每天上下班高峰时，长安街上的自行车流，如过江之鲫，可以说是一道独特的城市景观。

不光是北京人离不开自行车，在北京的老外也以自行车代步，当年的美国总统老布什，在中美建交之前，任美国驻华联络处主任。他酷爱骑自行车，经常和夫人骑着自行车在京城兜风。

那会儿，除了政府官员（司局级）和企事业单位的主要领导配有专车（汽车）外，再有名儿的人也和普通人一样，出门骑自行车。

进入2016年，“共享单车”的出现，街头骑自行车的人又多了起来。在早晚上下班高峰时，骑单车有时比开车还便捷，所以颇受在北京打工、上学的年轻人的喜欢。当然，“共享单车”再火，北京也无法回到当年的自行车时代了，不过，“单车”会让北京人重温起那个时代的光阴，毕竟北京人对自行车情有独钟。

1888年，英国人发明了充气轮胎自行车后，自行车很快便传到了中国。到了中国，也就到了北京。北京人最早把自行车叫“洋车”或“脚踏车”。“自行车”“单车”是后来的叫法。

自行车刚传到北京时，骑自行车绝对是一种时尚，那种感觉不逊于现在人开“宝马”和“奔驰”。人们看着这两个轱辘、蹬着就能跑的“洋玩意”，感到很新鲜。当时爱要面子的北京人，骑自行车并不是为了代步，而纯是为了玩儿。

那些少爷秧子骑着“洋车”，在长安街、东单、王府井这些繁华街道跑一圈儿，会招来无数姑娘惊羡的目光。

当时，玩车是为了炫耀，摆谱儿，或者证明自己的身份。这种状况类似于中国改革开放之初，北京人买私人轿车，是为了体面和夸富的心态是一样的。

那会儿，不但那些崇洋的达官显贵以玩车为荣，一般人也把玩自行车当作尊贵的象征。谁会骑自行车，无疑是拔尊的资本。

因为自行车刚进国门时，许多人都不敢骑，所以，骑车也是本事。末代皇帝溥仪为学骑自行车，甚至把紫禁城里宫门的门槛都锯掉了。

当时，比较有名的自行车是英国的“白金人”“汉牌”“凤头”、德国的“三枪”、日本的“宫田”等，进口车当然价码儿昂贵，一辆“白金人”，够一般平民几年的嚼谷儿（吃喝费用）。

自然，平民百姓对“洋车”可望而不可即。但是北京人喜欢玩，什么物件只要让北京人着了迷，花活儿就来了。别看北京人买不起“洋车”，也不能生产“洋车”，但北京人会模仿，进口的“洋车”买不起，北京人可以玩“自攒”。

什么叫“自攒”？就是自己攒自行车，用现在的话就是“克隆”。有车就得有零件，一辆自行车除了大梁、轴、链条、车轱辘这几个大件，就是车把、车闸、车座、车灯这些小零件，加到一起不过百十来件。

聪明的北京人很快就“克隆”出“自攒”的自行车来，而且市面儿上，也专有修车的门脸儿攒这种车。那会儿，也没有知识产权这一说，有的“自攒”车甚至挂着洋车的品牌，招摇过市，玩儿嘛。

“自攒”的自行车在京城流行了几十年，直到新中国成立后，因为不安全，交警才不让上马路。

在计划经济年代，买自行车和其他物品一样，也要票儿，直到1990年，自行车还是家庭的“宠物”。

当时社会流行“三转一提溜”，自行车是其中“一转”，所以，那会儿一张自行车“票儿”很金贵，一个100多人的单位，一年才给一张票儿，您想给谁不给谁呀？怎么办？只好采取抓阄方式，听天由命了。

抓阄凭的就是运气。说到这儿，我想起当年在工厂上班时，车间五六十人抓一张自行车票，我的手气好，居然抓中了。

记得那辆车是“永久”12型，“单连套”车。这辆自行车让我在工厂的青年工人里，一下牛了起来，不到20岁，我就成了“有车族”。

直到20世纪90年代初，自行车票儿才退出了历史舞台。自行车见证了中国近代经济发展的轨迹，自行车也融入了老百姓生活的喜怒哀乐。

当年的自行车不光是代步工具，也是一个家庭的运输工具。那会儿，人们买粮食、买菜、换煤气都得用自行车驮。男女青年搞对象，男的要用自行车带女的。孩子上幼儿园、上小学也离不开父母自行车大梁上的小座儿。一些“70后”和“80后”的北京人，可以说是坐在父母的自行车大梁上长大的。

自行车承载着城市的历史，也蕴藏着百姓的生活记忆，所以，收藏自行车跟收藏其他古董有所不同，它的大众化反倒增加了它特殊的文化内涵和历史意义。

收藏自行车的“三绝”

在京城两千多号的玩车人里，王明玺算是有名儿的玩家。

敢称玩家的都得有两下子，王明玺玩车有“三绝”：

第一绝是收藏的自行车量大。我当时采访他的时候，他收藏的自行车有300多辆。您想想吧，300多辆，不是玩具自行车，是咱们平时骑的那种车，这么多车存哪儿呀？

他的藏车不但数量多，而且每辆车至少在八成新以上，都是名牌。最让我称奇的是，每辆自行车还都有牌照。王明玺还告诉我，每辆车都有故事。

第二绝是他不但收藏自行车，还会拾掇修理自行车；不但会修，还能攒自行车。

老爷子是一九五几年的八级钳工，而且还是搞磨具的。老人都知道，一九五几年的八级工，相当于工程师级别，所以老爷子的手特巧，再旧再破的自行车，到了他手里，也能整旧如新。

我到他收藏的自行车仓库参观，老爷子告诉我，他收藏的各种进口自行车零件有上万件，光车灯就100多种牌子。

第三绝是他不但收藏自行车，也研究自行车，研究自行车的发展历史。哪国的自行车有什么特点，都在他脑子里装着。由于当过技校的教师，也当过校长，他说起收藏自行车的理论，真是一套一套的。

“三绝”，使王明玺在京城玩车的人中出类拔萃，也让他成为引人注目的自行车玩家。

自行车救过他的命

王明玺生在长春，算是技工世家。他父亲王贯洲当年是长春有名的技工，车、钳、铣、刨、磨，机加工的那些活儿，样样拿得起来。

后来，王贯洲自己开了个机械厂，取字号叫“公利”。“公利”让王贯洲出了名儿，后来，王贯洲当选了长春市工商联的副主任。1951年，他把“公利”给了政府，带着全家来到北京，到“国泰”机械厂当了厂长。

王明玺14岁进长春“和成”机械厂当学徒，16岁跟父亲到北京，在一家私人小厂要手艺。他聪明好学，肯钻研，搞了不少小发明。

1954年起，他开始单立门户，自己开了家冠名“王明玺机械工业”的小厂，专门研制模具。由于他的钳工技术出类拔萃，后来在定级考试时被评定为八级工。二十多岁能当八级工，在当时真可谓凤毛麟角。

1955年，他到北京市二机床搞技术教育，从这以后，他一直致力于培养技术工人，先后当过讲师、校长、客座教授等，整理了几十万字的技工培训教材。

王明玺靠自己的手艺，吃了大半辈子技术饭，业余时间，却把精力都放在了玩车上。

王明玺活了80岁，14岁就会骑自行车，如果这也算玩的话，算起来，这辈子玩了66年自行车。

当年，跟老爷子聊收藏自行车的时候，我问他：“您怎么这么痴迷自行车呢？”

他若有所思地笑道：“因为自行车救过我的命。”

自行车救过人命，听了让我一愣。

原来，他从小就喜欢自行车。儿时，他爸爸买了一辆日本生产的“宫田”牌自行车。这车是一个日本人骑过的“二手车”，但让他爸爸拾掇得跟新车差不多，而且骑着挺舒服。

五六岁的时候，他爸爸骑着自行车，他经常滚着铁环在后面追。有一次，他在追自行车的时候，被路面的石头绊倒，摔得头破血流。

他爸爸心疼他，劝他以后别再追自行车了。他说：“不追，您要答应让我学骑自行车。”他爸说：“等你大点儿再说，我一定满足你这个请求。”

他十二岁的时候，终于如愿以偿地学会了骑自行车，当时他高兴得不得了，天天骑着爸爸的那辆“宫田”在长春街头兜风。那会儿，像他这么大的孩子会骑车的不多。

王明玺对我说：“正是从这时开始，我迷上了自行车。”

想不到他刚学会了骑自行车，这车就成了他的“救命恩人”。那年，长春围困战，围城一年多，城里的老百姓被困得没吃没喝。怎么办？只好到处找食儿。

当时，他家的那辆自行车救了驾。王明玺骑着这辆车四处挖野菜，扒树皮，找嚼裹儿。靠着这辆自行车，他们全家熬到了长春解放。

有件事最让王明玺难忘。一次，他骑着车去刨野菜，突然看到饿疯了的饥民截住了给国民党军队送食品的卡车。车上装的是饼干、罐头，好几百人疯了一样上车就抢。

王明玺也几天没吃粮食了，饥肠辘辘的他见到这种场面，也身不由已地扑了上去。他随手抓起两包饼干和一桶罐头，就放在随身带的布口袋里，本来还想再抢，这时，押送这辆货车的军用吉普车赶到了。

饥民看到荷枪实弹的国民党兵，撒腿就跑。大兵怎能放过抢夺食品的老百姓？马上一边开枪一边在后面追。

他们是真刀真枪冲着人去的呀！王明玺眼看着五六个抢东西的人倒在血泊中，吓得他把装饼干、罐头的口袋往地上一扔，骑上了自行车就跑。

大兵在他的身后吼叫，子弹从他的耳边闪过，他发了疯一样猛骑。骑车当然比跑得快。他骑着自行车很快就把大兵甩在了后头，跑了几条街道才停下来。

看着那辆自行车，他由衷地长出了一口气：啊，多亏了这辆车呀，它让我捡了一条命！

为了感念这辆自行车的功劳，王明玺在离开长春时，特意把这辆老“宫田”带到了京城，后来这辆自行车也成了他的重要藏品。

“这应该算您收藏的第一辆自行车吧？”我问王明玺先生。

“不，我收藏的第一辆自行车，是自己攒钱买的。”他说着，陷入了深深的回忆之中。

“养”的自行车吊起来

玩车的人永不知足。有了第一辆车，就想有第二辆、第三辆。王明玺的第一辆自行车是1954年买的，到1970年前后，他已经收藏了10多辆自行车，当时买自行车要票儿，这些车是怎么淘换的呢？

“有9辆是我在信托商店买的，有3辆是我从私人手里买的。”王明玺坦率地对我说，“自从有了第一辆自行车后，我就有了‘野心’，见到好车就想买，买不到新车，我就买旧车，所以每个星期天我都闲不住，一大早就跑信托商店去‘淘宝’。”

原来北京人买旧货，都奔旧货市场。1956年“公私合营”以后，原来的当铺、租赁商店、旧货市场等一律取消或合并，旧货归到了信托公司下设的门市部（商店）经营。

当时，京城每个城区都有一个大的信托商店，比较有名儿的有东单、缸瓦市、菜市口、北新桥、天桥等。

信托商店卖的都是相对值点儿钱的旧货，当时那些坐吃山空的“富二代”，手头儿没钱了，就把“家底儿”往信托商店送。所以，在信托商店能淘到好东西。京城的信托商店一直到2000年前后还有，我还在信托商店买过一个“二手”的照相机。

王先生心眼儿活泛，为了淘换旧自行车，他把眼睛都盯着信托商店，因为相对来说这里比较便宜，而且不要票儿。

关键是北京人一般不买旧自行车，一是嫌旧自行车别人骑过，自己再骑，心里硌硬；二是由于自行车是骑的，旧车外表看着好，谁知道车有什么“内伤”，骑两天，车的大梁或前叉子折了找谁去？您想呀，骑着骑着车，车的前叉子折了，您不得摔出个好歹来呀？所以，北京人忌讳买旧自行车。

但王明玺买旧自行车没有这些顾虑，一来他买旧自行车不是为了骑，而是为了玩。二来他有本事，再旧再破的自行车，到他手里都能拾掇得利利落落，完好如新。所以，他成了信托商店的常客，当然也没少买，10多年买了9辆，而且都是名牌，可谓“战果辉煌”。

收藏自行车跟收藏瓷器、书画、玉器不一样，这东西忒占地方！本来王明玺住的房子就不大，这么多自行车往哪儿放，是个让人发愁的事儿。

王明玺有主意，有的自行车上油打蜡，吊在房顶上；有的自行车先拆了，把零件打上包，放在床底下，反正他自己能攒。别瞧一大堆零件摆在那儿什么也不是，想骑车的时候，他两三个小时就能把这些零件攒成一辆完整的自行车。

我曾笑着对他说：“您真不愧是从小在东北长大的，东北三大怪之一是‘养个孩子吊起来’。您现在玩车也让车‘上吊’呀！”

他夫人笑道：“您还别说，他真把自行车当自己孩子一样对待。”

是呀，10多辆自行车在20多平方米的平房里，房顶上吊着的，地上趴着的，您想这家成什么样儿了？

“我们这个住家简直就是自行车仓库，而且他的那些自行车谁也不让碰，不让摸。我和孩子为他的这些藏车，不知受了多少委屈。他呢，宁肯自己受委屈，也不能委屈这些自行车。”他的夫人对我抱怨道。

这也许是每个玩自行车的主儿的心态，人一旦玩到痴迷的份儿上，在他眼里，自行车已经不是死物，而是有生命的“活物”，甚至是可以交流感情的“活物”，您说他能让它受委屈吗？

追了6年的“白金人”

王明玺的每辆藏车背后，都有鲜为人知的故事。我曾经问过王先生：“您这么多藏车，除了那辆黑‘风头’，哪辆自行车您的记忆最深，最有故事性？”

王先生想了想，问道：“您看过我收藏的‘白金人’吗？”

“当然看过，这是您的镇宅之宝呀！”我说。

在王明玺收藏的200多辆自行车藏品中，这辆1917年英国产的“白金人”，格外醒目。这辆车通体电镀，洁白如银，车的造型简洁流畅，大方得体，看上去锃光瓦亮，带有明显的贵族气，一看就知道不是一般人骑的自行车。

王明玺给我讲起了这辆车的来历：

“白金人”是英国产的早期名牌车，他手里有一辆黑漆的，在跟玩车的车友交流时，他听说还有电镀的“白金人”，所以一直留心寻找。

终于有一天，他在天坛附近，看到一位老先生骑着一辆白色的九成新的“白金人”。这一看，可就“看进眼里拔不出来了”，当时他也骑着自行车，一直尾随着骑这辆车的老先生，进了龙潭湖光明楼的一个小区。见老先生推车进了楼门，他才转身走了。

他断定这位老先生就住在这儿。第二天，他很早就来到小区门口，等了两个多小时，才见老先生推着那辆“白金人”走出来。

老先生当时有70多岁，人很瘦，大高个儿，长脸分头，头发花白，穿得西服革履，还扎着领带，手上戴着雪白的手套。这身行头，加上老先生的气质，再骑着那辆“白金人”，确实有点儿“洋范儿”，走在街上也挺惹眼。

王明玺没好意思冒冒失失跟老先生搭话，看老先生骑着车，奔了龙潭湖，他也骑车在后面跟着。

当时，龙潭湖边上有片小树林，是“车鬼子”平时晒车的地方，老先生到了这儿，挑了个静便的地界，把车支上，便跟先到的几个车友打招呼，抽烟聊天。

王明玺借着这个工夫，仔细地品了品那辆“白金人”。他一眼就相中了这辆车，而且一见钟情。他转过身跟老先生问价儿。老先生打量着他，笑而不语。

这些玩车的“车鬼子”里有认识王明玺的，对他打哈哈儿道：“您是不是憋着想抠老爷子的眼珠子？”

“他可拿这车当命根子。”有人对王明玺悄声说。王明玺当然知道玩车人的心气儿，但他还是固执地问老先生：“您这车要是出手，我是头一个买主儿，您开价儿多少我都要。”

老先生看了他一眼，哼了一声：“得，那您等着去吧。除非我闭了眼，只要我活着，你呀，俩字：甭想！”

没想到这句话还真让老先生说中了。这以后，王明玺添了心病，一有空儿就奔龙潭湖，见到老先生就和他磨叽，要买他的“白金人”，但老爷子任凭他有千言万语，咬紧牙关就是那两个字：“甭想”。

这要是换了别人，早失去了耐心，但王先生心痴，始终瞄着这辆车不死心。一晃儿五六年过去了，王明玺再去龙潭湖时，突然发现玩车人里见不到那位老爷子了。他一打听，原来老爷子几个月前，突发心梗“走”了。

他猛然想起老先生几年前说的话，觉得买车的机会来了。但老爷子刚去世，他不能马上登门买人家的遗物。

过了有半年，他多方打听，找到老爷子儿子的电话，然后跟他打探他爸爸留下的那辆自行车还在不在，老头儿的儿子说在。

他直截了当地说要买这辆自行车。想不到老头儿的儿子听了这句话，高兴地说：“太好了，我一直等着您的电话呢。”

原来，老先生知道他儿子不喜欢自行车，所以在临终时，跟他撂下话：“这车你在家里先放一年，一年当中，要是有人来买，你就一千块钱卖给他。要是一年以后没人来买，你就全权处理，爱给谁给谁。”

老爷子“走”后，儿子等了快一年，也没见有人来买车。他以为这是老爷子临死前说的糊涂话，本想放弃呢。

因为这辆自行车放在楼下怕丢了，只好放在家里，但它太占地方，媳妇为这辆车常跟他闹别扭，所以他正琢磨着实在没人买，干脆白送朋友呢，现在突然接到了王明玺的电话，您想他心里能不高兴吗？

“没想到我们老爷子说的是真话。”老头的儿子对王明玺说。

“我追这辆车有六年多了！”王先生心里说，但嘴上却不能如实相告，他怕老头的儿子要高价儿。

但是王先生多虑了，因为老头的儿子压根儿就不懂老自行车的行市，他想一辆旧车值什么钱呀？但老爷子临终留了话，这车只要一千块钱。

所以，他大着胆子说出了这个价儿，并且对王明玺说：“自己从中多要一分钱，也是对老父亲的不忠不孝。”

“好吧，既然你爸爸留了话，我就依了他吧，少给你，也对不住他。”王明玺点了点头说。

就这样，他花了一千块钱，如愿以偿地得到了这辆“白金人”。

“宝马”都不换的自行车

终于把这辆心仪已久的“白金人”请回了家，王明玺真是心花怒放。

当天晚上，他觉都不睡了，像外科大夫上了手术台似的，精心地把这辆车大卸八块，一件一件地做了全面的护理，轴和链条重新洗刷上油，漆皮打蜡，重新组装上又配上了车灯。

折腾到天亮，嘿，这辆“白金人”像整过容的少妇，雍容华丽地站在了他面前，跟新的差不多。

王明玺对我说：“自从有了这辆自行车，我觉得自己终于能在‘车鬼子’面前牛起来了。”

的确，这辆“白金人”在京城的自行车藏友中，真可以说是“蝎子拉屎——独一份儿（毒一粪）”。玩车的主儿一提王明玺，肯定要说他手里的这辆“白金人”。

1998年，有位收藏自行车的英国老人来北京度假旅游，从友人那里得知王明玺手里收藏着一辆1917年英国产的“白金人”。

这位英国老人兴奋不已，经过半个多月的多方寻找，才找到了王明玺。

英国老人看了王先生收藏的这辆“白金人”，惊喜万分，他通过翻译对王明玺说：“当时这个牌子的车，在英国只生产了几百辆。大约在1920年，运到中国10辆。由于年代久远，又经历过‘二战’，1917年版电镀款的‘白金人’车，在英国也找不出几辆了。像这辆车体保存如此之好的车几乎没有。”

当时，这位英国老人要出10万美金购买这辆“白金人”，王明玺毫不犹豫地回绝了他。

玩车的人都是气迷心，中国人和外国人都一样。转过天，这位英国老人在朋友的陪同下，又来找王明玺，提出要拿一辆“宝马”车，跟他换这辆“白金人”。

王明玺毫不犹豫地冲他摆了摆手说：“这是我最心爱的藏品，什么‘马’，我都不会换的。”

老人非常遗憾地摇了摇头，临别时，对这辆自行车恋恋不舍，拍了许多照片。看来这位英国老爷子是真喜欢这辆车。

王明玺对我说：“这种车早已绝版，将来要办自行车博物馆，它是难得的珍品。我把它换了汽车，将来上哪儿找品相这么好的‘白金人’去？‘宝马’汽车可以拿钱买到，老牌自行车多少钱也没处淘换啊。”

8辆藏车当废品卖了

王明玺的自行车藏品中，有一辆日本1930年产的“宫田”牌自行车。这辆车最早的藏家是一位在银行做事儿的老爷子。这位老爷子是个玩车的“车鬼子”，手里藏着七八辆车。

老爷子活着的时候，王明玺就相中了这辆车，当时出高价买，老爷子没舍得卖。

“要不咱俩换，我的藏车您挑一辆。”王明玺是太喜欢这辆“宫田”了。

“好吧。”老爷子知道王明玺手里有好车，答应了这个条件。

几天以后，他到王明玺藏车的地方，左看右看，挑了一辆9成新的1938年款的“凤头”。这车，也是王明玺喜欢的一辆车，但为了得到那辆“宫田”，他答应了。

谁知就在俩人交换车的前一天。老爷子突然变卦了，他说：“这辆‘宫田’是我爸爸送给我的大学毕业的礼物，看到它，就想起我爸爸来。我实在不能离开它。”

话都说到这份儿上了，王明玺不能夺人之爱呀！

两年以后，王明玺得到了老人去世的消息，赶紧到老爷子家，要买那辆“宫田”，但为时已晚，老爷子收藏的所有自行车，都让他儿子当废品给卖了。

原来老爷子一直跟儿子一起过，他活着的时候，儿子就对他成天摆弄旧自行车有意见，因为自行车占地儿，爷儿俩为这事儿总吵架。

老爷子死了，儿子看着父亲生前摆弄的这些旧自行车就来气，于是想把这些车拉到旧货市场给卖了。没想到一打听，旧货市场压根儿就不让买卖旧自行车。

儿子来了气，正好看见小区门口有收破烂的，他把他爸爸留下的8辆自行车，一股脑儿都卖给了收破烂的。收破烂的给了他150块钱，这是收废铁的价儿。

末了儿，儿子还挺感激那位收破烂的，说帮了他的忙，解决了自行车占地的头疼问题。

您说他老父亲要是地下有灵，知道自己的宝贝车落得这样的下场，不得疯呀？

却说王明玺听老爷子的儿子说出自行车的归宿，不由得火冒三丈，但这是人家的家庭私事，他不敢说人家半个不字，只好扭脸儿心急火燎地去找那个收破烂的。

岂知现在这城市收破烂的，一个个比猴儿还精，表面上是收废品，其实他们专门盯着有老人的家庭。因为有老人就有老物件，甭管是书籍还是用品，晚辈人都不喜欢，不喜欢就得找他们。甭管什么物件，到了他们这儿，都成了废品和破烂。

其实，这些“废品”，他们一转手就到了旧货市场的小贩手里，“破烂”摇身一变，成了收藏者热衷的古董或文物。

那位老爷子的自行车到了收废品的手里，自然也成了“宝贝”，别瞧8辆老牌自行车，他只给了老爷子的儿子150块钱。王明玺找他买那辆“宫田”的时候，他开口就要20000块钱。

妈呀！8辆车150块钱，一辆车就要20000块钱，这小子也忒黑了！王明玺心想。

不过，他转念一想，觉得这收破烂的比老爷子的儿子懂眼，起码知道这辆自行车是个好东西。

设计智买“宫田”车

收破烂的小伙子姓李，因为嘴大，大伙儿都叫他大嘴李。王明玺试着跟大嘴李砍了几次价儿，大嘴李的嘴咬得非常死，其他车都可以砍价，就是这辆“宫田”一点儿没商量，20000块钱，少一分也不卖。

别的自行车王明玺还真没看上，他就相中了这辆“宫田”。见大嘴李不肯让步，王明玺活动了心眼儿，心生一计。

这天，他见到大嘴李，对他说，他从别人那里买到了跟这牌子一样的车，才花了1000块钱，所以这辆车再便宜他也不要了，让大嘴李另找买主。

然后，他扭脸找到胡同口儿烙烧饼的外地小伙子小林子，让他帮忙从大嘴李手里把那辆“宫田”买回来。

“放心吧，大爷不会让你白帮忙。”他把那辆“宫田”车的标志和形状画了出来，并交给了小林子1500块钱。买车也许只用1000块钱，剩多剩少都归小林子。

在小林子买车之前，王明玺请街道办的朋友吃了顿饭，让他们找城管的人，清理大嘴李收破烂占用的小树林。

大嘴李收上来的旧自行车有几十辆，都存在他在小树林临时搭的棚子里，附近早晚健身锻炼的居民早就怨声载道，王明玺不找城管的人，他们也准备要轰大嘴李他们这些收废品的。

街道办的干部给大嘴李下了最后通牒，限期搬出小树林。大嘴李慌了神，他上哪儿找存自行车的地方去？

正在这时，卖烧饼的小林子来找他喝酒。敢情大嘴李跟小林子是同乡，俩人喝到三四分醉意的时候，小林子说他想买辆自行车，送孩子上幼儿园。

别看大嘴李对王明玺那么算计，一分钱也不肯让步，但对老乡却慷慨大方，当时对小林子说：“你还买什么自行车呀？我这儿有得是，你随便挑，看哪辆好，你就骑走。”

“那多不合适。”小林子故意卖关子说。

“咱俩还有什么合适不合适的。”大嘴李说。

小林子进了自行车棚子，装作很随意的样子选了那辆“宫田”。大嘴李心里咯噔一下，这辆车他还真舍不得送给小林子，但话已然说出去了，他又无法反悔了。

“我就看上它了。”小林子说。

“那这辆车就是你的了，你骑回家吧。”

“我哪能白要你一辆自行车呀？说吧，给你多少钱？”小林子执意要给他钱。

“你挑的这辆车，可是老牌子！”大嘴李对老乡说，“你非要给，我告诉你一个实价儿，前几天，有个老头说，买了一辆跟这个牌子一样的车，价码儿是1000

块钱。”

小林子故作惊讶道：“什么，一辆老掉牙的自行车1000块钱？我卖一个烧饼挣2毛钱，1000块，我得卖多少烧饼呀？”

“你别嫌贵，我又不跟你要钱，只是告诉你，这车值这么多钱。你呀，把车骑走，算我这当大哥的送你的一份礼。”大嘴李对他说。

“我还就看上这辆车了。但不给你钱，就把车骑走，那是什么人了？不过，我给不了你那么多，给你500块钱怎么样？”小林子说。

这大嘴李是个脾气非常“轴”的人，什么事儿认死理，这辆车或者白送小林子，一分钱不要，或者按行情给他1000块钱，多一分不要，少一分不给。

俩人争了半天，最后小林子还是给了他1000块钱。因为如果白要大嘴李的，他怕大嘴李反悔，再把这辆车要回去。再说王明玺已经告诉他底线是1000块钱，所以他大大方方把钱给了大嘴李。

小林子实在，将这辆“宫田”交给王明玺时，把买车的经过，一五一十地告诉了他，并且把剩下的500块钱还给了王明玺。

王先生说：“咱们已经说好，剩下的钱都归你，这钱你必须拿着。”

小林子说：“我出来混，要挣自己劳动得到的钱，这种钱我绝不能收。再说，您这么喜欢收藏自行车，是真懂自行车，这车到了大嘴李他们手里，就成了赚不义之财的东西了，到您手里更有用。我能帮您点儿忙也是应当的。”

这番话让王先生大受感动，见小林子死活不要这钱，也不再推让。那年腊月，小林子回家过年，王明玺打听到小林子老家的地址，买了台彩电发了过去。

“宫田”到手后，王明玺经过一番细心整修，让这辆车又见了新。

我问他：“您怎么这么喜欢这辆车呢？”

王明玺对我说：“这辆车的收藏价值在于它是‘全标’。”

“什么叫‘全标’呢？”我问道。

“也就是说从车架、车圈、车胎，到车座子、泥板、车的辐条都有‘宫田’标志。”他对我解释。

我仔细看了看，确如他所说，这辆车全身上下都有品牌的标记，原装无疑。

这种自行车实在太难找了。但只有玩车的人才会注意这些，一般人并不在意。玩家关注的和一般人肯定不一样。

“水淹七军”车泡汤

王明玺玩了60多年的自行车，藏车故事能少得了吗？但我注意到一个细节，他收藏的自行车没一辆是摆设，也就是说他藏的车并不是“样品”，而是有实用价值的，拿起就能骑。

这得益于他的“三绝”，自己能修车。不过，他收藏的都是老牌子的车，这些自行车早就不生产了，所以配个零件很难。

有时收上来一辆老牌旧车，为了配齐车上的零件，他不惜坐火车到天津、沈阳、上海。可以说他收藏的每辆自行车，都凝聚着自己的心血。

王明玺这辈子不抽烟、不喝酒，也没有别的嗜好，手里有点儿钱，全让他给玩自行车了。

这么多年，玩车有无穷的乐趣，也有许多的烦恼。其中最大的烦恼就是“养”这些自行车。

“养车”，一要有地方存放，二要定期保养。自行车是金属物，长期不动，就会生锈，所以得定期上油擦拭。这是个细致活，保养一辆车一般要花半天工夫，他的藏车全加起来有200多辆，您算算吧，他得搭进去多少时间？

但这些对于王明玺来说，还不是什么难事，他收藏自行车最头疼的是没地方存放。

头些年，他的藏车只有10多辆的时候，还可以化整为零，在家里分而置之。后来，他收藏的自行车越来越多，到五六十辆，甚至100多辆的时候，存放就成了问题。

没辙，后来他租了几间学校的地下室，算是暂时给这些“宝贝”找了个窝儿。但是好景不长，学校的地下室漏雨，一下雨，水淹七军，这些自行车算倒了霉。看到爱车被雨水泡着，王明玺真是欲哭无泪。

王明玺的姑爷陆中秋，是《中国日报》的摄影记者，我跟他都属新闻界的同道，彼此认识多年。中秋是个古道热肠的人，喜欢张罗事儿，社交广泛。

他看老爷子藏车这么多，1999年的时候，撺掇老爷子搞了一次“王明玺自行车藏品展”，此事在社会各界引起不小反响。

捷安特中国有限公司慕名前来，请王明玺任总经理的特别顾问。得知王先生的藏车没处存放，南苑乡石榴庄村书记还主动找上门来，无偿地腾出一层人防工事用的地下室，为王明玺存放自行车。

看起来，一切都很顺利，谁知刚过一年多，王明玺又皱了眉头。怎么呢？还是自行车的存放出了问题，原来存放自行车的人防工事用的地下室，被消防部门查出了安全隐患，限期让自行车挪窝儿。

王明玺正在为自行车找地儿发愁，偏偏赶上了京城百年不遇的大雨，地下室成了“水帘洞”，近200辆自行车泡了汤。

王明玺急得嘴起了燎泡。没辙，他只好掏钱雇了三个小伙子，溜溜儿忙了四五天，才把被淹的自行车转移到了一个广场。

时逢雨季，这场雨躲过去了，下一场雨来了怎么办？当时王明玺已是奔“七张儿”（70岁）的老人了，望着自己辛辛苦苦收藏的近200辆自行车，心绪未免怅然。

玩车人平生的夙愿

恰在这时候，姑爷陆中秋情急之下去搬救兵。谁是救兵？敢情裉节儿上，他想到了我。

因为我当时在《北京晚报》主办“京味报道”专版，中秋觉得我报道一下老爷子藏车的烦恼，会引起社会关注，肯定会有人伸出援手，帮他解决存放自行车的燃眉之急。

这种事儿，我当然不会袖手旁观，何况之前我跟老爷子也熟，一直想写写他收藏自行车的故事。但是我不想当“救火队长”，救急，治不了老爷子的心病。

老爷子的心病是什么？就是收藏的这些宝贝自行车的归宿。几乎每个收藏家在老了以后，都会面临这个问题：自己驾鹤西去以后，收藏多年的藏品怎么处理？现实生活中，子承父业搞收藏的很少，“富不过三代，藏不过两代”，这是在论的。

与其他玩家不同的是，玩车占地儿，而且自行车已经属于淘汰的车种，并不招年轻人待见。王明玺有两个女儿，尽管女儿和姑爷都挺有出息的，但他心里明白这些孩子都会开汽车，也都有汽车，没有一个喜欢自行车。

中秋是我的好朋友，我知道他的脾气，就烦老物件，只要别人用过的，东西再好他也腻歪。北京像他这种“新派”人不少。所以，他对老爷子收藏的自行车并不感冒，更别说收藏了。

因为知根知底，老爷子向我说出了自己的夙愿，把自己的自行车全部捐出去，建一座自行车博物馆，如果这个愿望能实现，他就死而无憾了。我问了中秋，其实这也是全家人的想法。

中秋说话直：“能建博物馆是天大的好事，赶紧让老爷子‘解套’吧！再耗几年，他的身体就让这些自行车给拖垮了。”

老王确实老了，自行车玩不动了。但这么多名牌自行车，是应该有个好的归宿。他深切地希望有识之士，能帮他解了这个“套儿”，筹建一个自行车博物馆。

其实，给自行车建博物馆，不是王明玺脑瓜一热的突发奇想。王明玺玩车不是瞎玩，他有自己的理想。从20世纪80年代，他就开始琢磨，自己的藏车到一定的份儿上，开办一个自行车博物馆。后来，他藏的每辆自行车都是奔着这个目标去的。

我在他石榴庄小区地下室的自行车存放地，欣赏到他的全部藏品，我惊奇地发现，这近200辆自行车，按发展的阶段来说，有皮带传动、轴传动、链条传动等不同时期、不同传动原理的车。

按国界来说，有英国、德国、法国、荷兰、日本、中国等国生产的世界名牌车，如“白金人”“汉牌”“三枪”“凤头”“环球”“宫田””富士”“袋鼠”“松下”等。

按年代来说，有1917年英国生产的名牌车，也有20世纪90年代日本生产的名牌车，这些车不论从数量上还是品质上，足以办一个展示自行车历史发展的博物馆。

当时，国内尚无自行车博物馆，而自行车曾几何时和我们每个人的生活息息相关。中国是世界上拥有自行车最多的国家，在中国，不论大人小孩，不会骑自行车的人极少。

从上个世纪初自行车传到我国，一个多世纪了，自行车记录着中国人的历史，见证了中国制造业的发展史。我想如果有谁能借着王明玺的藏车，在郊外辟一个地方，建一座自行车博物馆，那将是一件多么功德无量的事呀！

于是，我把王明玺收藏自行车的经历，还有他想建博物馆的夙愿，在《北京晚报》用一个整版的篇幅做了报道。想不到，这篇报道见报后，引起了社会极大的反响。

没过多久，石榴庄村的书记又找了新的地方，无偿为王明玺存放藏车，解决了他的后顾之忧。

最让王明玺激动的是不少企业看了报道，有意出资、出场地，为王明玺筹建自行车博物馆，但王明玺实际考察后，觉得都不合适。恰在这时，离北京不远的一个县级市向王明玺投来了“橄榄枝”。

藏车全部捐建自行车博物馆

2000年，《北京晚报》还有一定的影响力，我的那篇报道后来被国内外40多家媒体转载，或又进行了后续报道。王明玺一下成了名人。

2005年，央视第10频道又播出了“王明玺收藏自行车”的节目，这期节目正好让河北省霸州市两位能主事儿的领导看了。

巧合的是，当时市领导班子正在商讨城市的文化发展规划，一时找不到亮点，王明玺收藏自行车的故事，一下牵动了两位地方官的神经。他们不约而同地意识到，王明玺的这些自行车藏品，是不可多得的“宝贝”，他不是想办博物馆吗？来霸州吧！

霸州是离北京70多公里的县级市，这里历史悠久，人杰地灵，历史上出了许多名人，京剧名家李少春就是霸州人，前几年，霸州市建了一座李少春京剧艺术博物馆，在方圆百里影响很大。

也许是这个博物馆让当时霸州的主要领导开了窍，他们想把王明玺搬到霸州来，建一座自行车博物馆，找人上网一查，自行车博物馆在国内尚属空白。几位领导乐了，这可是千载难逢的机会。

别瞧霸州地方小，但霸州人敢想敢干。这些年，霸州也出了几个大的企业家，在“京津冀”的建筑业和房地产开发上显山露水，发了大财，使这个县级市的经济发展在河北省处于前列。

手里有钱就好办事儿，他们通过央视找到了王明玺。办博物馆，他怎么可能不点头？王明玺是北京人，当然想把自行车博物馆办在北京，但当时北京人找王明玺谈建博物馆的，还没有合适的人选。

霸州人为表诚意，市里的一、二把手亲自到王明玺家，商谈建馆的事儿，让老爷子深为感动。接着霸州领导又把王明玺当作重要嘉宾，邀请到霸州考察了一番，博物馆将建在市中心位置，而且照着国家级的标准设计。

王明玺动了心，既然北京没动静，干脆让霸州人先干吧。于是跟霸州方面签订了捐赠协议。

建博物馆属于大工程，当然要经过市人大常委会讨论，想不到委员们听说要建的自行车博物馆，是全国第一家，当然高兴，一致通过，接着又报省里审批。

长话短说吧，2008年，中国第一个自行车博物馆在霸州市落成。王先生和中秋没忘我这个“推波助澜”者，特邀我当嘉宾，参加了当年10月的开馆仪式。

霸州市政府对这个自行车博物馆，确实非常重视，投资了2个多亿，博物馆占地3.6万平方米，设计风格独特，看上去很壮观。博物馆为王明玺老爷子拿出4000平方米，专门展览他的200多辆藏车。

在博物馆里，我看到了王明玺珍藏的“白金人”“宫田”“凤头”等有故事的名车，被摆在明显位置，并有非常详细的说明牌。

望着宽敞明亮的展厅，想起王明玺为泡在水里的自行车发愁的样子，我不禁感慨万端：啊，这些自行车藏品终于有了归宿，了却了老人多年的夙愿！

据了解，当时世界自行车博物馆只有4座，他们分别在日本、法国、荷兰3个国家和我国的台湾地区，但这些自行车博物馆，最大面积不过1000多平方米。

而建在河北霸州的中国自行车博物馆，不但博物馆的面积是世界之“最”，而且展品的数量和品种也堪称一流。

王明玺老爷子真是选对了地方，霸州，名不虚传，这地方的人建的自行车博物馆都这么霸气！

自行车玩家的“绝响”

说起来，王明玺真是个玩家，而且也算是个奇人。2008年，在霸州建自行车博物馆时，他已经72岁了。

“古稀之年”了，而且自己收藏了60多年的自行车也有了归宿，他完全可以告慰自己大半辈子的辛苦，舒舒服服地享受人生不多的剩余时光了，但让所有人都没想到的是，他又搞起了自行车收藏来。他的话：一天不玩车，晚上躺床上睡不着觉。

人总睡不着觉怎么成？现代的养生学认为，上岁数的人总失眠，容易得老年痴呆。老伴儿和孩子们心想，痴什么，也别让老爷子痴呆呀！他愿意玩自行车，干脆就任由他玩去吧，痴迷自行车，总比痴呆要好吧？

王明玺这一玩，又刹不住闸了，从2008年底到2015年，不到7年的时间，他又收藏了200多辆名牌自行车。当然，这200多辆跟之前捐博物馆的没法比，但里头也有许多外国名牌自行车。

为什么在这么短的时间，王明玺能收上来这么多自行车呢？

一是他赶上了千载难逢的机遇。当王明玺意识到自己老了的时候，跟他一茬儿玩车的“车鬼子”们也老了。

这拨玩自行车的人可以说是硕果仅存，可着北京城说，超不过3000人了，而且，他们面临的几乎是相同的问题，死后，自己的藏车怎么办？

在四个轮子的汽车时代，您的自行车再“金贵”谁稀罕呢？所以，他们都想在有口气儿的时候，把手里的藏车处理掉。王明玺正是抓住了这个机遇。

二是王明玺捐自行车建博物馆的事儿，见诸各个媒体后，成了名人，谁家里有不骑的老自行车，要处理都找他。

人们知道他是玩车的，给他，总比给收破烂的当废铁卖了强。到后来，老爷子一天要接十多个电话，想收手都难了。

这些自行车放在哪儿呀？正好有几个年轻人在密云水库的周边，建了一个自行车环湖驿站。驿站要增加文化内涵，经理发动员工献计献策，一个小伙子头天在网上，看到了王明玺收藏自行车的故事，讲出来，大家都觉得有意思。

经理灵光一现，觉得在水库边上，建一个自行车展览馆是个不错的主意。跟大伙儿一商量，想法跟大伙儿不谋而合，建一个自行车展览馆，自行车驿站就有了文化，而且也为水库增加了一个亮点。

年轻人说干就干，他们几经周折找到了王明玺。老爷子听了他们的想法，立马儿拍了巴掌，敢情他们也跟王明玺想到一块儿了。

原来自行车博物馆建在河北霸州，王明玺老爷子心里一直有些遗憾。他毕竟在北京生活了70多年，也算是老北京了，玩了一辈子自行车，怎么着也要为北京留下点儿东西，再建一个博物馆或收藏馆，他死而无憾了。

这也是他老骥伏枥、二次玩车的初衷。所以当密云水库的小伙子找到他时，他们一拍即合。

也许是老天让他不留遗憾地告别人世，2015年，他跟密云水库自行车驿站的经理签好协议，将后来收藏的全部藏车捐给他们不久，年底，他被查出得了胃癌，很快住院手术，但医生无力回天，三个多月后，老爷子安然辞世，捐献的自行车成了他的“绝响”。

老爷子是在80整寿时“走”的，但他玩车的故事留了下来，弥足珍贵的是他收藏的自行车，都有了好的归宿。您如果有机会参观自行车博物馆的话，会看到他的那些藏品。

一个玩家，能做到这一步，也算功德圆满。用一句大白话说：这辈子行了，没白玩儿！

陈伟明

地道的京城玩鸟儿人

陈伟明

北京人，著名国画家，北京鸟类文化研究家，曾当过北京市人大代表。早年曾创办“威名通信”，蜚声京城无线通信业。后来在研究绘画艺术的同时，玩起观赏鸟，以“红子”“靛颏”为主，并开始收藏各类鸟笼子和鸟具。潜心于此，颇有心得，成为京城鸟类文化研究的达人。

“靛颏”享受的是贵妃待遇

京城玩鸟儿的主儿成千上万，陈伟明却属于“另类”，他这个“另类”，如果用一个字形容，就是：“累”，用两个字形容，就是：“忒累”。

他养的几只“红子”和“靛颏”，算是享了大福。先说这鸟儿吃的食，伟明在超市买的最好的牛肉“黄瓜条”（上脑的部位，一头牛就一条），切成细片儿，晾晒成干儿，还有小河虾，炒了，碾成碎末，这是“靛颏”的食儿。“红子”要喂活食儿，“三道门”的蜘蛛，十块三个。还有鸡蛋黄、花生米、玉米面。

他在跟我描述鸟儿食的淘换和制作过程时，别说让我做，听，都觉得累了。

喝，这鸟儿绝对得喝矿泉水，而且是市场上最贵的那种。估计当年清朝皇上喝的玉泉山的水，要是对外卖100块钱一瓶，他都舍得买。

这些都还不是主要的，关键是“红子”“靛颏”这几只鸟儿的日常伺候。冬天怕它冷，鸟笼子要盖棉被；夏天怕蚊子咬，要在鸟笼子上装纱帘。夏秋早晨还要“拉露水”。鸟儿吃了喝了得拉，怕鸟屎弄脏鸟儿腿，三四个小时得清理笼子。最有意思的是每天还要给鸟儿洗澡，定期给鸟儿剪指甲。

“‘红子’是野生鸟儿，野性大，刚进笼的雏鸟喂什么食非常重要。喂人加工的食它开始不认，几天下来，就会饿死。所以这时候要特别细心和耐心，要一点一点儿地喂，让它肚子里得有食儿。但不是你喂它就吃，你得想别的辙，比如把鸟食抹在它的爪子上，抹在它活动的四周。‘红子’爱干净，看到这些异物，就会用嘴一点一点儿地琢干净，这样鸟食就自然进了它的嘴里，慢慢地它也会明白这些异物能吃，渐渐地就适应了。看它琢吃‘异物’，您得一天24小时盯着，半夜起来看它啄食。您说玩鸟儿累不累吧？”

我笑道：“当年杨贵妃不过也就如此了吧？”

伟明笑着说：“杨贵妃可享受不到这待遇。”

笼子里的小家伙儿倒是不负主人的恩宠，那只“红子”叫起来挺给力，“唧唧红”“唧唧水”“唧得红”“唧得水”，这几个音儿叫得还真正。伟明的脸上露出得意的笑容。

陈伟明，1951年出生在北京东城的东华门。他们家我去过，离故宫的东华门只有几十米。我开玩笑说他身上沾着皇气儿。他嘿然一笑说，中间还有筒子河呢。

他是地道的北京人，说话大嗓门儿，一口的京腔儿，方脸寸头，大眼阔鼻，腕子戴着手串儿，脖子上挂着玉牌儿，举手投足，身上带有一股子爷劲儿。

陈伟明当年在京城也是个人物，他爸爸早年是王府井“新京”乐器行的经理，玩手风琴的。老爷子不但会拉，还会修手风琴。

受父亲的熏陶，伟明和他弟弟伟亮从小就练手风琴，现在，陈伟亮已经是国内知名的手风琴表演艺术家和指挥家了。

伟明的手风琴也拉得很出色，虽然后来没进专业文工团，但他在1970年代末，在京城成立了第一家私人乐团“威明乐队”，乐队的乐器齐全，吹拉弹唱有10多号人。

那时是改革开放之初，京城流行跳交际舞，伟明和他的队员，一身白西服白手套白皮鞋，活跃于当时京城的“四大舞厅”：百货大楼四楼舞厅、北海公园、东四怡乐园、崇文区文化馆，《人民日报（海外版）》对他们进行过专题报道。他也算星光耀眼，正经风光过。

让伟明显山露水的是在BP机的年代。他成立的“威明通信公司”，在京城家喻户晓，当时的“威明”有几十家分店，分布于京城各个城区，BP机的年销量连创全城第一，伟明被评为优秀民营企业家，受到市政府表彰，他也因此当选为北京市人大代表。

三十年河东，三十年河西，在手机取代BP机的时候，伟明急流勇退，归隐山林，与笔墨为伴，潜心绘画，当了山水画家。他有绘画底子，玩了十多年丹青，已小有名气，为排遣绘画的寂寞，找个解闷儿的，他便跟鸟儿结了缘。

说起玩鸟儿，他对我说：“我生下来不久，家里人就把我送到了天津我姥姥家。我姥爷是厨师，玩了一辈子鸟儿。我小的时候，姥爷常带我逛鸟市。那会儿天津的鸟市比北京大，一玩就是半天。从那时起，我就喜欢玩鸟儿了。”

我笑道：“这么说，你玩鸟儿有年头了。”

伟明迟疑了一下，对我说：“人玩什么不能以年头论英雄，有的人玩了一辈子鸟儿，可能连‘红子’和‘靛颏’的脾气秉性都说不上来，这能说会玩鸟儿吗？玩什么得琢磨什么，能说出个幺二三来才行。”

他是属于玩什么都特投入的人，而且喜欢跟自己较劲，干什么事，都要弄懂里头的门道，不弄明白，他不吃不喝不睡觉。正因为他有这种执拗劲儿，才做到玩什么有什么，不玩则已，要玩，就一鸣惊人。

当年，他玩手风琴，玩BP机如此，现在他玩鸟儿和鸟笼子也如是。

为只“靛颏”丢了老命

跟一位在北京生活了10多年的浙江人聊天，我问他对北京人的印象如何。

他拧着眉毛，沉吟了半天，末了儿冒出一句：“北京人很悠闲，太会玩了。”

我又问：“何以见得呢？”

他想了一下说：“从街上那些提笼架鸟的人，就能看出这一点。”

这让我想起另一个外地朋友，对京味儿文化的印象：提笼架鸟。

是啊，在跟一些外地朋友的接触中，他们每每提到京味儿文化，便立刻想到了北京人的提笼架鸟。

其实提笼架鸟，并不是北京人的“专利”。不信，您可以到一些有点儿历史文化的城市转转，肯定会发现街头巷尾有提笼架鸟的人。

那么，为什么一些外地朋友，对北京人玩鸟儿会这么印象深刻呢？而且对北京人的第一直觉，就是提笼架鸟？

可能真是因为北京人会玩，把笼子里的小宠物玩到家了，所以才会对外地人这么吸睛。

北京人玩鸟，可以说达到了“出神入化”的地步。

什么叫“出神入化”？就是做到了人与鸟儿的亲密共处之境，人离不开鸟儿，鸟儿离不开人。

北京人艺演过一部写北京人养鸟儿的话剧，叫《鸟人》，编剧过士行，原来跟我是《北京晚报》的同事。“鸟人”这名儿起得到位。人跟鸟儿成为“共同体”以后，可不就是“鸟人”了吗？

我认识不少玩鸟的人，北城的、南城的都有。从这些玩鸟人的心态上，我发觉鸟儿在他们眼里，不只是个活的玩意儿，用他们的话说，鸟儿比他们的亲儿子还亲，捧在手上怕掉了，含在嘴里怕化了，生怕让这些“小家伙儿”受到一点委屈。我从伟明伺候鸟儿的精心中，就看出这一点。

北京人养鸟儿还有更邪乎的，几年前，听说过这么一档子事儿，南城的一个70多岁的老爷子，养了一只“红靛颏”。

那鸟儿跟了他五六年，能押五六个音儿，鸟儿在笼子里每天啾啾啼叫，像是跟他聊天，成了他生活中的“伴侣”。老爷子跟这只鸟真是形影不离。

突然有一天，家里来了一位客人。这位爷不玩鸟儿，也不懂玩鸟人的规矩，看这只鸟儿在笼子里欢蹦乱跳挺喜兴，他冒冒失失地摘下笼子，举到眼前，想跟鸟儿亲热一下。

没想到这位爷得了感冒，也是寸劲儿，早不打，晚不打，偏偏这节骨眼儿上，他连打了两个喷嚏。

冲笼子里的鸟儿打喷嚏，您这不是要老爷子的命吗？老爷子赶紧把鸟笼子接了过去，但为时已晚。

八成是这位爷的唾沫星子，溅到了鸟儿的身上，或者是那鸟儿受到了惊吓，当天这只鸟就蔫头耷脑了。

老爷子着了急，赶紧用土方儿给鸟儿调治，但这小家伙的魂像是被人弄走了，一直打蔫儿，三天以后，便死在了笼子里。

老爷子像是天塌了一样，看到爱鸟呜呼哀哉，他也急火攻心，当场脑出血，两天以后也撂了挑子，驾鹤西去了。

临死的时候，老爷子还念叨着自己的那只爱鸟。家里人理解老爷子的心愿，让他的遗体和这只爱鸟一起入了火化炉，最后老爷子的骨灰和鸟儿的骨灰合为一体，入土为安了。您从这个故事，是不是能看到老北京人玩鸟儿的“出神入化”。

不过，按陈伟明的说法，这叫走火入魔了。人跟鸟儿再亲，它也是鸟儿。应该是人玩鸟儿，不能让鸟儿把人给玩喽。

京城的“文鸟”和“武鸟”

中国人养鸟儿是从什么时候开始的，目前尚无定论。有人从唐代诗人朱庆馀的《宫词》一诗中的“寂寂花时闭院门，美人相并立琼轩。含情欲说宫中事，鹦鹉前头不敢言”，断定从唐代就在宫里养鹦鹉了。

但是前几年，考古专家从江苏镇江出土的东汉永元十三年墓中，发现了鸟食罐，这种鸟食罐跟现代人用的形状相仿，可以推断汉代的中国人已经开始养鸟了。

北京人玩鸟儿可以追溯到元代，甚至更远。由于北京是六朝古都，天子脚下，加上地处北方，冬夏的时间比春秋要长，在民俗风情中又有北方游牧民族的一些习性，所以北京人玩鸟儿，跟其他地方有所不同。

北京人玩的鸟儿，从品类上大体可以分为三种：一种是善鸣会哨的鸟儿，一种是羽毛长得好、供观赏的鸟儿，还有一种是会表演玩意儿、叼旗打弹的鸟儿。

这三种类型的鸟又可分为若干品种，比如善鸣会哨的鸟儿，又可分为“文鸟”和“武鸟”。

“文鸟”叫出的声音悠扬悦耳，婉转动听，而且善于学其他鸟儿叫，如“红子”“靛颏”等。

“武鸟”叫出的声音则显得粗犷，而且习性好动，如“画眉”“百灵”等。从玩鸟儿的档次来说，“红子”“靛颏”属于“高大上”，因为过去是宫里供皇上赏玩的，所以又有雅玩之说。

国内玩鸟儿的人公认的“四大鸣鸟”是：“百灵”“画眉”“靛颏”“绣眼”。“绣眼”是南方人喜欢玩的鸟儿，北京人很少玩。

为什么“四大鸣鸟”没有北京人玩的“红子”？这是因为“鸣鸟”的标准是不能串口儿，也就是相互之间不能学口儿，也不能有替代性。但“红子”的鸣叫声，“百灵”模仿得惟妙惟肖。

当初，人们是先玩的“百灵”，后玩的“红子”，所以有人认为最初人们养

"红子"，是为"百灵"学口儿用的。

此外，"四大鸣鸟"有传统命名的笼子，而且几个笼子不能混着用，"画眉笼"就是养"画眉"的，不能养"百灵"，但"红子"最早没有专门命名的笼子，直到近代才有"红子笼"。

不管是"文鸟"还是"武鸟"，以会押音为贵。所谓押音是鸟儿不光自己会叫，还能学出多少种声音来，北京土话也叫口儿。过去最值钱的"百灵"能押出十三种叫声，也叫"十三口儿"或"十三套"。

这"十三套"包括鸟、兽、虫叫以及东西发出的声音，有：麻雀闹林、母鸡嘎蛋、猫叫、沙燕叫、喜鹊叫、红子叫、油葫芦（一种鸣虫）叫、鹰叫、小车轴声、水梢铃响、苇扎子叫、胡伯劳（也叫胡伯拉，鸟名）叫等。

押音的这"十三套"，不仅要求按次序叫，而且要求中间不能遗漏或者重复，叫完一套，再接着叫下一套，像交响乐的乐章。这种调驯的功夫之大，可想而知。

但这正是北京人玩鸟儿的与众不同之处。有的玩鸟人，也许积几年的精力，为一只百灵的"十三套"绝活而乐此不疲。

有关"百灵"能押"十三套"的说法，我也只是听说而已，并没有见过真正能押出"十三套"绝活的"百灵"。听玩鸟儿的行家说，能押七八种声音的就算是好"百灵"了，当然口儿要正，不能有脏音儿。

老北京人玩的"四大鸣鸟"

北京玩鸟的人最喜欢玩的是"画眉""百灵""红子""靛颏"。如果让北京玩鸟的人投票，"四大鸣鸟"肯定是这四种。因为这四种鸟儿不但长得好看，而且都善叫，会押音，声音婉转悦耳。

相比之下，"画眉""百灵"要比"红子""靛颏"好养一些，所以也更大众化一些。

"红子""靛颏"比较难养。越是难养的鸟儿越高贵，所以一般文人雅士和宫里的皇上，以及王爷、大臣们喜欢养“红子”“靛颏”，并且有文官玩“靛颏”，武官玩“红子”之说。这种风习一直延续至今。

“靛颏”分为“蓝靛颏”和“红靛颏”，“蓝”与“红”不但在长相上略有区别，叫的音儿也不同。“蓝靛颏”专门模仿陆地上昆虫的声音，如模仿蛐蛐儿、油葫芦、金钟儿等，惟妙惟肖。“红靛颏”专门模仿天上飞的鸟儿的声音，也非常逼真。

“靛颏”善鸣，声音多韵、悦耳，所以早在宋代，就是皇宫里太后、娘娘们喜欢的宠物。那会儿，宫里专门有伺候这些鸟儿的“鸟把式”。

由于这些“鸟把式”是养鸟儿的专职人员，所以积累了丰富的经验，可惜没有这方面的文字资料。“排”（调驯）鸟儿的技术，多少年来一直在民间口传心授，才得以相传。

“画眉”之所以被叫画眉，是因为它的眉毛是白的，而且非常明显，看上去像是画上去的。

“画眉”被称为“武鸟”，因为它活泼好动，非常机灵，所以养“画眉”有专门的笼子。“画眉”笼子个儿大，条子也是粗的。

养这种鸟儿得天天上街遛，遛的时候还得用力摇晃，因此没点力气的人养着费劲。

据说当年唱花脸的金少山就喜欢养“画眉”，每次上戏园子演出，他都拎着直径二尺左右大的鸟笼子，在后台一边儿勾脸，一边儿听鸟儿叫，透出他身上那股子爷的派头。

前些年，北京的养鸟人比较钟爱“百灵”，因为“百灵”善鸣会叫，嗓音非常好听。我们平常夸赞歌唱家，都爱用“百灵”来形容。2000年后，一般的玩鸟的北京人喜欢养“画眉”了，为什么？

因为“百灵”在笼子里爱用细沙洗羽毛，所以，笼子里要常给这小家伙预备一个装沙子的罐。一天下来，爱干净的“百灵”会把罐里的沙子都“扑腾”到地上，养鸟人还得劳神去归置。另外，现在城市噪音太吵，喜欢学音儿的“百灵”容易脏口儿。

“画眉”呢，也爱干净，但它是用水洗澡（洗羽毛），所以养“画眉”比养“百灵”要省点儿心。

上面说的是笼中鸟儿，属于“提笼”一类。北京人不光“提笼”，还有“架鸟儿”。什么叫架鸟儿？

架鸟儿就是会叼旗打弹的鸟儿，主要品种有“梧桐”（黑头蜡嘴雀）和“老西儿”，因为能叼旗打弹的鸟儿必须得嘴大。“太平鸟”“灰儿”“鹦雀”经过驯化也能有此功夫。

手里拿着的“鸟架”也叫“鸟杠”（树枝或木棍做的），让鸟儿能自由自在地飞，然后给个指令，便飞回到鸟架上，同时得经过强化训练，还能叼旗打弹。

所谓强化，就是玩鸟的人得有耐心，也得会玩儿。一开始是饿着它，把小粒的蓖麻子（现在改为专用的球状鸟食）往半空中抛，让鸟儿去接食。熟练之后，用直径约一分五厘的骨质白弹或木质白弹，往半空抛，让鸟儿去追弹用嘴叼住，然后再飞回到玩鸟人手里拿着的杠（鸟架）上。

当然鸟儿也不会徒劳往返，它会得到主人的一粒大麻子的奖赏。玩得好的人，白弹往高处抛出十几米，鸟儿都能叼住。

叼旗，是另一功。玩鸟的人把一面小旗插在一个地方，让鸟儿把它叼起来，飞回到养鸟人手里的杠子上。

此外，有训练好的鸟儿还能用嘴开箱子、开盒子，甚至叼出箱子里或盒子里的东西来。

饲养和调训叼旗打弹的鸟儿，完全是一种娱乐，类似杂技团的表演。由于驯化较难，近些年，会玩这种鸟儿的北京人已经不多了。

北京人玩观赏鸟的以妇女为多。从前北京的达官显贵们，也有养这种鸟儿的人。北京人玩的观赏鸟儿有“鹦鹉”“芙蓉鸟”“鹦哥”“八哥”“鹩哥”“珍珠鸟”“白玉鸟”等。

“鹦鹉”的品种比较多。1990年代，北京曾出现过“牡丹鹦鹉热”，一对品相好的“牡丹鹦鹉”在鸟市上被炒到了十几万甚至几十万元。

很多北京人被这小鸟儿搅得心神不定，更有一些人抱着一夜暴富的发财梦，倾其家底儿，投入到养“牡丹鹦鹉”的行列。

殊不知，这些抱着发财梦的玩鸟人，在他们把自己省吃俭用攒的钱，投到鸟市后，做局的“庄家”早已卷钱逃之夭夭了。我当时作为《北京晚报》的记者，曾对这种非理性的“鹦鹉热”，做过“透视”性的专题报道。

文章见报后，人们这才恍然大悟，知道自己上当受骗，“鹦鹉热”迅速降温。很快“牡丹鹦鹉”的市场归于理性，一对品相上好的“牡丹鹦鹉”，不过四五百块钱。现在价格更低了，200多块钱能买一对很不错的，但养的人已经很少了。

“鹩哥”和“八哥”，除了观赏，还能学人说话，养的人也不少。但近几年，这两种鸟儿被列为国家二级野生动物保护对象，人工无法繁殖，在鸟市上卖，属于违法。

总的来说，北京人喜欢玩善鸣会叫的鸟儿，通常大众化的是玩“画眉”“百灵”，品味高级的玩“红子”“靛颏”。它们可以说是京城的“四大鸣鸟”。

一只好“红子”至少5万元

“红子”跟“靛颏”都属于野生鸟儿，直到现在始终无法人工繁殖，换句话说，玩鸟人手里的“红子”“靛颏”都是野生的，包括雏鸟儿。

野生的活物肯定比人工繁殖的要难养，从喂养和调训的角度说，“红子”又是最难养的。

红子，学名沼泽山雀。头顶黑，头侧白，上身褐灰，下体灰白，鸣叫的声音细柔、婉转、多变。因为叫音里多发“红”的音儿，所以叫“红子”。

跟其他地方的玩鸟儿人比起来，北京的玩鸟儿人更喜欢玩“红子”。为什么？说起来您会觉得不可思议。

在北京人玩的“四大鸣鸟”里，“红子”人们玩得最晚。大约到了清代末年，北京人才开始养“红子”。人们最早是拿它让“百灵”学音儿，没拿它当回事儿，但“红子”的野性大，很难伺候，在玩鸟儿的人里，谁能玩“红子”谁最牛。

京城玩鸟儿的人喜欢较劲，你不说它难玩吗？我还就玩它了！于是，“红子”成了玩家们相互之间一逞鸟技的“明星”，争相养它了。

到了民国，京城玩“红子”的人渐渐地多起来，“红子”的一些玩法，如饲料、喂法、侍弄和家伙什儿也逐渐被人们认可。

因为“红子”是野生鸟儿，玩鸟儿的只能从鸟贩子手里买，经过鸟贩子调训过、能鸣叫、且口儿正的，行话叫“过枝子”，刚出生不久，没经过调训的叫“雏儿”。

民国初年，京城出来几位以贩“红子”为业的主儿，常去京东如通州、顺义、三河等地界逮鸟儿，拿到鸟市上卖。玩鸟儿的人善于分辨，觉得京东的“红子”比从京北、京西捕的鸟儿叫起来，声音更清脆悦耳，所以京东的“红子”最受养鸟人喜欢。

但鸟儿越捕越少，后来，北京人玩的多是从河北的石家庄、保定、邢台或河南的安阳、平顶山逮的“红子”，“红子”的产地离北京越来越远。

据陈伟明介绍，京城的“红子热”是在20世纪40年代，那会儿，真有成色和叫音儿好的“红子”。现在真正的好“红子”非常少了，当然，玩“红子”的人也少了。

“红子”的叫音分为“摔、利、慢、平、快”五种音儿。叫音儿一定要完整，比如：“叽叽棍儿”，要叫“叽叽棍儿——叽叽棍儿——叽叽棍儿”。如果叫“叽叽棍儿——叽叽棍儿——叽叽”就不整了。叫“起哏呛”，应该像锣鼓点儿，讲究“呛起呛落”：“呛起哏呛——起哏呛——起哏呛”。

“红子”是性子很烈、野性十足的野鸟。老北京有“人间四闹”一说，这“四闹”是：“孩子、猴子、羔子（山羊）、红子”。“红子”公认是难伺候的鸟儿。

“红子”外形秀美，非常爱干净，要调教出一只好“红子”非常不容易，谁要有一只好音多又没毛病的“红子”，按2017年的市场价，至少要5万元人民币。碰到有高音又口儿正的鸟儿，得要七八万元。

好“红子”为什么越来越少

伟明对我说：“玩‘红子’的都知道比较有名儿的产地是河北邢台、固安、白洋淀的，还有北京附近的，1980年代，龙潭湖鸟市，人们买‘红子’都问地儿，您的‘红子’是哪儿的？”

北京有名的鸟市，从1980年代到现在，经历过龙潭湖、玉蜓桥、官园、潘家园华声老天桥、弘善、十里河鸟市等几个阶段。

据伟明介绍，“红子”最好买的时候，是在龙潭湖和玉蜓桥鸟市，当时，“红子”的雏儿是“白菜价”，4块钱一只。随便找一只就有七八个音儿，“红子”有“啾啾”的音儿，即为“脏口儿”，登时就放生，或卖了。

那会儿，邢台山地的“红子”，能叫“伊得红的——伊得红”的音儿，绝了。现在听不到了，就是这么好的“红子”，也就是100多块钱。

到1990年代，鸟市挪到潘家园的时候，好“红子”就少了，100块钱买的“红子”，就会“吱吱”，别的音儿没有。甚至200块，能买到一只带整音儿的都难。而且，鸟儿产地也“混搭”了，连卖的人都不知道手里的“红子”是哪儿产的了。

捕野生鸟儿的贩子一年至少有五次围剿“红子”的行动，即：初春，三四月的时候，有一次逮鸟儿行动，逮到的鸟儿叫“春仓儿”，这是一年的头一拨儿。

夏天有两次逮“红子”的行动，抓到的是“红子”的雏鸟，俗称“热毛子”，这是一年当中的主要围捕行动。秋天有两次行动，俗称“秋七毛”。

您看，一年有五次围剿行动，鸟儿可不是越逮越少了吗？“红子”繁殖得再快，也没有人捕得快呀。

京城的鸟贩子有上千人，贩“红子”的有一二百人，即便是全家老少齐上阵，每年到北京市面儿上的“红子”也就是四五百只。

“红子”到京城后，还要进行筛选，有毛病的鸟儿要淘汰，当时就放生。经过几轮挑选，够驯化条件的，能入京城玩鸟人眼的，一年当中能上市的也就二百来只。当然，这二百来只“红子”，能“排”（驯养）出来，叫整口儿的，不过五六十只。

伟明说：“十里河现在很难见到令人满意的‘过枝子’，能买也是天价。要命的是现在雏子比原来难成才了。为什么？鸟贩子为了保证雏鸟的成活率，开始给它们打庆大霉素。您想小小的鸟儿打那玩意儿能没后遗症吗？外表看不出来，瞅着挺机灵，买回家，辛苦舔喂，起早压排（调训），忙乎一个多月，就是没音儿，一打听，敢情这鸟儿聋了。您说冤不冤吧？”

一位玩了几十年的郎先生说，一年“排”了20多雏子，老鸟儿（领音儿的）好几个都叫疯了，最后愣一个都没“排”出来，您说坑人不？

现在鸟贩子在京郊，甚至在河北能逮到“红子”都难了，他们撒网的范围，已经扩展到了河南南部、山东南部、安徽、浙江，离北京越来越远了。

正因为如此，鸟贩子现在开始大量地自己“排”雏子，买一只叫得好的“红子”当老师，教雏子发音儿，然后挑压音好的鸟儿卖高价儿。与此同时，捕鸟的方法也更加快捷，原来用游子打笼胶杆等吸引鸟儿上网，现在直接张网了。

这实际上是“斩尽杀绝”的节奏，跟几位玩“红子”的人聊天。他们也担忧会不会有一天，“红子”会在地球上绝迹。

北京人“会鸟儿”讲究多

北京人玩鸟儿，讲究“会鸟儿”。所谓“会鸟儿”，就是各自拎着鸟笼子，以“鸟儿”会友，玩鸟儿的人把这也叫“窜堆儿”。老北京玩鸟儿的人“会鸟儿”，通常是在大茶馆，现在改在了公园或河边儿、树林、街心花园。

陈伟明对老北京人的“会鸟儿”印象颇深，他家住东华门，出家门不远就是筒子河，每天一大早，净是拎着鸟笼子“会鸟儿”的老人。现在他也步入“会鸟人”的行列了，自然有许多心得。

伟明对我说：“‘会鸟儿’的一个重要作用是鸟儿们的彼此交流。俗话说：人有人言，兽有兽语。鸟儿也有自己的语言，所以相同的鸟儿凑到一起，相互啼鸣，相互交流，也相互学音儿，这才是‘会鸟儿’的目的。当然，鸟儿主人也会在‘会鸟儿’的时候，彼此交流玩鸟儿经验。”

北京人“会鸟儿”规矩多，礼数大。首先，“会鸟儿”您得入圈，用现在玩微信的话说，您得入“群”。只有入群了，人家才会带你玩。

其次是各玩各的，相互不掺和。玩“画眉”的，就跟玩“画眉”的在一起玩；玩“红子”的，也就跟玩“红子”的在一起。

伟明说：“玩‘红子’的‘会鸟儿’讲究更多，玩‘雏子’的一堆人，玩‘过枝子’的一堆人，互相不串，因为‘过枝子’的鸟儿叫不过雏子。雏子跟‘过枝子’在一块儿，雏子能把‘过枝子’的叫趴下，甚至很长时间不叫。所以，手里有‘过枝子’的，要躲着玩雏子的。这是玩‘红子’的规矩。”

伟明告诉我，玩“红子”的，最怕这鸟儿发“啾啾”的音儿，这也叫“脏口儿”。过去，“红子”发这种音儿，马上放飞。现在“红子”少了，带“啾啾”音儿的，也有人养了。但一般不跟人“会鸟儿”，怕人瞧不起，也怕脏了其他鸟儿的口儿。这也是规矩。

“会鸟儿”的时候，通常生人不能靠近笼子里的鸟儿。老话说：“远观鸟儿，近看鱼。”这些都是规矩，也是常识。鸟儿还有拜师一说，养鸟儿的人专门找叫声出众的鸟儿接近，让它学鸣叫。

从出家门到“会鸟儿”的地界，要走一段路。这段路，也被称为“遛鸟儿”。

鸟儿聪明伶俐，每天遛它时走多少步，它都记得倍儿清楚。走不够那个距离，它不开口叫。

遛鸟儿跟遛狗不一样。这笼中鸟儿是比较娇气的小活物，街头巷尾，人声嘈杂，车水马龙，再加上空气也不新鲜，所以玩鸟儿的人，不能让鸟儿受这种环境和噪声的“污染”，一般要罩上罩子。

遛鸟儿的时候，拎笼子的架势也不一样。您有时会见到街上有的老人，一手一个鸟笼子，迈着四方步，晃动着膀子，两臂来回摆动，摇晃着手里的鸟笼子，以为玩鸟儿的人都是如此。

这其实是一种误会。并不是所有的鸟儿，都能让它在笼子里来回晃悠的。鸟儿的品类不同，性情也不一样。有的鸟儿天生活泼好动，您让它在笼子里来回摇晃，对它来说是一种享受，比如“画眉”。有的鸟儿胆儿小，您让它在笼子里来回晃悠，等于是折磨它，让它受罪，比如“红子”“靛颏”。

所以，遛“红子”“靛颏”，不能大摇大摆，会鸟儿时，有时要用手托着鸟笼子，怕鸟儿受惊，甚至拿的时候，也要轻手轻脚。

您如果看过北京人艺演的话剧《茶馆》，在第一幕里庞太监拎鸟笼子的动作是右手举着，左手托着，这就是当时玩“红子”或“靛颏”的架势。

值得一提的是，遛鸟儿时拎鸟笼子的部位，通常是不能拎着笼钩的，北京人遛鸟儿，手是拎着笼抓的，只有这样才稳当。

鸟笼的笼抓也正是给人拎着用的，而笼钩是为了挂鸟笼子用的。

“南笼”和“北笼”

北京人在玩鸟儿同时，还讲究玩鸟具，据伟明介绍，现在玩鸟具的人，不比玩鸟儿的人少。鸟具主要是鸟笼子，以及由此派生出来的笼条、笼钩、笼抓、顶齿、顶圈、站圈、盖板、站杠、笼罩、食罐等一系列侍弄鸟儿的用具。

鸟笼子的制作，分为南北两派。除了常用的竹制鸟笼之外，还有象牙的、紫檀的、景泰蓝的、漆器的等等。据史料记载，清代的乾隆皇上喜欢玩鸟儿，对鸟笼子极为讲究，乾隆时期的鸟笼制作达到了登峰造极的地步。

当时清宫内务府造办处投其所好，组织了全国的能工巧匠专门为宫里制作鸟笼，使鸟笼子这一寻常之物，成了精美的艺术品。

乾隆时期，鸟笼子的造型和品位，超过了以往任何一个时期，以至于后来鸟笼子不是为了养鸟儿之用，而成了纯粹供观赏的摆件。

此风一直延续到清末民初，大宅门养鸟儿不但讲究玩什么鸟儿，更讲究玩什么笼子。鸟笼子居然成了人们相互往来的礼品。甚至有人专门收藏名贵的鸟笼子，作为艺术藏品。由此派生出“赏笼”和“摆笼”之分。

民间还有附庸风雅者，将这种“摆笼”的收藏视为讨吉利，认为家里摆只精美的鸟笼子，可以聚财。因为鸟儿（象征财运）进了笼子，不会跑出来，象征财不会丢失等，当然，这纯属穿凿附会之说。

有意思的是，近些年，南方的一些城市，居然以“家有摆笼”为风尚。不管有财的还是没财的，家里都摆上一只鸟笼子，作为“得财不走”的象征，竟也趋之若鹜，使精品的鸟笼子价位一再攀升。

中国的地方大，南方人和北方人不但生活习俗不一样，而且在玩上也有区别，拿玩鸟儿来说，南方人喜欢玩“百灵”“绣眼”，北方人喜欢玩“靛颏”“红子”，当然鸟笼子也分“南派”和“北派”，也叫“南笼”“北笼”。

“南笼”和“北笼”，风格迥异。“北笼”以天津和河北三河、涿州等地为代表，笼子以圆形为主，朴实无华，尺寸不大。笼子上无多余的饰物，但重视条子（鸟笼的主要材料，像细木条似的小棍）的材质和做工，讲究钩子、盖板、鸟食罐要跟笼子配套，而且笼子的条子还讲究“盘”得色如枣红，甚至微黑，所谓有“包浆”为上品。

“南笼”以苏杭为代表，笼型多为方形，条子的材料多样化，同时笼子多雕嵌一些精美的饰物。由于南方人养的鸟儿多喜欢绕笼子飞鸣，所以鸟笼子很大，大的鸟笼有一人多高。福建、广东等地的富贵之家遛鸟儿，讲究雇俩人抬着鸟笼子，杠穿笼钩，肩抬入市，倒也是一景儿。

但鸟笼子的价值并不以大来取胜。大的鸟笼并不见得值钱，关键还是看所用的条子，还有笼子里的其他鸟具，以及做工如何，当然主要是看谁做的。

“南笼”和“北笼”各有特点。“北笼”特点是华贵，金银、宝石、玉、象牙等都用在了鸟笼子的制作上，比如抓（即鸟笼子的钩子），通常是黄铜做的，但也有用银子打的，我还见过用纯金做的抓。盖板也如是，以铜为主，但用纯金做的盖板也有。

此外“北笼”比较结实，讲究得让人从高处往下摔，都不带散的。鸟笼的工艺堪称是中国民间手工艺一绝。一只鸟笼子没有一颗钉子，完全用的是榫卯结构，像古典家具一样，但十分结实耐用，有“万年牢”之称。

另外“北笼”从用料到配置都讲究实用，看上去更为粗犷，而“南笼”则在工艺上显得玲珑精巧和秀气，做工也非常精致。

一个“天津笼”几十万元

陈伟明玩鸟笼子有几十年了，手里也收藏了不少鸟笼的精品。他每个星期去一次十里河花鸟鱼虫市场，京城玩鸟笼子的他都熟。

他对我说：“北京人玩鸟儿讲究天津笼儿，但并不是所有天津笼儿都好，分谁做的。一般来说，名家的为上品，没名儿的就不好说了。天津的鸟笼子是‘北派’的代表，过去皇宫里用的鸟笼子大都是天津的，所以从清代开始，天津就出了许多做鸟笼子的名家，现在更是人才辈出，有名的有粉张刘、刘乐民、徐子明、河东王春才、河西王胜利、棉二、小宫、海河马等。精细的笼子得说‘红子笼’和‘靛颏笼’。”

伟明家里专门有两个书柜似的鸟笼架，上面摆着几十个大小不一的鸟笼子，大的有60多根条的，小的“虾米须”有巴掌大。

他从鸟笼架上挑出一个“红子笼”，递给我说：“你看看，这就是刘乐民的。”

我仔细看了看这只鸟笼子，做工果然精细，“泥鳅背”圆肩膀，细条窄圈，手感极佳，笼型完美无缺，工艺太精湛了。

“确实名不虚传。”我对伟明说。

“你看看笼子的底圈。”他对我说，“一般人做笼子都是后接口，以门子为正，圈的接口放在后头。笼子的门得每天上下拉拽，接口放在门下看着不漂亮，门子上拉下拽的也容易裂。但刘乐民的笼子偏偏把接口放在门子下面，而且接口几乎看不出来。”

伟明认为鸟笼子本身是有文化内涵的，刘乐民的笼子是最早有镶嵌工艺的“北派”笼，他把红木、玳瑁、象牙等雕件装饰在鸟笼子上，使鸟笼子像一件完美的工艺品，这是一种创新和超越。

“传统的笼子有什么讲究呢？”我问道。

伟明说：“北京人玩的传统鸟笼子，比较重视它的结实程度，讲究摔不坏，坐不瘪的笼子是好笼子。老北京有名儿的笼子是‘三河乔’和‘涿州马’的。‘涿州马’原来是做笼屉的，当然做出来的笼子结实，但风格粗犷大气，跟天津笼子的秀气和精细相比就显出工艺上的差别了。一个是匠人做的，一个是工艺大师做的，我一说这个，您就明白了。但现在涿州的鸟笼子也讲究工艺，做‘高笼’（高品位的）了，有名的有史德春、张学武、沈伟、沈东等，想买他们的笼子，有时候有钱都订不到货。”

我问道：“这是不是说明北京人玩鸟笼子的趣味变了？”

伟明说：“也不是，北京人玩笼子讲究层次和品味，跟玩鸟儿是一样的，有钱有闲，您玩‘红子’‘靛颏’；没钱有闲，您玩‘百灵’‘黄雀’。”

他从鸟笼架上取下一个包了浆的笼子，让我看：“你看看这个钩子和盖板，盖板是‘盖板卢’的，专门錾盖板，玩的是平錾，不带模子，上面的图案是直接敲出来。”

他特意让我看了看笼钩：“您瞧准喽，钩子可是鹤嘴的。一般的笼子钩都是鸭嘴，万变不离其宗。鹤嘴、鸡嘴的钩子太少见了。这是‘老小张’的，天津专门做鸟笼钩子的，原来是他爸爸‘老张’，后来儿子接了班，改叫‘老小张’了。”

“像这种名家做的钩子，能值多少银子？”我问道。

伟明笑道：“不好说，关键是市场上没有。头年我碰到一个‘老小张’的鹤嘴钩子，卖主开价5万，买主最后4万拿了下来。”

“听说天津的名家笼子价钱也很高？”我问道。

伟明说：“主要是买不到。刘乐民的笼子都被东南亚那边的有钱人订走了，一个笼子几十万人民币，‘素腔’（笼子上不加任何装饰的），也得十几万元人民币，关键是有钱也可能订不到货。”

“刘乐民的笼子有没有仿冒的？”我问道。

“当然有！而且打他的招牌卖笼子的还不少。刘乐民的笼子在底部都有款儿，但那也没用，现在仿刻个落款还不容易？但识货的、懂眼的玩主，拿起笼子看两眼，就能识别出真假。高手在细微处的绝活，一般人是仿不出来的。”

身价不菲的鸟食罐

鸟具当中最有收藏价值的当属鸟食罐。鸟食罐的种类很多，通常以瓷罐为主，因为明清两代宫里的皇上和皇后都喜欢养鸟儿，所以内务府在景德镇御窑烧制了不少官窑的鸟食罐。这种官窑的鸟食罐，现在已成了古瓷中的精品，身价自然不菲。

鸟食罐的口儿微小，腹稍粗，后面有两个鼻儿，便于卡在笼子上。讲究的笼子是“五罐一堂”，即两个食罐，两个水罐，加一个放软食的浅罐，也叫“抹儿”。

还有“单杠双罐”“双杠四罐”及“两罐加一抹儿”的，如果是明清官窑的“五罐一堂”，价儿要在百万元人民币以上。

目前已知的年代最早的鸟食罐，是东汉时期的，但在市场上见不到。唐、宋、元时期的鸟食罐在市场上能看到，但数量极少，有的后来仿制的也打着宋、元标记，但烧制水平很一般，比较容易辨别。

老的鸟食罐，以明清及民国时期的居多，价格都在千元以上，但现在市场上也不乏新仿，需认真辨识。

明代景德镇烧制的青花鸟食罐，一改以往器型单调、品色单一的风格，在器型上出现了腰鼓式、元宝式、水盂式等样式。

清代，由于民间养鸟儿的盛行，鸟食罐需求量逐渐增多，加上人们情趣的变化，鸟食罐的器型也呈现出多样化的特点，有方形、圆形、花口形、六棱形等多种形式。在彩釉品种上也有一些新的突破，如白釉、青釉、蓝釉、绿釉、黄釉及青花、粉彩等。可以说，当时其他瓷器上有什么彩釉，在鸟食罐的规制上也会有，可谓精美绝伦。

值得一说的是，清末民初的粉彩和斗彩的鸟食罐，在图案上也有所突破，出现了人物、花鸟、山水等图案，按“五罐一堂”来烧制，每个罐的图案都有所不同，但凑起来正好是一幅完整的图案，相得益彰，如有的“五罐一堂”，是春夏秋冬四季的花色，其中的一抹儿是一个美人。再如“两罐一抹儿”一套的图案，是与之对应的神话故事，这无形中为鸟食罐的收藏增加了难度，因为缺少一个，便失去了原有的韵味，再配齐是很难的。

陈伟明对我说：“目前市场上，民国以前的成套的鸟食罐，无论是‘五罐一堂’还是两件、三件一套的都很难碰到，但仿品很多。”

民国以后，景德镇为适应人们玩鸟儿和藏罐儿的需要，烧制的鸟食罐名目繁多，器具也更为精致，出品的鸟食罐一般都成套，有两件、三件或五件一套的，分别作盛水、放食、放沙粒之用。

这类鸟食罐，每件的图案相同，但造型各异，其式样一直延续到现在。目前市场上，民国以后的成套的鸟食罐居多，价格较民国以前的要低一些。

由于老的鸟食罐已成为珍贵的藏品，而且要保持成套的鸟食罐的完整性，所以北京玩鸟儿的主儿，往往备着几套鸟食罐，同时备着几个鸟笼子。

出门遛鸟儿、“会鸟儿”时，用好的鸟笼子，里头是民国以前的“五罐一堂”，这样才显出自己的派头。同时也可以在玩鸟人那里摆谱儿拔尊，让人们知道自己是真正的玩家。

回到家以后，再换一个普通的鸟笼子，笼子里也是“五罐一堂”，但却是极一般的瓷罐。

京城玩鸟人的忧患

大概是1990年代，北京市颁布了《野生动植物保护条例》。按“条例”规定，北京人喜欢养的“画眉”“百灵”“红子”“靛颏”“珍珠鸟”“白玉鸟”“芙蓉鸟”属于三级野生动物，“鹩哥”“八哥”“鹦鹉”等属于二级野生动物。鸟市上如果有人出售这几类鸟儿，肯定属于违法行为，一旦被稽查，轻者没收、罚款，重者要被拘留，甚至判刑。

记得当时我作为《北京晚报》的记者，就这个问题，专门采访过北京野生动物保护协会，并对北京人养鸟儿问题做过深入调查。

后来，我跟当时的野生动物保护协会的秘书长成为朋友，我和他私下说："如果按照《野生动植物保护条例》的规定，北京人将没法再玩鸟儿了是不是？"

"这没有什么疑问。"秘书长十分肯定地对我说。

"如果不让北京人玩鸟儿，北京人的文化生活便会少了一些乐趣，您说是不是？当然对于那些视鸟儿如命的玩鸟人，您不让他养鸟儿，比不让他们吃饭，还心里难受。"我对他笑道。

"这个法主要是针对那些现在不能人工繁殖的鸟类，采取的一些保护措施。"秘书长说。

这倒让我联想到这些年人们对"红子""靛颏"等野生鸟儿的疯狂捕猎的情况，如果再不采取点儿保护措施，这些鸟儿真有可能绝迹。

据我了解，京城玩鸟儿的人大概有40多万，可保护野生动物是世界范围的行动，不仅仅是北京这一座城市的事儿。

当时，野生动物保护协会的一些人士，从保护野生动物的角度，认为把鸟儿关在笼子里太不人道，这样会造成鸟儿的品种最终灭绝，所以大声疾呼要北京人把笼中鸟放归大自然。他们也举行了几次规模不小的放飞活动。

秘书长知道我一直在研究北京民俗，也非常关注北京人养鸟儿的事，肯定对执行这个《条例》有些想法，但他还是在原则面前不动摇："早晚有一天，那些野生鸟儿会禁养的。"

我对他说："其实，北京人现在玩的鸟儿已经不能算纯野生动物了，因为它们都是经过人工驯化的。这些鸟儿，从雏鸟开始，就在笼子里待着，已经习惯了笼子里的生活环境。您把这些鸟儿放回大自然，表面上看是保护它们了，实际上，未必能让它们自由自在地生活，因为这些鸟儿已不适应大自然的生活环境了。"

事实上，也证明了我说的这番话没错儿。因为野生动物保护协会的人，把笼中鸟儿放飞回大自然后，做了跟踪调查，发现很多鸟儿最后都活活饿死了。

秘书长也是老北京人。他对我说，这种事，作为野生动物保护协会不得不这么做，但真正做到"一刀切"，不让北京人养鸟儿那是不可能的。老北京人就这么点儿乐子，您再把它给剥夺了，就显得不人道了。但确属野生的，如"红子""靛颏""画眉""百灵"，包括鹰啦，鹞啦，鸲哥，鹦鹉啦，等等，是坚决不允许出售和人工喂养的。

“这是法律，一点儿没商量。属于人工繁殖的，比如‘黄鸟’等可以养。”他跟我强调说。

为此，我在《北京晚报》曾连续发表了两篇长文，专题说北京人养鸟儿的事儿，产生了一定社会影响，但动物保护协会的原则不变，不过有点儿网开一面，即您在笼子里养，没人管。但您在市场上卖，则抓着就罚就判。

直到现在，有关部门经常到鸟市查抄，发现卖“红子”“靛颏”的照抓不误，抓了就放飞。

“画眉”“百灵”“红子”“靛颏”等鸣鸟儿，北京人养了几百年，甚至上千年，而且玩出了文化，玩出了乐趣，已经成了京城一大“玩儿”，冷不丁不让养，确实会让玩鸟人接受不了，也会大煞风景。

但保护野生动物是大势所趋，而且有法在那管着，早晚有一天，政府会再下“一刀切”的禁令，所以玩鸟儿人得琢磨琢磨“份”（人工繁殖）鸟儿，像北京人玩的虫儿、蝈蝈儿什么的，现在都能人工繁殖了，如果有一天，“红子”“靛颏”能人工繁殖了，再玩可能也就合规合法了。

毛晓沪

古陶瓷做旧大揭秘

毛晓沪

1951年生于上海，自小接触古陶瓷，得到故宫博物院冯先铭、刘九庵等前辈的指教，在古陶瓷鉴定、古陶瓷修复和古陶瓷复制三大领域均有高深造诣。曾担任中央电视台《寻宝》《艺术品投资》以及河南卫视《华豫之门》等节目的特约鉴宝专家，现任北京华夏物证陶瓷鉴定研究所所长。

瓷器的最高拍卖价达五个多亿

玩古董的都知道，就古玩鉴定的难易程度，书画绝对是第一，再往下排就得说是古陶瓷了。

我跟玩古陶瓷的大家马未都是老朋友，有一次，我问他："你玩瓷器，玩古典家具，为什么不玩字画？"

他淡然一笑说："我不玩，不是觉得古代的书画不值钱，是不敢玩。"

"为什么不敢玩？"我问道。

"怕烧手。"

"烧手？"

马未都沉思了一下说："古代书画的鉴定跟古陶瓷鉴定是不同的学科，而且书画比古陶瓷鉴定还有难度。鱼和熊掌，不可兼得。我要是搞古陶瓷鉴定就不能再搞古代书画鉴定了。"

其实，就鉴定的难易程度来说，无所谓大小。因为中国人在造假方面的智慧，加上现代化的高科技手段，已经到了真假难辨的地步，因为古代书画和古瓷器价值连城，所以是造假的"重灾区"，这无形中增加了鉴定的难度。

一件古陶瓷到底值多少钱？如果跟您说能换一栋楼，您也许会摇脑袋。但事实上，一个宋代或明代的瓷碗有时比一栋楼的价码还要高。当然，这得分是什么瓷碗、什么楼。

截至2017年，世界上最贵的一件瓷器，是2010年11月，在英国伦敦拍卖行拍出的清乾隆粉彩镂空"吉庆有余"转心瓶。这件瓷器是以5.54亿人民币成交的。

2015年6月，在澳门中信拍卖会上，一件宋代定窑的"美人枕"，以3.6亿人民币成交。

在此之前的2010年10月，在香港苏富比拍卖会上，一件巴掌大小的明成化斗彩"鸡缸杯"，拍出了2.81亿人民币的高价。

在拍卖市场上，古代瓷器拍出过亿元人民币的还有：

2005年英国伦敦佳士得拍卖会上，拍出的元青花大罐“鬼谷子下山”，成交价是2.67亿人民币。

2010年在香港苏富比拍卖会上，拍出的清乾隆粉彩“万寿连延”葫芦瓶，成交价是港币2.52亿元，折合人民币2.7亿元。

虽说2015年以后，受反腐倡廉和经济原因的影响，艺术品拍卖市场出现了持续低迷状态，但古陶瓷的拍卖行情并没受太多的牵连。

在2016年4月，香港苏富比拍卖会上，一件北宋汝窑天青釉葵花六瓣形盆洗，上拍时起价4000万港币，经过34轮的叫价竞拍，最后以2.07亿港币成交。

古陶瓷诱人的拍卖价，不能不让那些渴望一夜暴富的人脑洞大开，并迅速膨胀，爆发出许许多多的奇妙遐想。

事实上，正是在艺术品市场古陶瓷收藏这种持续升温的背景下，才滋生了瓷器做旧的“地下活动”和交易上的“暗箱操作”，使古玩市场上出现了大量赝品。

瓷瓶灯座卖了7852万港币

在现实生活中，因为捡漏儿或所谓的“天上掉馅饼”，在古董上发意外之财的例子很多。2005年，在香港佳士得拍卖行的拍卖中，一只明代高温红釉玉壶春瓶，以7852万港币，约合1013万美元的高价成交。这一价位当时创下了明瓷拍卖的世界纪录。

经专家鉴定，这只高32厘米的瓷瓶，烧制于明初洪武年间，瓶身是缠枝牡丹纹，4朵怒放的牡丹，枝叶相缠，瓷瓶的瓶腹较宽，重心低垂，瓶颈细长，造型优雅。

据佳士得拍卖行的首席执行官爱德华·多尔曼称：“这只瓷瓶是市场上仅存的一件最完美的同类型作品。”

这位首席执行官介绍，他们对这只瓶子并不陌生，在过往的20多年里，这只瓷瓶多次在拍卖会上露面。

像一个美貌少女，只要它一上拍卖会，必然会以打破纪录的高价成交。1984年，伦敦佳士得首次拍卖，就以42.12万英镑的高价，创下了当时佳士得东方艺术品的拍卖纪录。

这只瓷瓶的买家是澳门永利度假村的主席兼首席执行官史蒂夫·温内。这位富商并不是玩家，他买下这个瓶子后，当场宣布，将它无偿赠给澳门博物馆。

他说："这只瓷瓶是无价之宝，代表了中国瓷器和中国历史的优美篇章。我想把它作为一件礼物献给中国，献给澳门博物馆，这样所有的澳门居民和到那儿的中国人，都能看见这件精美的艺术品了。"

说起来令人难以置信，您也许想不到这只价值连城的瓷瓶，当初是被人拿来当普通灯座卖的，没有人知道它是一只中国明代的名贵瓷器。

"灯座"摆在柜台的角落里，落满尘土，无人问津。

一对苏格兰夫妇到这家灯具店买灯座，挑了半天，也没相中满意的。俩人正准备走的时候，妻子无意中发现了角落里的这个瓶子。

"这个瓶子卖吗？"妻子问店主。

店主走了过去，拿起瓶子用布擦去尘土，很难为情地说："抱歉，这个不卖。"

他之所以说这话，是怕这两位顾客笑话，把这么不起眼的瓶子当灯座卖，挺丢面儿。另外他也觉得这两位挑剔的顾客，不会买这么一个破瓶子，所以索性说不卖。

想不到店主越说不想卖，这两位越想买，因为妻子确实看上了这个瓶子，但她也没明说。因为她知道只要她流露出要买这瓶子的心气，店老板肯定会抬高价位的，所以精明的她没说实话。

生意场上往往就是这种情况，您越说不想卖，顾客越想买。店主看这位夫人执意要买，便说了一个很低的价儿。那位女顾客毫不犹豫地把它买了下来。

这对夫妇看上的并不是它的价值，在他们眼里这只是一个很普通的瓶子，只是它的釉色和造型让他们喜欢而已。他们把它当灯座用了几年，也没有觉得它是个宝贝。

几年后的某一天，这对夫妇到博物馆参观，看到有一件中国的古代瓷器，跟家里的"灯座"差不多。

"那个灯座是不是也是一件艺术珍品呢？"妻子犹豫着问丈夫。

"让专家做一下鉴定吧！"丈夫说。

于是，这对夫妇拿着"灯座"来到拍卖行，请专家掌眼。

专家一眼就看出这不是普通的瓷器，经过反复鉴定，确认这只瓷瓶是罕见的中国明代的釉星红。

在专家的劝说下，这对夫妇的瓶子上了拍。他俩想不到的是这只瓷瓶成了拍卖会的亮点，第一次上拍就卖了42.12万英镑。

十多英镑买的一个“灯座”，卖了42万英镑，您说这是不是发了一笔意外之财！当然，更让这对夫妇想不到的是几十年后，这个瓶子卖到了1013万美金。

明清瓷器格外受宠

明清瓷器价位的大幅度攀升，是从20世纪90年代后开始的。2003年，两件瓷器的价位首次在国内拍卖会上破千万大关。一件是清乾隆御制古月轩珐琅彩内佛手果子外花石纹题诗碗，成交价达3093.3万人民币。另一件是明成化斗彩花卉纹高足杯，以1051.3万元成交。

这并不是古瓷的最高价，2002年香港苏富比拍卖会上，一件清雍正粉彩蝠桃纹橄榄瓶，拍出了4150万港币的天价。

明官窑瓷器精品因存世量少，历来在拍卖市场上抢眼，永乐、宣德、成化各朝的官窑瓷器每件都在百万元以上。

粉彩是清康熙朝晚期在五彩的基础上，受珐琅彩工艺的影响烧制的釉上彩工艺，因烧成的温度较五彩低，色调比五彩柔和娇艳，故有“软彩”之称。雍正年间极为盛行，其造型和彩绘技艺均达到了空前的高度，而且传世较少，所以这两年颇受藏家宠爱。

从2000年开始，清官窑粉彩瓷器价位开始连年飙升。各大艺术品拍卖公司历年上拍的清粉彩瓷器有五十四件，拍出去四十六件之多，而且成交价均在百万以上。2003年中国嘉德拍出的一件清乾隆粉彩白鹿尊成交价达335万人民币。

几年前以200万元成交的一件清乾隆粉彩出水纹琵琶尊，在2002年中贸圣佳秋拍上，以1100万人民币成交时，收藏界还感到惊奇。但想不到明清官窑瓷器一路上扬。2002年11月在英国伦敦拍卖的一件明成化青花百合纹碗成交价达1264.6

万人民币。在2003年拍卖成交价前百位的古瓷中，明官窑瓷器有二十三件，都在500万人民币以上。

明清瓷器价位高点出现在2010年。当年11月在英国伦敦拍卖行，拍出的清乾隆粉彩镂空“吉庆有余”转心瓶，竟然拍出了惊人的5.54亿人民币。

元代的青花瓷近年来在国际艺术品拍卖市场上格外受宠。2003年9月在美国纽约举办的拍卖会上，一件元青花龙纹扁瓶以583.15万美元的成交价成交。

当时，国内的新闻媒体称：这一价位创造了中国瓷器公开交易的新纪录。谁知两年后的2005年英国伦敦佳士得拍卖会上，拍出的元青花大罐“鬼谷子下山”，成交价达到了2.67亿人民币，让收藏界的人大感意外。

老瓷器为何卖不出高价

据行家分析，在股市风险加大、楼市投资收紧的局面下，艺术品投资即古董收藏将会成为投资热点，而古董中书画和古陶瓷依然是热门。随着一批新兴的收藏家在古瓷上的投资，未来几年，元、明、清瓷器的精品价格还会再创新高，康熙、雍正、乾隆“清三代”的官窑精品也将保持强劲走势。

但在古陶瓷收藏市场上，有一个让很多玩家感到困惑的事儿，那就是老窑的瓷器价位一直上不去，即便是宋代名窑的瓷器也卖不出好价钱，甚至有的拍卖公司干脆将老窑的瓷器拒之门外。

在玩瓷的收藏家的术语里，老窑是与明清瓷器相对的概念。通常元代以前的瓷器叫老窑瓷。

按说东西越老越值钱，从文物收藏和艺术品本身的价值来说，宋代“五大名窑”（汝、官、哥、钧、定）的瓷器，显然要超过元、明、清三代的瓷器，而且“五大名窑”的瓷器传世量极少，但是正因为这些因素，使老窑的瓷器“高处不胜寒”。

为什么“不胜寒”？因为老窑的瓷器假的太多，五大名窑瓷器传世的数量极少，而且鉴定起来难度很大。

此外，老窑的瓷器多是出土文物，而我国的《文物保护法》规定，出土文物不得进入市场随意买卖。所以出现了明清瓷器的价位高于五大名窑的特殊现象。大陆的高古瓷器价位长期上不去，这是一个值得让人深思的事儿。

20世纪90年代初，一件南宋龙泉窑粉青菊瓣碗才卖了200块钱，一件汉代绿釉带浮雕狩猎图的釉陶壶也不过千元，而同类的绿釉罐在日本的卖出价为20多万元。

老窑瓷器在国内卖不出好价钱，在我国香港地区以及海外市场的拍卖价却一直不俗。香港佳士得2002年秋拍出的一件宋定窑黑釉鹧鸪斑碗，成交价达1239.4万港币。

其他老窑瓷器如唐蓝三彩凤首壶成交价28.6万港币，唐三彩骑马女俑成交价23.9万港币，北宋定窑玉壶春瓶成交价59.7万港币，北宋青白釉凤首壶成交价47.8万港币。

反观国内拍卖市场，老窑瓷器的价位确实很低，即便这样，还常常流拍，处境可谓惨淡。

汝窑玉壶春瓶怎么才值150万

这是几年前的事儿，中央电视台经济频道《艺术品投资》栏目的周末版，有个《鉴宝》节目。一次节目现场，有位收藏者拿出一件汝窑天青釉玉壶春瓶，让现场嘉宾、瓷器专家杨静荣和毛晓沪先生鉴定和估价。

这位收藏者对这件藏品十分看好，自己估价在2000万到2500万人民币之间。当然他开的这个价码也不是凭空想象，参照的是海外市场的价位。

1993年在美国拍卖过一件直径8厘米的汝窑小碟，成交价是154万美金。他的这个瓷瓶不但比那个小碟个儿大，更具观赏性，而且汝窑小碟是10多年前的拍卖价，10多年后中国古代瓷器的价位已翻了几倍，他认为这个汝窑瓷瓶的价位当然要高一些。

专家组现场对这件汝窑瓷瓶进行了研究和分析，最后给出的评估价是120万到150万人民币之间。

藏品持有者认为自己的汝窑瓶子值2000万到2500万，专家们的估价则是120万到150万，两者居然有如此大的差距，不但让藏品持有者感到意外，也让现场的观众大惑不解。

当时一件清“下三代”官窑的精品已经能拍出千万元了，而专家对宋“五大名窑”的瓷器才给出120万到150万元的评估价，这是为什么呢？

专家组的成员毛晓沪对我直言不讳地说：“这个价位其实只是‘安慰价’。”

“什么叫‘安慰价’？”我问他。

他笑道：“稍微有点儿瓷器收藏知识的人都明白，汝窑的瓷器价值连城，像这位先生的器物如果是汝窑真品，一两个亿人民币都打不住。150万？这不是给他一个安慰价吗？”

拿出一件藏品让人鉴定，行话叫请人“掌眼”。专家给人鉴定，行话叫“量活”。现如今，瓷器赝品太多，常常让搞古玩鉴定的人“量活”时很为难。您说人家拿着自称几百万买的东西，或爷爷奶奶传下来的物件来让您掌眼，希望从您嘴里说出那个“真”字，您却告诉人家是假的，人家心里能承受得了吗？

现实生活中发生过鉴定家说出器物的真伪，收藏者血压升高，脑血管出血，当场欧喔（死）的事例，所以，搞古玩鉴定的人现在都学聪明了。行内也有潜规则：“量活”时，假的不说“假的”，说“不真”。要不就委婉地说：“我一时看不大真，您再找别的专家掌掌眼。”

现在，我从毛先生这儿又“涨姿势”（长知识）了，敢情专家给人“量活”还有“安慰价”一说。

“安慰价”，说白了就是这东西是赝品。当然，电视前的观众可能不明白怎么回事，玩家包括藏品的持有者能不明白吗？这是给他一个面子而已。

为什么“五大名窑”无人问津

说起来让人匪夷所思，那位先生亮出的这件宝贝并非“养在深闺人未识”，它的收藏者为了对它验明正身，已下了几年的工夫。

在上央视之前，这件玉壶春瓶子不知过过多少位专家的“肉眼”，其中也有大腕儿级的鉴定家。这还不算，他还通过现代化的科学仪器光谱仪做过测定，此外他还拿到国家博物馆，找专家做过分子元素分析，结论都认为它是宋代的瓷器，对这件器物是件真品没什么疑问。

所以他在央视信心满满。怎么到了杨静荣和毛晓沪这儿却出问题了呢？

毛晓沪对我说，真的假不了，假的真不了。他们搞瓷器鉴定不能违背自己的良心。汝窑位列宋代“五大名窑”之首，传世品极少，属于实实在在的稀世珍宝，而且大都收藏在世界各大博物馆中，民间和古玩市场上极难见到，甚至我们在故宫里见到的有些汝窑的瓷器，都是明清时仿制的，当然故宫里仿制的都有标记。

在近百年的考古发掘报告中，没记录过一件从墓葬中出土的汝窑瓷器。1987年，河南宝丰县蛮子营乡农民挖出的一批窑藏汝窑瓷器，绝大部分已被国家博物馆收缴。汝窑瓷器堪称稀世之宝。

从20世纪80年代中后期开始，汝窑瓷器的仿制技术取得了突破性进展。河南私营小窑烧制的仿宋代汝窑瓷器达到了几可乱真的程度，致使许多只具有书本知识而无仿制实践的鉴定家和学者大跌眼镜，包括有的科学仪器都很难鉴定出来。

汝窑仿品在短时间内迅速充斥了海内外艺术品市场，上当受骗者比比皆是，汝窑瓷器在市场上的认知度直线下跌。时至今日，除了那些在20世纪80年代以前有案可查、流传有序的以外，汝窑瓷器在古玩市场上几乎没人敢碰。

那位先生的汝窑瓷器虽然经过有的专家“肉眼”鉴定和科学仪器的测定，没发现什么问题，但杨静荣和毛晓沪等专家还是发现这件器物有不真的疑点，加上他这件瓷器的流传无案可查，出处不清，所以不能断定它是真品。之所以评估后给它一个“安慰价”，原因就在这里。

毛晓沪说，仿品的泛滥使宋代“五大名窑”的稀世珍品在市场上几乎无人问津，这不能不说是收藏界的悲哀。高科技的发展，已使仿品乱真，当赝品乱真的时候，真品必然跟着倒霉。

近些年，古玉的仿制水平也相当高，红山文化的玉龙，10年前在拍卖市场上的成交价可达百万，流传有序者能卖到300多万元。现在一块红山玉在拍卖市场上能卖到10万元已属不易。而且旧货市场和地摊上到处可见“红山玉”，十几块钱就能买到手。

至于说宋代“五大名窑”的仿品，更是随处可见，几百块钱能买一件汝窑瓷器一点儿也不新鲜。您说上亿元的稀世珍宝卖出了白菜价，玩家们能不晕吗？

假作真时真亦假。玩主们自然难免陷入越来越迷乱的境地。

怎么样给古瓷估价

古代瓷器说起来让人眼晕。外行人看到不同朝代的那些造型各异、五花八门的瓷器，别说辨别真假，就是瞅着，脑袋都发大。

其实，把古陶瓷掰开了揉碎了，再拽起来大面儿上看，其粗线条的脉络就是那几大窑口儿，或者说几大名瓷：

唐代：主要有盛产青瓷的越窑、产白瓷的邢窑等。

宋代：主要有汝、官、哥、钧、定“五大名窑”，还有龙泉（弟窑）、景德镇窑，北方的耀州窑、磁州窑等。

元代：制瓷业主要集中在景德镇，创造了景德镇青花瓷。

明代：永乐年间皇家在景德镇正式设置了御窑，以后一直到近代，景德镇的制瓷业独霸天下。明代瓷器的高峰是永乐到宣德（俗称“永宣”）青花瓷及高温红釉，其工艺之精湛后来无可比拟。明代瓷器的辉煌亮点是成化年间的斗彩，当时就价值千金。

除了景德镇之外，龙泉窑和德化窑在元、明两朝也有相当高的成就。

清代：制瓷业的高峰是康、雍、乾“清三代”，无论是釉、彩，还是器型都有创新，最有名的是难度极大的珐琅彩，乾隆粉彩也创造了新的艺术高峰。

从历年上拍并成交的拍品来看，基本上是以元、明、清三朝为主的。

但同样的瓷器不一定价位都差不多，评估古代瓷器的因素很多，都有哪些因素呢？

毛晓沪坦率地对笔者说，评估一件瓷器，不能简单地根据某次拍卖会上相似的拍品成交价来类推，应该根据这件瓷器在市场的普遍认知度来确定。当然市场的认知度是估价的重要标准，而不是唯一标准。

那么，评价古瓷的收藏价值依据什么标准呢？根据古瓷器专家的观点，一件瓷器想在拍卖市场上卖出大价钱，应该具备以下条件：

一是品相好。玩瓷器的人都知道品相的重要，器物上有点小毛病，价位肯定上不去。如果明清瓷器藏品上碰掉一个芝麻粒大小的瓷，价位能下降上百万元。

二是官窑的瓷器。有些人以为玩意儿越老越值钱，只要是古代的瓷器就一定能卖出好价钱，这纯粹是一种误解。

古代的瓷器得分是什么窑口儿，真正值钱的是瓷器的精品。通常官窑瓷器在制作工艺上，往往代表了一定时代烧瓷的最高水平，您想，给宫里烧制的瓷器能马虎吗？虽然民窑也有精品，但官窑瓷器的市场价位一直高于同时期的民窑瓷器。

三是代表作。历史名窑瓷器与同时期杂窑瓷器的价位绝对不可同日而语。这一点在拍卖市场上分得很清楚。

四是传世少。一般存世量少的藏品，其市场价格就必然高。物以稀为贵是世人皆知的常识。

五是专家鉴定过的瓷器。现如今大量赝品充斥市场，您手里的某件瓷器，拥有著名鉴定机构和鉴定专家出具的证书，在市场上的认知度肯定会提高。当然，专家和鉴定机构也有打眼的时候，这又另当别论了。

六是名人收藏过的瓷器。收藏界最讲名人效应。在很多人看来，名人收藏过的玩意儿往往保真。其实未必如此，但这已经成为公众普遍的心理定式。只要是名人的藏品，哪怕跟艺术品不沾边，也能卖出好价钱。名气越大，价格越高，您在拍卖图录上经常能看到“某某旧藏”的注解。

七是仿制难的瓷器。高仿现在已司空见惯，尤其是现代科技手段这么发达，许多古代瓷器都可以仿制，但也有失传的工艺绝活，现代人找不到破解的秘方，仿制不出来。

如清珐琅彩瓷是康熙朝晚期烧制的，雍正六年（1728）以前用的都是进口的西洋珐琅彩料，色彩多达十几种，珐琅彩的制作先是从景德镇官窑选用最好的原料做素胎，烧好后再拿到宫里造办处做珐琅彩绘烧成。

珐琅彩的制作相当考究，成本高，成品少，传世不多。这种工艺仿制起来非常难，所以在海内外的拍卖市场上，珐琅彩瓷器的价格一般都在几百万到千万人民币。

地摊儿上的“官窑”绝对是赝品

说老实话，敢玩瓷器的大多是玩家。一般人也许有祖上传下来的一两件老瓷器，但通常是民窑的器物，官窑的不多。

有些收藏爱好者常有在地摊儿上捡漏儿的心理，渴望沙里淘金。这种机遇不是没有，但千载难逢。

事实上，许多在拍卖会上拍出高价的名贵瓷器，都是流传有序的。换句话说，是有案可查的。

您想，宋代到现在已经有近千年了。这当中改朝换代，历经过多少战乱，天灾人祸。而瓷器这东西又怕磕怕碰，能流传到今天，还保持好的品相，您说有多难吧？

何况宋代的“五大名窑”是官窑，即便在当时，一般人能淘换到一件“五大名窑”的瓷器也不易。综观现在的古玩市场，公开标明“五大名窑”的瓷器几乎没有。

您想连拍卖会上都难得一见“五大名窑”，您到地摊儿上淘换？捡漏？这不是异想天开吗？

据毛晓沪的看法，旧货市场和地摊儿上标出的“五大名窑”瓷器，甭问，百分之百是赝品，真的不会在这种地方露面。

俗话说，一粒老鼠屎坏了一锅粥。现在锅里的老鼠屎不是一粒两粒，而是数不过来，您说这粥还能吃吗？正是由于宋代“五大名窑”做旧赝品的泛滥，才使“五大名窑”倒了“牌子”，做到现在，赝品无人问津，真品也跟着倒了霉，您如果拿出一件真品，专家也许连正眼都不会看。

人们也许还记得汉唐的陶俑吧？二十世纪九十年代以前，汉唐陶俑在国际市场上价位非常高，一件唐三彩在拍卖市场上拍出几百万，甚至上千万元都是常事。

但是从20世纪80年代中期开始，陶俑仿制技术日趋完善，造假者破解了国际通用的热释光鉴定技术的核心秘密，致使许多鉴定高手拿到一件仿品也断定不出真伪，甚至国家文物鉴定委员会的专家也被“克隆”的仿品打了眼。

汉唐陶俑的市场价位一落千丈。现如今您在地摊儿上花几十块钱就能买到以假乱真的唐三彩陶俑，真的却无人问津。陶俑的重创，说明了瓷器市场的变幻莫测。

玩瓷器的行家说，市场是变化的，市场的认知度不是一成不变的。

由于收藏本身是一种时尚，所以许多收藏者有一种从众心理，一旦某类艺术品被有实力的玩家看好，有些人就会跟风而上，造成这类艺术品的市场价位猛涨。

过了这一时期，当人们把目光转移到其他地方，这类艺术品的市场价位又会逐渐回落。比如二十世纪七八十年代，日本经济持续走强，日本的收藏家热衷于中国宋代磁州窑的瓷器，我国香港地区的玩家也跟风而上，一件原价两万港币左右的磁州窑黑釉线条罐，转眼之间涨到几十万港币。

到了二十世纪九十年代，日本的“泡沫经济”破灭了。深陷泥潭、失去日本市场的香港古玩界再次把目光投向明清彩绘瓷，一件雍正官窑粉彩瓶卖到了4000多万港币，而同时上拍的几件磁州窑梅瓶，底价仅10万港币左右，但全部流拍，没人要。

故宫也有“克隆”的名瓷

在说到古代陶瓷的做旧时，很多朋友以为这是见不得人的事儿，甚至还会以为这是违法的勾当，其实您理解错了。

其实，瓷器复制和仿古不是现在的事儿，故宫博物院的研究员、瓷器鉴定家杨静荣是我的老朋友，他对我说：“古代瓷器的仿古做旧最早出现在元代。元代有仿宋代的钧窑。元代的霍县窑仿制的宋代汝窑瓷器，不知让多少行家打了眼。”

仿古瓷器的产生有两个原因：一是当朝的皇帝喜欢前朝的瓷器，例如元代的帝王对宋代“五大名窑”的瓷器情有独钟，为了满足皇帝的需要，便设置了专门的窑进行仿制。仿制的过程十分复杂，一次两次肯定仿制不成功，那就几十次、几百次，直到仿制成功为止。

二是窑厂为了自身的发展，仿制一些前朝名窑的瓷器，也是在情理之中的。这种情况在现代也有，但仿古瓷器一般都有专门的仿制款识，有的会直接印上本朝的款识。

杨先生告诉我，明、清时期景德镇的仿古瓷器，才称得上真正意义上的仿古。为什么？因为这时景德镇的烧瓷技术已经远远超过前朝，可以说，仿什么像什么，能达到以假乱真的地步。

景德镇窑仿历史上名窑的瓷器有永乐时仿宋代的哥窑，成化时仿宋代的汝窑，清雍正仿宋代的官窑，清乾隆仿宋代的钧窑，等等。

此外，还有明代仿明代的瓷器，如成化仿宣德，嘉靖仿成化等；清代仿明代的瓷器，如康、雍、乾仿明永乐、宣德、成化、正德、嘉靖的瓷器等；清代仿清代的瓷器，如晚清仿康雍乾的瓷器等。

杨静荣先生长期在故宫博物院工作，这些仿品，他在故宫都见过。他说："这些仿品多是应宫里需要由景德镇御窑烧制的，应该算'官窑'，所以工艺考究，质量精良，与此同时，工匠在仿制时还在制作工艺上有了一定创新，所以鉴定这类仿品比较难。"

我问他鉴定这类仿品有什么诀窍，他告诉我，只能凭经验。但也有两种方法：一是掌握被仿品的主要特征，二是掌握仿品的一些特征。

这并非一日之功，需要多看实物，对两者进行反复比较，从中找出异同，比如雍正仿成化的盖罐，单摆出来，你根本看不出二者的区别，但当你把雍正的罐和成化的罐摆在一起，反复比较，就会发现雍正的罐釉色偏青，成化的罐釉质带有细微的润泽，这种差别往往是非常细微的，但是对鉴定家的眼力来说是个考验。

瓷器做旧的秘诀

现在的瓷器赝品主要分为两种：

一种是仿旧，也就是瓷器在制坯时就直接在器物的底款上写上“大明永乐年制”或“大清乾隆年制”，烧制成功后，拿到市场上以假充真。

另一种是做旧，所谓做旧，就是把新烧出来的瓷器，或者年代相距比较近的瓷器，用一些特殊的手法做成瞅着是传世多年的古代名窑瓷器，或是看上去是出土的名窑瓷器。简单说就是把新瓷器做成老瓷器，把普通的瓷器做成名贵的瓷器。

这么一说，您就明白仿旧和做旧的区别了，当然也能看出瓷器做旧要比瓷器仿旧难多了。

通常瓷器做旧是有秘诀的，笔者通过与瓷器鉴定专家访谈，大体了解到了一些瓷器做旧方法，但得其秘诀还是从玩瓷器做旧的高手那里探出来的。

按老话说，这是人家的“饭碗”，本不该把人家看家的活计写出来，但是鉴于现今古代瓷器市场鱼目混珠、赝品泛滥的状况，还是有必要将这些内幕公之于众，以便让更多的收藏爱好者擦亮眼睛。

做旧方法之一：打磨瓷釉。

所谓打磨，就是用能抛光的家伙什儿，在瓷器的外表反复摩擦，让它失去光泽，看上去像旧的一样。

这里需要跟您交代一句，平时咱们能见到的新烧的瓷器，都带有一种表面的光。这种光比较亮，刺眼，光可鉴人，也显得愣。业内人士叫它“浮光”，玩家也称之为“贼光”。

而老的瓷器因为年代远和烧制方法讲究，瓷器的表面的光泽比较温润，没有这种“浮光”，所以给新瓷做旧，主要是消除瓷器釉面的这种光泽。

给瓷器做旧采用打磨的方法很多，有用兽皮的，有用椰壳的，有用细砂纸的，但颗粒物太粗会在瓷器上留下擦痕，用放大镜能看出来。近年来，抛光多采用椴木炭摩擦，摩擦痕比较均匀，不容易看出来。

做旧方法之二：药品浸蚀。

所谓化学药品多为酸性或碱性的，带有腐蚀性的药水，如硫酸、福尔马林等化学试剂，按一定比例加水调配好，将新的瓷器放到里边浸泡。不过，这种浸泡做旧的瓷器，如果细看会发现，虽然表面光泽弱化了，但色泽会有些“愣”，缺乏古代釉色应有的生动感。

做旧方法之三：粪便浸泡

说起来有点儿让人恶心，但现在的人给瓷器做旧是为了发大财，所以不惜任何手段，用人的粪便浸泡瓷器就是近几年玩的手法，因为粪便是有机物，对瓷器的腐蚀比硫酸之类的药水要“温和”一些，但要达到蚀釉的效果，浸泡的时间要长。相比化学药品的浸泡效果，粪便浸泡的瓷器，往往会让表面的釉色与真品相差无几，所以常常让行家打眼。

做旧方法之四：土侵外釉。

所谓“土侵”，就是把瓷器埋在泥土里，经过一段时间，通常要在一年以上，产生“土锈”，以达到出土文物的效果，来证明器物的年代久远。

让土的物理化学成分侵蚀到瓷器里是很难的，所谓“土锈”，无非是在瓷器表面挂上一层土，类似“包浆”。

这种做法是仿照“唐三彩”的俑或马，因为这类文物带土的较多，但从墓里出土的器物是经过几百年甚至数千年的泥土侵蚀，瓷器上釉已经蚀化，这种经年久远的浸蚀跟短时间的土浸是有区别的。出土的真品，用小刀片轻轻一刮，会掉粉状的东西，而土浸的瓷器表面会掉块儿状的“土锈”，所以，这种做旧的瓷器是比较容易鉴别的。

做旧方法之五：油浸烟熏

有两种做法，一种是把要做旧的瓷器，挂在厨房的灶台上方，让平时炒菜做饭的油烟熏烤，慢慢地“挂油”。另一种是单独立灶支锅，烧上油（一般是食用油），然后把瓷器放在锅的上方。让油烟熏烤。

这种做旧方法往往不易觉察，专家鉴定一般是看瓷器表面油腻的痕迹，真品釉色上的油垢发黑，呈腻状，而且用放大镜看没有油痕。做旧的瓷器油垢微微发黄，油质感强，而且有油痕。

做旧方法之六：入窑复烧

这是比较迷惑人的做旧手法，属于高仿，因为做旧的效果逼真，常常让行家打眼。所谓“复烧”，就是把新瓷器包上泥土，放入窑里再烧一次。

做旧时，在外边裹着的泥土里，加进微量的硫酸和水，因为泥土中含有结核石，这种结核石粉碎后与酸和水结合会产生化学变化，放进窑里，烧到700摄氏度到800摄氏度即可产生做旧的效果。

据专家介绍，这种方法出现只有一二十年，因为复烧的效果即可退去浮光，又可咬上土锈，确实让人迷惑。

做旧方法之七：反复手摩

这种方法是近几年出现的。做旧者雇佣多人，要对做旧的瓷器反复用手摩擦，让手上的汗和油浸到瓷器釉中，一般要一到两个月，才会有效果，虽然工夫比较长，但做旧的效果非常逼真，常常让人打眼。

做旧方法之八：海水浸泡

这也是近几年做旧的手法，因为海底打捞上来的瓷器，在拍卖市场持续升温，而且“出海”的瓷器可信度高，所以做旧者开始做“海上”文章。

他们将仿品放到竹篮或透气的木箱子里，沉入海水中，让海水腐蚀其瓷釉，产生海底打捞出来的效果。这种手法虽显“幼稚”，但也能迷惑一些初入道的藏家。

做旧方法之九：旧胎挂彩

大体有两种做法，一种是直接在旧的瓷器上加彩装饰，如本来是白釉，在上面画彩色的图案，再入窑烧制，使它成为五彩、粉彩、斗彩的名贵瓷器。这种手法多选用清代康、雍、乾三朝的白釉瓷器，但要想达到乱真的程度，画工非常讲究，画的仿真要达到“克隆”水平。

另一种是把老瓷器上的釉磨掉，然后在上面刻暗花儿，再施釉，然后入窑二次烧制。烧成后，再加釉彩绘装饰。旧胎挂新彩，比较多的是在明代永乐、宣德、成化、弘治、正德和清代康、雍、乾三代的白釉上挂黄釉或其他颜色釉的。因为这些明清瓷器只要带彩儿，每件都在百万元以上。

做旧方法之十：挖旧补款

瓷器的款识是人们鉴别瓷器年代的重要标记，也是造假的“重灾区”。您在地摊上经常会看到印有“大明永乐年制”“大清乾隆年制”的款识，甭想了，这一定是赝品。

真正的“大明永乐年制”的瓷器，能跑地摊儿上吗？而且一问价儿，100块钱就能卖给您。100块钱买明代的瓷器，这不是开玩笑吗？瓷器真假，卖的人自己就告诉您了。

给新瓷在款识上做旧，手法很多，挖补是主要手法。其做法是将已经残破但底款尚好的瓷器，用刀具、锉具或电动细砂轮机，把有款的底部切割下来，然后嵌到新的瓷器上。这种“移花接木”的技法，有冷接和热接两种技艺，均可令做旧的效果十分逼真。

这种技法在民国时就已经出现，而且镶嵌技术极其高明，几乎天衣无缝。现代人采用高科技手法的移花接木，技艺更是远远超过了前人。

据故宫博物院的研究员杨静荣介绍，这种移花接木的高仿做旧瓷器，在国内外的拍卖会上时有出现，而且拍出的都是惊人的高价位。

杨静荣先生跟古代瓷器打了大半辈子交道，对古代瓷器的真伪了如指掌，他见过康熙瓷器磨釉后再施釉二次烧制，然后再绘成墨地三彩的瓷器，也见过将成化青花瓷器挂红釉的，将万历青花瓷器挂绿釉的。

鉴定这类做旧高仿品的要领是，仔细观看瓷器底部衔接部位的胎釉，看有无异常痕迹。此外要用高倍放大镜看底足部分和器身有没有异同。一般情况下，要反复观察才能发现其中细微的差别。

做旧方法之十一：仿款直书

这种手法相对来说比较拙劣，就是新烧的瓷器仿照老款直接刻上，入窑烧制，就是前面说的那种在地摊儿上见到的那种。

也有人用这种刻有老款的瓷器，采用上面说的手法做旧的，不过，这种仿款直书的做旧手法比较陈旧落后，很容易被人识破，最初还能迷惑一些人，现在已经过时，很少有人再用了。

跟冯先铭是邻居

说到瓷器做旧，在京城不能不提古代瓷器玩家毛晓沪。

毛晓沪在京城瓷器玩家里有一号。他的经历带有传奇色彩。作为玩家，他透着与众不同，他不但是鉴定古瓷器的高手，同时也是古瓷做旧的高手。

毛晓沪的祖籍山东莱州，为什么取名晓沪？因为他是在上海出生的。他的父母都属于南下干部，随华东野战军到上海。晓沪是1951年4月出生的，但几年之后，他的父母就调到北京工作，所以跟着父母到北京的他是在北京长大的。

毛晓沪的父亲宋敏是老革命，他本姓毛，宋敏是他搞地下工作时起的名。调北京后，曾任轻工部干教司副司长，毛晓沪的母亲栾慧斌，原在华东局当干部，20世纪50年代，随吴仲超调到故宫博物院，吴仲超任故宫博物院院长，栾慧斌任政治部副主任，正因为如此，毛晓沪从小就跟故宫博物院的陶瓷专家结了缘。

毛晓沪家住鼓楼大街小石桥11号的故宫宿舍，在康生的宅子对面。由于他母亲跟康生的夫人曹轶鸥认识，小时候曾去过康生家，看过他收藏的文物。

当时小石桥11号院住着故宫博物院的几位老专家，晓沪从小就跟他们有接触，如徐邦达家，跟晓沪家住对门，冯先铭家住在他家的楼上。陈万里、唐澜、单士元、杨伯达等也住在这个院。

陈万里是中国当代著名的陶瓷专家，是他把野外考古学引入古陶瓷研究领域，所以有当代“陶瓷之父”的美誉，著名陶瓷专家冯先铭是他的学生。

冯先铭主编的《中国陶瓷》（上海古籍出版社1994年11月第一版）是国家文物局指定的文物教材，内容以叙述陶瓷史为主，侧重各个历史时期陶瓷的鉴定，是不可多得的实用性教科书。

瓷器玩家马未都跟我是多年的朋友。他曾对我说，冯先生的这部书是他玩古代陶瓷的“引路人”。初入道时，他每天手不离这部书。在短短五年里，他翻坏了三本，可见冯先生这部书的价值。

从小就对古瓷着魔

那会儿的故宫博物院，门票一毛钱一张，参观的人很少。由于毛晓沪的母亲在故宫搞行政工作，他小的时候，几乎每天都到故宫里玩。珍宝馆里的那些明清瓷器，让他百看不厌。

也是怪了，一般孩子对这些瓶子罐子并不感兴趣，他见了这些古代的瓷器却感觉非常亲切，总有一种要亲手摸摸的冲动。当然，这些文物都放在玻璃展柜里，他只有看的份儿。

毛晓沪对我说："你看我是在国家最著名的陶瓷专家眼皮底下长大的，受他们的熏陶，我这辈子不搞陶瓷总觉得有点冤。"

不过，他之所以后来能玩陶瓷，完全是个人的喜好，与跟这些专家住一个院并没直接关系，那些陶瓷专家并没给他提供多少玩瓷的机遇。

事实上，当年在这个大院一起长大的孩子，后来搞陶瓷研究的没几个。毛晓沪哥儿四个，只有他后来玩上了陶瓷，原因很简单，俩字：喜欢。

毛晓沪属于"六七届"初中毕业生。1969年，他18岁便跟父亲去了轻工部河北固安"五七"干校。他种过地，赶过大车，至今他还记得跟轻工部一个研究陶瓷的老专家一块赶着大车从北京运大粪，到固安干校晒粪饼的经历。

固安离北京120里地。他在大车上驾辕，那个老专家拉偏套。大车快到干校，走到永定河大堤时，老专家一个跟头，摔成了骨折，他背着老先生去找赤脚医生。

1970年底，他从干校当兵走了。他先在66军搞后勤，后来当了防化兵，部队驻地在唐山。唐山有几家陶瓷厂，当时他在部队搞后勤，常到陶瓷厂买瓷器。正是在这时候，他又找回小时候在故宫看陶瓷的那种感觉。

当兵的时候，他曾经几次到陶瓷厂，让人带他到车间，观看瓷器从拉坯、制胎到上釉、烧制的全过程。

1975年，他复员以后，到北京手表元件厂当维修工，后来又调到手表元件一厂当工人，一直干到1988年。不过，他的心思并没放在手表上，而是一门心思琢磨陶瓷。

毛晓沪从冯先铭先生那里借来他的专著，下班看，有时上班也看，同事说他不务正业，他为此也受过领导批评，但是他当时对陶瓷的研究已到了痴迷的地步，对此不以为意。

不过，这也可以理解，大凡玩家都有个性，我行我素，毛晓沪也不例外。

那会儿还没实行双休日，工厂也没有休假。不过厂里每年都会组织职工到北戴河疗养，他便利用这个机会去邯郸、曲阳等地考察窑址。

1988年，他自费到上海博物馆，跟著名专家刘梅花学习古陶瓷修复。在刘梅花的悉心指教下，他进步很快，掌握了许多古瓷作旧的绝活儿。

1989年，他根据自己多年的知识积累，用业余时间写出了7万多字的有关古陶瓷修复的理论和实际操作的文章，陆续在有关报刊发表，引起了陶瓷界的关注。

1991年，他将这些文章整理出来，定名为《古陶瓷修复》，由文物出版社出版。此书现在还是复旦大学文物保护专业的教材，景德镇文物修复培训班也拿这本书当教材。由此可知毛晓沪玩陶瓷确实有道。

在废品堆里捡到的“宝贝”

说起迷上瓷器做旧，毛晓沪讲了一个传奇故事。

那还是在1988年，毛晓沪干了一件露脸的事，不过，说起这档子事儿，他心里还有点儿不是滋味。

那年，他还在工厂上班，厂子里组织职工到北戴河休假。每天踩着钟点上班的毛晓沪，难得有这种假期，他抖了个机灵，没跟大伙一块去北戴河，却独自奔了彭城观台镇。干吗？考察中国的磁州窑。

那时，毛晓沪已经对瓷器着了魔，磁州窑是古代的名窑，这是他早就想去的地界。

观台镇窑址是磁州窑系之一，发现得比较早。彭城有“河北瓷都”之称，镇上居民多半以烧瓷为业，有陶瓷一、二、三厂，当时做仿古陶瓷的只有一家，叫陶瓷七厂，后来改为邯郸陶瓷工艺品厂。

毛晓沪有个朋友叫叶青谷，是文物出版社的老编辑，他有一个亲戚叫叶长成，在邯郸陶瓷研究所当所长。

那会儿，到哪儿办事儿，还要介绍信。毛晓沪在到彭城之前，特地让叶青谷给他开了个介绍信。

叶长成见了介绍信，知道毛晓沪不是外人，知道他的来意后，很爽快地带着他参观了做仿古陶瓷的七厂。

毛晓沪看了他们烧制的瓷器，感觉跟真品差距比较大，并没有留下什么深刻的印象。

参观快结束了，厂长送他们出来，毛晓沪在转身的时候，蓦然发现楼道有一堆报废的瓷瓶子，他走过去多看了几眼，发现其中有一个瓶子造型不错，便拿起来看了看。

这瓶子属于磁州窑黑釉凸线纹花口瓶，瓶子高有30厘米，但瓶底有残，是一件报废品。他感觉有点古窑的味道儿，便对接待他的车间主任刘立中说：“这个瓶子的型儿不错，有点儿味道，多少钱？卖给我留个纪念吧。”

刘立中笑道：“你还真有眼力，这瓶子是我们的试烧品，不过，它已经报废了，你要喜欢就拿去玩，废品还能跟你要钱吗？送给你吧。”

就这样，这个报废的瓶子就到了毛晓沪手里。想不到，他的这个瓶子差点惹了大祸。

带着做旧的瓷器“闯”故宫

自从得到这个瓶子，毛晓沪便开始每天跟它相面，他反复把玩这个花口瓶，越琢磨越觉得它有味儿。终于有一天他灵光一现，心想我为什么不拿它仿做一个古磁州窑的器物呢？

有了这个想法以后，他查阅了几本关于古代磁州窑的书，搞明白了磁州窑的特征后，便动手把残的部位重新修复，然后又按磁州窑的特征对瓷釉做了旧。

经过他做了旧的瓶子，古色古香，摇身一变，跨越了上千年，俨然成了一件“文物”。一个玩瓷器的朋友到他家，一眼就看见了摆在窗台上的这个花口瓶。

“你从哪儿淘换的？”那位朋友懂行，看出这是磁州窑的东西。

“你没看出来吗？这是宫里的。”毛晓沪跟朋友开了个玩笑。

“嗯，确实是宫里的。你看这花纹儿，老磁州窑烧出来，确实跟后来高仿的不一样。”那位朋友反复看了几遍，一本正经地对毛晓沪说。

毛晓沪没想到自己做旧的瓶子，竟然骗过了这位朋友的眼睛。要知道这位朋友在玩瓷器的人当中还是个名家呢。

他对这个瓶子的做旧效果，非常兴奋和满意。

几天以后，他骑自行车上班，路过故宫神武门。当他看到“故宫博物院”这几个字时，他想起了跟朋友开的那个玩笑。

他突然脑子一热，心想能不能把那个做旧的瓶子，让故宫博物院的专家给掌掌眼，如果要是把它当了真品，那才能证明自己的做旧是真本事。

于是，转过天，他把那个瓶子揣在包里，直接来到故宫博物院的传达室。

传达室的老人已经退休，新来的人不认识毛晓沪，问他找什么人。

毛晓沪说：“听说你们故宫向社会征收文物，我有一个古代的瓷瓶，不知你们收不收？”

传达室的人做不了主，说：“你等等，我给你打个电话问问。”说着，他给故宫管文物征集的负责人打了电话。

原来，当时故宫博物院专门有个向社会征集文物的部门，叫文物征集组，组长叫沈承先。

其实，毛晓沪认识沈先生。您想他妈是故宫博物院的政工干部，小时候常去故宫玩，故宫的老职工他都熟呀。

沈先生接了电话，直接来到传达室。一晃十多年不见了，当年的小孩已经变成了大老爷儿们，他没认出毛晓沪。毛晓沪也没说自己的真姓实名。

沈先生对毛晓沪说：“你带来的是什么宝贝，拿出来看看吧。”

毛晓沪把瓶子拿了出来。

沈先生作为文物征集组的组长，当然对瓷器在行，一看这瓶子，他眼睛一亮，沉了一下说：“你跟我进来吧。”

他把毛晓沪带到办公室，又细细鉴赏了一会儿这个瓷瓶，问道："这瓶子真是你本人的吗？"

毛晓沪灵机一动，为了不漏破绽，现编了个瞎话："这是我们家祖传的。传到我这儿至少五代了。"

"你打算卖多少钱？"沈先生问道。

毛晓沪心想他没说这瓶子是什么朝代的，一上来就问卖多少钱，一定是他相中这瓶子了，而且断定它是真品。

他心中暗喜，对沈先生半开玩笑地说："这瓶子在我们家放这么长时间了，故宫要收，钱当然不能少，您看它值5000块钱吗？"

5000块钱在当时可是大数。当时毛晓沪的每月工资才48块钱。他想说个大数，故宫可能就不要了，他正好就坡下驴。因为他只想让故宫的专家打眼，并不想把这件东西留在故宫，因为它是赝品呀！

没想到沈先生拿他的话当了真，沉吟道："5000块钱？太贵了吧？我们征集组的权限只有500块钱，再高则要报到院里研究。院里还要上报到国家文物局，这需要一整套手续。你看这样吧，东西先放在我们这儿，我们请专家研究研究，如果专家认可，5000块钱我们也收。"

晓沪觉得这个主意挺好，让专家鉴定正是他的初衷。因为故宫的陶瓷专家大都认识他，如果他拿着这个瓶子直接找专家掌眼，有欺人之嫌。

他对沈先生说："行，但是最好别拖得时间太长。"

沈先生点了点头说："好吧，你回去等我的话吧。"

就这样，毛晓沪的这个做旧的瓶子便留在了故宫。

赝品让故宫的专家打了眼

过了四五天，毛晓沪接到了沈先生的电话，沈先生让他到故宫博物院来一趟。晓沪骑着自行车便去了。

毛晓沪进了沈先生办公室，沈先生对他说："你拿来的瓶子倒是不错，可是你出的价钱太贵了。”

毛晓沪一听这话，知道这个瓶子肯定让专家看过了，而且已被专家断定为真品，沈先生是在讨价还价。

他想了想说：“这个价钱是我随口这么一说，既然你们嫌贵，我就不卖了，你们让我拿回去吧。”

沈先生一听他说不卖了，便不再讨价还价。他说：“你既然拿来了，就不要再拿回去了。”

毛晓沪问道：“您找专家看过了吗？”

沈先生说：“看过了，专家认为它是宋金时期磁州窑的精品。”

毛晓沪听了心里咯噔一下，一时激动得不知如何是好。他激动的不是别的，是自己亲自做旧的瓶子居然让故宫博物院的大名头专家打了眼，这已足以证明自己的做旧能力。但是作为故宫博物院的家属，他也知道此事是冒天下之大不韪。

您琢磨呀，报废要扔的瓶子让他给捡回来，做旧以后居然弄假成真，让故宫博物院的专家打了眼，而且一下卖到5000块钱，买这瓶子的又是故宫博物院，此事一旦露出破绽，真相败露，那还了得吗？

他心里撞倒了五味瓶，愣在那里，半天没说话。

沈先生看出他的犹豫不决，不过，他以为毛晓沪是舍不得卖呢，于是对毛晓沪说：“不瞒你说，这个瓶子我们已经报到文物局了，我们的确想收，等文物局批下来，5000块钱如数给你，我们给你开一张支票怎么样？”

毛晓沪这才弄明白，敢情故宫博物院是真心要收这个瓶子。这回他真的胆儿小了。

他迟疑了一下，说道：“这个瓶子，我不能卖。”

“不能卖？”

“是，真的不能卖。”

“为什么？”沈先生被他的这句话弄得莫名其妙。

“我压根儿也没想卖。”

“不想卖，你拿到我们这儿来干吗？”

话说到这儿，毛晓沪只好说出了自己的真姓实名，而且对沈先生说道：“我跟您说实话吧，这瓶子我拿到您这儿，就是想让专家鉴定一下。”

沈先生听到这话，恍然大悟。不过他也感到懊恼，生气地说：“让我替你找专家鉴定？专家已经鉴定过了，而且也同意收这个瓶子，价钱可是你开的，现在你就别想拿回去了。”

毛晓沪看把沈先生惹急了，有些过意不去，但他到这儿了，不能不说实话说：“沈伯伯对不住了，这瓶子不是我不想卖，是我不能卖。真要卖了，您得到大狱给我送饭去。”

“你这是什么意思？这瓷器不是你的？”沈先生不解地问，他以为这瓶子不是好来的呢。

毛晓沪笑着说：“它可不是我偷的抢的，就是我自己的。但它不是宋金时期的，是我拿报废的瓶子做的旧。”

沈先生听了大吃一惊：“什么？它是假的？你开什么玩笑？”

毛晓沪说：“我不是跟您开玩笑，它本来就是现代高仿。”

“啊！原来是这样！”沈先生愣在那里，一时不知该如何处理了。

沉了好一会儿，沈先生说：“这样吧，这个瓶子你先别拿走，我们再细研究研究。”

毛晓沪心想自己已经如实招来，告诉沈先生这瓶子是高仿，不能卖了，放在这儿也无关紧要，便答应了沈先生。

毛晓沪对我说，事情过去一个多月，他见到了故宫博物院的一位著名陶瓷鉴定家。

老爷子已经七十多了，是看着毛晓沪长大的，他对毛晓沪说：“你真会开玩笑，怎么拿这么个瓶子来故宫蒙事？”

毛晓沪知道他的瓶子让这位老爷子打了眼。老爷子说这话是想给自己打圆场。

他赶紧给老爷子一个台阶，嘿嘿一乐说：“我不是心里没底吗？想证明一下自己的本事。”

老爷子告诉晓沪，沈先生心里窝了一口气，把这事儿跟冯先铭说了，冯先铭太了解晓沪了，对沈先生劝慰道：“这个毛晓沪从小就淘气，爱搞恶作剧。你别在意。”

沈先生说，他是栾慧斌的儿子，既然把瓶子拿来了，就别让他拿走了。

冯先铭点了点头说：“好吧，我亲自跟晓沪说，这瓶子留在故宫当样品了。”

冯先铭找到毛晓沪，把他数落一顿，但也对他的做旧功夫表示了赞叹。

毛晓沪跟冯先铭说：“听您的，算我捐给故宫吧。”

就这样，毛晓沪做旧的磁州窑黑釉凸线纹花口瓶留在了故宫博物院。事后，故宫的几个专家还觉得毛晓沪是在戏弄他们，说的是假话，还专程到邯郸陶瓷工艺研究所做了一番调查。

这档子事后来不胫而走，让毛晓沪在文物圈儿里也出了名。

专家泄底：外国博物馆也有做旧赝品

写到这儿，您也许会说怎么故宫博物院的专家也会打眼呀？这并不新鲜。您忘了那句话：智者千虑必有一失，愚者千虑必有一得。不是鉴定家不聪明，是做旧者太狡猾。

磁州窑是宋代北方民窑的代表。古磁州窑瓷器造型的品种很多，釉色风格丰富多彩，具有民间艺术自由奔放活泼开朗的特点。

因为是民窑，肯定没有后来皇家御用的官窑的东西细致精美，所以后来的做旧高仿常常让专家打眼。

笔者跟故宫博物院的研究员杨静荣先生是多年好友，他对我说，磁州窑的仿品民国的时候就出现了，后来在20世纪50年代，邯郸陶瓷研究所仿制了一批。民国仿制的磁州窑，采用的是手工制作传统技法，主要品种是白地黑花和绿釉黑彩及红绿彩，造型以瓶子居多，做旧非常逼真，但当时国内藏家不认磁州窑，所以多数仿品流往国外。

美国博物馆收藏了一件刻有“刘家造”款的白地黑花龙纹花口瓶，形状与毛晓沪做旧的那个瓶子相仿，日本也有一件类似形状的宋代磁州窑瓶子。

杨静荣对我说：“冯先铭先生看了美国的那件藏品，断定是民国仿品。美国的这件是高仿，当然日本的那件也是，因为两件器物均出自一个人之手。”

当然，行里有行规，发现是假的，不到必要时，也不能捅破这层窗户纸。

杨先生对我说，元代磁州窑的画风有所变化，龙纹和龙凤纹的画风比较粗犷，仿品比宋代的要多。故宫博物院收藏的一件绿釉黑彩梅瓶，曾在陶瓷馆展览多次。冯先铭先生在世时曾告诉过杨静荣，这是一件民国高仿。故宫的另一件有元丰纪年的红绿彩罐，也是民国高仿。

杨先生说：“这两件仿品的共同特点是手工制作，但修胎过于精细。磁州窑是民窑，属大规模商品生产，瓷器的底足修坯时多讲效率，只是略微修整刮削，所以仔细观察多有粗率之痕。做旧的仿品恰在这方面过于精细，反倒容易露出马脚，但一般专家往往忽略磁州窑的这一特点，所以打了眼。”

100元的压手杯做旧后卖了300万

这儿得跟您交代一句：古瓷器的赝品，就是行里人所说的“做旧”。“做旧”通常有两种：一种是仿古瓷，还有一种做得相似，也叫高仿。

一般的仿古瓷蒙得了外行，却蒙不了专家。能让专家打眼的主要是高仿。这一点，毛晓沪体会最深。

话说毛晓沪把做旧的磁州窑黑釉凸线纹花口瓶“捐给”故宫博物院以后，故宫按惯例发给他一张证书，并要奖励他200元钱。

毛晓沪觉得自己是故宫博物院的家属，要钱不合适，便对沈先生说：“我不想要故宫的钱。”

沈先生笑道：“你小子又要出什么幺蛾子？”

毛晓沪说：“我本来什么也不想要。您要是非得拿物质奖励我，我想要一样东西。”

沈先生问：“你想要什么？”

毛晓沪说“我特想要一本珂罗版印刷的《故宫博物院藏瓷选集》。”

此书是20世纪60年代出版的，印得豪华精致，定价280元。晓沪心仪已久，但一直舍不得买。

沈先生说：“这本书已经卖没了。我们送你一件别的礼品吧。”

毛晓沪问道：“送我什么礼品呀？”

沈先生把毛晓沪带到故宫的外宾服务部，对他说：“你挑一件吧，但别拣上千的挑，我的权限可只有两百块钱。”

毛晓沪眼“毒”，在服务部的货架上扫了几眼，一下相中了仿永乐青花的压手杯。

这个压手杯属于高仿，标价100元。还剩100元，他又挑了个青花松鹤杯，标价80元。两件瓷器共180元。沈先生让他打包拿走了。

毛晓沪拿着这两件瓷器到家后，觉得那件压手杯越看越可爱，不由自主地动了做旧的念头。经过一番精心打磨，这件器物便有了古味儿。他颇为得意地把它摆在了书柜里。

几个月之后，有位做古玩生意的朋友吴先生到毛晓沪家做客，发现了这件压手杯。

“啊，这件瓷器太精美了，匀给我吧！”他爱不释手，执意要买。

“你看走眼了，这是我做了旧的。”毛晓沪如实告诉他这不是真品，并对他说这是故宫订制的旅游纪念品，每只100元外汇券。

“那我也要，我就看上它了！你不愧是玩家，这只压手杯，是我见到过的高仿最好的精品，它几乎可以乱真。”吴先生盯上它，不肯撒手了。

毛晓沪有点儿舍不得，但朋友已经把话说到这份儿上，他就不好意思不给了。

过了几天，吴先生送来5000块钱。就这样，100块钱的杯子，经过毛晓沪的做旧，卖了5000块钱。

让毛晓沪吃惊的是此事过去一年多后，一位台湾收藏家给他寄来的一本某国际知名拍卖公司的拍卖图录里，他卖给吴先生的那只压手杯赫然在册，成交价达300万元，显然这件做过旧的高仿被人当成了真品。

压手杯是古代文献上的名儿。其实它只是比现在人们吃饭的小碗深一点，拿在手里很舒服，所以叫压手杯。

故宫仿制的这件压手杯是国宝级文物。据清初谷应泰所著《博古要论》一书记载：“压口杯坦口折腰，沙足滑底，中心画双狮滚球，球内隽大明永乐年制，六字或四字，此为上品，鸳鸯心者次之，花心者又其次也。杯外青花深邃，式样精妙，传世可久，价亦甚高。”

目前，这种压手杯全世界有案可查的只有3只半（所谓半只是指残品）。其中两只藏于北京故宫博物院，图案为一只双狮滚绣球，一只花心。另一只被国外博物馆收藏。半只（残品）是花心图案，也在北京故宫。

毛晓沪对我说，20世纪80年代，故宫为开发旅游纪念品，由故宫的陶瓷专家耿宝昌和刘伯昆两位先生拿着压手杯的样品，到景德镇东风瓷厂做仿。

据当时的东风瓷厂工艺瓷车间主任、制瓷大师严国强回忆，当年是他主持这批活的工艺烧制，一共烧制了100件。由于这种杯子看上去不起眼，外行人不会花100块钱买它，所以这100个压手杯摆在故宫的旅游纪念品服务部，卖了几年也没卖出去。

谁能想到这件100块钱都没人买的压手杯，经过毛晓沪之手做旧后，居然以假乱真，身价达到了300万。

博物馆要买他做旧的元青花

毛晓沪对笔者说，高仿的古代瓷器，确实能迷惑人。但是瓷器高仿做旧的目的不一样，有人高仿是为了个人观赏与收藏，包括一些博物馆也是这个目的。但也有人利欲熏心，做旧是为了赚大钱。这么做性质就变了。

他最初研究的领域是古代瓷器修复，后来才搞古瓷做旧。因为他在高仿技术上有点绝活，所以不断有人拿着新的瓷器找他做旧，说是个人收藏，其实没过多久时间，这些人便会拿到拍卖会上以假乱真，拍出惊人高价。

他做的一些仿品，也被人倒卖到境外当文物去拍卖，当他发现了这些事后，这些做法让他感到有些失望和懊悔。

有意思的是，他发现自己做旧的瓷器上拍后，跟拍卖公司说明真相时，人家居然认为是他看走了眼，把不是他的东西，错认为是他自己的，哗众取宠，无理取闹。这让他感到啼笑皆非。

这种事例很多，比如他做旧的磁州窑白地酱色釉折枝花卉纹水注（水注是一种器物），高35.5厘米，被一位古玩商花500块钱买走的。

古玩商说是自己在家里摆着玩。可是两年以后，毛晓沪从一本文物图录里，看到这个瓶子的图片赫然写着宋代珍品，估价800万元。

毛晓沪在陶瓷收藏圈里朋友很多，景德镇搞做旧的严国强是他的朋友。这位严先生是大师级的做旧高手，当年北京故宫博物院高仿压手杯，就是严国强烧制的。

有一年，毛晓沪和两位玩古瓷的专家到景德镇，在严国强大师所在的车间仓库里，选了两个高仿的元凤首梅瓶。这种元代的梅瓶现在有案可查的全世界只有一件，还是在国外的博物馆收藏。

据毛晓沪说，景德镇从20世纪70年代高仿明永乐青花瓶成功后，就开始研究仿元青花。

他买的这两个高仿梅瓶与真品相比有缺陷，因为它是采用注浆成型工艺，这种工艺太先进了，以前没有，高仿古瓷用这种工艺，很容易被行家识破，但它的釉色却非常逼真。

一个梅瓶，晓沪花了200块钱，送给朋友一个，自己留了一个。

毛晓沪手里的这件梅瓶，他用光敏复合树脂（高分子材料，通常用它做假牙或补牙）做了旧，对它的缺陷重新加工了一番。

想不到几年之后，毛晓沪的这件高仿元青花梅瓶，居然被某国家级博物馆的陶瓷专家，鉴定为元代真品。

元青花现在存世的不过几十件，拿出一件真品都是“国宝”，但现在市面上到处都是元青花。这些元青花不是百分之八九十，而是百分之百是赝品。

博物馆决定高价收购这一“国宝”，反倒让毛晓沪“毛”了，您想买他东西的可是国家级博物馆。把自己做旧的瓷器高价卖给国家级博物馆，一旦败露，那是什么罪过呀？再者说，以自己的良心也不能干这事。

博物馆的人多次找他，劝他把手里的东西拿出来，他坚决不卖。最后他说了实话，告诉他们这是他做旧的赝品。谁知他越说这是假的，专家越认为这是真品。博物馆也派人到他家里找他做工作。

因为有过磁州窑花口瓶的那档子事儿，他不敢再冒失地出手了，最后跟博物馆的人翻了车（红了脸），才把那件“元青花”瓶子要了回来。

前辈的高仿瓷器上留着记号

瓷器做旧的高仿古已有之，但古代人还是讲道德良心和职业操守的，同时，古代人的瓷器做旧高仿多属私人收藏。民国时期，瓷器做旧高仿盛行，但多数卖家信守不卖假货的承诺，即便做旧高仿，也在瓷器上做下标记。

例如1916年，北京的“延茂”和天津的“同泰祥”出高价，在景德镇烧制了一批高仿官窑瓷器，有康熙天蓝釉瓶、雍正胭脂水小碗、乾隆古铜釉花觚、爵杯等，因为仿得逼真，京津两地的古玩家争相收购收藏。

这些高仿瓷器后来在市场上也有交易，但这两家古玩店的老板“局气”，虽然是高仿，可他们在款识上不是多一笔，就是少一笔。比如古铜釉爵杯的款识“大清乾隆御制”，用的是篆书，懂行的人仔细观察，就会发现那个“御”字少了半笔。

老一辈陶瓷鉴定家、国家文物鉴定委员会常委孙会元活着的时候，我采访过他。他对我说：“民国年间仿制的一批官窑瓷器，有的的确能以假乱真。特别是天津‘同泰祥’的高仿瓷器。他们做高仿有三四十年，经验已经很成熟。”

孙老告诉我，他曾在山东的市级博物馆，看见过一件康熙官窑天蓝釉的瓶子。他们说是著名陶瓷专家鉴定过的，被定为了国家一级文物。而孙老拿起瓶子，一眼就辨出是“同泰祥”的高仿。

孙会元先生说：“不会有一点问题。是瓷器的落款告诉我的，‘御制’的‘御’字少了半笔，明明白白。这个瓶子仿得天衣无缝，但‘同泰祥’还算仁义，否则的话还真说不清了。但那个鉴定专家却不知道这个秘密，所以被打了眼。”

毫无疑问，我们的前人也给我们留下了一些做旧的技巧和高仿的赝品，但他们也给我们留下了许多美德，可惜，现在的人只继承了那些做旧高仿的技巧，那些美德却被利欲熏心的贪念给吞噬掉了。

做旧的高仿给专家出了难题

通常玩做旧高仿的都有自己的窑，毛晓沪也不例外，早在1992年，他就自己搞了一个古陶瓷研究室，并且建了一个窑，专做高仿。

20世纪90年代中后期，他专门到宋代出钧瓷的河南禹州神垕镇，拜师学艺，掌握了钧瓷的烧制工艺。之后，他组建了毛氏艺术品制作所，专做高仿古代瓷器，当然这些高仿都是人们公开挑明的，但仿品逼真，许多知根知底的人，还是非常喜欢收藏他的高仿作品。

毛晓沪高仿古代瓷器价儿都不低，他烧制的高仿宋代茶碗，一个卖2000元，拿到日本，能卖到16万元。许多玩瓷的主儿一听说是毛晓沪的高仿瓷器，一件上万元也收。

他的名气在圈儿里水涨船高。尽管他做的高仿古瓷出手的时候都明说是仿制，但常常有买的主儿一扭脸却把高仿当真的卖了。

后来，毛晓沪发现他做的高仿瓷器不断被人做旧后直接拿到了拍卖行，标出的价儿都是上百万元。他心里矛盾了，觉得再做下去，自己快成赝品专业户了。结果，他从此洗手不干了。

几年前，他跟几个陶瓷专家成立了一个古陶瓷鉴定技术研究所，把主要精力放在了古陶瓷的技术鉴定上。

您可能会说，搞陶瓷鉴定，毛晓沪可以说得心应手。您想，他是古陶瓷做旧的高手，高仿和做旧的绝活儿他都门儿清，搞鉴定还能打眼吗？

其实不然。现如今高仿和做旧手法越来越先进，用毛晓沪的话说，后来者居上。现在高仿和做旧用的都是高科技，甚至烧瓷的土都是用的老窑的，自己到山里用古代的水碓粉碎原料。

毛晓沪对我说，古代瓷器的高仿和做旧，从民国开始公开到现在，已经有一百多年的历史了，经过几代人的探索和研究，人们已掌握了相当丰富的高仿和做旧技术，烧制出来的瓷器几可乱真。让毛晓沪这样的高仿老手光靠经验已经难以识别。

当然，搞瓷器收藏的人也发生了变化。以前京城卖古陶瓷的古玩店只有几十家，真正玩瓷的主儿也就是几百号人，这个圈儿很小，大家互相都熟。

现在则不然，玩瓷器的人越来越多，您到北京的“十里河”“古玩城”转转，就会发现玩瓷器的人有多少了。许多人从电视台的“鉴宝”“收藏”类的节目，看到一件瓷器价值成百上千万元，而国内外大小拍卖会上的名瓷成交价不断飙升，心眼不由自主地活动了，渴望在地摊儿上捡漏儿，憋着能淘换到一两件名瓷，发笔意外之财。

这是善良人的心态，当然也有心眼活动歪了的，这一歪，便开始往造假的路子出溜了。于是乎，做旧、高仿成了瓷器收藏市场的一股暗流。

如今全国各行各业都在打假，唯独古玩市场没有打假一说。自古以来，古玩行有一条不成文的规矩，古玩交易，全凭个人眼力，买了假的认倒霉，所以陶瓷鉴定的难度越来越大。

前几年，毛晓沪曾写过一篇叫《文物鉴定谁说了算》的文章。我问他："文章里举的例子是不是真事？"他告诉我，确是实有其事。

他说，有位东南亚的华侨，自称是那里有名的收藏家，拿着一件高仿的古代官窑瓷器来到中国。他巧立名目，编了一堆故事，把中国的陶瓷专家和鉴定专家给蒙了，这些专家居然认为这件赝品是真的。此人拿着专家开出的鉴定证书和合影照片，到国际市场拍卖，结果让一位美国人打了眼，花天价把这件赝品给买走了。

后来这件赝品被人识破，按美国的法律这属于诈骗。于是他向当地警方报了案。后来，美国联邦调查局将此事定为国际诈骗，要求出具证明的中国陶瓷专家到美国再做鉴定，结果，当初给这个人开鉴定书的专家不敢抻茬儿了。

虽然任何专家在古董鉴定时，都有打眼的时候，但一涉及法律，却是让人非常头疼的事儿，谁也不愿担这个责任。

毛晓沪说他写这篇文章，并不是想寒碜哪位搞鉴定的专家，只是想以此事为例，说明中国古代名瓷鉴定的难度。

高仿古瓷的鉴定方法

现如今古代陶瓷鉴定主要靠两种方法：一种是靠经验，也就是古玩行说的眼力；另一种是靠科学仪器。

科学仪器鉴定有两种手段：一是二十世纪六十年代美国人发明的热释光鉴定法，是在原器物上取样（钻小洞），然后再做处理。古代的瓷器成分有一个大致范围，做敏感光辐射，年代越长，受辐射的时间越长。

另一种手段是20世纪80年代以后兴起的元素分析法。

这两种科学鉴定方法各有长处和短处，由于古代瓷器上的原釉成分，随着时间的推移逐渐老化，所以任何科学仪器，对原釉成分的鉴定都会出现偏差。

如何练就鉴定古瓷的法眼？

毛晓沪对笔者讲了一个传统鉴定与科学鉴定难以定夺的实例。

几年前，东南亚的一位华侨收藏家拿着一对青花龙纹象耳口瓶到中国来做鉴定。

中国科学院高能物理研究所做的元素分析和中国科学院最大的电子对撞机加速器发射出来的力学光谱检测，都认为这是元代的瓷器。而国内的陶瓷专家，根据各种文献记载和经验认为它是高仿。

这位先生光鉴定费就花了几十万元，最后仍没得出准确的答案。

由于双方争议很大，为这对瓶子专门开了两次研讨会。在第二次研讨会上，景德镇陶瓷研究所所长刘新元陈述了自己认为它是高仿的观点。陶瓷界唯一的学部委员、上海硅酸盐研究所研究员李家治在会上承认文物鉴定错了。

毛晓沪对我说，这两次研讨会他都参加了。这对瓶子他一开始就认为是假的，但科学的方法你又难以一下驳倒。由此看来，古代瓷器的鉴定是多么复杂，难度有多大。

几年前，毛晓沪见到一件景德镇人仿元青花的大盘子，碎了几片又重新粘上做了旧，由于采用的是山里古代人用的原料，科学仪器鉴定是真品。但毛晓沪一看就知是高仿，后来景德镇的做旧高手说了实话。

后来，他还见到一件“老胎新工”的仿汉代青瓷罐，它是把光素无纹的汉代陶瓷加工成有猫头鹰造型和纹饰的瓷罐。胎质釉造型极佳，很难看出破绽。事后调查方知，它是在出土的陶器上加盖了一层流动性极差的釉料，再刻出纹饰，经一千多度氧化焰烧成，其作伪手段之高，真是前无古人。

毛晓沪认为，古代陶瓷鉴定最好的方法是科学检测与传统眼力两种方法相结合。由于高仿做旧的手法越来越高，单靠传统的鉴定方法很容易打眼。